新潮文庫

愉楽にて

林真理子著

新潮社版

11390

目次

愉楽にて

第一章　雨

雨が降っていた。

南国の短く激しい雨は、あたりをさっと灰色に変え、その色彩がカーテンの隙間から入り込んでいた。

「もう帰らなきゃ……」

女は青いリネンの枕に半分顔を埋め、くぐもった声で言った。

「三時には帰るって言ったのよ……」

「誰に……」

久坂隆之は、女の耳朶を甘く噛みながらささやいた。情事の後、女にことさらやさしくするのは彼がいつも心がけていることである。ましてや相手が人妻ならなおさらだ。

「メイドによ。うちのコはね、帰る時間を守らないとヘンに機嫌が悪くなるの」

「そんな、メイドなんか、どうだっていいじゃない。なんだったら、もう一ぺんどう？」

「バッカみたい」

熊田(くまだ)由希は怒ったふりをした後、体にすばやくシーツを巻きつけベッドから滑り落ちた。そして寝室に面したバスルームへと走る。前の方は隠していたが尻(しり)が丸見えになった。三十八歳という年齢にしては、よくひき締まっている。脚も長い。ジムに熱心に通っているせいだ。

このシンガポールで暮らすようになって八年、由希は四人めの駐在員妻である。狭い日本人社会ゆえに、久坂は注意深く相手を選び出した。好みの容姿であることはもちろんであるが、何よりも重要視したのは好奇心とプライドである。

シンガポールに数多くいる駐在員の妻たちは〝駐妻(チュウヅマ)〟と、かすかな揶揄(やゆ)を持って呼ばれていた。ここでは日本では考えられないほどの豊かさと自由が、彼女たちに与えられているのだ。たっぷりの海外手当があるうえに、高級マンションの家賃は会社持ちである。安い給金で、フィリピンメイドが雇えた。子どもたちを学校に送り出した後、彼女たちはラッフルズホテルやウェスティンホテルでランチをとるのが日常だ。英会話学校に行く者も多く、講師のイギリス人やアメリカ人との醜聞(スキャンダル)も時々聞く話だ。

そうした男たちとつき合うにはプライドが高過ぎるが、人生や恋愛に対する好奇心はたっぷりとある。久坂はそういう女を見分けることに長(た)けていた。

由希がシャワーを浴びている間、久坂は仮の夜をつくっていたカーテンを開け、窓の景色を眺めた。わずかな間に雨はあがっていた。

オーチャードの東側にあるこのマンションは、一見邸宅に見えるようなつくりになっている。三層になっていて、各フロアが一戸だ。百二十坪にそれぞれプライベートの庭がついている。価格は日本円で十五億であったが、久坂はこれをキャッシュで払った。

八年前はそういうことが出来る日本人が、何人もこのシンガポールに集まってきていた。日本での莫大(ばくだい)な税金を、少しでも軽くしようとする金持ちたちで、一つのコミュニティが出来ていたほどだ。

しかし日本の法律が変わり、シンガポールに住む旨味(うまみ)がなくなっていくと、一人二人と去っていった。この国にいると息が詰まる。やはり日本がいいと言うのだ。

「ここでは鳥もロボットじゃないかと思うよ」

何もかも人工的で、一見無造作に繁(しげ)っているように見える町中の緑も、実はバングラデシュ人の出稼ぎ労働者たちの働きによるものだ。「世界の公園」というよりも、むしろ「世界の標本」ではないかと悪口を叩(たた)いた者もいる。

しかし久坂はこの国が気に入っていた。安全で清潔で、金というものをこれほど素直に敬っている国もなかった。この国には貧乏人はいないことになっていて、教育を受け快適な暮らしをするシンガポーリアンのために、出稼ぎ労働者たちが黒子のように控えている。

帰国した者たちが口を揃えて言うように、退屈な国だと思ったこともない。

それはこの街に住む女たちとの幾つかの冒険が、大層楽しかったからだ。駐在員の女たちはしょっちゅう変わったし、日本からキャリアをめざしてくる女たちもあとを絶たない。〝供給〟は常にされていた。

妻と子と離れて独り暮らす久坂は、素性正しい大金持ちである。この地には日本人の富豪は何人かいたが、久坂の折りめ正しさは群を抜いていた。そのことに女たちはすっかり安心していた。

久坂は若い時から女の経験を多く重ねてきたが、世間から好色家という噂をたてられたことはなかった。

それは他の男たちのように、手柄話や失敗談を口にしたことがなかったからだ。仲間たちの中には、女とのトラブルが伝説のように伝わっている者たちもいたが、久坂はそのことをとても愚かなことと考えていた。

そのために相手を吟味する。金で解決出来る女か、そうでなかったら人妻だ。独身の働いている女とつき合うこともあったが、二十代などは絶対に選ばない。この年代の女は、まだ間に合う、もしかしたら人生に大きな変化が訪れるかもしれないという余計な夢を抱きがちなのだ。

久坂は何の約束もしなかったし、勘違いするような言葉を与えることもなかった。ただ淡々と情事を重ねていく。たいていの女は、そうした久坂の態度に不満を持ち、呆れ、やがて去っていく。久坂はこれを待っていればよかった。

女たちはこの際、自分が愛されなかったという恥の意識から、このことをまわりに言いふらしたりしない。久坂はこうした自尊心の高い女としかつき合わなかった。久坂の秘密はこうして守られるのである。

バスルームのドアが開き、すっかり身なりを整えた由希が出てきた。髪が少し濡れていたが気にすることはないだろう。ジムに行ってきたことにすればいいのだ。

それでも軽くアップした髪を確かめるため、左手をうなじにあてた。そうすると白いコットンのワンピースの二の腕がかすかに揺れる。エキササイズに励んでいても、ここには薄いやわらかい肉がついていた。これは久坂の大好物だ。彼は若い女の、すっきりとした贅肉のない体にはあまりそそられなかった。中年か中年の入り口にさしかかった女の、甘たるいゆるい脂肪の方がはるかによい。この一風変わった嗜好が彼を多くの危機から救っているのである。

「また会えるのよね」

次の誘いを口にするのは女の方だった。なぜなら久坂がしないからだ。

「いや、来週から日本に帰ることにしているんだ」

「またァ」

女は顔をしかめた。

「しょっちゅう帰るのね」

その瞬間、由希はしまった、という表情をした。人妻の自分が、相手の妻に嫉妬など出来るわけがないと気づいたからだ。そういう聡明さはもとより久坂の好むところであった。

「たまには帰らないとね。いろいろ用事もあるし、会社に顔を出さないと」

それは本当のことである。副会長の彼は、本社に専用の個室を持っている。

久坂薬品は寛政に創業した富山の老舗であったが、曾祖父の時に大阪に出てきた。大発展したのは、戦後祖父が健康飲料を売り出してからだ。まだ珍しかったテレビCMを使い、

「元気になーりなさい、ビタロンドリンク、はい一本」

というおどけた大阪の喜劇役者の節まわしを、長いこと日本中の子どもたちは真似したものだ。これをきっかけに東京に本社を移し、医療用医薬品に進出した。その合い間に開発した胃薬や風邪薬が次々とヒットし、現在の基盤をつくったのである。

十年前、合併会社をつくり、事業部門を大きく整理した時に父の高志は尋ねたものだ。

「お前はいったい何をしたいのだ」

何もしたくないと久坂は答えた。

「若隠居というものになりたい」

その時彼は四十三歳であった。

「そうだろうなぁ……」

高志は深いため息をついた。東大の法学部を出て通産省の官僚をしていた父は、乞われて男子のいない久坂家の娘と結婚し、婿養子となっていたのである。この家を繁栄させなければならぬという使命感はなみなみならぬものであった。父は執行役員の一人にしているものの、趣味のあれこれに熱を上げている久坂のことを苦々しく思っていたのである。久坂は東大の薬学部へ進むようにと命じられていたにもかかわらず、京大の史学科に進んだ。講義よりも彼の心をとらえたのは、能楽部であった。京大では三流派を楽しむことが出来る。久坂は観世流を選んだが、クラブの顧問として、本部から担当の者が指導に来てくれていた。

久坂は夢中で稽古に励み、何度か大江能楽堂に立った。卒業する時には本気で能楽師になりたいと思ったほどだ。

が、そんなことは許されるわけもなく、卒業するやいなや、父の会社に就職した。初めて経験する営業の仕事は、屈辱以外の何物でもなかった。当時は今のようなコンプライアンスが存在しておらず、製薬会社の営業というのはいかに医者たちに金を握らせるかが仕事であった。

毎日のように接待をし機嫌をとる。若い医者には「アンケート」と称して質問表を配る。それは「ＹＥＳ」「ＮＯ」どちらかに○をするという、中学生程度の知能と五分ほどの時間を必要とするものだ。しかしこのアンケート一枚で一万円の謝礼が出る。十枚もするとちょっとした小遣いになるので、給料が安い大学病院の研修医たちに喜ばれた。

ここまでは何とか我慢出来るとして、耐えられなかったのは、学会と称する医者たちの旅行につき添うことであった。海外や日本の観光地で、久坂は女や買い物の世話をさせられ、すっかり嫌気がさしてしまった。一度などは途中で病気と偽り、バルセロナから帰ってきたこともある。しかもファーストクラスでだ。

執行役員になってからも、そう働いた憶えはない。人望がないのも知っていた。

「結局、お前は経営にむいていない」

その後に続く言葉は、久坂の予想していたことであった。

「社長は敏明にするつもりだ」

敏明は久坂の三つ違いの弟である。慶應の経済を出てから、七年間銀行に勤務していた。

すべてにバランスがとれ、趣味はゴルフだけだ。

この時久坂に与えられたのは、副会長という役職と、途方もない額の現金であった。

それは来たるべき相続に備えて、巧みに蓄えられたものの一部である。自社株はとうに譲られていて、この配当だけで年に億近い。

「これだけあれば、一生楽しく暮らせるだろう」

そして父はこんな感想を口にした。

「唐様で書く三代目とは、うまいことを言ったものだ。どんなうちも三代続けば、風流に走る道楽者が出てくるということだ。うちも九代続いて、そろそろお前のような者が出てくる頃だったのだろう。うちはもう昔の個人商店ではない。お前一人ぐらいの変わり者はどうにでもなる」

あれから十年たった。その間に父は名誉会長となり、弟は社長に就任した。ドイツの製薬会社を買収したり、中国に工場を建設したりと、積極的な経営は評価が高い。おかげで株も上がり、久坂の個人資産も膨れ上がっていくばかりだ。父は道楽者と言ったが、その額は到底一人の人間が使いきれるものではなかった。他の一族の者にしても同じだ。姉の長男で、可愛（かわい）がっている甥（おい）が就職の相談にやってきた時、久坂はこんな助言をした。

「金は腐るほどあるんだから、何も働くことはないんだ。それより勉強を続けなさい。お前のような者のために、学者という仕事があるんだよ。まず大学院へ行き、ラテン語とか、印度哲学とか、絶対に役に立たない勉強を始めなさい。そしてそれを一生続けるんだよ。何も必要もない者が働くことはないんだから」

それは久坂の人生哲学というべきものであったが、若く健康な男性に通じるはずはない。甥は大学卒業後、大手の広告代理店に入った。

今、シンガポールで、久坂は中国語を習っている。小学校からカトリックの私立に通っていたので、フランス語はかなり話せるし聞くことも出来る。英語はアメリカ仕込みだ。が、中国語は全く未知の分野である。シンガポールでは中国語が話せなくても困ることはない。しかし久坂は週に三回、学校に行き始めた。自宅に教えに来てもらってもよかったのであるが、ふと興味がわいて街中のスクールに通うようになった。そこで中田彩と知り合ったのだ。彼女は野心を持って日本からやってきた女たちの一人で、弁護士の資格を持っている。この他にも公認会計士、税理士、大学助教授といった女たちが、海を渡り、このシンガポールにやってきていた。

日本では飽きたらず、職を求めてここに来た彼女たちは、ほとんど三十代で、みんな、知性と意欲に溢れていた。しかし魅力に溢れているかというと、そうでない女もいる。

彩はすぐさま久坂にとって仲介の役となった。久坂は彩に頼まれ、よく小さなパーティーを開いてやった。シャンパンやうまいものをあてがうと、彼女たちは自分勝手にお喋りを始め、やたら笑い出す。「気前のいいおじさん」の久坂が、品定めをしているのに気づいていない。

シンガポールで働く女たち。駐在員の妻とはまるで違う人種だ。みな野心を隠すことをせず、快活で率直である。まるで久坂が存在しないかのように、あけすけな話をする。彼女たちの多くは、こちらで恋人を得ていた。同棲している者もいる。男たちのセックスのことをあれこれ話しながら、彼女たちは久坂に気づいたふりをする。

「あっ、こんなこと喋っちゃってごめんなさい」

「いいよ、いいよ」

久坂は静かに微笑む。

「おじさんはいないものと思って、どんどんやってくださいよ」

五十三歳の彼は、三十代の女たちにとって、安全な男と思われているらしい。久坂は中肉中背の平凡な容姿をしている。週に二度、家で個人トレーナーによるエキササイズを受けているので、腹には余分な肉がついていない。髪は後退気味であるが上手に撫でつけている。どう見てもありふれた中年男であるが、もう少し年がいって男に長けた女だったら、彼の笑うと下がり気味になる目が、なみならぬ淫蕩な色を潜ませていることに気づくであろう。だから久坂は日本で、芸者やクラブのママクラスの女たちからひどくもてた。彼が富豪だということを別にしてもだ。

しかし三十代の女たちは、無用心である。時々自分たちに奢ってくれる、気のいい金持ちのおじさんと思っている節がある。だから突然に口説くと驚いてしまう。そしてその驚きはすぐに仲間への優越感に変わる。驚きを嫌悪にしないところに、久坂の苦心があった。

唐沢夏子もそのようにして手に入れた女だ。彼女は現地の証券会社で働いている。日本では有名なコンサルティング会社に在籍したという。今も高い給料をとっているはずであるが、そのわりには洗練されているところがない。

シンガポールというところは、女がひどく垢ぬけない国だ。たまにおしゃれをして美しい女を目にするが、ほとんどが観光客だった。中国系の女たちはむんぐりとした体型である。しかし脚は細くすらっとしている。久坂がよく行く香港でもそうだ。脚の綺麗さでは日本の女はとてもかなわない。

夏子は、そう背が高くないが、まっすぐで長い脚を持っていた。本人もそれを自覚しているらしく、やや短めのタイトスカートを穿いている。どうして夏子のスカートだけを脱がせたいと思ったのか。どうして十人近い女たちの中から、夏子を選び出したのか。それはもう勘というものであった。

東京での話である。男たちが帰り道、今夜の宴でどの女がよかったかという評定になる。すると久坂だけが、必ず皆と違っていた。

「あんたの好みはちょっと変わっているから」

仲間にからかわれると、久坂はこんな風に反論した。

「若くて綺麗な女が好きだなんて言うのは、あまりにもつまらないと思わないか。そんなのは、何の美意識も持たない、低いレベルの男がすることだ。好みっていうのは、もっと恣意的で自由なものだと思わなければ」

さらにこんな思い出話もした。十数年前、久坂がいちばん京都で遊んでいた頃のことだ。

その年の都をどりはちょっとしたセンセーションになった。大層太った舞妓が舞台に立ったのである。八十キロはあると思われる体が、だらりの帯を揺らしながら花道に出てくるたび、客席からはしのび笑いが漏れたものだ。

「だけどこの後、その舞妓は京都一の売れっ子になったっていうし、梶原さんが……」

久坂はここで言い澱んだ。梶原というのは有名飲料メーカーの会長である。いくら昔のこととはいえ、色街での話は公にしないというのが暗黙のルールであったからだ。

「すぐにその妓を落籍せたという話だ」

「ほうーっ」

男たちはいっせいに驚きの声をあげた。彼らも偶然その年の都をどりを見ていたようである。梶原は数年前に亡くなっているが、当代きっての数寄者として知られていた。彼の収集した絵画や茶器を集めた小さなプライベート美術館で、久坂は浮世絵の「福娘之図」を見た。そのぷっくりした顔から、あの舞妓を思い浮かべずにはいられなかった。

夏子の顔はおかめとはほど遠い。頰がそぎ落とされたように細く、黒目がちな瞳がなかったら、かなりきつい印象を与えたかもしれない。

由希とはっきりとした約束を交わさなかったのは、夏子と今夜会うことになっているからだ。彼女とはまだキスまでの仲である。たぶん今夜そういうことになるだろうと確信がある。その昂ぶりで、もう一人の女をやや邪険にしたのではないかと久坂は反省した。だから由希の腰に軽く手をまわす。そしてささやいた。

「東京へ帰ったって、仕事、仕事で何も楽しいことはないよ」

「嘘ばっかり」

可愛らしく肩をすくめた。そうした子どもっぽいしぐさが、自分によく似合うことを知っているようであったし、もしかすると不実な愛人を責める時は、おどけた方がいいと思っているのかもしれない。久坂の女たちは、こうして傷つかないために、いろいろな工夫をしているのである。

「東京では女の人が何人も待っているくせに」

奥さんとは決して言わないところが、彼女のプライドであった。そうでなくても、人妻というのは男の妻に対してそう嫉妬はしない。妻というのは、たいして愛されていないことをよく知っているからだ。彼女たちが憎むのは、妻以外の女たちだ。

「誰も待っていないよ」

久坂は女の唇に自分の唇を重ねる。女が舌をからめてくる。嘘、嘘とねっとりとした舌が叫んでいる。

「君のここが待っているからさあ……」

久坂はすばやくワンピースの裾をめくり上げた。女は両脚を少し開けて立っていたため、その間にすぐに指を置くことが出来た。中指を往復させる。絹の薄い下着だったので、亀裂をなぞることはたやすかった。やがて往復をやめて一箇所に指を置いた。今度は円の運動を始める。すぐにそこを中心にじわじわと水がしみ始めた。

「こんなに濡れているよ……」

「シャワーのせいよ……」

切れ切れに答える。

「やめてったら……」

「そうかな?」

由希はこらえきれずに、傍のソファに倒れ込んだ。三十八歳の彼女は指だけであっという間に達してしまう。黙々と指を動かしながら、久坂はその様子を眺めるだけにする。夜のために余力はとっておかなければならなかった。

女が帰った後、シャワーを浴び軽い午睡をとった。もう一人と約束をしていると思うと、心が楽しさで充たされていく。

「今夜は遅くなるから」

とメイドに告げた。

いきなり家に泊めるわけにはいかないので、今夜はホテルをとってあるのである。上質なウオークインクローゼットに入っていく。久坂はそうおしゃれな男ではない。上質なスーツをきちんと着ていれば、あとはどうでもいいではないかと思っているところがある。この土地にやってきてからは、カジュアルな服ばかりになり、たいていがポロシャツ、せいぜいがジャケットだ。

あまり身のまわりにかまける男を、久坂は内心軽蔑していた。日本での遊び仲間の一人に、まるでファッション雑誌から抜け出したような格好をしている男がいる。愛人連れでシンガポールに遊びにやってきた時も、パナマ帽にサングラス、白いコットンパンツというでたちであった。女と一緒の時に、しかも妻以外の女の時に、どうしてあのように目立つ格好をするのか久坂には理解出来ない。

今夜はホテルの中華レストランを予約している。久坂は白い麻のシャツに、紺色のジャケットを組み合わせた。そしてネクタイを入れる引き出しの上から、箱根の寄せ木細工をとり上げた。この横には古い独楽が置かれている。これを見た者は、メイドはもちろん妻さえも、ちょっとした望郷による飾り物と思うに違いない。しかし寄せ木細工の箱には、日本から買ってきた避妊具が入っている。これをキューブのように器用に動かして、久坂は中から二個の避妊具を取り出した。ポケットに入れる。あとで再びしかるべき場所にしまうつもりだ。

たとえ妻と離れていても、久坂はこういうところを用心していた。若い頃、うっかり財布に入れていたのを見つかりそうになったことがある。その際、持っていたワイングラスをとっさに床に落として、窮地を逃れた。この寄せ木細工は、一緒に出かけた強羅(ごうら)で、なぜか女が買ってくれたものだ。まさか彼女も、後年こんな使い方をされるとは思ってもみなかっただろう。

セントーサ島はシンガポールの南にある。レジャー施設がいくつか作られているものの、緑がたっぷり残されているエリアには、熱帯雨林に囲まれてホテルがあった。隠れ家のような贅沢なリゾートホテルである。

かつて英国軍が使っていたコロニアルの邸宅を、復元してロビイ館にしているが、その後ろにはやや無機的な曲線のホテル棟が建っている。有名な建築家の作品ということであるが、久坂はそう気に入ってはいない。しかしここには、おそらく夕陽(ゆうひ)がシンガポールいち美しいと思われる、プールサイドがあった。チェアに座ると、傍のバーから馴(な)じみのウエイターがやってきて声をかける。

「ミスタークサカ。何を召し上がりますか」

「ジントニックを一杯」

少しライムがきき過ぎるカクテルを飲みながら、久坂は森の上に拡がる空を眺めていた。雲が橙色に染まり、もがくように動くさまはダイナミックで、日本ではまず見られないものだ。いくら眺めても飽きるということはなかった。これがあるために、自分はシンガポールに留まっているのではないかと思うことさえある。

そして陽が沈むと、甘たるい南国の闇と女がやってくる。

「遅くなりまして」

近づいてくる靴の音で、夏子だとわかっていた。このリゾートホテルに、ハイヒールでやってくるのは、街に住む女以外にはいない。

「まずは何か飲んだら」

久坂はチェアの傍を指さした。それはあきらかにカップル用の広いチェアである。夏子はややためらいながら腰をおろした。久坂が靴を脱いでいるので自分もそうする。肌色のストッキングごしに、夕陽と同じ色のペディキュアが見えた。

「シャンパンでいいよね」

頷く。緊張しているのだ。

「もうちょっと早く来れば、夕陽を見ながら最高のアペリティフを飲めたのに」

「やっぱり街からは遠いんですもの。タクシーがなかなかつかまらなかったし」

「だったら僕の車をまわしてあげればよかったね」

やがてフルートグラスが二つ運ばれてきた。

「さぁ、乾杯しよう」

グラスを軽く合わせた。夕陽の代わりに、プールサイドにはあかりが灯(と)もり、ライブが始まった。白人の背の高い女がピアノを伴奏に、ジャズを歌い始めた。

「ここに来るのは初めて。昨年友だちが来るんでどうかなァって勧めたんだけど、料金が高いって断られたの」

「そうだね、街中にいくらでもホテルはあるしね。わざわざこの島までやってくることはないよ」

いつもはスーツ姿が多い夏子であるが、今日はワンピースにジャケットという格好だ。ジャケットは暑い、といってすぐに脱いでしまった。緑地に抽象柄のカシュクールのワンピースは、胸がVネックでかなり深く開いていることに久坂はすぐに気づいていた。なめらかなきめ細かい肌は、南の陽ざしからもしっかりと守られていた。おそらく夏子が秘(ひそ)かに自慢にしている場所なのだ。

こういう女の企(たくら)みといおうか、演出が久坂には可愛くてたまらない。

「もう一杯飲んだら」

という自分の声が、しっとりと潤(うるお)っていることに気づく。

「ここにいると時間を忘れるだろ」

「ええ、本当に。でも、私は久坂さんみたいに優雅な身分じゃないから、時間を忘れるわけにはいかないわ」

　こうした女の軽い応酬も久坂の好むところだ。

「私は働かなきゃいけないし」

「いや、僕だって、夏ちゃんぐらいの時には必死で働いたよ」

「えー、嘘だァ。久坂さんが働いてるとこなんて想像出来ない」

「いや、いや、本当だよ。ここにくるまでは大変なことがあったんだよ。五十過ぎて、やっと自分の好きなように生きることが出来たんだよ」

「だけど、うちの父なんて五十八だけど、やっぱり好きなように生きられませんよ。日本で再就職探しで必死になってるもの」

　夏子は知的な娘であるが、時々無粋なことを言う。しかしそれはすぐに直るだろう。関係を持った後は、男と自分の父親とを結びつけるようなことは、するはずがなかった。

「君のお父さん、案外若いんだね」

　つられて久坂もつい問うてしまった。夏子の年齢は三十五歳である。二十三歳の時の子ということになる。

「本当の父親じゃないから」

「へぇー」

「母が自分より年下の男と再婚したんですよ。私が高校生の時に」

「おやおや」

「放送局に勤めるエリートだったの。顔も悪くないし、初婚でびっくり。まあ、その人に影響受けたから、私もここにいるんですけどね」

そして夏子は短い身の上話をした。一橋を出てアメリカの大学院にも留学した。しかし日本に自分の居場所を見つけることが出来なかった。

「じゃあ、アメリカで就職すればいいじゃないかってことになるんだけど、そこまでの度胸と能力はないって自分でもわかってる。だからワンステップのつもりでシンガポールに来て、そしてずるずる四年も居続けちゃったんですよね」

もうシャンパンは三杯めである。夏子が酒にかなり強いことを久坂は思い出した。ここで口説くつもりはない。プールサイドのチェアから、いきなりホテルの部屋というのはあまりにも安上がりで、夏子にも失礼というものだろう。

「そろそろレストランへ行かないか」

「そうですね」

夏子はそっけなく答える。もしかすると〝安上がり〟の方を期待していたのかもしれない。

ホテルの中華レストランには、赤い提灯(ちょうちん)がいくつも飾られている。今日は旧正月なのだ。毎年街中では盛大にさまざまなイベントが行われているが、ここでも中国人の家族が祝いのテーブルを囲んでいる。人がほとんどいないプールサイドの風景とはまるで違う。同じホテルの建物とは思えないほどだ。

「今日は君のために、僕も旧正月を祝おうと思ってね」

夏子がやっと笑った。最初はレストランのあまりのにぎやかさに気圧(けお)されていたのである。ぎっしりと並べられたテーブルの間を歩く。いちばん奥の目立たない席を予約しておいた。

二人の前にはやがて、細く切った野菜と海鮮の皿が出てくる。高く盛られたこれは魚生(ユーシェン)といって、旧正月の料理だ。シンガポールだけのものらしく、北京(ペキン)や香港で見たことがない。

やがて四人のウエイトレスとウエイターが皿のまわりを囲んで

「ローヘイ」

「ローヘイ」

と祝いの言葉を口にする。それを聞きながら箸(はし)ですくっていくのだ。終わると久坂は

「謝々(シェシェ)」

と言って赤い小袋に入れた祝儀(しゅうぎ)を渡した。

「いつも思うけど」

夏子は箸で長く切ったきゅうりをすくう。

「このタレがすっごく甘いの。どうしてもっとシンプルな酢醬油にしないのかしら」

「お祝いものだからだよ。祝いのものって、たいてい甘いだろう。餅料理がそうだし、日本のおせちも相当の甘さだ。ユーシェンは、ちょっと箸をつけるだけでいいよ。縁起ものだから頼んだだけだ」

さあ、何がいい、とメニューを開いた。

「ここの料理は広東料理だよ。アワビの料理がとてもおいしい。六本木の中國飯店に似た味だよ」

「私、何でもいい。お任せします」

夏子が少し無愛想なのは緊張しているせいだとすぐにわかる。

久坂はカリフォルニアの白を一本注文した。ここでも金持ちは、ワインの品揃えは相当のものであるが、かなり割高である。シンガポールのワインセラーの数やラベルを誇るが、久坂はそんなことはしない。ワインに大金を遣うなどということは、昨今のＩＴ長者たちに任せておけばいいのだ。久坂は若い女にとびきりの贅沢をさせて、それで目つぶしをくらわすようなことは好きではなかった。

今夜とってある部屋もスイートではなく、やや広めのツインである。ことが終わればどうせそれぞれの家に帰っていくのだ。

女に関しては、いつも自然とリーズナブルになっている。それは吝嗇(りんしょく)ゆえではない。それほどの金を遣わなくても、女は手に入ることを知っているからだ。ボルドーの上物でなくても、女はワインに酔う。

「デザートはいらないよ」と、久坂が中国語で告げると、無愛想だったウエイトレスがにっと笑った。

「久坂さん、中国語うまくなったじゃない」

「いや、いや、そんなことはないよ。買い物がせいぜいかな。うちのマンションの管理人に時々話しかけてみるんだけど、福建省出身らしくてまるで通じない。英語で話してくれよと言われた」

「私がこのあいだ香港行った時は、マンダリンで全然平気だったけど、でもやっぱりみんな途中から、英語になっちゃうけど」

「そうだな、みんなもう英語が母国語だよ」

そう言いながら、久坂はひとり娘をパリに留学させていた。アメリカ東部かイギリスを勧めたのであるが、どうしてもパリがいいと譲らなかったのだ。

「僕はね、あと百年すると日本語は無くなると思ってるんだ」

「日本語が……。そうかなあ……」

夏子は首をかしげる。

「言語が消滅するのって、国家が消滅することだと思いますけどね。日本はそんなことないわ」

「僕もそう思いたいけどさ、たぶん百年後、日本語も日本も無くなるよ」

「そうかしら」

「悲しいことだけど僕はそう思ってる。企業でも英語を使えない者ははじかれていく。小学校から英語を教えるようになった。早晩、日本でも英語が公用語になっていくさ。そして今のままでは、日本っていう国自体どうだろう。生き残っていくのは無理だろうな」

「そういうの、本気で言ってるとは思えないけど」

「だけど夏子ちゃんだってそうだろ。日本に見切りをつけたから、このシンガポールにやってきたんだろ」

「見切りをつけた、ってわけじゃないかも。ただ世界を見たかっただけ」

「だから日本にいたんじゃ、世界を見られないと思ったんだろ。君もここで働いていたらわかるはずだ。日本なんてとっくに世界から見限られてるんだよ」

「そういう言い方、乱暴だな」

「乱暴でもいいさ。さあ、部屋をとってあるからゆっくり一杯やらないか」

夏子は何も答えない。

もはや承諾したものとして久坂は立ち上がる。伝票のサインはとうに済ませていた。

「さあ、行こうか」

二人はレストランのある棟の回廊を通り、庭に向かった。雲がない空には、満月に少し欠けた月が輝いていた。

庭を横切っていく。わざと雑草を生やした庭は、自由に雉（キジ）が歩きまわっているが、今は眠っているようだ。

中国人らしい中年の夫婦が、向こうの棟から出てきてすれ違う。その時の会話を久坂も夏子も理解することが出来た。

部屋のドアを閉めるなり、久坂は言った。

「もうレストランは、ラストオーダーが終わっているよ」

「いいえ、間に合うんじゃない」

夫婦はそのことについて、軽く言い争っていたのだ。

「いや、無理だよ」

久坂はさらに一歩近づいた。

「僕たちのように、おいしい夕飯はもう食べられないはずだ」

いきなり抱きすくめる。そして長いキスをした。

「どうして……」

唇が離れた時に、夏子は尋ねた。

「どうして私なの?」

「どうしてって」

「だって久坂さん、そんな風に見えなかった。絵里ちゃんに気があるかと……」

絵里というのは、やはり日本人のグループの一人で、こちらのIT関係の職に就いている。派手な顔立ちのリーダー格だ。

「いや、僕はずっと夏子ちゃん、狙ってたんだけど、気づかなかった?」

そうささやきながら、久坂の右手は夏子の胸をやわらかく握る。ずっしりとした弾力だった。

「夏子ちゃんの、大きい」

「ウソだあ……」

少し鼻にかかった甘い声になっている。

「本当だよ。小さくはないと思ってたけど、こんなに大きいとは思わなかったよ。素敵だ……」

ホックをはずす。女の洋服は包装紙と同じだ。はがすと中身はひとつひとつ違っている。予想どおりのこともあるし、驚くようなこともある。だから確かめずにはいられない。

なめらかにことは進んだ。

昼間情事をひとつ済ませてきたにもかかわらず、途中で力尽きることもなかった。

レストランでの酒をほどほどにしておいてよかったと、久坂は胸を撫でおろす。

五十三歳の久坂は、今でも薬に頼ることはない。もちろん調子の悪い時や、あてのはずれることもあるが、そういう時は悪びれることなく女に告げる。レギュラーの女とならどうということもなかった。

しかし夏子とは初めてである。謝るようなことはしたくなかったが、自分でも満足出来る経過であった。ただ息を整えるのに少し時間がかかった。久坂は手を伸ばして、相手を自分の胸に抱き寄せる。女の髪からは甘い香料のにおいがした。しばらく時間をおいて、久坂は短い賞賛を口にする。

「素敵だったよ、本当に素敵だった……」

女はふんとため息をついた。

「遊びなんでしょ」

おやおやと思う。時々こういう女がいる。その直後に拗ねるようなことを口にするのだ。単に甘えているだけなのだが。

「そんなことはないよ」

「でも、遊びでもいいの」

嬉（うれ）しかったからと、夏子は久坂の首に顔を埋め、くぐもった声で言う。

「まさか、久坂さんが私を相手にしてくれるなんて思わなかった」

「僕だってそうだよ。まさか、夏子ちゃんが僕みたいなおじさん、相手にしてくれると思わなかった」

可愛いな、と久坂は再び女の体を反転させ、自分の下に置く。さすがにもう一度は不可能だったが、それらしいことは出来た。

何度めかの長いキスの後、久坂はささやく。

「夏子ちゃん、また、こういうことしようよ。ねっ……」

「だけど、みなに内緒にして、お願い」

「もちろんだよ」

一つのグループから一人、というのは久坂の鉄則であった。どんな魅力的な女が二人いたとしても我慢する。

「絶対に、みんなに気づかれないようにしなきゃ。本当に気をつけなきゃ……」

自分の用心深さには自信があったが、これからあの女たちのグループに近づくのは少し控えなければならないかもしれなかった。

帰りの車の中で、スマホを取り出しＬＩＮＥを見つめる。

久坂は用心深い。女たちからの文章で具体的なものは次々と消去していく。

「今年のお正月は帰国してたのに、いっさい無視よね。そちらのやり方はわかってるけど感じ悪い」

と言ってきているのは、澤村知美といって四十四歳の国会議員秘書だ。久坂は政治家とのつき合いを出来る限り避けてきたが、そうはいっても断ることが出来ず、ふたつ、三つと「勉強会」に名を連ねるようになった。

小人数で行う政治家の「勉強会」というのは、本人の個性によってまるで違う。ゲストを呼び、テーマに沿って真面目(まじめ)に議論する会もあれば、単に飲み会の場合もある。いずれにしても、選挙の時に強力な助っ人(すけと)を頼むための集まりだ。文化人や学者の他に、有名企業のトップが加わる。

大臣経験はあるが、総理になることは絶対あるまいと思われる中堅の代議士の、知美は私設秘書である。

胸がやたら大きく、ジャケットを着ていても、下のニットの二つの隆起ははっきりとわかる。笑うと上唇がめくれ上がるのも、国会議員の秘書とも思えないたたずまいだ。

「おたくの秘書さん、随分エッチな感じだね」

と誰かが当の代議士に言ったところ、

「遠縁の者の妻なんです」

と苦笑いした。選挙区の男たちには大層人気があるという。

三年前、途中で抜ける久坂を送るために、レストランの外の薄闇の中にいたことがある。久坂の車が来るのにやや時間があった。その時彼女が、

「久坂さんがシンガポールに行ったから、会えなくなって淋(さみ)しい」

と口にしたのだ。

「でも毎月十日は帰ってきていますよ。その時に食事でもしましょう」

と誘ったのがきっかけだ。

その後すぐに関係を持ち、二カ月に一度ほど会うようになった。逢瀬(おうせ)を迫るのは女の方だ。まるで代議士に仕えるように、スケジュールを詳しく聞き、帰国した時に自分との夜をつくろうとする。それにいささかげんなりして、提案された日にちをこのところすべて断ってきた。それが「無視」ということになるのだ。

しかし久坂は、若い者たちのようにLINEをブロックしたりはしない。ただひたすら謝る。

「日本に帰ってきたら、用事がいっぱいでそれをこなすのが精いっぱい。会食も毎晩のように入ってる。申し訳ない」

するとすぐに返事がきた。

「お忙しそうで結構ですね」

スタンプがあった。可愛い小熊(こぐま)に、〝プンプン〟というセリフがついている。

こういう拗ね方は恋人だけに許されるものであろうが、知美にはそれがわからないようだ。

久坂は相手のプライドを守ってやるためにも、一度きりということは出来る限り避けている。しかし知美の場合は、二回ほどで、

「もういいかな」

という気持ちが次第に生まれてきた。彼はその最中、芝居じみた女が苦手である。

「私をめちゃくちゃにして」

「こんなの初めて」

と知美は連発する。自分で物語をつくり、それに酔おうとするのだ。

それについていこうとするほど久坂は優しい男でもなかった。相手に執着もない。

「もういいかな」

という気持ちは、自然とLINEの返事ににじませてきたつもりだ。

それを彼女はわかってくれない。小熊のスタンプの〝プンプン〟が語っている。

いずれにしても、彼女は人妻であり、国会議員秘書という立場だ。うかつなことをするはずはなかった。

気を取りなおし、田口(たぐち)からのLINEに返信をうつ。田口は久坂の数少ない友人のひとりだ。

彼ほど運のいい男はいないと、まわりの者たちはこぞって言う。老舗の製糖会社の三男に生まれた彼は、小さな子会社の社長という、いわば飼い殺しの身で終わるはずであった。しかし最近亡くなった妻が莫大な遺産を残したのだ。子どもはいないし、二度と結婚する気はないと彼は宣言した。

「もう一度、自由を手に入れた。結婚なんかでそれを手放すものか」

妻の死はもちろん悼むべきことであったが、妻がいない、ということとなると話は別だ。

久坂と田口の所属する世界では、未だに離婚は、忌むべき軽蔑すべきことであった。ましてや妻と別れて、若い女と再婚するなどということは、醜聞以外の何ものでもない。実際そういう男が現れた時、久坂はまわりにも言ったものだ。

「何て馬鹿なことをするんだろう。会社にも傷がつくじゃないか。若い女を好きになったら愛人にすればいいのに」

みんな好きでもない女を妻にして、我慢して暮らしているのだから、という言葉はさすがに呑み込んだ。

田口は合法的に誰も傷つけずに、「妻がいない」状態を手に入れたのである。しかも世間の同情さえついているのだ。資産家のひとり娘であった田口の妻は、都内に幾つものビルやマンションを残した。

その中のひとつ、虎ノ門にあるビルに田口は住んでいる。そこを住居と思う人はまずいないだろう。二十六階のオフィスビルだ。受付もいる。

妻の生きていた頃に、田口はこの最上階を住居用に改装した。ワンフロアだからあまりにも広い。エレベーターを降りてからのエントランスは延々と続いている。

半分は個人事務所に貸したらどうかと、いろんな人から言われたそうであるが、田口の妻が拒否したという。知らない人と同じフロアに住むなどは耐えられないというのだ。彼女はきょうだいもなく親戚もほとんどいない。身内というものを持たなかったから、個人が住むにしてはあまりにも広い家に、夫婦二人で住んでいたのだ。買い物はお手伝いが電車に乗って出かけた。

いま、田口はそのやみくもに広い部屋に一人で住んでいる。死んだ妻は、ヨーロッパの骨董をかなり集めていたのであるが、それはほとんど処分した。思い出があり過ぎて耐えられないというのが表向きの理由であるが、久坂だけには本当のことを話した。

「金はあっても審美眼のまるでない女だったから、どれだけ偽物をつかまされたか。見るたびに腹が立った。もうこれからは本当に僕の好きなものだけを飾るよ」

その田口と帰国した次の日に会うことになっている。最近流行りの和食を予約してくれと頼んだのであるが、無理だという。

「最近東京のおもだった和食屋は、みんなＩＴの奴らに押さえられている。あいつらは帰りしな次の予約を入れるし、店を貸し切りするのがしょっちゅう」

人気の高い割烹カウンターの八席を、皆が奪い合っている。中には一年先まで予約がいっぱいの鮨屋もあるという。

「といっても、中華やフレンチというわけにもいかないから、ホテルにしたらいいかな」

有名店が出店していた。

「わかった。じゃあ、六時半で」

「了解」

そのやりとりの最中、夏子からのＬＩＮＥが入った。たいていの場合、久坂は自分から先に何か送ったりしない。こうした〝後朝の言葉〟というのは、やたら拡大解釈されるからだ。

「久坂さん、今日は本当にご馳走さまでした。旧正月をちゃんとお祝いしたのは初めてです。とても楽しく面白いものですね。どうか日本にお気をつけてお帰りください」

こんな風にそっけなく儀礼的に連絡してくるのは、もちろんこちらの違う反応を期待しているのだ。久坂はこう返す。

「今日は楽しかったね。遅くまで引き止めて申し訳ない。また楽しくやりましょう」

夏子がその気ならば、また会ってもいい。このホテルで食事をし、部屋へ行くなどわけないことだ。しかし本気になられると困る。女の中には、本気でないくせに、本気だと自分に思い込ませようとする女がいくらもいる。そうして身をまかす言い訳をつくろうとしているのだ。

夏子はそれほど馬鹿ではあるまい。しかし異国で女一人働くことの気負いが、ドラマを求めることがある。ひとり暮らしの、富も地位もある男に自分勝手なストーリーを見出そうとするのだ。それはうまくかわさなくてはならない。

「あっ、急に降ってきました。さっきまで晴れてたのに」

ドライバーのチャンが声をあげた。フロントガラスに雨滴が叩きつけられ円を描く。

「ゆっくりと。急がなくていいよ」

そしてシートに深く沈んだ。二人の女と会ってやはり疲れていた。

シンガポールから羽田までは七時間である。

あまりにもしばしば往復するため、久坂は機内でわが家のように寛ぐことが出来た。フラットシートをちょうどいい角度で倒し、本を読んだり映画を見たりする。夜に到着する便にするため、機内で眠ることはない。

ファーストクラスといっても、機内食はあまりうまくないので、つまむ程度にする。そして白ワインをちびちび飲みながら、本に没頭するのは至福のひとときだ。逃げ場のない場所だから、集中力のいる本を読むことも多い。

今久坂はトルストイの短編の原書を、辞書をひきひき読んでいる。語学は彼の大きな趣味のひとつで、京大時代はギリシャ語とラテン語にのめり込んだ。欧州の言葉は、みなそこから出た方言のようなものだ。この二つをやっておけばたいていのことには困らない。しかしロシア語は、ちょっと勝手が違っていてかなり苦戦した。だから飽きる、ということがない。

短編であるが、かなり長く続くロシアの大地の描写を楽しみながら読み、そこで本を閉じた。使い始めた老眼鏡がとても疲れるのである。こういう時、映画を見ることにしている。リモコンを操作するのも、自分の家のテレビのように慣れている。新作の日本映画をやっていた。話題となっている純愛ものである。高校生の男女が、恋に落ちる他愛(たあい)ない物語であるが、脚本がいいのかつい見入ってしまう。主人公の少女の母親に目が止まった。少し前までは大変な人気があった女優が、もう母親役をする年齢になったのかという感慨だけではない。

ある人物を通じて、この女優のめんどうをみてくれないかと頼まれたことがある。

いくら人気女優でも、盛りを過ぎるとかなり暮らし向きはきつくなる。ＣＭをやっていたり、ずっと仕事が続いていたりしているならともかく、たまに映画に出るくらいではとても体面は保てない。運転手付きの車や付き人、そして着物や宝石と金はいくらでも必要だ。暮らし向きを変えて、そうしたものを手放していく女優もいるにはいるが、どんなことをしても生活を変えたくない女優ははるかに多い。

そういう女優のために、月々のめんどうをみてもらえないだろうか、というのがあちら側の要求であった。正式な愛人というのではないが、月に一度か二度は食事をし、その延長としてそういう関係があってもよいという。

が、久坂は即座に断った。その金額が法外だったうえに、その女優があまり好みではなかったからである。

美しいことは美しいけれども、なぜか久坂の心を素通りした。好奇心がまるでそそられない。たとえ不器量でも、年がいっていても、

「この女を抱いたらどんな風になるのだろうか」

と気になって仕方ない女がいるが、その女優にはまるで想像力がわかない。両脇をそぎ取ったような鼻と大きな目が、まるで意地の悪い昆虫のようだと思った。

知り合いの一人に女優とつき合う者もいたが、ある時週刊誌に出てしまった。

新聞で週刊誌の見出しを見て、

「やめておけばよかったものを」

と久坂はひとりごちた。

どうして情事の相手に、派手な自意識の強い女を選ぶのだろうか。たまに食事の席に、

有名人の女をつれてくる者がいるが、久坂は彼女たちの自意識の強さに辟易したものである。

女優、タレント、クリエイター、政治家、といった女たちは、自分たちに特別の価値があると信じていた。大きなものを差し出すのは当然だと考えている。その図々しさが顔に出ている。彼女たちに比べれば、芸者やホステスといった女たちの方が、はるかに謙虚だと久坂は思う。世間で考えられているほど、自分たちの価値をさほど評価していないのだ。

いずれにしても、この女優とかかわりを持たなくてよかったと、久坂は冷えた白ワインを口に含む。

自分に話が持ち込まれたのは、彼女の最盛期が終わってすぐの頃だ。今はさらにそれは遠いことになり、こうして母親役で出ているらしい。しろうと目で見ても、彼女の演技はうまくなかった。傍にまわって成功するタイプではなさそうだ。

その時、CAが近づいてきた。

「久坂さま、ワインをもっとお注ぎいたしましょうか。それとも赤にいたしますか」

制服で地位が上だということがわかる。

「いや、白のままでいいです」

あまり聞いたことのないブルゴーニュであったが、しつこくない程度の果実感があって飲みやすい。久坂はいわゆるワイン通ではなかったが、たしなみとしてある程度のことはわかる。

「他にも白は何本かご用意しております。リストをお持ちいたしましょうか」

「いや、この白でいいですよ」

「わかりました」

ＣＡはいったん去った後、ボトルを持って現れた。よく訓練された優雅な手つきである。うつむくと薄い法令線が生じた。三十代後半だなと久坂は見当をつける。

シンガポールに住み始めた頃は、日本の航空会社を利用していたのであるが、三年前から外国のエアラインに変えた。羽田の到着がちょうどいい時間だったことと、こちらの方が日本人の知り合いと出会うことが少ないとわかったからだ。

ここのＣＡは二割ほど日本人が混じっている。顔なじみとなった女もいるが、彼女もその一人だ。1のＡと久坂の席は決まっているが、搭乗時その傍に立っていてくれた。

「お待ちしておりました」

「そうですね。お久しぶり」

「このあいだおめにかかったのは、昨年の九月のことでございました」

「あっそう。もうそんなになるんだっけ」

確かにこのＣＡも乗っていたはずだ。彼女はその時よりもさらに馴れ馴れしくなっている。

白ワインを注いだ後も、しばらくそこにいた。ビデオが進んでいるにもかかわらずだ。

「日本にお帰りになると、お忙しいんでしょうね」

「まあ、野暮用は多いですがね」

「お忙しいとは思いますが、今度ぜひお食事でも」

さっと名刺を差し出した。「チーフ・斉藤礼子」と印刷された会社のものであるが、名前の下に携帯の番号が書かれていた。日本の会社だとこういうことは許されないはずなのだが。

いや、海外のエアラインでも、もはやこうしたことはタブーであるに違いない。しかしファーストクラスでしょっちゅう日本と海外を往復していると、こうした誘いをかけてくるCAは何人かいる。会社の名刺にしっかりと携帯を記してくるのだ。

が、久坂は彼女たちのこうした服務規程に反した行為を、咎める気になれなかった。今まで彼女たちの誘惑にのらなかったのは、単に好みのタイプがいなかったからだ。今、目の前にいる女なら、そう悪くないと考える。

彼女たちの求めていることはわかっている。退屈な日常の中で、ちょっとした冒険をしてみたいだけなのだ。冒険といっても、危険を伴わない非日常の華やかな出来ごとだ。身元のしっかりとした金持ちの男と贅沢な食事をし、優雅に口説かれてセックスをする。

今までの若い男とは違うベッドでの出来ごと。それをちょっと味わってみたいだけなのだ。夏子にしてもそうであろう。自分とのことは、女たちの中でかなりいい思い出になるに違いない。自信はあった。ただし思い出にしてくれなくては、こちらも困るけれども。

「それでは、東京で一度お会いしましょう」

久坂はゆっくりと名刺をシャツの胸ポケットにしまった。こちらの名刺を渡すつもりはない。自分の身元を知らないはずはなかった。

「お待ちしております」

女はよく訓練された、綺麗に口角が上がる微笑をかえした。少し化粧が濃すぎる気がしたが、なかなかの美人であった。海外のエアラインに勤める女によく見られる、やや〝疲れた〟感じも気にいった。おそらく連絡することになるであろう。

やがて機内アナウンスが、そろそろ降下を始めると告げた。先ほどのCAが、預けたジャケットを持ってきてくれる。

「久坂さま、お上着お持ちいたしました」

「ありがとう」

ちらっと女の指が手に触れた。おそらく上着のタグを見ただろう。そうしゃれ者ではないが、イタリア製の最高の仕立ての上着だ。男たちのタグを見ては値踏みする人生。

そんな女に、一夜か、あるいは二夜か三夜の冒険を贈ってやることは何も悪くない。

羽田空港からは、まっすぐに家に向かった。シートに身を沈めても、外気が追いかけてくるようだ。

「やっぱり日本は寒いねぇ……」

思わず口に出して言うと、運転手が恐縮がった。

「申しわけございません。すぐに暖房上げますので」

たぶんこの温度は、妻の美紀の好みなのだろう。久坂がシンガポールにいる間は、車と運転手は妻が使っている。普通の主婦であったら、運転手付きの車などというのは、見栄以外の何ものでもないが、今は妻にとっては必需品だ。数年前に財団を立ち上げ、毎日忙しく動きまわっている。今日も紀尾井ホールで、妻が関係している若いチェリストのコンサートがあるはずであった。

「申しわけないけど、お帰りの日、留守にしてます。とても大切な日で、私がいなけりゃならないので」

とメールにあった。

久坂は、「私がいなけりゃならない」場所を見つけた妻を、心から祝福していた。全く皮肉なしでだ。

美紀と結婚したのは、三十歳の時である。恋愛結婚などするつもりは毛頭なかった。

親の反対を押し切ってまで結婚したいと思う女など一人もいなかったし、結婚で父親に「借り」をつくりたくなかったのである。常々、

「お前のような変わり者が、ヘンな女を連れてきたらどうしよう」

と案じていた父であったから、素直に言うことをきくことにした。結婚はそういうものだと、とうにわかっていた。

ただ父には、

「三十になったらきっと結婚するから、それまでは自由にいさせてくれ」

と頼んでいた。

父は約束を守ってくれたので、久坂も約束を守らなければならなかった。三十歳の誕生日を迎えたその週に、久坂は生まれて初めて見合いというものをした。目の前に現れたのは、美貌も家柄もすべて兼ね備えていた令嬢だった。娘が完璧なことは、親もよくわかっていたのだろう。条件を出してきた。それは、

「結婚してもピアノを続けさせてやってくれ」

というものであった。

「ピアノを続けさせてやってほしい」

という言葉を理解したのは、結婚してからだ。プロの演奏家になるためには、途方もない金がいる。今日からは嫁ぎ先がそれを負担しろということなのだ。

美紀はすぐにスイスに行きたいと言い出した。そこに住む世界的なピアニストに、短期のレッスンを授けてもらうためだという。

次の年には管弦楽をやる仲間と組み、小さなホールであるがコンサートを開いた。この際の負担はすべて久坂が持つことになり、新婚の妻のあまりの散財ぶりに、

「これからどうなるのかしら」

と、ふだんは温厚な久坂の母が不満を漏らしたほどだ。

美紀の実家は、苗字を言えば多くの者が知っている一族である。が、それは海軍大将であった高祖父だったり、警察官僚のトップの祖父だったりする家系によるものだ。財界に属する家ではない。

よって縁組に際し、

「ピアノを続けさせてやってほしい」

という条件が出されたのである。やれるところまでやればいいと考えていた久坂ほど、母は寛大ではなかった。金のかかることよりも、たえず家にいないことに腹を立てた。

「いったいどうなっているのかしら。一度あちらのご両親とも話し合わなくては」

と言いつのっているうちに、事態は思いの外早く収束を見た。美紀が自分の才能に見切りをつけたのと、妊娠とがほぼ同時にやってきたのだ。

生まれたのは女の子で、美紀は鍵盤を操る情熱を子どもに注いだ。が、娘はピアノに

全く興味を示さなかったし、父親のように学問や本に心を傾けることもなかった。小学校受験も第一志望に落ち、さる女子大の付属に入った。

しかし久坂はこのことに深く満足していた。愛らしい容姿を持つ凡庸な娘、というのが、多くの父親の望むものだ。久坂はそれまで才能ある女、努力する女、というのを何人も見てきた。どれも女を幸せにしないものばかりではないか。

自分の娘に、特殊な人生をおくってもらいたいと願う父親はいない。平凡だが上等の人生。これでいいのだ。上等に関しては、金でおぎなえるはずであった。

しかし高等部を出た娘は、突然フランスへ行きたいと言い出したのである。

何を勉強したいかまだわからないが、とにかくパリへ行き、フランス語を習いたいのだという。どうせならば、アメリカの東部かロンドンで、みっちり英語を習得してほしいと思ったが、愛娘（まなむすめ）の願いには逆らえなかった。娘はパリに行ってそろそろ二年になる。今年の秋にはどうやら大学に進めるらしい。

妻は久坂よりもはるかに多く娘と会っている。しょっちゅうパリに出かけるようだ。ピアニストを諦（あきら）めた妻は、いつのまにか若い才能を育てることに夢中になっていった。音楽プロデューサーとして、音楽家たちを売り込み、コンサートを企画する。さらに財団をつくって、有望な十代が留学出来るように寄付を募った。今や音楽界において「マダム・クサカ」は有名な存在らしい。昨年の美紀の誕生日には、世界中からカードと花

束が届いたものだ。ちらっと見ると、

「大好きなママへ」

と書いてある。美紀もめんどうを見ている若い音楽家たちを「私の子ども」と呼んだ。妻がいそいそと、楽しそうに暮らしているのを見るのは嬉しい。安心して異国で暮らせるというものだ。

車は山手通りの地下を通り「初台南」で降りた。幡ケ谷を抜けて大山町へと向かう。ここは都心に近い高級住宅地として、松濤と並ぶ人気だ。邸宅が続き「丁目」という表示がない。あるのは番地だけだ。ここに家を建てたのは十五年前のことである。シンガポールに住むことなどまるで考えていなかった。それまでは千鳥ケ淵にある両親と同じマンションに住んでいた。ホテルの跡地に建てられたそのマンションは、窓からお堀と素晴らしい桜が見える。久坂はこのままでもいいと思ったのであるが、もっと広いところに住みたいと妻が言い出した。サロンコンサートが開けるような家が欲しいという。好きなようにさせたら自分で土地を探してきて、建築家にあれこれ相談していた。そして出来たのは、高級保養所のような外観の家だ。一階のリビングルームはやたら広く、グランドピアノが二台置けた。

久坂は出迎えた手伝いの者に、

「食事はいらない」

と告げて、自分の部屋に入った。

留守中もよく空気を入れ替えてくれているから、こもった臭(にお)いはまるでない。以前はこの部屋のつくりつけの棚に、天井までびっしりと本を入れていたのであるが、大震災の後、

「寝る場所に大量の本を置いてはいけない」

と妻にきつく言われ、本はすべて別の部屋に移動させた。今はベッドサイドのチェストに数冊置いているだけだ。

日本にいた時、自分は、いったいどんな本を読んでいたのか。久坂は目をやる。そんな歳(とし)でもないのに、このところ記憶力がひどく衰えている。そして読みさしのダニエル・カーネマンの著書を見つけた。ノーベル賞を受賞した心理学者である。しかもペーパーバックで、日本にいる時自分はこんなに〝俗っぽい〟本を読んでいるのかと少々驚いた。日本にいる時は、やはりこうしたものに無関心ではいられないのだ。

着替えた後は、留守の間の郵便物に目を通した。といってもたいていがダイレクトメールである。たまに行く銀座のクラブから「三十周年パーティー」の通知が来ていたがとうに日にちは過ぎていた。

そして薄墨(うすずみ)のあて名があるものは、明日会うことになっている田口靖彦(やすひこ)から「会葬御礼」の書状である。シンガポールから供花をことづけておいたのだ。

久坂は数回会ったことのある、親友の妻の顔を思い出そうとしたがうまくいかなかった。

田口より二つ年下のはずだから自分と同じ五十三歳だ。同世代で亡くなる者はぱらぱら出てきているが、女ではあまり聞いたことがない。女の方が、男よりもはるかに頑丈に出来ているからだと久坂は思っている。か弱い女など見たことがない。みんなしたたかな、というよりも、図太い精神を外見や衣服で隠しているだけだ。

「だから面白いんじゃないか」

と言うと、田口は曖昧な表情で応えた。田口は、ニュアンスのある言葉が苦手である。久坂に対して、

「お前の言うことはよくわからない」

と素直に口にする。久坂のまわりには、凡庸な人間がいくらでもいたが、田口は「高貴な凡庸」というものを持っていた。

田口と出会ったのは、スタンフォード大学である。

日本の大学で中世史を専攻していた久坂であるが、二十代の終わりにアメリカ留学を思いついた。日本はバブルの最中で、その喧騒がどうにも耐えられなくなったことがきっかけだ。もちろん会社勤めから逃れようとしたことも大きい。世間体をとりつくろうためにも、海外へ出るのはいい考えであった。アメリカでＭＢＡ取得が流行り始めた頃

である。

当時の西海岸には、ヒッピー文化の残滓がいたるところに残っていた。フリーセックス、ドラッグ、ゲイ。そうしたものには近づかないながらも、久坂はカリフォルニアの太陽と自由を満喫した。つき合ったのは日本からやってきた女子留学生たちである。白人の女は全く好みではないので、ほとんどおらず、大半が語学留学にやってきた若い女たちだ。アメリカでの日々を期間限定と割り切ってか奔放な生活をおくる者たちも多い。官庁からの留学組は別にして、そうした女たちと久坂たち学生は、それこそ〝フリーラブ〟を楽しんだ。

しかし田口は別だ。彼は同級生の、東欧からの留学生と真剣な恋をして悩み続けた。いずれ彼女は国連に入り、世界的な仕事をしたいと望んでいる。それにひきかえ、自分は日本に帰り、家業を引き継がなくてはならない。三男坊といえども役割は決まっていて、遠縁の娘との結婚話も進んでいる。彼女のことをこれほど愛しているのに、一緒になることは出来ない。いずれは別れなくてはならないのだとさめざめと泣くのである。

久坂は驚いた。それまで女のために泣く男など見たことはなかったからだ。

「まるで新派の世界だな。こんなことが本当に起こるんだな」

やや感心して田口を見つめる。彼は今よりも二十キロ近く痩せていた。ほっそりとしたみるからにナイーブな青年であった。繊細であるということを、これほど無用心に見せていて大丈夫だろうかと、久坂は案じることもあった。内部を隠すための策略をまるで持っていないのだ。

「彼女がいない人生なんてとても考えられない。彼女もそう言ってくれている。だけどどうやっても結婚出来ない運命なんだよ」

運命という言葉を照れずに口にする。

結局は彼女と別れ、田口は日本へ帰っていった。そして半年後に久坂も帰国した。父と約束した

「三十歳までは好きなことをしていい」

という期限が迫ってきたからである。

そして先に田口が結婚し、次に久坂が式をあげた。披露宴会場はどちらも同じ老舗ホテルの同じ宴会場である。当時進出し始めた、おしゃれな外資のホテルを使うことを、親たちがまだ許してくれなかったのだ。レストランウエディングなどとんでもないこととされた。

田口の披露宴に招かれた久坂は、そこで花嫁を見たはずなのであるが、まるで記憶がない。その後も食事かゴルフを一緒にしたのであるが、思い出そうとしてもぼんやりとした像がうかぶだけだ。よほど好みではなかったのだろう。

スマホを開けると、由希からのＬＩＮＥが入っていた。夫が会社から内示を受け、帰

国が決まったという。確か彼女の夫は、大手の商社に勤めていたはずだ。大使館のパーティーで会ったことがある。

彼の年齢で本社に課長として戻るなら、栄転ということになるだろう。

「いろんな思い出があったシンガポールとお別れすることになると思うとちょっと淋しいです」

思わせぶりなことを書いている。人妻のＬＩＮＥというのは、肝心なことをうまくぼかしながら伝えていて、まるで暗号のようである。

「それはそれは、よかったですね」

他人行儀に返す。

「でも今帰っても社内でビミョーなんじゃないかしら。夫は喜んでるけど」

そして

「住むところは、前に住んでた杉並のマンションになります」

とあった。これも暗号の一種であろう。帰国してからも会ってくれるかと探りを入れているのだ。

「杉並」という文字からは、何の感情も浮かんでこない。この場所から近いか遠いか、考える気持ちさえ起こらなかった。

東京にいる時間は大層短く貴重なものだ。会わなくてはならない女たちが何人もいる。

「杉並か。いいところだね」

一度も行ったことがないような気がする。

次の日、出かけたホテルは、かつて久坂と田口が結婚披露宴を開いたところだ。

昔と経営方針は変わっていないので、ロビイに騒々しい中国人観光客の姿は見られない。白人のビジネスマンの元に、待ち合わせをしていた日本人の男がやってきた。固い握手を交わしている傍を久坂は通り過ぎる。いや、日本人ではなかった。久しぶりだね、と言った英語のアクセントで中国の男とわかる。

階段を降り地下の店に入っていった。カウンターではなく、じっくり話をしたいらしく田口は奥のテーブル席をとっていた。

「よっ」

「おっ」

いつもの気楽な挨拶の後は、しめやかな言葉を口にしなくてはならなかった。

「このたびは、沙恵子さん、大変だったね」

彼の妻の名は忘れていたのであるが、昨夜見た会葬の礼状に書いてあった。

「まだ若いのに、本当に気の毒だった。今日は忙しいとこ、呼び出して悪かったな」

「いや、いや、四十九日もとっくに済ませたよ。片づけはぼちぼちやってる」

「そうか……」

久坂は手にしていた紙袋から木箱を取り出した。布に包まれた茶碗を取り出す。

「天目だな」

田口の方がはるかに目ききである。

「シンガポールで見つけた。あの国はたいしたものは何もない。あっても宋胡録か安南だ。ところが、たまたま通りがかったらウィンドウにこれが飾ってあってね」

「いい瑠璃だな」

「だろう。古いもんじゃないが、こんな焼き上がりのキレイなもんはめったにないと思って」

「実は昨年、現代作家のちょっといい天目を買ったら三百万したよ」

「ほう！　現代でそんなにするのか。僕は茶をやらないから田口に買ってきたよ。香典替わりだ……。おっとそういう言い方はよくないな。土産だ。通り過ぎるには惜しいと思ってね。つい買ってしまった」

「ありがとう。有り難くもらっておくよ」

白ワインでも抜こうかという田口をおしとどめて、久坂は日本酒を頼んだ。別に田口が喪中だからというわけでなく、河豚の刺身を頼んだからだ。となると、やはり甘口の灘がいいだろう。

冬に日本に帰った時、久坂はいつも行く河豚料理店があるのだが、築地の店も六本木の店も予約で満席だったという。

「どっちの女将も、久坂さんに申しわけないと恐縮がっていたよ。もう少し早く電話を貰えば何とかする、と言っていたけれど」

「仕方ないさ。ちょうどシーズンだからな」

と久坂は言ったものの内心面白くはない。どの店も昨日今日の仲ではないのだ。少し前なら、かなり無理をきいてくれたものだと思う。久坂の友人の中には、一年先まで予約がとれない人気店を、常連の無理をいわせて休日に開けさせる者もいた。もっと無茶な例として、さる鰻屋の主人の自宅で食べたことがある。主人の家のリビングルームにワインを何本か持ち込んだ。そして庭のコンロで白焼きや筏を次々と焼かせたのである。金があるだけでは出来ることではない。何代か続けて上得意を続けてきた家の者だけに許される我儘だ。

久坂はそれほど熱心な美食家ではなかった。しかしこうどの店も席が取れないとなると、日本に帰ってくる楽しみが少し減るというものだ。

「いやー、ＩＴの連中っていうのはすごいからなぁ、特に和食と河豚はダメだ。あいつらは金にものを言わせて、店をどんどん貸し切りにしていく。もう東京中すごいことになっている」

そして田口はこんな話をしてくれた。昨年の秋、ハワイで某企業の社長の誕生日会が開かれ、多くの友人が集まった。その時、幹事役の社長が、自家用ジェットで運ばせたのは、銀座の鮨屋の主人と職人二人、その朝築地で競り落とされた最高のマグロ半頭、大量の高級ワインだったという。

「なんかすごい話だなあ」

久坂はそっけなく答えた。彼らは別世界の人間だ。つき合いはほとんどない。

「招かれて行った銀座の女の子たちが興奮していた。バブルの頃も、いろんな行状には驚かされたが、今はケタが違うよ、今考えると土地をころがすなんて、ネットビジネスに比べると牧歌的だったという気がしないか」

「本当にそうだ」

田口が頷いた。

「今はネットっていうバーチャルな世界から、いくらでも金が湧いてくる世の中だ。こんな風に酒を飲みながら、茶碗をいじってる僕たちって、なんだか世の中からとり残されているような気がしないか」

「それもそうだな」

「IT以外はどこも元気がないよ。うちの兄たちも見ていると何だかせつないなあ……」

田口の長兄は、戦前からの製糖会社を経営している。

「一生懸命頑張っても、それで失敗したり、スキャンダル起こしたりしようものなら、株主たちが黙っちゃいない。今みんな、株主の顔色を見ながらコソコソ生きてるよなあ。久坂みたいにシンガポールで、好き放題生きている人間は本当に羨ましいよ。まあ、僕にはとても出来ないが」

「好き放題というわけにはいかないさ」

久坂は苦笑した。自分の女性関係を田口にもほとんど明かしていない。田口も妻の闘病でそれどころではなかった。シンガポール滞在は節税が目的と話していた。

「しなきゃいけないことも山のようにある」

月に一度日本に帰ってくることもそのひとつである。

そこで久坂は、父親にいろいろな報告をしなくてはならない。さまざまな嫌味を聞くのも業務のひとつだ。あさって父のところへ行く予定を思い出して、久坂は小さく息を吐いた。

「やあ、お久しぶり」

にぎやかな声がして、板前の格好をした山崎慎治が入ってきた。天井に届くかと思うほどの長身なので、和帽子が似合っていない。

「久坂さん、シンガポールどうなの。うちの店行ってくれてる」

「よく使わせてもらってるよ」

「今度、鴨川店の花板を行かせることになってるので、よろしくね」

これほど客になれなれしいのは、彼が京都に本店を持つ有名料亭の息子だからである。次男の彼は国内だけでなく、シンガポール、香港、ロサンゼルスにも進出していた。ゴルフとワインが大好きな陽気な男で、若い財界人たちと仲がいい。

「シンちゃんもさ、どうせもう仕事してないんだろ。こっちに来て一杯やろうよ」

田口が空いている席を指さすと、そうさせてもらおうかなあと山崎は帽子を脱いだ。そうすると髪がかなり後退しているのがわかる。しかも白髪が多い。

「ちょっと、シンちゃん、こんなにハゲてたっけ。ちょっと会わない間に淋しいことになってるよ」

酒が入った田口は遠慮がない。

「ここんとこ苦労が多いからさ」

「よく言うよ。京都の店はどこも予約が取れないってみんな言ってるよ」

京都は本店の他に、支店が三つあった。山崎の兄は、最高級の料亭の名を冠したカウンター割烹をつくったのであるが、どこもミシュラン入りを果たしている。

「それがね、どの店もいろいろ問題があって」

運ばれてきたビールを、山崎はうまそうに飲む。

「京都店はさ、この頃中国人のお客が増えてね。それはいいんだけど、中国人っていうのは平気でキャンセルするんだよ。うちの室町店、カウンターの半分が空いてた、なんてこともあった」

「へえー」

久坂と田口は同時に声をあげた。その店に何度か行ったことがあるからだ。内装に凝ったしゃれた店だ。

「中国の人っていうのは、キャンセルの電話入れてくれないんだよ。自分たちがその場所に行かないことがキャンセルだって思ってる。お国柄なんだろうけどさ」

ビールをコップに注ぎ、また飲み干す。

「それでね、中国人お断り、っていうことにしたんだけど、困るのがホテルから予約してくるお客だよ。うちとホテルとのつき合いってものもある。だからね。うちではこうしたんだよ。コンシェルジュが店まで連れてくる、っていうことを条件にしたんだ。そうでなきゃ、おっかなくて予約なんかとれないよ。この店もね、中国人のお客さんはそうしてもらってる」

そうした行状は、シンガポールに住む久坂には思いあたることであった。

話題はいつのまにか花見のこととなった。毎年三月中頃、京都にある山崎の実家の料亭で、数人の男たちが宴を開く。

今年は少し桜が早くなるかもしれないと山崎は言った。

「昨年、平安神宮に花見に行ったお客さんが、もうひどいめに遭ったよ、ってこぼしてた。もう押すな、押すな、の大混雑だったそうだ」

「桜の時期に、平安神宮なんか行くのが悪いんだよ」

と久坂は苦笑した。

「満開なんか見るもんじゃない。三分咲きのちょっと物足りないぐらいの時に行くのが丁度いいんだよ」

「あのね、久坂さん、三分咲きでも五分咲きでもあそこはいつだって、すごい人混みだよ」

「インバウンドって囃し立てて、今京都は人だらけだ」

「このあいだ、花見小路を車で抜けようとしたら大変なことになっていた。歩行者天国状態だった」

久坂と田口は口々に昨今の京都の喧騒を嘆いたが、実は彼らはそういったものとは縁がない。行きつけの店は隠れ家のようなところにあったし、山崎の実家は鴨川のほとりに二千坪の敷地を誇る。

山崎はいったんまた厨房に戻ったが、着替えて出てきた。革のジャケットを着ている。田口がこの後飲みに行こうと誘ったのである。

「シンちゃん、随分いいジャケットを着てるな」

「カミさんがこのあいだパリに行って買ってきてくれたんだ」

山崎の妻はこのホテルの店ではなく、東京本店で女将をしている。まるで女優のように美しい女だ。銀座の有名な画廊の娘である。シャンソンに凝っていて時々はステージに立つ。先日は勉強と称してパリに出かけたようだ。

「いつまでたっても仲がいいね」

「カミさんには、いろいろ苦労させてるもん。頭が上がんないよ」

山崎は慶應を出た後、しばらくニューヨークに遊学していて、妻とはそこで知り合ったのだ。ファッション工科大学（ＦＩＴ）で学んでいた女子学生が、老舗料亭の女将になるまではさまざまな葛藤があったに違いない。

銀座に飲みに行くことになった。田口の車に山崎が乗り、久坂は一人自分の車に乗った。

「数寄屋通り行って、途中で停めてくれ」

「わかりました」

用心深い久坂は、よく運転手を途中で帰す。

「遅くまで待っていてもらうのは可哀想で」

というのが表向きの理由であるが、勤務記録により自分の行状が、逐いち記録に残るのはたまらない。女が住んでいる場所が、彼の行動範囲からすると不自然なことがあるのだ。決して睦まじいというわけではない妻だが、夫に全く無関心かというとそうでもない。いつ何どき、疑問を持たれるかという不安がある。

が、今日は銀座である。どということもないはずだった。

霞が関の信号を少し越えた頃、運転手が声をあげた。

「あっ、雪ですかね」

フロントガラスに、白い水玉が貼りついている。

「天気予報では、雪か雨ってことでしたが、雪になるんですかね」

「夕方はそんなに寒くなかったから、霙になるんじゃないかな」

そう答えながら、ほとんど外を歩いていないことに気づいた。車を降り、ホテルの玄関までのほんの数歩の間だ。

シンガポールに住むようになると、日本の冬がつらいだろうと問われるがそんなことはない。南の国に暮らす月日と反比例するように、日本の寒さはやわらいでいる。現にはかない雪は積もることなく、銀座が近づくにつれ、しめやかな雨に変わっていったのである。

数寄屋通りの中ほどで降りた。

「一時間ほど待っていてくれ」

運転手に命じた。長居するつもりはまるでなかった。

「ゆいな」はビルの四階にある。一流でもないが、さりとて二流でもないという位置づけで、そこそこ流行っている店である。「グレ」や「麻衣子」といった超一流店と違い、女の子の質も落ちるし客が雑多であるが、それが時々面白いと感じる時もあった。

向こうの席にいるのは、顔だけは知っているミステリーの流行作家だ。編集者らしき男が二人はべっている。

彼の本は一冊も読んだことはないが、原作の映画なら飛行機の中で見たことがある。少年たちが殺人事件を解決するストーリーだった。作風からしてもっと若い男性と思っていたが、案外歳をとっていた。自分と同じぐらいかもしれないと久坂は見当をつける。テーブルには山崎のボトルが出ていた。今夜は彼が払うつもりらしい。そのせいもあって、彼は早いピッチで飲んでいく。

髪の長い女が久坂の隣についた。初めて見る女であった。久坂のいない間に入店したようだ。真冬だというのに胸が大きく開いたノースリーブを着ているのは、こういう仕事をしている女ならあたり前のことであるが、少し筋肉がつき過ぎている。丸味を帯びた隆起が、男の心をそぐことに彼女は気づいていないようだ。しかも得意になって、ピラティスの話を始めた。

ピラティスというのは、ヨガに似ているけれども、じわじわと体中の筋肉を目ざめさせていくものだという。

「ミワちゃんは、最近ピラティスのインストラクターの資格をとったんですよ」

ともう一人の女の子が教えてくれる。

「なんだ、ミワは夜な夜な、そんなことをしてんのかー」

山崎がからかうと、ミワと呼ばれた女はまさかと笑った。

「平日は疲れてぐったり。休みの日にジムに行くか、うちでやってるんですよー」

「ミワ、そんなに一生懸命やっていったい何が目的なんだ。あそこの筋肉鍛えて彼氏を喜ばそうっていうのか」

「ヤマさん、イヤらしいんだから」

ミワは抗議の声をあげたが、話はいっきに猥談の様相をなしていった。そうなってくると、山崎の独壇場である。

「そりゃ、そうだろ、やっぱりなぁ、アスリートというのはいいらしい。オレの友人が言うには、最高によかったのはフィギュアの選手らしい」

「フィギュア！」

女たちはいっせいに声をあげた。

「オレもわからないが、スピンというのを必死でやる時にあそこがギュッと締まる。そは中腰で決める時にも、同じことをお師匠さんから言われた。中腰で決める時はあそこをきゅっと締めなさいと」

いつも着物姿の女が口をはさんできた。高校を卒業するまで西川流をやっていたという。

そういえばと、久坂は語り出す。

「京都で『黒髪』を座敷で見るたびに、いつも妙な気持ちになるんだよ。体をそらしてみたり、半分寝たりする格好になる。あんなイヤらしい舞はないね。まるで客が女の品定めをするためにあるみたいだ」

「そういう目で見るのは、久坂さんだけなんじゃないのオ」

「いや、男だったらふつうそういう目で見るだろ」

「だけど、踊りをやっててもつまらん女はつまらん」

かなり酔った山崎が口をはさむ。

「友だちでどうしてもバレリーナとやってみたいって、バレエ団の女の子を口説いたそうで、それはいいんだけど、胸はぺったんこで全身筋肉。あそこも筋肉でぐっと締めてくれると思ったけど、ふつうだったってがっかりしていた。それに情緒っていうものがなくて、まるで〝インドア・スポーツ〟だったって嘆いてた」

「それは人によって違うんじゃないの」

女たちがいっせいに抗議する。

「バレリーナがみんなそうだっていうわけじゃないし」

「たまたまそういう人にあたったっていうことよ」

「だけどなあ、アスリートとかバレリーナっていえば、きっと名器だろう、って男は期待するわけだよなあ」

「なぁに、名器だとか何とか、物騒な話をしてるのね」

作家を送っていったママが、笑いながら戻ってきた。四十代半ばで、すらりとした体つきに青磁色の着物がよく似合う、蒔糊（まきのり）で描いた蠟梅（ろうばい）の訪問着に、白い唐織の帯というでたちは、かなり凝った高価なものである。オーナーママであることには間違いないが、自分の力だけではこれほど余裕はないはずだと噂（うわさ）されている。

「いや、いや、どういう女がいちばん名器かっていう話になってさ、男ってバカだから、アスリートとかバレリーナって聞くとさ、ものすごく期待しちゃうんだよねえー」

「あら、あら、女なんて好きな人とする時はみんな名器になるわよ」

という山崎の隣にさりげなく座る。女の子が席を替わったのだ。

さすがママと、女の子たちは頷いた。

「じゃあ、ママも彼氏とする時はすごいんだねえ」

「彼氏も何も、もうずっと枯れたまま何年も過ごしてるけど。まあ、若い時はね、そりゃあ楽しいわよ。これから好きな人と会うっていうと、もうあそこがはずんでくるのがわかるわよ」

「はずむのかよ。すごいなママ。まあ、飲めや」

山崎がからかうと、

「飲むわよ」

わざと伝法な口調でグラスに口をつけた。久坂はコの字型のソファの真中に座り、ママは真向かいに座った。ママは久坂に視線をおくらない。左横の山崎と話し込む形になっている。

「若いっていいわよねー。タクシーに乗って運転手さんに外苑前まで、っていうだけで、あそこが濡れるのよ。まるでオシッコ漏らすみたいに」

わかるわーと、女の子の一人が声をあげた。

「男は外苑前に住んでたのか」

「そうよ」

いや、違う、赤坂のホテルであった。久坂はこのママと五度ほど関係を持ったことがある。しかしそれはもう四年も前の話で、一種の営業であろうと久坂は割り切っていた。しかし女の方は、視線の代わりにねっとりとした言葉を送ってこようとしている。甘噛みのような恨みごとだ。

「もうパブロフの犬みたいなもんよね。外苑前って言葉を出すと、あそこがじゅんとしちゃうの。それからしばらくはピーコックにも行けやしない。何しろ外苑前って言うたびに濡れちゃうんだから」

皆がいっせいに笑い声をあげた。久坂も仕方なく唇をゆるめた。そしてついこんなことを口にする。

「そういえば、着物ってシミにならないのかなあ。大丈夫なの」

「大丈夫。私、和装用パンティ穿いてるから」

初めての夜のことが甦る。確か女はそんな無粋なものを穿いていなかったはずだ。

「そんなものしてると、男はがっかりするんじゃないか」

「だからね、部屋に入る前に脱ぐのよ」

こちらを決して見つめたりはしない。そんなことをしたら、誰かに気づかれてしまう。どんなに酔っていても山崎は目ざといのだ。

「まさかタクシーの中ってわけにはいかないから、マンションのロビイのとこのトイレでね」

そうだ。息せききって女がやってきた。ドアを閉める。長い口づけをした。女の帯をすぐに解いたりはしない。久坂は衿をはだけることもしない。身八つ口から手を入れる。ここが実は女の乳房にいちばん近いところなのだ。
たいていの女は、胸を抑えるために和装用のブラジャーをしているので、その縁から
ゆっくりと指を這わせる。そして乳首が固くなったのを確かめると、今度は指を移動し
裾を捲くっていく。久坂の少なくない経験で、この時下着をしていた女に一人も出会っ
たことがない。ママは途中のトイレで脱ぎ、ハンドバッグに入れてきたのかと、急にい
とおしくなってきた。
記憶がいっぺんに濃くなっていく。確かに女はたっぷりと潤っていて、ふともの半
ばまで蜜は垂れていたのではなかったか。
「すごいね……」
久坂は感想を漏らした。彼はこういう時言葉を尽くす。今、小さな奥まったただ円形の
場所が、どのように濡れ、どのような動きをし、どのようなことを欲しているか語って
やる。そして低い声でなじる。
「すごいよ……。もう我慢出来ないんだね」
この時になると、立ったまま痙攣を始める女もいる。ママもその一人ではなかったろ
うか。
いけない。五人の女と二人の男に囲まれながら、久坂の股間は記憶のために、反応と
もいえない反応をしているのである。目の前にいる女のせいだ。

靴の先にあたるものがある。テーブルの下でママが草履をおしあてていた。もっといっぱい、いろんなことを思い出してとささやいてくる。

「ジューシーな女はいいね」

久坂は水割りを口に含む。

「果物と同じだよ。ジューシーじゃない女なんて意味ないよ」

「でもね、男の人によっては、あんまり濡れる女は下品でイヤだっていう人もいるのよ」

世間話風を装って、女は唇をとがらせる。

「そういう男は、女を抱く価値がないな」

「本当にそうよねえ。本当にそうだわ」

初めて二人は視線を合わせた。

視線がからみ合ったが、ほんの一瞬のことだ。ママは職業的巧みさで、それをすぐにはずした。だからここにいる誰にも気づかれてはいないはずである。

久坂は水割りを口に含み心を静める。どう考えても自分への未練とは思えなかった。ちょっとした気まぐれの悪戯心であろう。しかし女というのは、時々こうした小さな爆弾を投げてくるので安心出来ない。

その時、にぎやかにグループが入ってきた。あら、いらっしゃいとママは立ち上がり、久坂は随分救われた気分になる。女の子がさらに水割りをつくってくれ、久坂は次第に饒舌になっていく。

「男と女なんて、結局は相性の話だろう。このあいだ友だちが、五十過ぎのどうということもないおばさんとしたんだそうだ。そうしたら、すべてがぴったりだったって言うんだな。あそこの具合だけじゃない。好きな体位とか、終わる時間とかとにかくぴったり、それ以来、彼はそのおばさんにメロメロになったって言うんだよ」

「そういえば」

と、遠慮がちだった田口が口をはさむ。

「友だちがこのあいだ、ちょっとした浮気のつもりで四十過ぎの独身女としたら、やっぱりすごくよかったそうだ。やつが言うには、五十過ぎてセックスがこんなにいいなんて初めて知った。とかなんとかとち狂ってしまって、離婚もしかねない勢いだよ」

「みんな、友だちの話ばっかり。自分の経験はないのね」

ミワがくすりと笑った。

「自分で経験するなんて、そんなおっかないことが出来るわけないじゃないか」

と言いながら、山崎は女の子の肩に手をまわしている。まだ四十代の終わりで、活力も金もたっぷりある男だ。何もないはずはないと思うのだが、案外口は堅い。よほど妻が怖いのだろう。

しかし人づき合いが多い男だけに話題は尽きない。客の秘密はうまく避けて、あたりさわりのない男と女の話に終始する。

「今、思い出したんだけど、フィギュアやバレリーナもいいかもしれないけど、遊び人の友だちが言うには、やっぱりオペラ歌手が最高だってさ」

これはまた特殊な職業であった。

「オペラ歌手っていうのは、不思議な体の鍛え方をするから、お腹やあそこの筋肉が絶妙らしいよ」

「えー、でも、オペラ歌手って、デブのおばさんばっかりでしょ。太った女の人が、きいきい声を張り上げてんでしょ」

「お前さあ、いったい何十年前の話をしてるんだよ」

山崎が笑って女をたしなめた。

「今はさ、若くて綺麗な女がいっぱいだ。ミスコンに出てた女もいるくらいだ」

「へぇ、そうなんだ。だって私、一度もオペラなんか見たことないんだもん」

「よし、よし、今度オレが連れていってやろう」

と、山崎は上機嫌で語り出す。

「まあ、オレよりかなり年上の人だったけど、その人が言うのさ。いろんな女とつき合ったけど、やっぱりオペラ歌手が最高だったって。わがままで金の遣い方もハンパじゃない。信じられないようなことを要求してくる、めちゃくちゃふりまわされるけどやっぱりいいんだとさ。あの時の反応と声がたまらないんだそうだ。あまりにも声が大きいんで、いつも困るんだよって、嬉しそうにこぼしていた。ホテルでやる時は、枕で口を押さえるんだそうだ」

「やだー、そんなの、窒息しそう」

「さてはお前も、同じことをされたクチだな」

山崎が隣の女をからかったが、女はうまく返答出来ない。やだーとつぶやくだけだ。それをきっかけに場は何とはなしにお開きになった。久坂が運転手に言った、「一時間くらい」というのが少々過ぎようとしていた。

もう一軒という山崎の誘いを、久坂は申しわけないと断った。シンガポールの時差はたった一時間であるが、あちらならとうに眠っている時間だ。田口も家に帰るという。ママと女の子たちに送られ、ビルの下に降りた。まずは田口が黒塗りのレクサスに乗り込む。短い別れの挨拶をした。

「元気そうで安心したよ」

「そんな心配してくれていたとは」

田口は本気とも冗談ともつかぬ口調で応じた。

「また会おうや」

「次に帰る時に連絡してくれ」

そして頭を軽く下げた。

「天目をありがとう。本当に嬉しかったよ」

第二章 歌う女

家に帰ってきてから、田口靖彦がまずしたことは、貰ったばかりの茶碗を箱から出すことであった。外国から飛行機に乗せられてやってきた茶碗だ。まずは呼吸をさせてやらなくてはならない。

田口は茶碗をダイニングテーブルの飾り棚に置いた。そこはついこのあいだまで、妻が買ったガレの花瓶が占めていた場所だ。ガレとひと口に言うが、工房で弟子がつくっていたものだ。出来不出来があるのはあたり前である。しかし、妻が買うものはなぜか不出来なものであった。その他にもあやしげなものが幾つもあり、業者にまとめて持っていってもらった時、田口はどれほどすっきりした気分になっただろうか。

棚の天井には、小さなライトをはめ込んでいるので、茶碗の瑠璃色はさらに冴えたものになった。瑠璃は田口の大好きな色である。久坂はきっとそのことを知っていて、この茶碗を買ってきてくれたのだろう。旧い友だちの厚意が田口には嬉しかった。

そして食事をしていた時、なぜあのことを聞かなかったのだろうかと後悔した。

死期がわかっていた妻は、パソコンやスマホの類いをすべて処分した。しかしいたるところに、妻のさまざまな思いの痕跡があった。スケジュール帳の余白に、妻はこんなひと言を残していたのだ。

「私はずっと幸せではなかった」

田口が知っている限り、妻は幸福そうであった。

動物愛護の財団に入っており、保護犬を二匹引き取っていた。どちらも雑種の醜い犬で、田口には全くなつかなかった。しかし妻は溺愛していて、二匹をいつも自分のベッドに招き入れたものである。

妻の死後、骨董品と同時にこの犬も引き取ってもらった。といっても骨董品と違い、犬の行方はわかる。妻が以前可愛がっていたお手伝いの家にいるのだ。

「奥さまの形見と思って大切にします」

と泣く初老の女に、いくばくかの金を渡した。それでいちばん目障りなものを消すことが出来たと思えば安いものだ。

妻の残した最後の言葉
「私はずっと幸せではなかった」

というのは、自分への恨みごとなのだろうか。久坂に聞いてみたかった。

きっと彼なら、こともなげに答えるだろう。

「女っていうのは、そういうことを言いたがるものなんだよ」

久坂はいつもそうだ。大雑把にものごとを断定する。頭がよい人間の特徴だ。苦悩するというのは、自分のような知の特権階級にだけ許されることで、ふつうの人間があれこれ考えるのは僭越だとでも言いたげだ。しかし今となっては、彼のそうした独善が懐かしい。もっと妻のことを話してもよかったのであるが、言いそびれてしまった。久坂に会うといつもそうだ。自分のまわりのこと細かなことは、彼の興味をひくことはないと思い込んでしまう。たぶんそうだろうが。

セーターに着替えてから、通いの手伝いはとうに帰っていたので、自分でコーヒーを淹れた。到来ものの村上開新堂のクッキーがある。亡くなった妻の大好物だったので、それを知っている人たちから、供えて欲しいと、ふたつ、三つと届けられる。顧客の紹介者がいないと買うことの出来ない、麹町の菓子屋だ。ピンクの缶に入ったクッキーは、まるで工芸品のように美しい。いったいどうやって詰めたのかと思うほど、隙間なくぴっちりと並んでいるが、今は田口によって半分ほどに減っている。夜の甘いものがやめられない。酒を飲んで帰ってきた後も、アイスクリームをなめる田口に、妻は嫌な顔をしたものである。

「また血糖値が上がるわよ、伊藤先生に怒られても知らないわよ」

伊藤先生というのは、私立の総合病院の院長で夫婦の主治医であった。この病院のメディカルクラブの会員でもあったから、二人揃って年に一度人間ドックを受けた。両親を癌で亡くしていた妻は、最新の検査にさらにオプションをつけていたほどだ。しかし伊藤先生によって告げられた病名は「すい臓癌」であった。早期発見がいちばん難しいとされている。

「私って、神さまに意地悪されているみたい」

とその時のつぶやきを、なぜか鮮明に憶えている。

「ずっと幸せではなかった」

という言葉は、あの告知の後だったのか。それならばまだ救いがある……。

あれこれ考えながら、妻への供物である上等のクッキーを、箱のまま口に入れていく。妻がいたら到底許されることではなかった。妻は村上開新堂のクッキーを、必ずウェッジウッドの皿にのせた。それはアンティークで、水色の皿の縁を白いレリーフが飾っていた。少女時代から使っていたという気に入りの一枚だ。

あの皿はどうしたろうか。たぶん他の骨董品と一緒に業者に渡してしまったような気がする。が、全く惜しいとは思わなかった。妻を亡くした代わりに、箱から直に菓子を食べる自由を今手にしている。

久坂だけには、メールでちらっと打ち明けたことがあった。

「困ったことに、実はそう悲しくはない、嘆きよりも、ようやくあちらに送ってやったという安堵の方が強い」

すると、

「みんなそういうもんだよ」

という返事がきた。

「身内の死っていうのは、後でボディーブローのようにじわじわとくるものなんだよ」

妻が亡くなって三カ月近く、いつかそのじわじわがくるのを期待していた、が、それはまだやってこない。

お互いの母親同士が従姉妹という、遠縁の娘であった。親によっていつのまにか決められた結婚である。大恋愛というわけではないから、こんなに淡々としているのだろうかと考えたりするのだが、世の中の夫を見るとみんな妻の死で愁嘆場を演じている。ほとんどが見合い結婚の世代でもそうだ。もしかすると、自分は薄情な人間なのではないか。本当は妻のことをまるで愛していなかったのではないかと問いかけながら、それをとことん追求しようとしない自分がいる。

そして美味い菓子をたいらげながら、ゆっくりと甦ってくることがあった。それは妻とは別の女のことである。

山崎が銀座のクラブで語った、

「あの時の声が大き過ぎて、口を枕でおさえた」

という女のエピソードを、田口は別の男から聞いたことがある。

彼がバブル期に築いた富を、ことごとく音楽と演劇に費やしたことはあまりにも有名だ。今も毎年夏になると、蓼科では彼の名を冠した音楽祭が開かれている。

男が元気だった頃、今から二十数年以上も前のことだ。田口は父親のような年齢の男になぜか可愛がられ、よく夜の街に連れていってもらった。しかし女がいる席は好まない。たいていは初老のバーテンダーが静かに立つ店だ。

「僕は女をつけ上がらせてしまうんだよ」

しみじみと言った。水商売の女に、さんざんしぼり取られてきたというのである。

「みんな僕があぶく銭を持っていて、しかも孤独な老人だということを知っている。だからうまく近づいてくるんだよ」

老人といっても、あの頃男はまだ五十代の後半だったはずだ。妻とは離婚の慰謝料をめぐって長い争いが続き、それが週刊誌の記事になったりもした。

「君もいずれわかるだろうけれども、世間に馬鹿にされない金の遣い方というのは本当にむずかしいんだよ」

自分のように一代で財を成した者に、世間の目はどれほど厳しいかと、男は語り始める。派手に遣えば成金と嗤われる。しかし地味に暮すと吝嗇と陰口を叩かれるのだ。

君も知ってのとおり、自分は事業をすべて他人に譲った。しかし創業者利益の特例というやつで、丸々とはいかないまでもかなりうまく残った。

自分はこの途方もない額の金をいったいどのように遣ったらいいんだろうか。

妻はもちろん、妻側についた子どもたちにも残すつもりはない。アメリカのように、寄付文化もこの国は育っていない。そして野放図に無邪気に遣うには、自分には知性も教養もある。ひととおり女たちと遊んだが、お定まりの結末があり、すっかり嫌気がさしてしまった。

「決して大げさではなく、暗澹たる気持ちになったんだよ」

そんな時、頼まれて若い音楽家や演劇人の援助をするようになった。

「するとね、いい具合に金がどんどん流れるようになっていったんだよ」

その後のことは田口もよく知っている。

男は何人もの音楽家や演出家、俳優たちを留学させ、帰国した彼らのためにコンサートや芝居を上演してやった。久坂の妻などとはスケールが違う。他人の寄付金などまるであてにせず、すべて自分の金を遣ったのだ。

特に声楽家に力を入れるようになった理由はただひとつ、金がいちばん出ていくからだと言った。

ある日のこと、田口は男に誘われて車に乗った。着いたところは神谷町の大豪邸である。途方もない大きさで、夜目にもかなり古い建物だとわかった。一階は広い会議室で、コの字型にテーブルが置かれていた。ゴンゴンと大きな音がするのは、セントラルヒーティングが稼働(かどう)しているせいだと言う。

「昭和三十年代のものだから、おそろしく金がかかって仕方ない」

照明はどこも暗く、巨大な階段のあたりは、ぞっとするような不気味な闇(やみ)があった。

「頭取の家だったんだ」

日本を代表する大銀行の名をあげた。

「この化物屋敷は壊されるところだったんだけど、買ってくれって頼まれたからこのあいだ買ったんだ」

まるでネクタイを買ったような口調であった。

ミシミシと音をたてて階段を上がっていき扉を開けると、拍手と歓声に迎えられた。十人ほどの男と女がいて、全員音楽家と田口は紹介された。

「こんなバカっ広(ぴろ)い家を買ったから、ここをミニコンサートにでも使おうと思ってね」

しかしその部屋はやたら広いだけで、演奏や歌にはとても向いていないと田口にもわかった。薄暗い照明の下、あちこちの隙間からひたひたと寒気が迫ってくる。

テーブルにはケータリング料理とシャンパンが置かれていたが、ほとんど誰も手をつけない。誰もが男の歓心を買うことに夢中であった。順番はあらかじめ決めてあったらしく、ピアノの伴奏で歌が始まる。それは田口も知っているオペラのアリアであった。まず太ったテノール歌手が、朗々と「誰も寝てはならぬ」を歌った。必要以上ではないかと思われる声量であった。

その次の女は、いかにもオペラ歌手らしい豊満な体格であった。舞台に立つような派手な化粧をしている。太い濃いアイラインが、外国帰りと主張しているようだ。歌い出すと実に伸びやかな美しい声であったが、曲名がわからない。「清教徒」の「私は美しい乙女」だと教えてくれた。女とアリアの題名とがまるで合っていないと田口は思ったものだ。

それは不思議な空間であった。天井の高い寒々とした部屋の中で、歌手たちは男一人のためにだけ歌っているのである。一人が歌うと拍手が起きるが、それはいかにもおざなりなものであった。皆、自分の歌がいちばん男の心をつかむようにと、そのことばかり考えているのがわかる。歌の合間に男が何か冗談を口にすると、皆が笑いころげた。まるで芝居のいち場面を見ているようであった。

やがて長めの前奏が始まると、それに合わせて一人の女が身を起こした。そして気だるげに、男に近づいてくる。その最中花瓶からバラの花を一輪抜きとった。「カルメン」の「ハバネラ」。あまりにも有名なアリアを、女は情感たっぷりに歌う。

恋はジプシーの子、掟（おきて）なんかありはしない、私に惚（ほ）れられたら用心してね、とカルメンがドン・ホセに媚びをたっぷり含んで歌う歌だ。最後は男に流し目をくれて、男にバラの花を渡した。あまりにも見えすいた演出が功を奏して、男は大喜びである。ふざけて投げキスをしたほどだ。

帰り道、田口は男に尋ねた。

「あの『ハバネラ』を歌った人が、あなたの愛人なんですか」

馬鹿なことを言っちゃいけないよと、男は笑った。

「援助する女に手を出したりしたら、たちまち悪い噂が立ってしまう。芸術だ、何だ言っても、あいつはただのヒヒ爺だったのかってね」

男と女は、対等じゃなくてはつまらないと彼は言った。その時にあの話をしたのだ。

「オペラ歌手とつき合うとしたら一流の女でないとね。ただしあの時の声が大きいから、枕で口をおさえて大変なんだ」

そのオペラ歌手の名を、聞けば男は教えてくれたかもしれない。しかし田口は自分よりずっと年上の男性の、情事の内容にまるで興味はなかった。

ただ男の口癖のような
「僕は女をつけ上がらせてしまうんだよ」

という言葉だけははっきりと耳に残っている。

「金があって孤独な老人に、女はいくらでも寄ってくるんだ」

わざと哀し気に、老いた風に言ったものだ。

このコンサートがあってすぐ、田口は渡米した。スタンフォードの大学院に入学が決まったからである。

もう父はいなかったから、高い学費をしぶる長兄に対し、

「必ずうちの海外進出に役に立つから」

と説き伏せたのだ。

初めて暮らすサンフランシスコは、大層楽しかった。休日に街を歩くと、アパートの窓にレインボーフラッグをよく見かけたものだ。ここに同性愛者が住んでいる、という証であった。九〇年代初めの西海岸は活気に溢れ、新しいサブカルチャーの発生地となっていたのである。

「どうか一度遊びに来てください、面白いところにご案内出来るように僕も少し勉強しておきます」

と書いた手紙に返事はなく、やがて日本の新聞の国際版に男の訃報が載った。かねてより心臓が悪かったと初めて知った。青山葬儀所で行われた葬儀には、たくさんの音楽家が詰めかけ、レクイエムの演奏で送ったという。

田口は男と過ごした幾つかの夜を思い出した。銀座のバーが多かったが、築地の料亭に連れていってくれることもあった。

トが奏でることもあった。これほど贅沢なカラオケもなかっただろう。

男が支援するオペラ歌手がくることもあったし、芸者が加わることもあった。田口ももちろん歌う。演歌を歌うこともあったが、主にアメリカンポップスを選んだ。

男もかつてアメリカで生活していたことがあったが、英語の歌はなぜか歌わなかった。最後に男はすっくと立ち、「琵琶湖周航の歌」を歌った。独唱という言葉がぴったりの歌い方だ。

例のミニコンサートでも、男はこの歌で誰よりも大きな拍手と喝采を浴びたものだ。

われは湖の子　さすらいの
旅にしあれば　しみじみと
のぼる狭霧や　さざなみの
志賀の都よ　いざさらば

男はこの歌が大好きだった。この歌しか歌わなかった。決してうまいとはいえなかったが、正確な音程できちんと歌った。

若い時に事業を立ち上げ、大成功を収めたが、その道のりは苦難に満ちたものであったろう。この歌は男が若い時に覚えたに違いない。いったいどんな青春をすごしたのだろうか。「さすらいの」という言葉に共鳴した彼は、故郷を出たのかもしれない。「しみじみと」思いどおりにならない人生の不条理に泣いた日もあっただろう。

この歌を好きということだけで、田口は男を信頼出来ると思った。

そして昔の歌手のように姿勢を整えて、マイクを持つ男のことを懐かしく思い出し、田口は少し泣いた。あの歌を歌う男のセンチメンタリズムは、そのまま彼の深い孤独だったのだ。アメリカから帰れば、何度も会えると思っていたのに、あっけなく男はこの世から消えてしまったのだ。

男と大学生の時に亡くなった自分の父とを、どこかで重ねていた。そして気づくと、田口もあの古めかしい歌を口ずさんでいたのである。

松は緑に　砂白き
雄松が里の　乙女子(おとめご)は
赤い椿(つばき)の　森蔭(もりかげ)に
はかない恋に　泣くとかや……

考えてみると、あれは望郷というものであった。この歌詞は舌にのせればのせるほど、なんと美しいのだろう。英語漬けの身にしみるようであった。「乙女子」と声に出してみると、清らかな美しい少女がそこに立っているようであった。

そして日本の風景も甦ってくる。琵琶湖のキラキラ光る湖面を見たような気がしてきた。

はかない恋に泣くとかや

自分でも意外なことであったが、田口は恋に落ちたのである。それも彼の人生を変えるような激しい恋であった。

ビジネススクール二年めに、田口は教授から頼まれてTAを務めた。ティーチングアシスタント、TAは、本来はPh.D.（博士号取得）課程の学生が行うものであるが、当時は日本の政治経済への関心が、今からは想像出来ないほど高かった。田口は英語の実力も認められ、「東アジアの台頭」という授業を受け持ったのである。

各グループのディスカッションの進行役を務め、レポートの採点をした。その時、一人の女子学生から激しい抗議を受けたのである。

「どうして私のレポートがBプラスなのか。とても納得出来ない。Aマイナスを貰って当然である」

モニカといって、ブルガリアからの留学生であった。東欧の民主化によって、アメリカが援助して連れてきた学生の一人である。彼女はやがて大粒の涙を流し始めた。

「タッド」

田口はそう呼ばれていた。

「私はあなたのように、お金持ちの呑気な国からやってきたんじゃないのよ。あなただって、私の国がどんな風に苦難の道を歩いてきたか知っているでしょう。私は祖国のために必死で勉強しているの。今、Bをつけられたら私の未来がどんなことになるかわかっているのかしら」

そしてさめざめと泣くのである。あまりにも時代がかった単語の羅列と、その泣きっぷりに田口はたじたじとなった。

「しかし君だって、東アジアっていうものをよく理解していないよ」

「理解出来ないのはあたり前でしょう。私たちはこのあいだまで、西側の情報など入ってこなかったのだから」

彼女は全くひかなかった。白人女性の、特に高学歴の女の気の強さは、アメリカでさんざん経験していたが、モニカのそれには「祖国」が加わっている。

しかし田口にもTAとしての面目があった。

「それを今、君は学んでいるんだろ。僕が採点したのは、今週学んだことについてだよ。それについては、君以外の留学生だって同じ条件だ。ここには世界中の学生が集まっているのだから」

さんざんやりあって、最後は田口が折れた。誰にも気づかれぬように、こっそり採点を直したのである。

「その代わり、君にもっと日本のことを知って欲しい」

今思うと、よくあのような歯の浮くようなことを言えたものだ。

「僕の集中講義を受けてくれたまえ」

英語を喋(しゃべ)っていると、思考回路も変わってくるようだ。そう女性に対して積極的でもない自分が、モニカに関してはさまざまな手口で近づいていったと、後に田口はせつなく思い出したものだ。

最初はあまりにもきつい態度に辟易(へきえき)としたものであるが、いったんことがおさまってみると、相手が非常に美しい女であることに心が動かされた。何かの花で染めたような赤毛であったが、これはブルガリアでは非常に珍しいという。たいていは黒い髪をしているというが、その赤い髪は、なめらかな白い肌ととてもよく合っていた。

後で知ったことであるが、混血が多いブルガリアは、美人が多いことで有名だったのだ。

ソフィア大学で学位をとり、銀行に勤めていたモニカは、当時三十近かったはずだが、年齢よりもはるかに若く見えた。ヨーロッパの女たちは、アメリカにいるとよくわかる。西海岸の女たちにはないニュアンスがあるが、東欧の女たちはさらに違っていた。スラブ独特の暗い彩り(いろど)がある。同じスラブでも、ロシアの女たちはすぐにその魅力を捨て、ぶくぶくした中年女になっていくのであるが、東欧の女、モニカにはその気配がなかった。ほっそりとした腰には、民主化の証であろうジーンズが穿(は)かれていた。

「集中講義」の手はじめとして、田口は彼女を鮨(すし)屋に招待した。高貴寿しは、当時スタンフォード界隈(かいわい)で、唯一(ゆいいつ)まともな鮨が食べられる店であった。ちゃんと日本から来た職人が握っていたのである。

予想どおりモニカは、鮨は初めてであった。生の魚が本当に食べられるかと質問された。

「今のところ、こっちの連中は、アボカドと一緒に巻いたりしてこわごわ食べてるけど、今に生の魚がやみつきになるよ。僕の予想はあたるんだから」

田口はふざけて言ったが、あの出来ごとは予想出来なかった。やがて日本の経済が破綻(はたん)し始めたというニュースが、少しずつ伝わってくるようになった。

じわじわと日本の株価が下がっていることは、アメリカでも報道された。かつては、東京都の土地の値段で、アメリカ全土が買えると豪語したしっぺ返しのように、日本の路線価が下がり続けていることをニュースは伝える。が、そのことを不安に思うよりも強く、モニカとの恋は田口の心をとらえていた。

白人の女は初めてではなかったから、独特の発酵したような体臭にも、やわらかい色の脇毛（わきげ）や陰毛にも慣れていた。

白人女の大き過ぎる乳房が嫌だ、という男は多いが、田口はそんなことはない。桃色の乳輪も大きいけれども、興奮するに従って褐色に変わるのを見るのも好きであった。

男性経験が少ないのはすぐにわかった。初めて結ばれた時、小さな叫び声を幾つかあげたが、それは田口の知らない言語であった。

「いったい何と言ったのか」

と後でしつこく問うと、まるで覚えていないと頬を赤らめた。そしてこんな話をした。

国にいた頃は勉強が第一だった。恋愛などにうつつを抜かしたら、自分の夢をかなえることが出来ないと決めていた。そうはいっても男からの誘いは多い。ある時、処女であることのわずらわしさから逃れたいのと、幾ばくかの好奇心から大学生の同級生と寝た。その時に条件をつけたという。会うのは月に一回とすること。そしてセックスの時間は一時間以内とすること。

「一時間というのは、ちょっと短いんじゃないか」

「いいえ、彼も若かったから、あっという間に終わったから」

その後すぐに二回めに挑もうとしたので、一回だけに限る、という条件をつけ加えたと真顔で言った。

「私は知らなかったの。終わった後、こんな風にぐずぐずしているのが、こんなに楽しいっていうことを」

裸のままで毛布にくるまり、お喋りをしたり、お互いの体のあちこちの線をなぞったりする。そしてもちろんそのまま二回め、三回めと数を重ねていく。

時たまモニカは歌を口ずさむこともあった。カーリー・サイモンのヒット曲だ。銀行員をしている頃に覚えたという。

「あの頃はアメリカの歌がいちどにやってきたのよ」

つき合い始めて三カ月で、一緒に暮らすようになった。モニカが学生寮をひき揚げて田口のアパートにやってきたのだ。彼女は部屋の広さや、バスルームやキッチンの設備に目を見張った。家賃を聞き、

「私の奨学金の何倍になるんだろう」

と首を横に振った。

一緒に暮らしても切りつめた生活を変えるつもりはない。食費もきっちり半分払った。二人でよく日本食の定食屋へ行った。ビーフヤキニクやスパイシーチキンを二人で分け合って食べた。夜は安いカリフォルニアワインを飲みながら、さまざまな議論をする。

彼女は日本経済が、やがて完全に破綻するであろうという要因を幾つかあげる。それが的確だとわかるだけに腹が立ってくる。

「いや、その計算は六百兆円という日本株の時価総額を考えていないじゃないか」

「まあ、なんていう過去の数字をあなたは出してくるの。最新の正確な数字をあげなさい」

激しくやり合った後、高揚したまま二人ベッドに倒れ込む。その頃になるとモニカは田口の上に乗るのを好むようになった。自分の好みのスピードで腰を動かし、自分の好きな角度に調整していく。快楽に対してひどく自分勝手になっていることが田口には嬉しい。性に対する素朴さや、斜に構えているところを、少しずつ直してやったのだ。知性も美しさも愛らしさもすべて持っている女。こんなに女を愛したことは初めてだ。

「結婚しよう」

呼吸をするようにその言葉が出た。

「君なしでは、もう生きていくことは出来ないと思う。だから結婚してくれ」

「あなたがそんなこと考えていたなんて……」

モニカは薄茶色の瞳(ひとみ)でじっとこちらを見た。

「考えもしなかったわ」

「じゃあ、どんな風に考えていたんだ」

「あなたとのことは、期間限定だと思っていたのよ」

「馬鹿にするな。日本の男がそんないい加減なことをするものか」

まるで説得力がない。まわりを見渡すと、そんな「いい加減」なクラスメイトがいくらでもいた。久坂もその一人だ。

あの頃、二人でよく結婚についてディスカッションをした。そうだ、まさしくディスカッションである。二人とも知識と想像力のありったけを出して、自分たちの結婚について話し合ったのだ。

いくつかの国に住むシミュレーションを出してみた。田口はモニカに日本で暮らすことをこんな風に語った。

「君ほどの経歴があれば、すぐにどこかの大学の助教授になれるだろう。東欧の情勢について語ればいい。それが気に入らなかったらまた銀行に勤めればいいじゃないか。東京は世界中の金融機関が集まっているんだから」

「タッド、あなたの国はもうナンバーワンじゃない。いろんな銀行がもう撤退を始めているのよ」

モニカはニューヨークに行くことを望んでいた。世界的な機関と共に、コンサルティング会社も視野に入れている。しかしいずれは故国に帰るという希望は譲れない。が、いくらどうやっても、田口は自分がブルガリアに住むことは想像出来なかった。

日本人の自分にいったいどんな職があるというのだ。

「日本語を習いたい、なんていうブルガリアの学生が、そんなにいるとは思えないよ。それに僕は三男といっても、兄の事業を手伝うようになっているんだよ」

兄の会社の製品のために、段ボールや容器を製造する子会社がある。そこを継ぐようにというのが、亡くなった父の遺言であった。

「小さいけれども、年にこれだけの収益をあげている。それに僕は本社の株も持っているんだ」

具体的な数字を挙げた。それは東欧の人間にとって目も眩むような額であっただろう。

モニカは素直にそのことを認めた。

「結局あなたは私に、日本で金持ちのハウスワイフになれって言っているのよね」

「それも面白いかもしれないよ。君はこの頃日本の茶とか踊りとかにとても興味を持っているじゃないか。日本文化を勉強しながら、君は僕の子どもを産んで育てる。異文化を楽しみながら、やがてそれについて本を書く」

「そんなことあり得ない」

モニカは叫んだ。

「何度言ったらわかるのかしら。私は国から選ばれてここにいるの。あなたのようなのんびりした私費留学生とは違うのよ。国に尽くす義務があるの」

「それならば、個人の幸せはどうなるのだ」

そしていつしか国への忠誠心と、個の幸福とは両立するかという議論になっていく。授業の残りをアパートでしているようなものだ。田口はあの時ほど生の充実を感じたことがない。

激しくやり合った後は、激しく愛し合う。

それまで、恋愛というのは、楽しく与えたり受け取ったりするものだと思っていた。しかしモニカとは違っていた。睦言を交わすように、お互いの理智を確かめずにはいられない。そのために時には相手を言い負かせ悲しませることもある。

「モニカ、許してくれ」

赤く少しぱさついた髪に顔を埋めた。

「本当に愛しているんだ。君との未来しか考えられない。だからこんなに苦しんでいるんだ」

「タッド、私もよ」

モニカも両手を田口の首にまわす。

「私がもっと豊かな国の人間ならばよかった。そうしたらこんなに苦しむこともなかったのに……」

時たまであるが、モニカはアメリカンポップスを歌った。それは少女の頃、こっそりと手に入れたレコードで覚えたものだ。

「兄や親戚(しんせき)の者たちから貰うLPレコードが、どんなに嬉しかったかあなたにはわからないでしょう」

シンディ・ローパーをかけながら、二人で踊ったこともある。ディスコ体験など持たないモニカの踊りはぎこちなく、照れたような笑顔を思い出すたびに、田口の胸は締めつけられる……。

結婚をしてから、妻の沙恵子に語ったことがあった。

「アメリカにいた時、大恋愛をしていたんだ」

愚かなことに妻に自慢していたのだ。お前にはそんな経験がないであろうと。すると妻は答えた。

「相手は外国の女だから気にしないようにと、お姑(かあ)さまから言われたわ」

妻と母とがそんな会話を交わしていたとは、田口は全く知らなかった。

さらに母はこんなことを言っていたという。

「あの子はとても真面目(まじめ)なのよ。日本の女が相手だったら、あなたも心配しなきゃいけなかったけど、聞いたこともない国の女なの。言葉も通じない相手に、やきもちを焼くことはないでしょう」

いかにも昭和ひとけた生まれの母が考えそうなことだ。しかしモニカが、不当に扱われているようで不快になった。それは自分の恋が貶められたようなものだ。二人とも本気で結婚を考えたんだ」

「そんなことはないよ。彼女は本当に素晴らしい女性だった。二人とも本気で結婚を考えたんだ」

「そうですか」

妻は言った。会話はそれで終わってしまい、その後二度と夫婦の話題にのぼらなかった。

卒業が近づいた頃、田口とモニカが出した結論は、

「到底結婚は不可能」

ということであった。二十世紀の世の中で、愛し合っている男女が結ばれない、というのは信じられない話だ。こんな理不尽なことがあっていいものだろうかと田口は思った。が、彼にしても兄たちから帰国をせっつかれている。今日本は、バブル崩壊という未曾有の災難に大きく揺れているというのだ。代々堅い事業をしていたはずなのに、その時の長兄はかなり株で損失を出していた。信じられないほどの早さで、多くのものがガラガラと音をたてて崩れようとしていたのである。

今までモニカが「祖国」と舌にのせるたび、その大時代的なもの言いに田口は苦笑した。しかし今、田口もごく自然に「僕の祖国が」と発言しているのだ。二人は「祖国」によってひき裂かれようとしていた。

別れの記念に旅行に出た。一度も行ったことのないラスベガスを選んだのは田口である。今と違って当時のラスベガスは、マフィアが牛耳る不埒な街だった。砂漠に出没したきらびやかな街は、人間のあらゆる欲望を満たしてくれる。恋はしていたものの、学業第一の留学生にとって、これほど似つかわしくない場所はなかっただろう。

そこで二人は少しばかりスロットマシンをした。もちろん儲かるはずはなかった。母から帰国費用として、かなりまとまった額の金を貰っていたので、それで上等のホテルに泊まりシャンパンを飲んだ。

その夜、ホテルのテラスでモニカが歌を歌ったのだ。どこの国の歌かと問うとイタリア歌曲だという。かなり本格的な発声で田口は驚いた。

「私の母は音楽教師をしていたのよ。私も子どもの頃は、モスクワに留学しようと頑張ってたの」

「そんなことは聞いたことがなかったよ」

「もう忘れてたのよ」

クラシックの発声は呼吸も姿勢も、ふつうのポップスとはまるで違う。息を整え、へその下に力を込めて声を出さなくてはならない。そんな少女の頃の訓練を、すっかり忘れていたというのだ。

モスクワに行くことにあんなに憧れていたのに、いつのまにか自分の心は、マイケル・ジャクソンやマドンナにとらわれていった。彼らで満たされ、もうモーツァルトやプッチーニの入る隙間がなくなったというのだ。

それなのに十年ぶりで、ふと昔習った歌が口をついて出たという。その高音部は少々音程がはずれていた。突然探検隊に踏み込まれた、ジャングルの鳥の悲鳴のようであった。

「ひどいわ、うちのママに言ったら、きっと怒ると思うわ」

ブルガリアの彼女の母に、挨拶に行く日どりさえ考えていたことがあったではないか。ラスベガスと同じように、ブルガリアも田口にとって未知の土地であった。しかし自分はこちらの方を選んだのだ。努力すれば手に入ったかもしれないいちばん大切なものを、自分は手放そうとしている。そして安逸とした人生を選んだのだ。自分が情けなくて田口は泣いた。泣きながらテラスにたたずむモニカのスカートをめくり上げた。そして下着をおろす。モニカに手すりに手をつくように命じた。彼女は素直に頷いたが、歌はやめなかった。脚を拡げ後ろから突いた。モニカのそれは前の方にあるので、かなり無理な姿勢であった。それでも彼女は歌い続けたが、鳥の悲鳴は、いつしか人間のそれに変わっていった。

あの言葉は口にしてはいけなかったのだろうか。向こう側のホテルから花火が上がった。いくつもいくつもだ。

「自分は大恋愛をしていたのだ」
と妻に言ったことだ。
「ずっと前のことだけれども」
と前置きをしたかどうか忘れてしまった。その言葉に妻が傷ついたかどうかというこ
とは、斟酌しなかったような気がする。
妻は処女ではなかった。そう経験はないように思えたが、田口が初めての男ではない。
結婚した時、妻ももう三十手前であったから別に驚くにあたらないだろう。が、あの頃、
田口のいる世界では、やはり「良家の子女」の過去については、ある基準があったと記
憶している。
妻との縁談が決まるずっと以前、学校を卒業していくらかたった頃、母から立派な装
丁の写真を見せられた。振袖を着た若い女が微笑んでいる写真だ。
「まだこんなこと、早過ぎると思うんだけど、早川さんが置いていったの」
その人物が誰なのか全く思い出せない。母は上機嫌であった。
「あなたさえその気ならば、まだ幾つも写真を持ってくるって」
長兄は大学の同級生と、次兄は職場結婚であった。母がそのことにかなり不満だとい
うことを田口は薄々感じとっていた。
「なかなか美人ね」

母はつぶやいた。実に意地の悪い笑みをうかべながら。

「でもこの娘はダメよ。ダメ、ダメ」

パタンと写真の表紙を閉じた。

「伊達の英子ちゃんが、この娘と初等部から一緒だったんですって。昨日ちらっと聞いたら、大学の時は有名な遊び人だったそうよ」

「ふうーん」

自分とは全く関係のない話だ。それなのに母親のこの勝ち誇った様子といったらどうだろう。田口はしばらく唖然と眺めていた。

「この頃はいいところのお嬢さんでも、油断もスキもありゃしない」

吐き捨てるように言った。

「さんざんなことをしてたくせに、こんな風に素知らぬ顔して見合い写真を撮るのよ。全く何ていう世の中なんだろうね」

会ったこともない娘に憎悪をぶつける。

やがて持ち込まれたのは、沙恵子との縁談であった。一度大きな法事の席で会ったことがあるというが、田口はまるで覚えてはいなかった。

「あそこのうちは、ひとり娘さんだからとても慎重だったのよ」

資産家ゆえに、うかつに縁談を進められなかった。が、田口の三男がいるではないかと気づいた時、あちらの家では大喜びをしたと母は解説する。沙恵子の母とは従姉妹の間柄だったのだ。そう親しくはなかったというが、子どもの頃から知っている仲だ。

「沙恵子ちゃんは学校はパッとしないけど、そのくらいは我慢しなきゃ」

あれだけの財産を受け継ぐのだから、という言葉はさすがに飲み込む。

母は三男の田口を、ことさらに愛した。容貌もいちばん母親似とされていた。亡くなる前に父が、会社のためにかなり不公平な相続をしたことを、心の中でわびていたに違いない。

「やっちゃんには、大学も国立でお金かかっていないのに、ちょっとあんまりだわ……」

と漏らしたこともある。しかし沙恵子との結婚によって、田口の境遇は逆転するかもしれないのだ。

「沙恵ちゃんならば安心。沙恵ちゃんとならすべてうまくいく」

と言っていた母は、おそらく沙恵子が処女だと信じていただろう。もちろん尋ねたことはないがきっとそうだ。

妻が処女ではなかった。

今となってはこの事実は田口に安堵を与える。自分の前に妻には好きな男がいてその男に抱かれたのだ。

「私はずっと幸せではなかった」

という言葉を妻は遺したが、それにとらわれてはいけないと田口は考える。妻とてもおそらく恋に酔った幸せな時はあったはずなのだ。

そう考えると少しは救われるというものだ。

「自分は大恋愛をしたことがある」

と打ち明けた時、妻は本当はどんな反応をしたかったのか。もしかすると「私も」と言いたかったのではないだろうか。

第三章　京の遊び

恒例の花見は、三月の下旬に決められた。桜の花が咲くかどうか微妙なところであるが、男たちだけで酒を飲み、舞妓、芸妓を賞でるのが目的だ。桜が満開に越したことはないが、実は誰もそうとらわれてはいない。シンガポールにいる久坂も、この時期に合わせて帰国するのであるが、桜の様子を聞いたりはしなかった。

田口は最近やっかいなことがひとつ増えた。それも京都に関することだ。亡くなった妻の遺産のめんどうをみてもらっている弁護士から、ある日連絡があった。下鴨にある家を買わないかというのである。

「それがちょっと、そちらとご縁があるおうちでして」

妻の祖父は、近江商人の血をひく実業家であった。引退後は京都に家を構え、愛人と一緒に暮らしたと聞いたことがある。八十代で亡くなった際、その家は長年連れ添ってくれた女性に渡したはずである。もう昔の話で、田口もおぼろげにしか聞いた覚えがない。

弁護士の話によると、その下鴨の家は、女の縁者が遺産として受け取った。しかし今回持ちこたえられなくなり、弁護士のところに相談してきたというのである。

「切り売りするにも、風致地区でうまくいかないというのです。それにとても凝った日本家屋なので、相続した方も惜しいと思ったのでしょう」

ぜひ縁のある人にひき取って欲しいと言うのであるが、ここに話を持ち込むのはためらいましたと、年配の弁護士はお茶を濁す。

いくら祖父とはいえ、一度は愛人の手にしたものだ。孫娘としては気分を害するのではないかとあれこれ考えているうち、沙恵子の訃報を聞いたのだ。

「奥さまのお祖父さまが、丹精込めてお建てになったおうちです。このまま見知らぬ人に売るのも惜しい気がします」

家というのは本当に縁なのですよ。特にこういう古いおうちはと、弁護士はまるで不動産屋のような口調になった。

値を聞いてみる。京都の土地はずっと高騰しているという。確かに高い。しかし買えない額ではなかった。

買うか、買うまいかとぐずぐずと迷っているうちに、花見の日となった。仲のいい男たち五人が集まり、京都でひと夜を過ごすのだ。

田口はいつものように、三十三間堂横のハイアットリージェンシーを予約した。シンガポールから帰国する久坂は、リッツ・カールトンに宿をとったという。鴨川沿いに建つ低層のこの高級ホテルは、確か一泊十三万円するはずであった。一人でそんなところに泊まるのは、たぶん京都の女と待ち合わせをしているのだろう。久坂は田口だけには、自分の色ごとを喋(しゃべ)ってくれることがある。三年くらい前までは、どこかのお茶屋の女将(おかみ)とつき合っていたはずだ。

久坂に言わせると、芸妓を自分のものにしようとする男は、まだまだ初心者だ。本当に京都の遊びを知り抜いている男は、女将に目をとめるはずだという。

「女将なんていうのは、みんなおばさんばっかりじゃないか」

と田口が言うと、

「だからお前は、女のことをまるで知らないというのだ」

と嗤(わら)われた。

「いいかい、京都の座敷で遊ぼうなどという男は、若い綺麗(きれい)な女なんていくらでも手に入れることが出来る連中だ。だから京都に行ってまでそんな女たちと遊ぼうとは思わないよ。それに若い舞妓なんていうのは、ちょっと前まで、日本全国いろんなところにいた、ただの女の子だ。修業を積んで芸妓になれば、そりゃ確かにいい女になってくるが、女将たちと比べようもないよ」

女将はたいてい結婚していない。それでいて子どもを産んでいる。女将たちは京で生まれ京で育った者がほとんどだ。籍が入っていなかったとしても、父親は昔の名の知れた財界人だったりする。だから彼女たちは誇り高くめったなことではなびかない。だから遊び慣れた男ほど女将に憧れるというのだ。

「五十、六十といっても、あの品のいい色気はすごいもんがあるよ」

といって久坂は、それが癖の片方だけ頬を上げる微笑みをうかべた。たぶん何かあったに違いない。

その久坂は、山崎の前に出るとぴったりと口を閉ざす。京都人の彼に、自分の秘密を語る愚はおかさないのである。

予想に反して、桜の開花が遅くなった。この一週間、冷え込んだためだ。料亭の広大な庭に、二本の大木があるが、花冷えの風に五分咲きの桜がかすかに揺れていた。

集まった男たちは、ゼネコンの創業者の一族の前田と、老舗デパートの社長宇野である。そしてシンガポールから、この日に合わせて帰国している久坂だ。山崎は実家の店での宴会ということで、二次会から参加ということになっている。

男たちはみな少し遅れて到着した。そして途中の渋滞のひどさを嘆いたのである。

「交通規制をやってるんだ。あの店に行くんだから通してくれ、って運転手が怒鳴ってやっと通してもらったよ」

宇野が顔をしかめた。童顔なのでとても若く見えるが、五十七歳と、この中ではいちばん年長である。ネクタイはしていないくつろいだ格好であるが、ポケットの紫色のチーフがしゃれている。いかにもデパートの社長、といったいでたちである。

「そら、えらいかんにんどす」

年配の仲居が上手にとりなす。

「うちにいらっしゃるお客さま、観光客の中を通らして、本当に申しわけないことどす。そやけど、この三、四年、あの橋の前がえらいことになってまして」

「いっそヘリコプターでも使ったらどうだ」

久坂が軽口を叩いた。

「この庭の木をちょっと切れば、ヘリが降りられるよ」

「それはいい考えどすなア。主人に言うときますわ」

「本当に冗談じゃなくて、要所要所ヘリで行けるようにしてくれなくちゃ、全くたまったもんじゃないよ」

みんな混雑や待つことが、何よりも嫌いな男たちである。

まずワイン通の宇野が持ってきたクリスタル・ロゼのシャンパンで乾杯した。暮れかかっていた庭がやがて闇につつまれ、橙色のあかりが灯る。仲居が百目蠟燭にも火をつける頃、二人の舞妓と三人の芸妓が姿を現した。

「今日はおおきに」

白粉のにおいをふりまきながら、にぎやかに入ってきた。田口を除く三人の男たちは、彼女たちの名前を皆知っていた。

「よう、福多可、久しぶりだなあ」

「長いことどしたなあ……」

鬘をつけた芸妓は、いかにも恨みがまし気に言い、久坂のグラスに酒を注いだ。

「お前たちも飲めよ。二本持ってきたから」

「いやア、おおきに」

宇野がシャンパンを勧め、座はいっきに崩れた。舞妓たちも姐さんたちに遠慮しながらもシャンパンを口にする。

「今日はほんまにありがとうございます」

田口の隣に芸妓が座った。藤色の地に桜を染め出しているが、ところどころ花弁に刺繡が入っている。贅沢な衣裳だということはすぐにわかった。会ったことがあるような気がするが、どうしても思い出すことが出来ない。他の男たちと違い、田口が京都にやってくるのはこの花見の時ぐらいである。そもそも女の名前を覚えることがとても不得手なのだ。一度か二度会い、たぶんそれっきりになるであろう水商売の女たちの名前を、男たちはどうしてあれほどすぐに頭に刻むことが出来るのだろうか。田口は不思議で仕方ない。

「豆孝どす」

「いやあ、失敬」

「もう一度お渡ししてもよろしいどすか」

「どうもありがとう」

田口は千社札を受け取った。それを律義にスマホに貼る。あとで剥がすにしてもその方が喜ばれるだろうと思ったのだ。

「これできっと君の名前は覚えておくよ」

「おおきに」

女は微笑んだ。年は四十代の終わりだろうか。笑うと目のまわりに細く曖昧な皺が寄る。鬘をかぶるにしては、少し目が大き過ぎるような気がした。切れ長に見せようとしてアイラインを太めに入れているが、その線のあまりの巧みさに田口はしばらく見つめてしまった。均一のその線は目尻で少しはねている。そのはね方が可憐だと思った。

「田口はね、いま独り身なんだ」

久坂が二人の方を向いた。

「このあいだ女房を亡くしたばっかりでね」

余計なひと言で一座はしーんとしてしまった。

「それはそれは大変なことどしたなあ……」

年かさの芸妓がしみじみとした声を出す。

「おつらい時に、ようういらしてくださいました。今日はどうぞ、楽しんでいらしてください……」

「彼にそんなに気を遣わなくてもいいよ」

と久坂が遮る。

「そろそろ喪も明けるだろう。彼はもう自由な身の上なんだよ。これからはばんばん京都に遊びにこなきゃなあ……」

「そうはいかないさ。君と違って僕は仕事がある。せっせと働かないとてもやっていけないよ」

「そんなことゆうたら、リョウさん、どうなりますのォ」

芸妓がわざとらしいほど、かん高い声をあげた。リョウさんというのは、宇野の花柳界での呼び名らしい。

「社長さんしてはりますのに、京都の優等生どっせ。よう来てくれはります」

「そうどす。お忙しい方ほどよう遊ぶ。男はんはそういうもんでっしゃろ」

女たちがにぎやかにもりたてて、田口はふと家のことを思い出した。ふだんは慎重に話題を選ぶのに、ついうっかりと京都の家のことを口にしたのは、酒と黄色いあかりの下の美しい女たちのせいだろう。

「そりゃあ、いいよ。買いなよ、絶対」

と前田が言った。彼の会社でも最近大きな古い邸宅を買い取り、金をかけて外国人用の迎賓館に改装したという。

「下鴨になんか、めったに売り物は出てこないよ。あそこは京都中の金持ちが住むところだ」

そもそも京都というところは、規則にがんじがらめになり、土地が少ない。中心部にマンションを建てるのがどんなに大変か。その代わり、億という値段がついてもすぐに全戸売約済みになってしまうと、前田はいかにもゼネコンの経営陣らしい口ぶりとなった。

「僕のまわりでも、京都に別邸を持っている者は何人もいるよ」

「だけどかなり古いものだし、茶室もある。リノベーションにとても時間と金がかかりそうなんだ」

妻の祖父の妾宅とまでは話していない。知り合いから持ちかけられて、買うか買うまいか悩んでいると続けた。

「だいいち、京都には年に何回もくるわけじゃないし」

「彼女をつくればいいじゃないか」

と宇野。シャンパンは飲み終わり、隣の舞妓に熱燗を酌させている。

「田口さんは独り身になったんだ。好きな女をつくればいいじゃないか」

いいかい、京都は女がいるといないとではまるで違うんだよと、酔った彼はとても饒舌になっていく。

「好きな女とならうまいものを食べるのも楽しい。美術館めぐりも寺を見に行くのも楽しい。そして京の女は京の文化というものを教えてくれるのさ。絶対に京都でうちを買いなさい。そして好きな女をつくるんだよ」

「おたの申しますぅー」

三人の芸妓がいっせいに声を合わせて田口の方を向き、笑いをとった。豆孝もとっさに同じ行動をしたことに、田口はかすかな不快感を抱く。

「だったら、宇野さんが持てばいいじゃないか」

「出来るわけないだろ。このコンプライアンス一辺倒の世の中にさ。だいいち僕には女房がいるよ」

宇野の妻は元タカラジェンヌで、美人で有名であった。時々パーティーや音楽会で会うと、隙のない服装に高いヒールですっと立っている。宇野は世間には愛妻家で通っているが、本当のところは誰も知らない。

「田口さんは独り身になったんだし、金だってある。どんどんやるべきだね」

「おたの申しますうー」

と女たちはもう一度声を合わせた。

やがて「酔わないうちに」と女たちは立ち上がる。鬘で豆孝は立方とわかったが、踊りがうまいのかどうなのかわからない。舞妓たちの一生懸命なぞった、という感じの前座が終わると、豆孝が「八重一重」を踊った。手拭いを優雅に使い、桜の風景を描き出す。田口はこの時間が好きだった。さっきまで酔客たちと他愛ない会話を交わし、笑いころげていた女たちが、すっくと立ち上がり、座敷をたちまち別の空間に変える。厳粛なものを感じて、田口は崩した膝をきちんと折った。やがて踊り終えた豆孝が隣に座った。

「何も正座しなくてもよろしおすのに」

紅をさした目が笑っている。

日がすっかり落ちた頃、いつものように前の川に舟を浮かべることとなった。宴の最後の趣向だ。

「どうぞ、お足元に気ィつけておくれやす」

料亭の紋が入った提灯を下げた仲居が、川のほとりへと導いてくれる。そこには観光のものとはまるで違う、一艘の屋形舟が停まっていた。まずは客が、その間に芸妓、舞妓たちが乗り込んでくる。みな重たい衣装をつけているというのに慣れたものだ。裾を上手にからげ、船頭に手をとられて舟べりをまたぐ。田口の隣に、ごく自然に豆孝が座った。

舟の上でも酒はたっぷり用意されていた。熱燗も仲居がつけてくれる。

両岸の樹々が、いきかう舟のあかりによってうかび上がる。五分咲きの桜が闇の中で白く光った。しかし風雅にひたってはいられない。高級料亭の提灯をつけ、舞妓、芸妓を何人も乗せた屋形舟に、観光客たちが興奮する。まるで用意されたイベントのように、他の舟からみなカメラやスマホを向けるのだ。中にはずっとビデオをまわしている者さえいた。年々彼らは図々しくなっているようで、

「ほんまに落ち着かないことどすなあ」

豆孝は顔をしかめた。

船頭は他の舟から逃れるように、上流へと向かう。しばらくすると、家のあかりがまるで見えない場所へ出た。ここでは桜も見えず、あたりはただ深い春の闇があるだけだった。

「ここまで来れば大丈夫」

豆孝がささやいて、田口の盃をぬるい灘の酒で充たした。それを口に含みながら、田口は女の横顔を見つめる。舞妓ほどではないが、芸妓も濃い化粧をしていた。やや不自

然なほど白い顔であるが、この闇の中ではその方がふさわしい。あたりはしんとして、酔った男たちさえ無口になる。そんな闇であった。

やがて年かさの芸妓が舟先に出て、袋から横笛を取り出す。そして静かに奏で始めた。昨年も聞いたはずなのに、その哀し気な音色は田口にいつも酩酊をもたらす。

これは現実のことなのだろうか……。

舟の上に昔どおりの化粧と衣装をつけた美しい女たち。夢ではないのかと、田口は思わず隣の女の手を握った。

二次会は花見小路のお茶屋と決まっていた。ここは格式は高くないかわりに、楽しく遊ばせてくれる。やり手の女将が、店の奥にカラオケバーをつくっていて、気楽にやりたい客はここに通した。

女将は六十代の痩せぎすの美しい女である。芸妓をしていた時に、才覚を見込まれてこの家の養女となったのである。女将の頭がいい証拠に、ひとり息子は京都府立医科大を出て医者になっている。もちろん女将は結婚はしていない。

山崎が、

「女将は客の中で、いちばんいい男を選んでその胤をもらったんだ」

とからかうと、

「へえー、だからおたくのお父はんの胤いただきましたんや。だからヤマさんは、うちの息子のお兄さんになります。たっぷり可愛がっておくれやす」

と笑っていなした。

ざっくりと着付けた衿のあたりが何とも色っぽい。それでいて、白髪が混じり庇に結った髪に貫禄があった。田口は京都に来るたびに、こういう女たちをつくる街のシステムを考えずにはいられない。どうやったら、これほど隙のない女たちが生まれ育っていくのであろうか。もっと老舗の女将たちだと、客のこちらの方が気後れしてしまうほどだ。

やがて山崎がやってきて、それをしおに舞妓たちが帰った。女将が気をきかせたのだ。大人たちばかりになった場は、次第に騒々しく行儀が悪くなった。山崎は遅れを取り戻すように、ウイスキーをぐいぐいと飲み、得意の尾崎豊を二曲歌った。それも飽きるとまた芸妓たちと飲み始めた。いつもは東京で暮らしている彼は、いきいきとした京都弁になっている。

「福多可、高橋さんとこのパーティーで東京行ったんやて。連絡待ってたオレはアホやんか」

「お兄さん、かんにんどっせ。その後、お客さんに銀座誘われたんどす」

「あの夜、久坂さんうちに来て、うまいマルゴー抜いたんや。福多可来たら一杯飲ませたろ思ってたけど残念やったなあ」

他愛ない話がしばらく続いた後、いきなりほこ先が田口に向けられた。下鴨の家を買えと、再び久坂が言い出したのだ。

「京都に家を買って、こっちに好きな女をつくる。まさに男の理想じゃないか。オレだってやってみたいよ」

そうだ、そうだと宇野が相槌をうつ。

「オレたちに出来ないことを、田口さんはやってくれよ。オレたちは、もう女房しか相手に出来ないんだからさ」

そうやろかと、年かさの芸妓が悪戯っぽく肩をすくめた。

酔った宇野は続ける。

「オレたちだってさ、こっちでいい女を見るとクラクラするよ。何とかうまくやれないもんかと思うが、今の世の中はそんなわけにいかないんだよ」

「いくでぇ」

と山崎が大声をあげる。

「いつも言ってるやろ。オレにまかせてくれって。京都で女つくれば心配することは何もない。京都の女は徹底的に口が固いんだ」

「そおどす」

芸妓たちはまた合唱した。

「ただ、ちょっと年くってるけど」

福多可が怒ったふりをして、肘で(ひじ)どんと山崎の腹を突いた。

「あのさ、西田のシンちゃんなんかさ、本当にバカや」

彼の遊び仲間の社長の名を挙げた。グルメサイトで、巨万の富を得た有名人だ。

「つまんないタレントとつき合うからさ、あんな風に週刊誌に書かれたんや。寝顔の写真まで撮られて、タレ込んだのは女の方に決まってるやろ」

おお、こわと福多可が口をとがらせ、その肩を山崎が抱く。

「どうしてITの連中って、タレントやら女子アナが好きなんやろ。あんな女たち、見かけは綺麗だけど、抱いたってちっとも楽しくないやろ」

話はいつものように、下世話な方にいく。

「その点、京都の女はええでぇ。オレの筆おろしの相手は福多可やったけど最高やった」

「ちょっとォ、兄さんが高校生の時、うちはまだ生まれてませんぇ」

二人のやりとりに皆が笑い、また新しいボトルが抜かれた。

「とにかく下鴨の家を買うことだな」

また話題がそこへいく。久坂によってだ。

「そして好きな女をつくる。もうこれで決まりだ」

賛成とみなが拍手をした。

「うちはワンルームでもよろしおすけど」

年かさの女が言い、

「いや、下鴨の家を妾宅にするから」

「よろしおすなあ、下鴨の豪邸どすかァ」

「そうだ。こいつは大金持ちだし、男前だろ」

「ほんまにイケメンどすなァ」

「今まで女房ひと筋だったなんてもったいないよ。信じられないぐらい真面目(まじめ)な男だからな」

「いや、そんなことはない」

なぜか正直に言ったのは、酔いがかなりまわっていたからに違いない。

「結婚している最中、好きになった女はいた。二人で旅行したこともある」

ひゃあーと女たちが悲鳴をあげ、久坂は、あーあとため息をついた。

「だからお前はダメなんだ。そういうことをふつうここで言うかァ」

「いや、今、ふと思い出したから……」

「全くなあ、話にならんよ。昔っからこの男、女に関しちゃものすごいぶきっちょでさ。アメリカにいた頃は、ポーランドの女と、死ぬの生きるのの大恋愛で大変だった」

え－、ポーランドの女子(おなご)はんとですか。と、女たちがざわめいた。

「そんな話やめてくれよ……。それにポーランドじゃなくてブルガリアだ」

「え－、ブルガリアって、あのヨーグルトの国どすか」

年かさの女が、しんから驚いた声をあげる。

「えらい遠い国のお方と、まあ……」

「だから昔の話だよ。久坂、もうやめろよ」

抗議しようとしたが、一座は収束出来ないほどわき立った。山崎が言い、バーテンダーが棚から細長い瓶を取り出した。

「シャンパンじゃなくて、これで乾杯といこう」

強い酒だ。テキーラだとわかった。

「田口の新しい人生に乾杯だ」

いっせいに盃をあげる。どうして乾杯をしなくてはいけないのだと言いかけて、酔いのために口がまわらないことに気づいた。

山崎が昔の歌謡曲を歌い始めた。メキシカン風のリズムとメロディーだ。女たちはマラカスを振る。宇野は踊り出した。出鱈目(でたらめ)な振りつけにみんなが笑い出す。

バーテンダーが、もう一本テキーラの瓶を置く。久坂が薬を注ぐような手つきで、田口のグラスに入れる。

「約束しろよ」

「何を」

「京都に家を買って、京都に女を囲うって」

「考えとくよ」

「馬鹿だなあ」

彼は笑った。

「考えているうちに、家は他の者が買っていく。そして女は逃げていくんだ」

「仕方ないさ。僕とは縁がなかったっていうことだろ」

「いつも諦めが早過ぎるぞ。ほら、飲め」

二人は作法どおり、向かい合って一気にテキーラを飲み干した。喉に火の玉が一瞬走り抜ける。

「この世のものなんか、すべて繋がっていない。すべて縁がないものなんだ。欲しいものがあったら、どんなことをしても手に入れる。引き寄せるんだ。わかったか」

いつになく高圧的な態度だ。久坂もひどく酔っているに違いない。

「お前は自由という最高のものを手に入れたんだ。これがどんなにすごいことか、そろそろ気づくべきだろ」

「そんなことを言って、君だって好き勝手なことをしているじゃないか。シンガポールで自由に暮らしているよ」

「だからお前は馬鹿なんだよ。あんな地域限定の自由なんか、どこが自由なんだ。さあ、飲め」

グラスを差し出す。もうこんな強い酒はいけない、と思いながらつい飲み干してしまった。おお、と皆が拍手する。

「田口さん、飲んだァ、さあー、メキシカンでゴー、ゴー、ゴー」

山崎が勝手な替え歌をがなりたてる。

「メキシカン、ゴー、ゴー、ゴー」

女たちのマラカスが一層激しくなった。

「もっと、もっと、さあ、もう一杯」

男たちが囃(はや)し立てる。久坂が叫んだ。

「こいつ、女房が死んでからずっと童貞だ。ホントに馬鹿なんだよ」

目が回る、とつぶやいたのは覚えている。

すぐ近くで、

「あー、いっちまった」

と誰かが声に出したのを聞いたのが最後だ。ぼんやりと沼から這(は)い出るように、田口は目覚めた。ああ、自分はひどい酔い方をしたのだ。あたり前だ。テキーラをあれほど続けざまに飲んだのだから……。田口はものごとを、理詰めに順序立てて考えようと骨を折った。それによって、いっきに覚醒しようとしたのだ。しかし下半身に違和感を感じる。床の冷たさが直接伝わってくるのだ。どうして冷たいのだろうか……。ぼんやり瞼を開けた。田口の目にいきなり飛び込んできたのは、黒々とした自分の陰毛であった。上半身はソファの脚にもたれかかり、下半身は床の上にある。ズボンもトランクスも脱がされていた。それどころかペニスに紐が飾られている。祝儀の桐箱についてくる紅白の熨斗紙がペニスを飾っている。網目に陰茎を縛り、根元でリボン結びがしてあった。羞恥よりもまず驚きがきた。これは本当に起こったことなのだろうか。あたりを見わたす。誰もいない。みな別の部屋へ移ったようだ。

あわてて紐をはずそうとした。田口の計算では、そのままスポッと抜けると思ったのであるが、紐は巧妙にペニスにからめてある。酔った指ではリボン結びを解くことも出来ないのだ。

その時衣ずれの音がした。女の誰かが近づいてきたのだ。が、田口は振り向くことも出来ない。容易に体がまわらないのだ。

「ああ、ああ、えらいことどすなあ……」

同情にほんのわずか揶揄が混じる甘い声である。

「皆さん、おいた過ぎはりますなあ。こんなにうまいこと縛ったの、福多可ちゃんやろか」

ひざまずいた。自分でやる、という声を田口は失っていた。

「こんなにきつう……まあ、かわいそうなことどしたなあ……」

ネイルをしていない白い指がペニスに触れた。そしてまずリボン結びを解いた。ゆっくりと紐がほどけていく。女の指は冷たい。しかし心地よかった。

「かわいそうなことどしたなあ……」

と女がつぶやくたび、田口のそれは固く角度を持っていくのである。

「大きなったらあきまへん……」

ねっとりとした声で女は叱る。

「紐が食い込んでしまいますえ……。そんなんあきまへん」

女の指は止まったままだ。やがて本当にほどく意志があるのかわからぬまま、ペニスを上下する。時にはしごくような動作が入った。

「あっ」

やめてくれ、と言ったつもりであるが、まだ深い酔いの中にいる田口は、うまく言葉が出てこない。女のなすがままになっている。

「これはあきまへん……。こちらの方がおいたを始めましたわ……」

いややわー、こんなに大きくなりはってと、豆孝はくすり指の爪を立てた。軽くひっかく。

「立ったらあきまへんゆうのに……もう」

どうしてそんな、言うこときいてくれまへんのと、女はもう一度爪を立てる。

「お仕置きどす……」

亀頭に口づけた。そしてすぐに唇を離す。てりを持った亀頭の先に、真っ赤な紅の跡が残る……。

「おおーっ」

ついに耐えられなくなった田口の先から、白いものが発せられる。止めようと思っても絶対に止めることの出来ない噴射である。

「ああー」

田口は目を閉じた。荒い息を何度もした後、やっと目を開けた。すぐ前に桜の刺繍がとんだ薄桃色の女の半衿があった。それが白い飛沫で汚れている。

「すまない……」

「いいえ」

豆孝は静かに言った。

「ちょっと待っておくれやす、動いたらあきまへんえ」

紐はすぐにほどかれ、高校の時以来の動きをした田口のそれは、熱いタオルで拭かれた。田口は急いでトランクスとズボンを身につける。ベルトを締めていると、ガラスごしに坪庭にいる豆孝が見えた。つくばいの水で、自分の胸元を拭いているのである。手拭いを使い、男の精液をぬぐうその様子は、先ほどの舞いのように優雅であった。

「お供を呼んでおきました」

坪庭から戻ってきた豆孝は、てきぱきとことを進める。田口に上着を着せかけ、冷たい水を飲ませた。

「皆さん、あちらの座敷で飲み直してはります。ささっと廊下を歩けば気づかれまへん」

「すまなかった……」

「何のことどす」

豆孝は首をかしげる。

「その、君に……失礼な……」

「皆さんが田口さんに悪戯しはったのをお助けしただけどす。時々、山崎のお兄さんたち、ああいうことをしはります」

「だけどひどいな」

「ご本人さんたちも酔っぱらってはるから、やったこともよう覚えてはらへんはずどす」

そう言って豆孝は前に立って、足早に進んだ。古いけれど磨き立てた廊下は、裾の音を響かせる。引きずりの衣装は後ろ姿も華麗だ。黒い四ツ菱の丸帯が揺れ、しゅっしゅっと絹が鳴っていく。衣ずれではなく絹ずれだと思った。

廊下の障子越しに、男たちの笑い声が聞こえた。

「だからオレの場合は違うで。ほんまやでぇ」

酔って呂律のまわらない山崎の声だ。確かに自分たちがした行為に、何の罪悪感も持っていないのがわかる。豆孝を寄こしたのは誰なのか。いや、豆孝は自分からそっと抜け出してきたのではなかろうか。そう思わなかったら、田口は屈辱感と恥ずかしさのあまり、もう二度と彼らに会えないような気がした。

「皆さん、酔っぱらっての悪戯どす」

田口の心を見透かしたように、豆孝がささやいた。

「気にする方が損どすえ。お酒の席のこと、どうか忘れて明日こらしめてやったらそれでよろしおす」

「だけど、君の着物に……」

「さっきから何のことどす」

豆孝はゆっくりと自分の胸元に手をおいた。

「うちの着物、なんかおかしいことおすかァ」

水でさんざん拭ったはずなのに、半衿も衿もしみが見えない。暗いあかりのせいかと目を凝らした。

「まだこちらにいてはるんでしょう。今度ご飯食べにでも一度連れてっておくれやす」

思わず言葉が漏れた。

「ありがとう」

いっそのこと一人で東京に帰ろうかと思ったのだがそうはいかない。次の日、家元の茶会に招かれていたのである。招かれているといっても、ホテルで行われる大寄せの茶会だ。家元が最近心を寄せている、難民のためのチャリティ茶会である。

腹が立ったが、ホテルの前で待ち合わせて宇野と前田の三人で出かけることにした。

「昨日はちょっとひどいじゃないか」

二人に抗議すると、

「悪い、悪い」

とニヤニヤしている。

「久坂さんがさ、こいつは女房死んでからずっと童貞だから、あそこを供養してやろうと言い出しちゃってさ」

その久坂は、今朝早く出て関西空港から飛び立ったという。彼は能を好むくせに、茶にはほとんど興味を持たなかった。

「本気になると、とてつもなく金と時間がかかるから、絶対にやるなと親父に言われている」

というのが理由であるが、茶道にまつわる一連のわずらわしさが、たぶん気にくわないのだろうと田口は推測している。茶はそのわずらわしさを楽しむものであろうが、自分はまだ何もわかっていない。ただ母親が長いこと茶を習っていて、三人兄弟の中で田口だけがつき合わされた。

「本当にちゃんとした方々は、みんなお茶をやるのよ。習っていて損はないのだから」

とよく言っていたものだ。最近は足を痛めてめったに出かけないが、以前はひと月に何回もある茶会を楽しんでいた。

おそらく宇野や前田も田口と同じようないきさつであろう。親のどちらかが茶に心酔していたのだ。前田の祖父は有名な数寄者で、茶碗のコレクターでは日本一と言われている。宇野の方は、母親が教授をするほどの腕前だったはずだ。これに山崎が加わり、熱心に稽古をしている。みな茶名を持っているほどだ。

といっても宇野に言わせると、

「なーんちゃって茶名」になる。

彼らは家元の弟分という扱いなのだ。どの流派でも家元のまわりには、財界人のグループが存在している。

受付の前に、紋付羽織姿の山崎が立っていた。彼は他の二人とは違い、茶名を貰う資格だけにとどめている。仕事柄、茶は子どもの頃からきっちりと習っていたらしい。反面まだ若い家元と仲がよく、「テキーラ仲間」と語っていたこともある。

田口の姿を見るなり、

「昨日はどうも」

と笑いかけた。まだ少し酒の気配がする。大寄せだから許されるのだろうか。

「久坂さんがいけないんだよ。あの人がそそのかしてさ」

ここにいない者のせいにするのが見えすいていた。が、悪びれた様子がまるでない。

「しばらくこのままにしておこう、なんて言ってさあ。それでさ、田口さん、いつ帰ったの？」

とぼけた風にも見えない。あのことは本当に知らないようだ。田口はただの性質の悪い冗談で済ませよう、という気持ちが次第に強くなっていく。

「ひどいじゃないか、目が覚めても誰もいないんだから」

「悪い、悪い、バーテンダーが起こしましょうかって言ったんだけどさ、久坂さんが誰もいない方が起きた時にびっくりするから、なんて言って、みんな座敷に移動したんだよ」

「起きた時はびっくりしたよ」

豆孝の顔が目の前にあったとはもちろん言わない。

「人のズボンを脱がすなんて犯罪ものだ」

「田口さんのは立派だって福多可が言ってたよ。だからいいじゃないか」

そうか、紐を巻いていったのは彼女だったのかと、少しずつ状況がわかっていく。

「あの時はみんな酔っぱらってたからさ。だからまっ先につぶれた人は、罰ゲームとしてああいうことになるんだよ。まあ、これも京都のルールということでさ」

「こんなルールは聞いたことがないよ。全くひどい話だよ」

と抗議する自分の声が、次第にやわらかくなっていくのがわかる。

ホテルの宴会場での、立礼（りゅうれい）の茶会が始まった。女はたいてい着物姿だ。着物には、「花と競わない」という暗黙のきまりがある。つまり桜の盛りに、桜の着物を着るのは野暮（やぼ）とされた。

とはいっても、まだ五分から六分咲きといったところなので、桜模様の着物の女たちは多い。しだれ桜に、流水に桜、遠山桜とさまざまに意匠を凝らした衣装の女たちがいっせいに並ぶのは、京都の茶会ならではだ。

振袖（ふりそで）を着た若い女たちが何人か、お運びをしている。その中で染めや絞りの技巧を凝らした束ね熨斗の振袖に、龍村の帯を締めたひときわ目立つ令嬢がいた。

「伊藤さんとこのお嬢さんや」

山崎が教えてくれた。伊藤というのは、タクシー会社やホテルを経営している、京都の有名な実業家である。

「おととしの斎王代や。ほんまに美人やなァ」

下鴨神社の祭りの主役となる斎王代は、京都の名家の若い女性の中から選ばれる。田口は何年か前に見た、葵祭の行列を思い出した。十二単をまとった斎王代が、輿に乗ってしずしずと進む。すぐ目の前にいる令嬢も、あのような格好をしたのかと田口は微笑ましく思った。うつむいている横顔が清楚で若々しい。

「宇野さんところの長男と、縁談が進んでいるらしい」

「ほう」

「家元の紹介だな」

待合の掛け軸は、その家元の筆による「花紅柳緑」の四文字一行である。茶杓は先代家元手製で銘は「八重一重」、はからずも昨夜の舞いと同じだ。なつめは宗哲の夜桜、茶碗は永楽善五郎の色絵と花尽くしの道具立てである。

何度か遠慮したのであるが、家元の席で田口は正客に座らされた。立礼といえども緊張する。やさしい苦さの緑色の液体が、ゆっくりと口腔を満たしていく時、不思議な満足感が生まれる。

「結構なお点前でした……」

「田口さんも、これからはもっとお遊びにいらしてください」

家元は端正な顔をほころばせた。

「宇野さんも前田さんも、この頃は熱心にいらしてくださいます」

彼らは月に一度か二度、東京から通ってくるのだ。

結局田口は、月に一度家元のところへ稽古に来ることを約束させられてしまった。

「他の方々もそうですが、別にお点前は上手にならなくてもよろしいんです。皆さん方は、堂々とお正客が出来ればそれでよろし」

という家元の言葉は、かなり気持ちを楽にしてくれたのである。

茶会の後、他の男たち三人は東京へ帰ったが、田口はもう一泊することにした。例の下鴨の家を、この際よく見てみようと思ったのである。弁護士から、管理している不動産会社に電話してもらった。

夕食はホテルのレストランで軽く済ませた。いきつけの店がないこともなかったが、今から予約をするのは億劫だったからだ。ビールを一本頼み、サラダと小さなステーキを食べた。パンは頼まない。最近下腹の肉が気になっているからである。

考えてみると、妻が亡くなってからずっとジムに行っていない。六本木にあるホテルのスポーツクラブに、夫婦二人で通っていた。顔馴染みも多い。おそらく会ったら悔やみを言われるだろう。それは望むところではなかった。そして気づいたら、体のあちこちがだぶついている。まるで悲しみの残滓のようであった。とうに心の整理はついていると思っているのに、体はまだ日常生活を取り戻していない。田口は自分がまた、トレーニングシャツに短いパンツを穿いて、ウオーキングマシンに乗る姿がどうしても想像出来なかった。

部屋に戻り、京都の書店で買った本を広げた。田口も久坂と同じように、出来るだけ本は原書で読む主義だ。そうでないと英語はすぐに錆びついてしまう。そのＡＩに関する本は大層面白かった。翻訳を待っていたら時差が生じてしまうはずだ。

中頃まで進んだ頃、部屋の電話が鳴った。フロントから何か問い合わせだろうか。受話器を耳にあてると、

「田口さんどすか」

やわらかい京の言葉であった。

「わたし菊鶴の斉木どす。昨夜はえらいお世話になりまして、ほんまにおおきにどした」

昨日行ったお茶屋の女将である。反射的に時計を見た。九時二十分前である。いった

い何の用事だろうかと身構える。

「やあ、昨日はどうもありがとう……」

たぶん訝しげな声が出たはずである。

「それで、何か」

「へえー、今日は日曜どすさかい、豆孝ちゃんらと映画見て、四条河原町ぶらぶらしてましたんや。そしたら誰かが、田口さん、もう一泊してはるはずや、宇野さんらはみなお帰りにならはったけど、一人でホテルにいてはるはずやと。ほんならちょっと皆でお慰めにいこか、ということになりましたんや」

「たぶんホテルにいてはりますやろと思いましたら、あたりましたわぁ。よかった。わたしら今、ロビイにいてますの」

京の女の言葉はさらさらと流れるようで、男に躊躇や疑いを与えない。

「だったらそこにいてください。今、下に降りていきます」

迷惑といえば迷惑な状況であるが、美しい女たちが自分を訪ねてくれたという事実は、やはり心が華やいでいくのである。

「下のバーで飲みましょう。皆さん何人ですか」

「たった四人どす。バーなんてよろしおす。田口さんのお部屋で飲ましておくれやす」

「部屋でですか」

あたりを見渡した。脱ぎ捨てた上着が、ベッドの上にあるけれどもそう見苦しいことはないだろう。田口はこのホテルのデラックスルームをとっておいてよかったと思った。贅沢に育った妻は、どんな時もツインの部屋を嫌がったからである。今、秘書に頼むと、何も命じなくても、デラックスルームを予約してくれる。

「よかったら、上がってきてください」

「ほんならお邪魔させていただきます」

そして五分もしないうちに女たちは部屋をノックした。休みの日なので、女たちは小紋、女将は紬といういでたちだ。鬘もつけず化粧も薄い。しかし女たちが部屋に入ってきた時は、花束がどさりと投げ込まれたようであった。

「田口さん、こんな遅い時分に申しわけありまへんなァ」

「いや、いや、一人で本を読んでいたところですから」

豆孝がちらりと英文の背表紙に目をやる。その目に驚きと尊敬があった。

女将は白結城に、桜の染め帯を締めていた。女たちは鬘ではなく、アップした髪にふだん着らしい小紋を身につけている。化粧も薄化粧で、お座敷用の衣装を身につけている時よりも、近づきやすいか、といえばそんなことはない。

彼女たちがこのいでたちで四条河原町を歩いていても、花街の女たちだとすぐにわかっただろう。肌の美しさがまるで違う。額のはえぎわがにおうようだ。要するにあかぬけているのである。素顔に近いために、顔立ちのよさがはっきりとわかった。

豆孝以外の二人の芸妓は、二十代後半であろうか。津弥子と佳りんと名乗った。どちらも初めて見る顔である。

「どうぞ、ここに座ってください」

ソファを勧めたが、彼女たちがどうしてこんな気まぐれを起こしたのか、田口にはまるでわからない。が、もちろん嫌な気分ではなかった。ルームサービスでシャンパンとオードブルを頼んだが、それで足りるわけがなく、冷蔵庫のミニバーの中のウイスキーのありったけが並べられた。

「田口さん、ストレートがよろしおすか、それとも水で割りましょか」

いちばん甲斐甲斐しく立ち働くのが豆孝であった。今夜の彼女は、小さな花弁がとんでいる、ピンク色の小紋を身につけている。が、それは薄暗い照明の中、やや灰色がかって見えた。外資のホテルは、たいてい照明が小さいが、その方が都合よかった。煌々としたあかりの下では、こうした美しい女たちとの宴は、照れてしまうに違いない。

女たちの話題は、もっぱら京都の桜事情である。今年は寒波がいつまでも居座っていたため、例年よりも開花が遅いというのだ。

「先週、うちのお客さんで花見しはった方がいてはりましたが、桜ちっとも咲いてないやないか。拝観料とホテル代、値引きしてもらいたいとこぼしてはりましたわ」

女将が言うと、佳りんがそやそや、と口をはさむ。

「福多可姐さん、先週比叡山に遠出しはったんやけど、あんまり寒くてぶるぶる震えはったんやて。まるで真冬みたいやったって、こぼしてはりましたわ。それで風邪をひきはったって」

福多可というのは、昨夜の事件の首謀者である。

「やぁー、福多可ちゃん、風邪ひいてはったん。お客さんらにうつらしませんやろか」

豆孝が心配そうに眉をひそめた。

「平気どす、あの人は根っから丈夫な人や。風邪の方がすぐに逃げ出しますわァ。それにな、昨夜はええもん見せてもらったから、そら、元気になりますやろ」

「なあに、おかあさん、それ、なんですのォ」

「福多可姐さん、どんなええもん見はりましたの」

二人の芸妓たちが口々に言いたてる。まるであらかじめ計画されていたかのような、会話のリレーであった。昨夜の事件は、女将の口から伝えられ、女たちはたちまちはしゃぎ出す。

「まあ、それは田口さん、災難どしたなぁ」

「うちも、田口さんのお飾り、見とおした」

「冗談じゃないよ。酔いが醒めて、いったい何が起こったかわからなかったよ」

少しわかりかけたことがある。夜の街では、こうしたことに本気で怒ってはいけないのだ。笑い話にしないまでも〝苦々しく〟受けとめるぐらいが丁度いい。

「それで田口さん、どないしはりましたの」

「どうもこうもないよ、あわてて紐はずしてさ、大急ぎでズボン穿いて、あわてて帰ったよ。全くひどい連中だ」

女たちが声を立てて笑った。どうやら昨夜のその後のことは、誰にも気づかれていないらしい。

田口は目の前の豆孝を見つめる。そして、始末をさせた礼を言った時に
「何のことどす」

と首をかしげたことを思い出した。今、彼女はそしらぬ顔をして、田口の皿にスモークサーモンを盛ったりしている。他の三人もそれが当然のような顔をして眺めている。誰も手を出さない。田口は空腹ではなかったが、何とはなしに口に入れた。

「宇野さんは、あれが最初に潰（つぶ）れた者の、ルールと言っていたけど本当かな。京都のルールだって」

「何をおっしゃいますやら。京都にそんなルールおますかいな」

女将が呆（あき）れたように口をすぼめ、

「山さんらは、いつも自分たちで勝手なルールつくらはりますんや」

その後笑った。

「仕方あらしまへん。親しいお仲間ばかりなので、みなでおいたしはったんでしょう。山はん、ゆうたら、酔ったらいろんなことしはりますからなぁ」

「そうや、そうや。山崎のお兄ちゃんたら、何するかわからんお人や」

料理屋の息子である山崎は、身内と思われているのだろう。芸妓たちはお兄ちゃんと呼ぶ。

「いっやったか、歌舞練場の前でばったりお兄ちゃんと会いましたんや。そしたら中国人のふりして、写真撮らせてくださーい、とか言うてうちの袖ひっぱったり、出鱈目な中国語使うから、うちおかしゅうて、おかしゅうて……」

佳りんがふふと思い出し笑いをした。大きな目に厚い唇と、今風の華やいだ顔をしている。

「もう、こんな時間や」

ベッドサイドの時計を見て、女将がわざとらしい声をあげた。

「うちはもう、おいとましますわ」

うちらではなく、うちであった。

「豆孝ちゃん、ほな、後はよろしゅう」

ショールを羽織って立ち上がる。芸妓たちはにぎやかに女将を送り出したが、まだ自分たちは居続けるようであった。時計は十一時をまわっている。若い芸妓たちは、またとりとめのない話を始めた。南座にやってくる歌舞伎役者たちの噂話である。歌舞伎を見ない田口には、誰のことかまるでわからなかった。

そこへ豆孝が戻ってきた。今まで何度かバスルームと部屋を行ったり来たりしている。

「もうよろしおす、お湯がたまりました」

「何、それ？」

「お湯がたまりましたから、どうぞ入っておくれやす」

どうして女の客がいるのに風呂に入れるのか、という田口の疑問は、女たちの嬌声にかき消される。

「いやー、〝お風呂入り〟しはるの？」

「ほんまどすか？　うち、聞いてませんえ」

田口は全く何のことかわからない。目の前に豆孝の白い顔があった。優しくねっとりとした声で命じる。

「お湯、いい加減どす、どうかお入りやす」

それはまさに命令であった。

デラックスルームのこの部屋は、日本式のヒバの風呂がついている。外国人客のためであろう。湯船はかなり大きいので、湯をためるのに時間がかかり、いつもはシャワーだけ使うことが多い。

わけがよくわからぬまま、バスルームのドアを開けた。あかりはついていない。ところどころ、キャンドルが置かれていた。青い光のものと、黄色い光のものだ。豆孝が置いたに違いない。やわらかい小さなあかりは、四角い木の湯船を、まるで祭壇のように浮かび上がらせている。酔いと、もうどうにでもなれ、という思いとが田口に衣服を脱がせた。

ここは京都なのだ。何が起こってもおかしくはない。

自分はどうやら女たちに見込まれたようなのである。そういえば、あの庇髪の女将は魔女に似ていないだろうか。女たちを三人残して、いったい何を企んでいるのだろうか。日本式なので、外でかけ湯が出来る。下半身に丁寧に湯をかけた。田口のそれは、早くも冒険を予感したのか、ほんの少し動きを見せた。まさか昨夜のようなことはないと思う。本当にあの時はコントロールが不可能であった。

そして右側からゆっくりと湯に入った。豆孝の言ったとおり、ちょうどいい加減であった。かおりはさすがにもうないが、背中にあたる木の感触が気持ちよい。

「ごめんやす……」

女たちが入ってきた時、田口はそう驚かなかった。キャンドルを見た時、こんなことが起こるような気がしていた。

女たちはキャッキャッ笑いながら、帯を解いていった。やがて長襦袢になる。みんな薄桃色であった。するすると女たちはいっせいに伊達巻きを解く。しのびやかな笑い声と、絹が動く音がする。やがて豆孝の声も。

田口は頬に湯をあてるふりをして目をそらした。しのびやかな笑い声と、絹が動く音

「いけまへん、バスタオルなんて……」

「だってぇ……」

「暗いから恥ずかしいことおへん」

やがて、湯が揺れた。

「ごめんやす……」

豆孝が湯船に入ってこようとしていた。左手を縁に置き、右手で前を隠していた。持ってきたものであろう手拭いには、田口でさえ名前を知っている、人気歌舞伎役者の名が染められていた。まずその文字を見、ゆっくりと視線を上に動かした。体つきから想像したとおり、こぶりな乳房であった。が、小さいゆえに弛んではいない。その先にほどよい大きさの乳首があったが、このあかりでは色まではわからない。

豆孝は湯船に入るために、体を大きくひねっていたので、胴の細さが強調された。中心に縦長の綺麗なへそがある。

田口は隅の方に移動した。もうこうなったら覚悟を決めているが、女たちに囲まれる

ゆらゆらと手拭いが上がってくる。それを指でつかみ、耳の下にあてた。かすかに首をかしげ、

「いいお湯でっしゃろ」

と田口に話しかけた。まるで湯治場に来たような、のんびりとした口調であった。そして、

「あんたらも早うお入り」

と若い芸妓たちに声をかけた。意を決したように次々と入ってきたが、そのしぐさは豆孝ほど優雅ではない。ことを急ぐので、前を隠していた手拭いが湯の波によってめくれ上がってしまう。

「あんたら、大事なところが丸見えどすえ」

豆孝が笑った。田口はやっと女たちを眺める余裕が出てきた。佳りんは真っ白な肌で、大きな乳房を持っている。若い娘にありがちなずん胴なので、ややだらしない印象を受けるが、こういう体つきが好きな男は多いものだ。津弥子はほっそりとしていて、乳房は佳りんほど大きくはない。ピンと張っていて、やや外側を向いているのが愛らしかった。二人の肌の張りは、やはり豆孝とはまるで違っていた。

「ほんまにいいお湯どすわ。お姐さん、おおきに」

「お姐さん、おおきに」

なぜか二人は豆孝に礼を言う。四人がいっぺんに入ったため、湯がざざーっと流れていく。田口は息を整えた。

隅に逃げたつもりであるが、後から二人が入ってきたため、豆孝が体を寄せてくる。腕と腕、腿と腿とが、触れては離れ、離れては触れる。密着しないようにと、腿を閉じても、湯の心地よさと浮力とで自然に開いてしまう。そして女のやわらかい皮膚にはりついてしまうのだ。

「ああ、ええお湯どすな……」

豆孝がうっとりとした声でつぶやく。

「やっぱり檜のお風呂はええなあ……。まるで温泉に来たみたいやわー」

「あれ、お姐さん、このお風呂、檜と違いますて、別の木やて」

「ああ、そうかあ……。それでもよろし。ここのお風呂は最高や。田口さん、おおきに」

「おおきに」

「おおきに」

二人の若い妓たちも声をあげる。広い浴室であるが、声がよく響いた。まるで南の国の鳥のような女たちの声だ。

これは遊びなのだと、先ほどから田口は自分に言い聞かせている。今まで年に数回京都にやってきて、贅沢なところで食べ、飲んできたつもりであったが、通りいっぺんのことしか起こらなかった。それが京に家を買うかどうか迷っていると言ったとたん、扉が開かれたのだ。女将も芸妓たちも不思議な動きをする。こちら側にいらっしゃいと誘っているようだ。これはそのひとつにすぎないのだから、後でゆっくりと考えればよい。

田口はやっと女の胸に視線をやる余裕が生まれた。豆孝の乳房は、半分ほど湯に沈み、かすかに上下していた。ゆらめいていた。小さなあかりの中でもわかる、白い肌であった。胸の美しさをひきたてるように、細い首があり、完璧に手入れされたうなじがあった。後れ毛が、まるで細く墨で描いたように、数本はりついている。その瞬間、田口はあっと叫びそうになり、あわてて呑み込む。ペニスが豆孝の手の中にあった。握るでもない。ただ掌にのせている、という感じである。そのうち、「いい子、いい子」をするように、かすかに中指が動いた。田口のそれはあきらかに変化を見せ始めた。奥歯を嚙み、下肢に力を入れる。他の妓たちに気取られてはならない。昨日の失敗を思い出しぞっとする。これは拷問だ。しかしなんと甘美な拷問だろうか。

その時だ、ザーッと湯の音がした。佳りんが立ち上がったのだ。

「うち、もうのぼせそうどす」

後ろ向きになっているので、形のよい尻が目の前にあった。水滴がころころと落ちていくのがわかる。

そして壁にかけてあったバスタオルをさっととるや、小走りで浴室を出ていった。

「うちも、もう辛抱出来まへん」

津弥子が立ち上がった。体の向きを湯の中で変えようとしたのであるが、それほどうまくいかず、半円の乳房と濡(ぬ)れて黒々とした陰毛を横から見ることが出来た。佳りんよりもゆっくりとした動作で、バスタオルを体に巻いた。そして
「お姐さん、お先に」

と声をかけることを忘れない。

二人が出ていった後、一瞬ではあるが気まずい静寂があった。四人で詰めて入った木の湯船は、二人きりになるとたちまち淫靡(いんび)さが支配した。豆孝はとうに手を放していたにもかかわらずだ。

「なんか急に広うなりましたなァ。ゆっくり入れますわ」

とつぶやいたが、白々しく響いた。

田口は立ち上がる。もうこれ以上湯の中に浸っていられないと思った。ぐずぐずしていたら、隣の部屋にいる若い妓(こ)たちに誤解されるではないか。

ざあーっと湯の中から出ると、陰茎はすっかり角度を失っていた。

「君……」

とがった声が出た。腹立たしさがこみ上げてくる。どうしてこんな中途半端なことをするのだ。どうしていつも自分をいたぶるのか。

が、その苛立ちは、欲望と一重に貼りついているものだ。だから言葉がうまく出てこない。理智的な思考はすべて失われていた。

豆孝も立ち上がる。水滴は若い女たちのように落ちてはいかない。乳房の間を、ぬめぬめと滴っている。乳首の大きさが違う。左の方が大きい。前の男の癖がしっかりと体に残っている。

「君」

何か抗議しようと思ったが、手が勝手に動いた。女の左手の乳房をわし摑みにした。そして口を吸う。女の唇からは酒と湯のにおいがした。やがて女は田口の手を優しくふりはらう。

「これ以上は野暮どすえ……」

第四章　女の家

約束の時間に、不動産屋がホテルまで迎えに来てくれた。国産の小型車であったが、京都の狭い道を行くには、これの方が便利かもしれない。

桜の季節とあって、街には観光客が溢れていた。中国人だけでなく、白人がこのところ大層増えているという話をきっかけに、不動産屋の社長が語り出す。

「いち時期は、町屋がどんどんのうなって、私らも惜しいなあと思ってましたが、この頃は、えらい人気ですわ」

「リノベーションして住むのが流行ってるんだろ」

「そうです。外側はあのまんまで、中を綺麗にしはって、小さい旅館にしたのが、これまた外国人さんに受けてますんや」

車は北へと上がっていく。賀茂川と高野川にはさまれた三角形の下辺が、京都屈指の高級住宅地、下鴨である。多くの家々がピンク色に包まれていることに驚いた。

「ここ二日で、お屋敷の庭の桜がよう咲きましたわ。下鴨の方々は、人出の多いところなんかよう行かへんのと違いますやろか。皆さん、自分のうちでお花見ですわ」

その家は川沿いにあった。五百五十坪という敷地は、あたりと比べれば決して大きなものではない。木の扉を開けると、いきなり小さな小屋があった。掃除道具が立てかけてあり、屋根は半分朽ちていたが、

「露地の待合でっしゃろ」

と不動産屋は言う。茶事の際に座って待つちょっとした腰掛けだ。

「どうしてこんな場所にあるのだろう」

田口も茶に詳しいわけではないが、玄関を入ってすぐの待合というのはあまり聞いたことがなかった。

「あとからお茶室をつくったからではないですかね」

「お茶室は本当にあるんですか」

「そこの露地をとおったとこにあります。ずっと使われてませんから、中はもうボロボロですわ」

独立したものではなく、母屋と渡り廊下でつながっている。土壁は崩れ、にじり口から中をのぞくと、薄暗い荒れ果てた四畳半が見えた。

「畳を替えれば使えそうですがね」

「私はお茶のことはまるでわからしまへんが……」

と前置きして、

「このお茶室、滋賀のどっかの名家にあったもんを、こっちに移築したそうですわ」

という社長の言葉に、思い出すことがあった。妻の曾祖父は、確か近江商人の流れを汲むと聞いたことがある。彼の息子が、祖先のふるさととの縁で、この茶室を運んできたとしても何ら不思議はない。

母屋は思いのほか小さく、四つの部屋と台所に風呂場、そして洋間があった。洋間は改装を重ねたらしく、窓の枠がサッシになっていた。

「惜しいことでしたなァ」

社長は首を横に振った。

「こういう家は、京都でも少のうなってます。こんな風に手を入れへんかったら、今頃価値が出ましたがね」

おそらく手を加えたのは、妻の祖父の死後、この家を相続した女性の縁者だったはずだ。長いこと人に貸していたというが、京の寒さに耐えかねた借家人から、改修の申し出を受け、それを許したのではないだろうか。

よく見ていくと、浴室はユニットに変えられていた。それが安っぽい仕様なので、田口も社長も呆れてしまった。

「こんだけのおうちに、どうしてこんなお風呂つけたんやろ」

「本当に寒かったんだろうね」

「そやけど、京都のお人は、古いおうちに生まれたら、じっと辛抱なさいます。このあいだうちでお世話させていただいた西陣のおうちは、ずっと明治のままのおくどさんでしたわ。奥さんゆうのがえらいお人で、ご先祖さんがそのままお使いやしたもんを、うちらの代で直すわけにはいかへんと……」

「ほう……」

土間で調理する京都の古い台所が、どれほど冬は寒く、不便なものだったかと、田口でさえ想像することが出来る。

「そのおうちは台所を改修したんですか」

「いや、いや、古い帯屋さんどすけど、もう十年前に廃業してはりましたわ。奥さんがご高齢でお一人で頑張っておられましたが、今度施設に入られることになりましてなぁ、お子さん方と相談して売らはりました。西陣は細長うて、再活用もなかなか難しゅうおす。今は更地ですわ」

そうしてもう一度あたりを見わたす。

「そやけど、思ってたより家はいたんでません、これならちょっと手を入れればすぐに使えるのと違いますやろか」

六十代半ばと思われる社長は、いとおしげに柱を撫(な)でた。不動産屋トークとは思えないほど、実のこもった声で続ける。

「隠居のためのおうちと聞いています。そやから平屋で、こないええ木を使ってはられますなあ。そもそもこのあたりは、昔っからのおうちばかりで、めったに売りものは出てきません。商売抜きでもええおうちと思いますなァ」

「ちょっと考えさせてください」

「そら、そうです。これだけの買い物ですからなあ。どうぞゆっくりとお考えください。さし迫って売ってくれ、というお人もいられませんし、先方さんはもしこちらさんがお買いくださったら、嬉(うれ)しい、って言うたはりますし」

「その売り主、というのは、確か女性の甥(おい)ごさんと聞いてるけど」

「まあ、間に人が入ってますさかい……」

京都人らしい口の堅さであった。

「僕も亡(な)くなった妻からちらっと聞いた程度なんですが、その女性って幾つくらいで亡くなったんですか」

「そうですなぁ……九十近くまでここでお一人でお暮らしやったと聞いてますが」

「結構長生きしたんですね。それならよかった」

「まぁ、こんな立派なおうちもろうて、月々心配のないようにしてもろうて、ええ暮らしやったん違いますやろかな」

実の孫ではなく、孫の夫ということに気づいてか、社長の口が次第にほぐれていく。

「今の若い妓らと違うて、昔の花街のお人の出世いうたら、自分でお店持つか、どなたかに落籍されるかのどちらかでしたからなあ。うちもようお店のお世話させていただきましたが、女一人でご商売ゆうんもいろいろ大変です。こちらのお方みたいに、こんな立派なおうちもろうて、一生らくさせてもらったのは、ほんまに運がええことでしたなあ。昔のええ話ですなあ」

ですから、と言った。

「運のええおうちは、ご縁のある方が住むのがいちばんです。本当です」

午前中に東京駅に着いた。

迎えの車に乗る。いくつかのメールをチェックする。会議で出されるであろういくつかの議題について、秘書からの報告があった。

そのひとつが、内定式まで終えた四人の新卒のうち、一人が辞退を申し出たというものである。グラフィックデザインを専攻する、美大卒の学生であった。最近急速に売り手市場となっている就職戦線において、田口の会社のようなところには、やはり魅力を感じないのだろう。親会社の命ずるままに、ひたすら段ボールとパッケージをつくり続ける百二十人ほどの会社である。それでも美大卒の社員に期待や思惑はあったので、幹部たちは落胆していることであろう。

人事の責任者はどのような釈明をするだろうかと思いをめぐらしたとたん、女の声が不意に甦（よみがえ）った。

「お仕置きどす……」

息を整えようと鼻を鳴らした。土曜日の夜から京都で起こったことは、本当にあったことなのだろうか。東京からわずか二時間のところに、ある場所。そこで日常から全くかけはなれたことが起こったのだ。

酔っている間に、自分のペニスは紐（ひも）で縛られた。それゆえ大変な失敗を犯してしまった。そして昨日の夜に起こった出来ごと。女たち三人と風呂に入ったのだ。しかしあの場で自分は、それほど破廉恥（はれんち）なこととも非常識なこととも思わず、ただ流れにそって行動した。あれはどういう心の動きだったのだろうか……。

田口はシートに深く身を沈めた。

気持ちを切り替えなければいけないと自分を戒めた。しかし忘れようとは思わなかった。

その時、メールが入った。母の真佐子からであった。

「京都からあなたの好きなタケノコをいっぱいいただいたの。帰りに寄らないかしら」

「調理済みならいいよ」

「もちろん」

京都の女のことを考えている最中に、京都からもらいものだ。偶然か……と田口はひとりごちた。

真佐子は広尾のガーデンヒルズに住んでいる。棟は違うが、兄の一家も同じところだ。しかしあまり行き来はない。八十五歳ではあるが、真佐子は気力、体力も充分に残っていたうえに、資産もあった。亡くなった夫がたっぷり残してくれたからである。ゆえに気の合わない嫁に頼ることなく、自分の金でお手伝いを雇い、身のまわりのことはすべてやらせている。

その日も真佐子は、溺愛している三男のために、筍ごはんや煮物を用意して待っていた。といっても、すべてお手伝いがつくったものである。

「週末どうしてたの」

会うなりまず文句を言った。

「何度か電話したのよ。それなのに留守電になってるじゃないの」

「いろいろめんどうくさいことがあって」

まさか芸妓たちと遊んでいたとはいえない。

「めんどうくさいことって、何なの」

「家元のところの茶会へ行ってたんだよ」

するとﾞ、たちまち機嫌を直した。茶道は長いこと真佐子が熱中していたものである。脚を悪くし、正座が出来なくなってからは遠ざかっているが、中年の頃は毎週茶会に出かけていた。

「どんなお道具が出たの」

と目を輝かす。田口が正確に教えてやると、

「大寄せなら、まあそんなものでしょうね」

と頷いた。自分はそれこそ国宝尽くしの茶会に出たと言いたいのだ。

「それにしても、お茶会なんていったいどういう風の吹きまわしなの。私が誘うといつも断っていたくせに」

「友だちから言われたんだよ。みんな家元から直接習ってる連中だ」

「やっちゃんも、家元に習えばいいじゃないの。ああいう方に教えていただければ、サボることが出来ずにいいかもしれないわ」

「そんなことはないよ。あいつら月に一度いくかいかないかだよ」

「それでもいいじゃないの。家元に直接習っていることがすごいんだから」

その後、すらりと京都の家のことを言うことが出来た。茶の稽古のために買うような話の流れだ。

真佐子はこの年代の女にしては珍しく、大学を出ている。といっても津田塾を出た年に結婚し、次の年には長男が誕生していた。一度も働いたことはないゆえに、彼女は働くことを〝なめて〟いるところがあった。夫がそれほど結婚を焦ることなく、親もせっつくことがなかったら、自分は社会でどれほどの地位を得ただろうかという思いだ。その錯覚はいつしか不満となり、老いても未だに燻っているのである。

だから同級生結婚や職場結婚をした長男や次男の嫁を、内心どころかかなり大っぴらに見下していた。中途半端な職歴や学歴しか持っていない女という認識だからだ。

ごくふつうのサラリーマンの娘が、たまたま大学が一緒だっただけで、オーナー企業の跡継ぎと結婚したのだ。なんという運のいい女だろうという思いはずっとあって、それは日頃の言動に出ている。

父の会社を継いだ時、田口の長兄は、母をも引き受ける気でいた。母もそのつもりだったようで、自宅を処分して近くに引越したのだ。しかし双方、この選択は間違いだとすぐに気づいた。今では正月と父の法事以外、母が兄の家族と会うことはない。

母は昔からのお手伝いと二人、気楽に暮らしている。津田塾時代の友人たちとしょっちゅう買い物や食事に出かけ、近場ではあるが海外旅行も楽しむ。

とはいっても年齢が年齢なので、半月に一度は田口は母のマンションに寄るようにしていた。それが妻の死後は、週に一度は訪れるようになった。母が気兼ねなく、いろいろ用事を言いつけるようになったからだ。

「もう久子さんでは、蛍光灯を替えることも出来ないんだから」

久子というのは、七十四歳になる家政婦である。母はいつかこの家政婦が働けなくなったら、

「施設に行くつもりよ」

とかねて宣言していた。田口はそのたびに重く濁ったものを手渡されたような気分になる。母がどんな反応を期待しているかわかっているからだ。実際田口は困惑して黙る。施設行きを母から告げられた息子がみなそうするように。

食後に母が抹茶を点てくれた。脚が悪くなり茶会に出られなくなってから、家政婦と二人、テーブルの上で真似ごとをするのだという。

「私は夜いただくと、眠れなくなるから」

と田口にだけ唐津の茶碗を持ってきた。たっぷりめの茶が入っている。

それを口に含みながら、田口はふと京都の家のことを話す気になった、が、

「まだ、どうしようかと迷っているんだけど。京都なんか、そんなにめったに行くところじゃないし」

とつけ加えるのを忘れない。

しかし、真佐子は最後まで言わせなかった。

「いいじゃないの」

まぁ、まぁ、と続けた。

「下鴨のうちで、お茶室がついているんでしょう。私も遊びに行きたいわ。あのね、私の友だちで、京都にマンション買った人がいるの。やっぱり自分のうちがあるとないとじゃまるで違うって言ってたわ」

「下鴨はマンションじゃないよ。一軒家だし庭の手入れも大変だ。管理してもらう人も必要だろう」

「いいじゃないの。あなた、お金がないわけじゃなし」

真佐子は実に即物的な言い方をした。

「金といっても沙恵子が残してくれたものだよ。母さんまでそういう言い方しないで欲しいな」

「だってあるものはあるでしょう。私はね、今度のことは、沙恵子さんからの贈りもののような気がするのよ」

「贈りもの……」

その言葉から、リボンがついた箱が頭にうかぶ。そして紅白の紐に彩(いろど)られた自分のペニス……。母親の前で、どうしてこんなことを思い出すのだろうか。

「あのね、今だから言うけど、私はずっとあなたに対して、申しわけないような気がしていたのよ」

「どうして」

「だって、沙恵子さんは子どもを産めなかったじゃないの」

リボンの箱は、突然謝罪の贈りものと化す。

「そういう言い方、死んだ沙恵子に可哀想（かわいそう）だよ。それに子どもが出来なかったのは、彼女だけの責任じゃない」

とっさに妻をかばったが、嘘（うそ）おっしゃいと薄紫色の眼鏡ごしに、真佐子の目が語っている。

結婚してすぐの頃、沙恵子は婦人科系の疾患が見つかり、子どもが出来づらいと医師から告げられた。が、それ以上のことは拒否し、不妊治療をいっさいしなかった妻に、夫として不満を抱いていたのは本当だ。

あの頃、

「あなたたちは子どもをつくらないのか」

と母から尋ねられ、つい本当のことを喋（しゃべ）ったことがあるが、それをずっと心の中に抱いていたのかとやりきれない思いになった。

「私はね、貴お兄ちゃまのとこの子どもを見るたびに、ああ、やっちゃんは子どもがいなくてよかったんだわあって考えることもあるし、反対に子どもを一度は抱かせてやりたかったたって思うこともあったのよ。本当に複雑な気持ちだったの」

長兄のところの長男は、附属の大学に進むことも出来ず、名もないアメリカ西部の大学に留学した。が、そこを中退して、日本に帰ってきたものの就職もかなわず、父親が拝み倒してある飲料メーカーに修業に出しているのである。

さらに問題は長女で、離婚をへて子どもと共に実家に帰ってきていた。今はワインコンサルタントという肩書で、あちこちの金持ちとつき合っている。なまじの美貌と田口という姓のおかげで、ちやほやしてくれるところが多いらしい。

ちょっと名の知れた俳優とつき合った時は、週刊誌沙汰にもなり、家族はどれほど気をもんだことだろう。

「名門企業の令嬢A子さん。離婚歴があり、今はワイン関係の仕事をしている」

と書きたてられれば、わかる人にはわかると真佐子は涙をこぼした。

「いない子には泣かされない、って昔の人はうまいことを言ったもんよね、そりゃあ、子どもがいなければ苦労することもない。だけどね、子どもがいない人生っていうのも、さみしいもんじゃないの。でもね、やっちゃんは、自由になったのよ。もう一度人生始められるの、再婚して子どもを持ったっていいのよ」

「やめてくれよ」

田口はしんから驚いた。

「僕をいったいいくつだと思ってるんだ」

「今だから言うけれど……」

眼鏡の奥の目がうるんでいる。また始まったと田口は思った。このところ、何の脈絡もなく昔のことを言いつのるのである。老いは、もはや母親の心の堰を壊しているに違いなかった。

「私はね、やっちゃんに申しわけないことをしたとずっと思っていたのよ。あなたは本当は学者になるべきだったのよ。あんなに頭がよかったんだから。それなのに、お父さまはすべての息子を自分の会社とかかわらせたかった。昔、跡継ぎがいないばっかりに、従兄に会社を乗っとられそうになった人の話をくどくどして、あなたを追い詰めたのよ」

「そんなことはないよ。いくら僕だって、自分が学者に向いているかどうかわかる。結局は、親父の会社に入るっていうらくな道を選んだんだよ」

「だけどね、お兄ちゃまたちと違って、あなたはあんな会社しか与えられなかったのよ。いちばん頭がいいやっちゃんが、本社の社長にも専務にもなれないなんて、本当にひどい話よね」

やめてくれよ、昔の話じゃないか、という言葉が出かかっているのに、なぜか言えない。年寄りの言葉を遮ってはいけないという憐れみと共に、確かにそのとおりだと思う自分がいる。

二人の兄は私大出なのだ。

「私はね、あなたのことを考えると、可哀想で可哀想で夜も眠れなかったの。だから沙恵子さんとの結婚が決まった時、本当にホッとしたのよ。おかげでやっちゃんは、お兄ちゃまたちよりずっとお金持ちになれたと思ってね、だけどね、あの人は何ていうのかしら、実がないっていうか、パッションがないっていうか」

津田塾出の真佐子は、〝パッション〟と流ちょうに発音した。

「そのうえ子どもをつくらなかったんだから、私はやっちゃんにすまない気持ちでいっぱいになったのよ。今度は別の意味で可哀想で可哀想で、夜も眠れなくなったの」

やめてくれよと、やっと声が出た。

「京都の家のことで、どうして沙恵子の話になるんだ」

「なるのよ」

真佐子は睨むように息子を見る。

「京都の家は偶然じゃないの。楽しくもう一度生きろ、っていう神さまのお告げよ」

母親の大げさな言い様に、田口は驚いた。京都の家を買うことに自分以上に興奮しているのだ。

「京都の家なんて持っても、めったに行かないと思うよ。家元のところへ稽古に行くといっても、月に一度か二度だ。ホテルに泊まれば済むことだし……」

否定的な言葉は、真佐子によって遮られた。

「だから私が住むわよ」

「えっ」

「前から京都でゆっくりしたいなあと思ってたのよ。ホテルだと落ち着かないし、マンションでも借りてみようかって思ったこともあるの」

「だけど京都は、冬は寒くて、夏はそりゃあ暑い。古い家だし年寄りが住むところじゃないよ」

「住むっていっても気候がいい時だけ、ちょっとゆっくりしたいだけ」

「だったら、ホテルでもいいじゃないか」

「だから言ってるでしょ。ホテルだとゆっくりと出来ないのよ」

荒らげた声は、以前には見られなかったものだ。この短気さと非論理性は、呆け(ぼけ)の始まりだろうかと田口はぞっとした。

「古い家だっていうなら、改修すればいいじゃないの。あなたが出したくないなら、費用は私が出すわよ」

「そんなこと言ってないだろ」

「いいのよ、私が出すわよ。あなたはまだ沙恵子さんが遺したものを使うのに、びくびくしてるんだから」

図星であった。妻が死んで一年もたたないというのに、家を買い、さらに金をかけて直すことに、どこか抵抗があったのだ。

「名義のこともあるから、お母さんが出すことはないよ」

「とにかく一度見せて頂戴よ。今度一緒に行くわ。いつ行く？」

「まだ決めてないけど」

「じゃ、今度の週末にしましょうよ」

いつのまにか、家を買う方向に進んでいるのである。

帰りに真佐子はタッパーを幾つか持たせてくれた。筍ごはん、鰆の西京漬けといったものの他に、冷凍したカレーもある。玉ねぎを気長に炒めたルーは、子どもの頃から田口の大好物だ。これはお手伝いではなく、母がつくるのだ。

「野菜と一緒にね、サラダも食べるのよ」

この言葉も毎回必ず添えられる。

帰りの車の中で、やれやれと大きなため息をついた。また母のペースに乗せられてしまったのである。やんわり拒否したり、別の提案をしたりしても、いつのまにか母の言うとおりになるのはいつものことだ。

すっかり忘れてしまっているようであるが、学者の道を諦めさせ、父の会社に入れと命じたのは母である。大学院に進むつもりだったのをまず父の会社に入れ、その後、半ば強引にアメリカに留学させた。そこで畑違いの経営を学べというのだ。

「やっちゃんは、お兄ちゃまよりずっと頭がいいんだから。頭はいちばん私に似たのよ」

と口癖のように言っていた母は、いずれ田口に会社を継いでもらいたかったのだ。父が亡くなってから、発言力を強めていた母ではあるが、やはり長兄や次兄にはかなわない。最終的にはすべてが彼らによって決定され、田口は子会社に行くことになったのだ。この際持っていた株も、かなり手放すことになった三男坊を、母はどれほど口惜しい思いで見ていたことだろう。長兄との確執もこの時始まったといっていい。

母親の目的はわかっている。妻を亡くした田口と、いずれは一緒に暮らしたいと思っているのだ。

「施設に行く」

などというのはまやかしで、その都度悲しげにくもる田口の顔を見たいだけなのだ。新しい人生を始めろ、とそそのかすものの、その傍には自分がいるに違いない。その第一歩が京都の家なのだ。

母親は最愛の息子と共に、そこで晩年を過ごそうとしている。妻がいなくなった今、息子は再び自分のものになるのだと考えているのだ。

今ならふりはらうことが出来るかもしれない。ふと、思った。が、そんなことは絶対にしないだろう。

少年の頃から、いちばん恐れていたのは、母を失望させることだった。おそらく自分は、京都の家を買うことになるだろう。母親と一緒に行ったら必ずそうに違いない。

「だって、仕方ないだろ」

田口は前に座る、タクシーの運転手に聞こえないようにつぶやいた。会社の車は帰しておいた。母親のところに長居するのを見られたくなかったからだ。

その時スマホが鳴った。見知らぬ番号だった。

見知らぬ番号であるが切らなかったのは、そこに京都の市外局番が表示されていたからだ。

「もし、もし」

「ま、田口さんどすかァ」

聞き覚えのある初老の女の声であった。

「うち、京都の斉木どす、菊鶴どす」

「あ、どうも」

間の抜けた返事に、京都弁がかぶさっていく。

「こんな遅い時間に申しわけありまへん。このあいだは、えらいお世話になりまして、ほんまにありがとうございました。突然ホテルお邪魔しましたのに、みんなでえらいご馳走になりまして、ほんまおおきにィ」

「いえ、その」

「あんなお世話になりましたんで、なんやお土産をと思いましたのに、お渡しする間がなくて、すいまへんどす。うち、気になって、気になって……」

「いや、そんな、たいしたことしたわけじゃありませんので、どうぞ気にしないでください」

「そないなわけにはいかしまへん、ちょっとしたもんでございますけど用意いたしましたんどす。どうしてもお渡ししたいんどすけど、田口さん、今度はいつ京都いらっしゃいますの」

やわらかいようでいて、すぐに答えを要求する女の京都弁である。それも曖昧な答えは許さない。〝そのうちに〟と言おうとしたが、うまくいかなかった。

「今週末か、来週末になりますかね」

「でしたら、いらっしゃる時はご連絡いただけまへんやろか、うち、どこにでも参上いたしますし」

「わかりました。この番号でいいんですね」

「そうどす、お待ちしてます」

その時、あることに気づいた。

「斉木さん、僕のこの番号、いったい誰から聞いたんですか」

「山崎さんどす。お願いして教えてもろたんどす」

「そうですか……」

「どうぞ、許しておくれやす。そやかて田口さん、番号教えてくれはらへんから、うちらわからしまへん。とても困りましたえ」

「すみません。つい交換するチャンスもなくて」

いつのまにか謝っている。

結局週末に、母と一緒に京都に行くことになった。

ホテルはいつものところであるが、さすがにふた部屋とる。以前母と箱根へ旅行した時、夜中に何度もトイレに立たれ、すっかり閉口したからである。

母の真佐子からも鼾（いびき）を指摘された。

「あなた、昔はかかなかったのに。いつからあんな大きな鼾かくようになったの」

まだ妻が生きている時だったので、

「沙恵子さん、よく我慢してるわね」

という言葉に、すっかり嫌な気分になってしまった。発病する前から、妻とは寝室が別であった。何とはなしにそうなったのであるが、それを知っているような真佐子の口ぶりだったからだ。

女将から指定された時間が三時だったので、チェックインを済ませ一人で出かけた。母にはお茶の稽古のことで、山崎に会うと言っている。母はさすがに新幹線が疲れたのか、部屋で横になっている。後で骨董屋をのぞくつもりらしい。流しのタクシーは嫌なので、ホテルでMKをチャーターするという。京都に来る時はいつもそうしているのだ。

女将が指定してきたのは、八坂神社の裏手の甘味どころであった。古いつくりの店で、中はあんみつやぜんざいを前に、スマホで写真を撮る若い女たちでいっぱいだ。しかし女将の名を告げると奥にとおしてくれた。調理場の脇をとおり、たてつけの悪い引き戸を開けると、そこは個室になっていた。木のテーブルがあり、下座に女将が座っていた。まず藤の花の染め帯が目にとび込んできた。染めているのだろう、最後に会った時よりも髪が黒々としている。それをきちんと結い、だらしないというのでもない、独特の着物の着方をしていた。

「まあ、まあ、田口さん、お忙しいとこ、お呼び立てして、ほんまにすいませんなあ」

立ち上がり、口早に挨拶をする。これが東京の言葉だったら、おそらく押しつけがましいという表現になっただろう。

「ほんまに堪忍どすえ、このあいだからほんまにご無礼ばかりはたらいて、申しわけおへん。せっかくご縁いただいたというのに、きちんとお礼もせんと、ずうっと気になってましたんえ」

「いや、いや、そんな……」

田口はあわてて手を振る。

「そんな、僕は何もしたわけじゃありませんので……」

そう言いながら、ひょっとしてという考えが浮かんだ。先日、三人の芸妓と一緒に風呂に入った出来ごとである。もしかするとあれは京都に伝わる特別のサービスとして、料金が発生するのであろうか。今日、女将がやってきたのは、その料金を払えというのか。

まさか、とすぐに考えを打ち消した。京都の山崎から紹介された、一流とはいわないまでも筋のいいお茶屋である。まさかそんな品の悪いことをするわけはなかった。

そこへ白い上っぱり、三角巾の中年のウエイトレスが入ってきた。

どうやら女将とは顔なじみらしい。

「おかあさんはいつものでよろしいか」

「あかん、あかん。ダイエットせなならん、もう甘いものは当分禁止や。蜜なしのみつ豆でもよばれるわ」

「おかあさん、春になるといつも同じこと言いはるわ」

眼鏡をかけた女は笑った。その間、お品書きを見つめていた田口は、少々救われた思いになる。「ぜんざい」や「マロンあんみつ」「抹茶パフェ」という文字に困惑していたからである。

「甘いものは当分禁止や」

という女将の言葉と、コーヒーという文字を見つけたのは同時であった。

「それではコーヒーをお願いします」

ウエイトレスが去ると二人の前には湯呑(ゆの)みが残された。しかし女将は、一瞬たりとも気まずい思いをさせない。

「この部屋、私らよう使わせてもろてます。今日び、舞妓ちゃんらがお稽古帰りに、ちょっとあんみつ食べようと思っても、観光客の人らがすぐに、写真撮りますんや。おちおちおやつも食べられしまへん」

「そうでしょうね。ふだん着でも皆さんはすぐにわかるから」

「そうですねん。猫もシャクシも、みんなシャカシャカ撮らはって。インスタやら何やら、私らにはようわからしまへん」

やがて女将は紫色の風呂敷包みを取り出した。ほどくと白い包装紙にくるまれた、四角い包みが出てきた。

「このおじゃこ、八十七歳のお爺さんが毎日決まった量しかつくらしまへん。そこらで売ってるものと、まるで味が違います。これをお渡ししようと思いまして」

「それはどうも……」

いったんもらって、テーブルの上に置いた。が、これが口実なのはあきらかすぎるほどあきらかであった。

やがてコーヒーとみつ豆が運ばれてきた。女将はゆっくりと口に運んだ後、ガーゼのハンカチで口元を拭った。

「ああ、おいし……」

と微笑む。

「ここの店、ずうっと昔からここでお商売してはりますのえ。息子はんの代になってから、マロンあんみつだの、パフェだのおいやすけど、昔はあんみつとみつ豆、ぜんざいにところてんしかあらしませんでした。ここの寒天は、下鴨のお店のを昔から使うてます。他のところと味が違います」

「そうですか……」

と言うしかない。どうしてわざわざ呼び出されて、みつ豆の講釈を聞かなくてはいけないのだろうか、という思いがこみあげてくる。

「ここの寒天は喉ごしがようて。そやさかい豆孝ちゃんも大好物どすえ」

豆孝という言葉は、突然でさりげなく、田口を動揺させる。

「そいで、田口さん、豆孝ちゃんのこと、どう思っていやはりますの」

「いや、そんな……。ただ素敵な綺麗な人だと思っていますが」

間の抜けた答えを発しながら、田口は女将の今日の目的が、そのことにあると気づいた。いや、とうに気づいていたのだ。東京で電話をもらった時から。しかし、まさかそんなことはありえないと、理性がその思いを抑え込んでいた。

「豆孝ちゃんは、ほんまにいい妓どすえ。気性がやさしゅうて頭がよくて、お座敷でも人気どすわ。どうですやろ、あの妓のめんどうをみてもらえませんやろか」

「それって……」

ごくりと唾を呑んだ。

「いわゆる、旦那になれっていうことなんでしょうか」

「旦那やなんて、そないはっきりおっしゃって……」

女将はうっすらと笑った。

「こんな世の中どすから、今はいろんなきまりもおへん。ただいらしてくれはった時に、ご飯食べやらお芝居に連れ出してくれはったらよろしおす」

「しかし、そうは言っても……」

お金は発生するんですよね、という言葉はさすがに呑み込んだ。田口の頭の中で、めまぐるしく多くの知識がとびかう。バブルの頃であるが、創業者の七十代の会長が、二十代の芸妓を落籍(ひか)せた。あの時確か二十億といっていたのではなかろうか。最近では三億と聞いたことがある。

田口の顔には怯(おび)えが浮かんでいたに違いない。女将の口角はさらに上がる。

「豆孝ちゃんはお座敷に出はるんですから。やめさせる、ゆうのと話は違いますから、そんなに大げさに考えへんでもええのと違いますやろか。それにこの話、私が豆孝ちゃんから頼まれたことどす。豆孝ちゃんが、おかあさん、どうにかならんやろかとうちあけてくれたんどす。あの妓、田口さんのことよっぽど好きになったんでっしゃろなあ……」

こんなことで喜んではいけない。もしかすると深い企(たくら)みがあるかもしれない、と思いながらも田口は気持ちが前のめりになっていく。すると間髪容(い)れずに、という感じで女将が金額を口にした。

「……ぐらいでええのと違いますやろか」

驚いた。大企業に勤める、中年のサラリーマンの月収ほどである。億などという話からはほど遠い。

「豆孝ちゃんはもう住むところの手当てはしてもろてます」

主語が省略されているが、それは正真正銘前の旦那が、マンションを買い与えていたということだろう。

「それにこんなことゆうたら何どすけど、豆孝ちゃんももう若くはありませんしね。だからこんな風につつましいことをお言いやすんやろなあ」

「彼女は、いったいいくつなんですか」

「さあ、いくつやったやろ」

女将は一瞬とぼけた。

「亥やなかったやろか」

ということは四十七歳になる。もう子どもを産む年齢でないことに、なぜか安堵した。

「どうでっしゃろ、田口さん」

障子ごしの陽の加減で、急に女将の顔が明るくなった。皺はあるにはあるが、磨き込まれたきめ細かい白い肌である。それは彼女に威厳を与えた。

「この話、聞いてくれますやろか」

「ちょっと、考えさせてもらっていいですか」

「迷うぐらいなら、決めてやってください」

ぴしゃりと言う。

「この街の女に迷いはいけまへん。豆孝ちゃんかてようようの思いで、私に相談してくれたんどすえ。即決してあげなかったら蛇の生殺しや。田口さんの気持ち決まるまで待ってや、なんてきついこと言えますか」

それはそうかもしれないが、愛人を持つなどというのは簡単なことではない。ましてや相手は、女たちの掟（おきて）に守られた花街の女なのだ。

「ですが……」

「田口さん、女から持ちかけた話は、かなえてあげるもんどすえ」

女にやわらかく睨まれる。

めんどうくさいことになったと思う。が、それは決して嫌な感情ではない。まだ迷いはあるが、このまま女たちが望む方に流されていくのはきっと心地よいだろうと思う。それに賭（か）けてみようか。

「お願いします」

口に出していた。

「言うとおりにします」

「よろしおした」

女将は大げさに両手を合わせ襟元に置いた。

「これで豆孝ちゃんも安心するやろ。きっとやきもきしながら待ってると思いますわ。さっそく知らせてあげへんと」

スマホを取り出した。意外にも最新の機種である。目の前で話されたらたまらないと思ったが、女将は器用に指を動かしていく。

「これでよし……そや、そや」

頷いた。

「こういう話は先にしときませんとなあ、月々のお手あてのことどすけど、会うた時に渡しておくれやす。銀行振り込みなんてとんでもおへんえ。それから踊りの会や、暮れに衣装つくらはる時は別に渡してあげておくれやす。豆孝ちゃんはつましいお人やけど、そのくらいはしておくれやす」

女将がてきぱきと話を進めてくれた。田口は三週間後の週末、豆孝と小さな旅に出ることになった。それが二人の初夜になるのである。行き先は有馬温泉だという。

「有馬温泉！」

その単語の気恥ずかしさに身がすくみそうだ。田口はそこに一度も行ったことがない。古い歴史を持つ京都にほど近い温泉地だということだけは知識としてあった。温泉に芸妓と一緒に行く。自分にこんな人生が待ち受けていようとは考えたこともなかった。豆孝のことはもちろん気になっているし、あの白い裸身を忘れることはなかった。しかしこの恋愛、恋愛と呼べるならであるが、にはさまざまな義務が生じるのである。金のことはまだ納得しよう。しかし温泉とは……。

この困惑を話す相手は、やはり久坂であった。久坂からはすぐにＬＩＮＥがきた。

「いい話じゃないか。京都の芸妓とつき合うのはやはり様式美が必要なんだな。有馬温泉だなんて感動したよ」

　田口もすぐに返す。

「やめてくれよ。芸妓を連れて温泉だなんて、まるでヒヒ爺じゃないか」

「もう我々は充分にヒヒ爺の年齢だよ。カッコいいヒヒ爺になってくれよ。それに君は独身なんだから、何も臆することはない。女房持ちの僕だったら、まず出来ないようなことが出来て羨ましい」

　何が羨ましいだよ、とひとりごちた。

　しかしうきうきする気持ちは確かにあって、東京に戻るとすぐに銀座に買い物に出かけた。デパートの中にあるイタリアンブランドを、ずっと好んで着ている。これはしゃれ者の友人に勧められたものだ。イタリアの服といっても派手派手しさがなく、落ち着いた色合いでラインが綺麗だった。ここで初夏のものを二枚買い、下着売り場へ寄った。洋服はすべて自分で買ったが、下着は死んだ妻の役目であった。白いランニングと地味なトランクスが引き出しに入っていた。いま別の女のために、凝った柄のトランクスを手にしている自分がいる。

「充分、ヒヒ爺じゃないか」

自嘲気味にそれをつかんだ。

約束の土曜日、新しいジャケットを着た田口は、新幹線に乗っていた。新神戸駅で豆孝と待ち合わせ、タクシーで有馬温泉へ向かうことになっている。旅館ではなく、最近出来たばかりのホテルを予約してくれたのは女将である。情事は個人的なものではなく、もはや他人によってプロデュースしてもらうものになっていた。

週末のグリーン車は案外混んでいて、田口の隣の席には初老の男が座っていた。新書を読んでいたが、静岡を過ぎる頃から低い鼾をかき始めた。

田口はふと、今夜女に聞かせることになるだろう自分の鼾を思った。母はうるさい、と言ったけれども、そんなことはない気がする。寝室を一緒にしていた頃の、妻にも指摘されたことはない。

「大げさに言っているだけなんだ」

ひとりごちた。もし自分の鼾が大きかったとしても、豆孝はそれで嫌がるような女ではないだろう。そもそもこの旅行は、彼女が望んだことなのである。田口は豆孝の願いをかなえてやったのだ。願いがかなったならば、人間は限りなく寛大になるのではないか……。

その時内ポケットのスマホが、震動を始めた。

「失礼」

隣の男に声をかけたが、膝を動かしてくれる様子はない。ぐっすり寝込んだままだ。

田口は仕方なく、男の膝をまたごうとした。すると気配で男は目を開け、仕方なさそうに体を動かした。「ちっ」という舌うちを聞いたような気がする。

デッキに出た。スマホは震え続けている。その番号が母の自宅であることに、田口は胸騒ぎをおぼえた。

「もし、もし」

「もし、もし、靖彦さまでらっしゃいますか」

切羽詰まった声は、母の家の家政婦からであった。

「さっき奥さまが洗面所で吐かれて」

「えっ、何ですか」

「おととい からお具合が悪かったのですが、今日はお食事もふつうに召し上がっていたんです」

「それで」

「すぐに救急車を呼びました」

「そんなに緊急なのか」

「いいえ、意識ははっきりしていらしたけど、とても苦しそうなので、私が救急車呼びましょうか、と申し上げたら……」

「金子先生のところには、連絡したのか」

語気が強くなっているのは自分でもわかる。

「いいえ」

「まず金子先生のところに連絡だろ」

母の長年のかかりつけの医師だ。肥満気味の真佐子は、血圧が高いことをずっと気にしていた。

「私もそう思ったんですが、奥さまは金子先生はもうお年で、あまりあてにならないからと」

舌うちしたい気分だ。

「だったら広尾のところに、連絡してくれればいいじゃないか」

長兄夫婦は、同じガーデンヒルズの違う棟に住んでいる。

「お電話しましたが、お留守で」

「じゃ、携帯があるだろ」

「え、携帯までは存じません」

だったら天現寺(てんげんじ)が、と言いかけてやめた。次兄の妻の方が、長兄の妻よりもはるかに母と折り合いが悪いからだ。

「それで、具合はどうなの」

「いまいろいろ検査の最中です。さっきお医者さんが、クモ膜下じゃなければいいっておっしゃってましたけど」

「あのね」

もう半分諦めていた。

「僕は今、大切な出張で関西に行くところなんだよ。何もなかったら久保田さんが、母を連れてうちに帰ってきてくれないだろうか」

「ですが、やはりどなたか来てくださらなければ……」

家政婦の言い分ももっともであった。

田口は長兄の携帯に電話をかけた。留守電になっていた。土曜日なのでどこかに出かけているのかもしれない。兄の秘書に連絡しようかとも考えたのであるが、やはりやめた。これは勘であるが、そう大ごとでないような気がするのだ。メッセージを入れる。

「お袋の具合が悪くなって救急車で運ばれた。至急連絡ください」

アナウンスが「次は名古屋」と告げる。田口は自分の席に戻り、荷物棚から一泊用のボストンバッグをおろした。隣の席の男はもう起きていて、とりやすいように体を動かしてくれた。

名古屋で降り、階段を使って上りのホームに立った。そのとたん、まるで田口のために配慮されたように、〝のぞみ〟が静かに近づいてきた。

列の後ろから乗り込み、デッキでスマホをとり出した。女将から知らされていた豆孝の番号を押す。

「はい」

明瞭(めいりょう)な声がした。けげんそうな様子はない。この電話が誰からかわかっている声であった。おそらくもう田口の名が登録されているのだろうと思うと、いとおしさがこみ上げてくる。

「僕です」

「はい」

力強い声が返ってきた。これからの時間を全く疑っていないのがわかる。

「本当に申し訳ないのですが、今、名古屋で上りに乗り換えた。これからすぐに東京へ帰らなきゃならなくなったんです」

「えっ、どうして」

〝え〟がまるで少女のように悲しげで素直だった。

「八十五歳の母親が、急に具合悪くなって救急車で運ばれたんですよ」

「まあ、ほんまどすか」

「意識はあるって言うし、たいしたことはないと思うんですが、年齢が年齢なんで、心配なんですよ」

「そら、そうどすわ。ほんまに心配なことどすなあ……」

語尾が耳に残った。電話だと豆孝の声はさらに甘やかに低い。

「本当に申しわけありませんが、これから僕は東京へ引き返します。ホテルのキャンセルは僕から入れておきます。有馬はちょっと延期してもらえますか」

「延期はつろうおすけど」

豆孝はささやいた。

「必ず、と約束しておくれやす」

「もちろんです。必ず約束します」

「うちのことより、お母さまのことがいちばん大切どす。そやけど、約束は必ずかなえておくれやす。お願いしますえ」

「そりゃ、そうです。僕も本当に楽しみにしていたから残念です」

「うちもそうどす。朝から髪結いさんとこ行って、新幹線乗るばっかりにしてました。今日会えないのはつろおす……」

京都の女の言葉は、必ず男が約束するようになっている。田口は言った。

「来週必ず行くよ。どんなことしても」

結局母の嘔吐（おうと）は、疲れとストレスからくるものというのが医者の見立てであった。

「頭痛もするとおっしゃったので、CTで診ましたが、これといった出血はありません」

救急医は母のCT写真を見せてくれた。母の脳の形を初めて見た。年相応に縮んではいるが、まずまず健康な状態だという。

「疲れやストレスといっても、毎日楽しく気ままにすごしているようですが」

「いや、ご年配の方は、生きていること自体疲れるものなんですよ」

若い医者はおごそかに言った。

「毎日きちんと過ごす、ということもストレスになってらっしゃるかもしれません」

「そうですか」

点滴を受けていた母を待ち、連れて帰ることにした。さすがに顔色が悪い。嫌がっていたが、タクシー乗り場まで院内の車椅子(くるまいす)に乗せることにした。

「こんなところを人に見られたらイヤだわ」

「誰も見てやしないよ。それにお母さんだって早晩車椅子に乗ることになるんだから」

「あなたって、本当にイヤなこと言うわね」

真佐子は息子を睨んだ。

「私はそんなになる前に、必ず死んでやるんだから」

日頃は身だしなみに気を遣う真佐子であるが、今はさすがに眉(まゆ)をひくこともなく、老いがしっかりと顔にこびりついていた。どす黒い肌が老いは醜さだと告げている。

　母は家に戻るやいなや、居間のソファに崩れ落ちるように横になった。

「こんなところで寝ないで、ちゃんとベッドに行ったらどう」

「いいのよ。ちょっとしたら起きるから」

　仕方なくブランケットをかけようとしたらスマホが鳴った。長兄からであった。

「お袋、どうだ」

　もう家に帰っていることを告げると、安堵の大きなため息をついた。

「やれやれだよ。しかし救急車呼んだとなると、管理人に挨拶に行かないとな」

「それよりどうして電話に出てくれないのかなあ。年寄りの親がいるんだし」

「ゴルフの最中に鳴るのがイヤなんだよ」

　兄の身勝手さに腹が立ってきた。

「だけどこれからは困るよ。久保田さんは何かというと、僕のところにすぐ電話をかけてくるからね」

「まぁーそりゃそうだが、お袋がいちばん頼りにしているのはお前だしな」

「そうかもしれないけど」

「近いうちに、兄弟集まってお袋のことちゃんと話そう。これからのことをどうするかだ」

田口はうんざりしてくる。長兄からこの言葉をいったい何度聞いただろうか。しかし結局は、忙しさにかまけて二人の兄は機会をつくろうとはしない。とにかく今のうちはずるずると日がたってくれればいいと考えている。自分のところへ引き取るつもりはさらさらないが、そうかといって母親が施設に入るというのも気がひける、といった状態なのだ。

母親が決定的なダメージをくらうまですべてを先延ばしにしているのである。その時に考えればいいと思っている。

「今日はちょっと顔を出してくれよ。お義姉(ねえ)さんでもいいから」

「あいつ、今日はどうしてるかな……。わかった、わかった。言っとくよ」

そして何ごともなかったかのように、あっさりと電話は切られた。

居間に戻ろうとすると、またスマホが鳴った。表示を見る。「京都」とある。あまりにも露骨なので、「豆孝」とは登録出来なかったのだ。考えてみると、田口は彼女の本名を知らない。今夜抱くことになっていた女なのに。

「今、よろしおすか……」

しのびやかな声がした。

「大丈夫ですよ」

「お母さま、いかがでしたやろか……」

「何も心配することはなかった。検査して今うちに帰ってきてます」

「よかったァ……」

先ほどの長兄よりも、はるかに親身な声であった。

「救急車で運ばれはったなんて、心配で心配で、居ても立ってもいられしまへんどした。ほんまどすえ……」

「ありがとう」

女の優しさがじわじわとしみていくようであった。小さな感動は、体の先端で欲望に変わる。今夜予定されていたことが何だったのか、はっきりと頭の中で甦らすことが出来る。

「今から行くよ」

田口は告げた。

「そんなん……。無理せんといてください」

「四時前だ。これから東京駅に行けば遅い夕飯には間に合う。いいだろうか、有馬温泉じゃなくて京都でも」

「もちろんどす」

「今から予約出来る店はあるかな。知ってるところがあったら教えてくれないか」

「田口さんがいつも行かはるような上品なお店でなくてもよろしおすか」

「その方がいいよ。夕飯は簡単なところがいい」

そうだ。目的は別のところにあったのだから。

「四条烏丸にカウンターだけのお店があります。カキフライやら、おでんやら出してくれはりますけど、和久傳さんから出てはりますから味はしっかりしてはります」

「じゃ、そこを予約してくれるかな」

てきぱきとことは進められた。

居間に戻ると、真佐子はもう起き上がってテレビを見ていた。

「ちゃんと寝た方がいいよ。夕飯は消化のいいものならとってもいいって言うから、久保田さんに何かつくってもらったら」

「食欲ないから後で考えるわ」

「そうだね。食べたいものを食べるのがいちばんだね」

そわそわしているから、答えも上っ調子になる。

「たいしたことなさそうだから、僕はこれでいったん帰るよ」

と言いながら、居間の片隅に置いてあるワンナイトバッグを思わず見た。やわらかい革で出来たボストンバッグである。そして真佐子も同時に息子の視線の先を見た。

「あなた、これからどこ行くの」

「ちょっと京都まで」

とっさに母に嘘はつけない。

「また京都なのね。この頃しょっちゅうだわ」

「仕方ないよ、家を見に行ったりしてたし、家元の稽古も始まった」

「ふん」

真佐子はぞっとするほど意地の悪い笑いをうかべた。

「男の人は京都へ行く時、いつもそんな顔をしている。嬉しくて嬉しくてたまらない顔よ。お父さまもそうだったからよくわかるわ」

これから起こることを知っているかのような口調だ。しかしそれについて深く考えてはいけないと、田口は無言でドアを閉める。

小さなビルが並ぶ飲み屋街にその店はあった。京都でも珍しくなった木造の二階建てだ。暖簾をかきわけ引き戸を開けると中は案外広く、長いカウンターにびっしりと客が座っていた。とても流行っている店らしい。

豆孝はと目をやると、いちばん端にひわ色の着物の豆孝がいた。休日らしくふだん着であるが、電話で言ったとおり髪はきちんと結われていた。こうした場所だと芸妓はひときわ目立つ。もう若くもなく薄化粧をしていても、洗練された美しさは他の女客とまるで違っているのだ。

「ごめん、待ったかな」

「いいえ、待ってしまへん。私も今来たとこどす」

前には湯呑みだけが置かれていた。

「豆孝姐さん、どういたしまひょ」

店主らしき若い板前が声をかけてきた。

「ビールでよろしおすか」

「そうだね、ビールにしようか」

二人でまず乾杯した。隣の男がちらとこちらを見るがもう気にしないことにした。芸妓とつき合うというのはこういうことだ。男たちの羨望と嫉妬、そして好奇の入り混じった視線を浴びることなのだ。

「ここは何がおいしいの」

「何でもおいしいおすえ。鯖の棒鮨に、京野菜の煮いたん、今やったら赤甘鯛もよろしおすなあ……」

豆孝は壁に貼られた品書きを眺める。その横顔をつい見てしまう。睫毛が長い。綺麗な形の鼻であるが、先端がやや丸くなっていることを発見した。不意にこちらを向いた。

「実はハンバーグもおいしいおすねん」

重要な秘密を打ち明けるような顔がなんとも愛らしかった。

どうしても知りたいことがある。しかしちらちらと聞き耳をたてているらしい隣の男の傍らで、その質問をすることは出来ない。ボールペンを取り出し、コースターに書いた。

「本当の名前教えて」

豆孝は深く頷き、ペンを受け取った。

「大原麗子」

「嘘だろう」

思わず声に出した。十年近く前に亡くなった有名女優の名である。

「ほんまどす。父親があのお方の大ファンで、女の子産まれたらつけようと思ってたそうどす」

この後ふつうに会話が出来たのは、隣の男たちのグループが騒々しく出ていったからである。田口の隣はすっぽりと四席空いた。その代わり声は潜める。

「それで、大原麗子さんはどこの出身なの」

「鳥取どす」

「へぇー、砂丘のところだね」

「うちは、西の端どすねん。境港ゆうとこどす」

「行ったことないなぁ……」

「日本海に面してお魚がおいしゅうおすえ。うちがこっち来てからのことどすけど、ゲゲゲの鬼太郎さんの銅像が出来たそうどすわ。水木先生のご出身っていうことで」

「僕は漫画を読まないから知らないけど、ゲゲゲの鬼太郎って……」

「こんな顔どすわ」

コースターにさらさらと描いたが、途中でペンが止まった。

「あぁ、何やらようわからんようになった」

二人で声をたてて笑った。その勢いで、田口はつい無粋な質問をしてしまう。

「その……、境港で育った大原麗子さんがどうして芸妓になったの」

「うちの両親、離婚してしもて」

すみません、という風に腰をかがめた。

「うちが子どもの頃から、二人よう喧嘩（けんか）してまして、うち、ほんまに嫌どして。それで本ばっかり読むようになりました。谷崎潤一郎とか、泉鏡花とか、そや、そや、有吉（ありよし）佐和子とか、芸者さんが出てくるもんばっかり読むようになりましたんや」

「そんなの読むなんて、大原麗子さんは随分おませさんだったんだね」

名前が面白くて、田口は先ほどから連呼してしまう。

「子どもやから、ほんまにわかっていたかどうか。そやけどこういう世界にほんまに憧（あこが）れて芸妓になりたいと思いましたんや。それにはどうすればいいかって、いろいろ調べたら京都で舞妓はんになればいいって。ちょうど母の知り合いがいましたんで、高校一年で中退してここに来ましたんや」

「そうか、大原麗子さんもいろいろ苦労したんだね」

「苦労なんか何もしてまへん」

首を横に振った。

「仕込みさんの時はちょっとつろうおしたけど、舞妓や芸妓になったおかげで、田口さんのような一流のお方とお会い出来ました」

「僕は一流の男なんかじゃない。ただの中小企業のオヤジだよ」

「そんなことおへん」

再び首をゆっくり振る。おそらく女将らによって、自分のことは充分調べがついているだろう。しかしひたむきな豆孝の様子が何とも好ましい。

「頭のええご立派な方だと、女将さんとも話してますえ」

「買い被(かぶ)りだと思うけどなあ……」

見つめ合う形となった。どうやら閉店近くなったらしく、いつのまにか店から客は消え、残っていたひと組も勘定を払っている最中だった。

「さぁ、どうしようか」

二人きりになりつつあるぎこちなさを酔いが救っていた。

「ホテルとれたんどすか……」

「うん、なんとか。知り合いの会社がオーナーなんで、いつも無理を聞いてもらってる」

が、それが問題なのだ。総支配人もフロントの人間もみな顔なじみである。そこへ女、しかも芸妓を連れて帰ることに抵抗があった。地下のバーでいったん飲んで、という手もあるが、そんな姑息なことをしても、すぐに知れてしまうだろう……と考えをめぐらしながら、自分はなんと小心なのかと思う。それでは堂々と女を部屋に連れて行けるかというとやはり出来ない。

「どこかバーにでも行こうか」

「そうどすなあ、近くにひいきの店があります」

「じゃあ、そこまで歩きましょう」

と立ち上がりながら、店主にわざと聞こえるように言っていると気づく自分がいる。確かにこの芸妓という〝持ち重り〟のするものに自分は慣れていない。まだとまどうばかりである。

「おおきに」という声におくられて店を出た。少し遅れて豆孝は戸を閉める。そうしながら片手で暖簾をふわりと上げ、閉め終えたもう片方の手でアーチをつくる。そして暖簾をくぐった。髪を崩さないための踊りの所作のような動きだ。

「麗子さん」

田口は呼びかけた。

「今から君の部屋に行っちゃいけないだろうか」

「私の部屋どすか……」

豆孝は田口を見つめる。黒目がかった丸い目を切れ長に見せるために、細く巧みなアイラインが入っている。目の奥にかすかにとまどいが揺れたがやがて静止した。

「朝、散らかして出てきましたさかい、五分だけドアの前で待っておくれやすか」

「三十分でも一時間でも待つよ」

「そんな待たせません」

微笑んだ。

店を出るとちょうどタクシーがやってきた。着物姿の女に配慮して、田口は先に乗り込み、

「建仁寺（けんにんじ）さんの方へ」

と告げた。田口には夜の京都の街がまるでわからない。細い道をいくつか曲がったかと思うと、やや広い通りに出た。信号を左に折れるとあたりは低いビルが並んでいる。その一つが豆孝の住まいらしい。そう豪華でもないふつうのマンションであった。オートロックのドアを抜け、一基だけのエレベーターに乗る。豆孝は5という数字を押した。

「狭いところで、ほんまにお恥ずかしゅうおす」

「そんなことはないよ……」

おかしな日本語だと思う。自分はまだ豆孝の部屋を見ていないのだ。しかしこのエレベーターで、この先のことが予想出来る。相手はきっと部屋の狭さを恥ずかしがり、自分はそれを否定するというやりとりがあるに違いない。

ドアの前に来た。豆孝は待たせることはなかった。鍵を使いドアを開けた。そのとたん鼻腔に感じるものがあった。田口が嫌いな芳香剤のにおいではない。化粧品や体臭が混じった、女が一人で住んでいるにおいであった。

どうぞと豆孝はスリッパを揃えてくれた。

「ほんまに狭いところですが」

「そんなことはないよ……」

想像したとおり、エレベーターでの会話が繰り返された。

玄関に八坂神社のお札が置かれていた。その奥にドアがある。ドアを開けると思っていたよりも広いリビングルームであった。白いソファとダイニングテーブルの他には、食器棚があるだけだ。女の一人暮らしにしては、そっけないほど片づけられている。

食器棚にはブランドもののコーヒー茶碗の他に、マイセンの小さな置きものがいくつか飾られていた。花束を持つ少女の像が目につく。

田口はもの珍しくあたりを眺めた。香りはますます強くなっていく。甘たるい湿ったにおいである。

女の部屋に来たのは何十年ぶりだろう。二十数年ぶりと記憶をたどった。妻とは彼女の実家の応接間か居間で会った。結婚してからつき合った女とはホテルで待ち合わせた。日本の女の部屋というのは初めてだ。モニカの部屋は、ベッドの他には本しかなかったが、それでも故国の織物を壁に飾ったりして、どこか温みがあったものだ。が、この部屋のモデルルームのような清潔さはどうしたことだろうか。

前の旦那の好みなのだろうか。

ふと思った。豆孝にこのマンションを買い与えた男である。他の男が買ってやった部屋。そこにのこのことやってくる自分は、なんと間が抜けていることか。

どうしてこの部屋に来たかったのだろうか。常宿に女を連れ込みたくなかったということもあるが、それ以上に好奇心があったのだ。一度別の男の持ちものになった女を、簡略化されたとはいえ、再び自分が所有しようとしている。その女のことをもっと知りたかったからだ……。

ずっと少女像を見つめている田口に何か感じたのだろうか、豆孝が声をかける。

「何かお飲みやすか」

「いや、お茶をいただけますか」

とっさに他人行儀な言い方になる。あたり前だ。この女とはまだ結ばれていないのである。

やがて運ばれた茶も他人行儀である。木彫りの茶托が置かれていた。ひどくカルキの味がした。こんな不味い茶を飲んだことがなかった。

「ほんまに汚くて、狭くてびっくりしはったんやありませんか……」

「いや。とても綺麗にしてるんだね」

「朝起きたら、美容体操兼ねてささっと掃除します。子どもん時からの癖どす」

その姿がなぜか想像出来た。自分の部屋で豆孝はやや饒舌になっていく。

「ここ2LDKなんどすけど、ひと部屋は衣装部屋にしてますから使えまへん。ですから1LDKになります」

だから、と俯く。

「田口さんにこんな狭いとこ、お見せしたくなかったんどす……」

「ごめん……」

謝罪した。全く悪いことをしたとは思っていないが、そうすることでしか女に近づくことが出来なかったからだ。

「どうしても君の部屋を見たかったんだ」

隣に座る豆孝の手を握った。ひんやりとした冷たい手だ。ネイルもなければ指輪もない。それを自分の頬にあてた。

「ごめんね……」

ともう一度つぶやいた。それから手をはなし、女の顔を両手ではさんだ。蛍光灯の下で女の顔は白々としていて、唇の下にほんの小さな切れ目のような小皺があった。唇を吸う。女の唇からはさっき飲んだ酒のにおいがした。舌をからめると女の舌が応じた。上に動かすと上へ、右へ動かすと右へ、わずかに唇を離すと、女の舌が追う。空中で二つの舌がからみ合う。早く、早くと女のぬめぬめした熱い舌が訴えていた。

そのままソファに押し倒し、着物の裾を割った。予想どおり花街の女のたしなみとして、豆孝は下ばきを何も身につけていなかった。白い足袋だけの脚がソファのアームの上ではねた。

指を這わした。たくさんの蜜がわいていて、田口の中指を襞の重なる奥深いところへ導こうとしていた。さっきまで1LDKの話をしていたはずなのに、瞬時にして変わっていく女の体をいとおしいとも不思議とも思う。その手で指を動かすと豆孝は、またたくまに襞の中に小さな泉が出来た。

「あ、ああー」

と細い悲鳴をあげた。そして息もたえだえに
「ここではあきまへん……」

と訴えた。

「あそこ、あそこ……」

目を動かす。ドアがあった。寝室へ連れていってくれということらしい。

「わかった」

田口は立ち上がり、ドアを開けた。電気はつけない。すぐに目は慣れてそこにダブルベッドがあるのがわかった。意外なことに雑多な愛らしいものがまわりを囲んでいた。低い棚にはぬいぐるみもあったし、写真立てもあった。何冊かの本も見ることが出来る。居間と違い、ここは完全に女の私的な空間なのだ。

振り返ると居間のあかりを後ろに、豆孝が立っている。いつのまにか帯を解き、着物を脱いで長襦袢になっていた。長襦袢は薄い桃色である。さっき居間のあかりの下で見た。

「さぁ」

という代わりに、田口はベッドカバーをはがす。二つ並んだ枕が見えた。その右側はスヌーピー柄のプリントである。スヌーピー柄を愛する中年女がいるとは驚きであった。それを隠すかのように、豆孝はやや急いで自ら横たわる。

田口は濃い桃色のしごきを解いていく。その下は白い肌襦袢と赤い〝お腰〟であった。着物というのは、脱がしていくうちに次第に残酷な気分になっていくものだ。紐と絹によってくるまれているので、武骨な男の指だと時間がかかる。次第にいらついてくるのである。

お腰の紐を解き、まず下半身をむき出しにした。最近は下のヘアを始末する若い女が多くてと久坂が嘆いていたが、豆孝はそんなことはなかった。黒々としたものが無防備な三角形をつくっていた。

上の下着もはがす。これは無粋な色と形をしているためか、女が肘(ひじ)を上げて脱ぎやすくしてくれた。

女は全裸になった。男が〝戦利品〟を上から眺める一瞬である。この時色や形をしっかりと目にとどめておく。

居間からの光で豆孝の体をよく見ることが出来た。ウエストの線はやや曖昧(あいまい)になっているものの、腰が張っているためになだらかな線を描いている。乳房はふくらみを持ったまま外側に流れていた。乳房の真中から臍(へそ)、恥骨(ちこつ)の真中を一本の影が走っている……。

「そんなに見んといておくれやす……」

豆孝は身をよじり、両手で胸を隠した。それは外向きの乳房を真中に寄せて、豊かに見せる効果があった。

田口は覆(おお)いかぶさり、唇を激しく吸った。そうしながら自分の衣服を脱いでいく。トランクスを脱いだ時、自分のそれがしっかりと立ち上がっているのがわかる。豆孝は太もの内側で感じとっているはずだ。

先ほどよりもさらにねばっこいキスがあり、田口は女の乳首へと顔を移動させた。あのホテルの風呂場で見た乳首である。確か前の男の癖がついていて、左側の乳首の方が大きかったはずだと思ったらやはりそうであった。その男もこうして舌でころがしていたのだと思う。しかし決して嫌な気分ではない。

そうしている間も、豆孝の中心部からは蜜がゆっくりと流れている。中指を入れてみるとはしたないほどたやすくつけ根まで入った。遊び慣れた男ならば、女の股間に顔を埋めて流れてくるものをすすってやるのだろうが、田口はしない。もともと彼はオーラルセックスが苦手であった。特に、シャワーを浴びる前の女の性器をなめたり、吸ったりすることが理解出来なかった。自分の性器を口でいじられるのも好きではない。もちろん妻にも一度もさせたことがなかった。その後の浮気相手にもだ。例外はモニカで、ためらいながらも何度かそれを要求されたことがある。モニカのことは愛していたものの、白人女性の性器のにおいと味は独特で、その後日本の女と交わった時は、すべてが淡泊なことにほっとしたものだ。最近の若い女は知らないが、日本の女はよほどのことがない限り、自分からはねだらないものである。

口を使わない代わりに、田口は指でたっぷりと前戯をする。指の往復を激しくすると、やがてぺたぺたと水たまりをかきまわしているような音がする。

「麗子は……」

耳元で本名をささやいた。

「すごく濡れるんだね。びっくりしたよ……」

すると豆孝は喉の奥から、ヒィーっと悲鳴をあげた。そろそろ頃合いかなと田口は腰を上げ、体勢を整えた。ひと息に入れた。

その時、あーっと豆孝はまた声を上げる。そして小さく叫んだ。

「大きい……」

えっと田口は聞き返す。

「今、何て言ったの？」

「大きい……」

驚いた。女がこれほど直截な言い方をするとは思ってみなかったからだ。

「僕のが、大きいの？」

黙って頷く。田口は妻やモニカ、そして何人かの女たちを思った。みな田口が初めての男ではなかったものの、とぼしい男性経験だったはずだ。だから比べることが出来なかった。しかし今、目の前にいる女は、過去の男たちと比べて田口を賞賛しているのである。それも素直にだ。

花街の女にとって、たくさんの男がいたことは決して恥ずべきことではないのだ。そして自分は比べられている。選ばれている。女の髪のびんつけ油のにおいがさらにきつくなっていく。

やがて田口は用意しておいた避妊具を装着する。ひそやかに行ったつもりであるが、豆孝は気配でそれを察してしまった。

「うちなら大丈夫どすえ……」

ささやく。

「もう、そんな年やあらしません」

「うん、だけど」

妻以外の女と、着けずに行為におよんだことはない。たとえ今日は安全だ、と言われてもだ。ましてや豆孝とは今日が初めてである。手さぐりで少しずつ進んでいる状態の中、どうして避妊具という重要なアイテムを忘れることが出来ようか。

女の中に入りながら、田口は妻が死んでからの時間を思った。妻はもういない。そして今、自分はやわらかく呼吸しているものに包まれている。目の前の女は生きて、今、絶頂を迎えようとしていた。

上と下の呼吸が荒くなったと思うと、女は叫んだ。

「堪忍どすえー」

このやや演出過多の声に田口は驚いた。しかしそうかといって、自分の中で突き上げてくるものを止めることは出来ない。もう少しこらえようとしたのだが不可能であった。田口もおーと声を発した。闇の中、男と女は長い間、死人のように横たわる。

しばらくして女が頰を田口の胸にあててきた。ごく自然に田口も女の肩を抱く。

「私のこと、はしたない女と思ったんやありません？」

「どうして」

「そやかて、おかあさん通じて無理を頼んだから」

「別に無理じゃないよ。自分がそうしたかったからだよ。嬉しかったよ」

「ほんまどすか……」

私も嬉しゅうおすと、豆孝は田口の胸に唇をあてる。胸毛ともつかないやわらかい産毛が密集しているところだ。そこに唇を這わせ、やがて臍へと移動した。そして唇はいっきに飛び、先ほど田口が始末をしたばかりのものにたどりつく。すっかり萎えているそれを、ちろちろとなめはじめた。

君、と田口は肩に手をやった。

「そんなことはしなくていいんだよ」

えっとけげんそうな声がした。

「僕はこれ、あんまり好きじゃないんだ」

「まあ、そおどすかぁ。失礼しました」

こうしたことが嫌いな男がこの世にいるのかという思いが、語尾ににじんでいた。

「悪いけどあんまり好きじゃないんだ。昔から」

「そおどすかぁ……」

「まあ、こういうことを最初に知ってもらおうと思って」

ベッドの上で何と無粋なことを言っているのかと思うが仕方ない。その最中に女の顔をどかす、などということはしたくなかった。

「わかりました」

女は素直に頷く。そしてまた田口の胸にぴったりと頬を寄せた。実は田口は先ほどから落ち着かない。女の唇から自分の精液のにおいがしてきそうだ。さっき簡単に拭いただけのものを、女は口に含んだばかりである。

彼女に自分のこの潔癖さを知られたくないと思う。だからつい質問を発した。

「あの菊鶴のおかあさんとは親しいの」

「ええ、うちが舞妓に出た時から可愛がってくれはりました」

「ふうーん」

ここに至るまでのやりとりを思い出した。女将はおそろしく頭のいい女であるが、やわらかい京言葉でそれをうまく隠している。

「ふふ……」

何を思い出したのか小さく笑った。

「時々、豆孝ちゃん、いっそのことうちの息子のお嫁はんになってくればいいのに、と言いはります。もちろん本気やおへん。お医者さんになった息子はん、自慢したいだけどす。そやかて、あそこの息子はん、私より七つ年下なんどすえ」

「いや、別に君のこの魅力なら、七つ下だって平気だよ」

「おおきに……」

くすりと笑った。それにつられて知りたいことを聞いた。

「君の旦那さんっていうか、このマンション買ってくれた人って、どんな人なの。どんな仕事をしてる人なの」

「まあ……」

顔を上げた。きっとした表情なのが闇の中でもわかる。

「そんなん芸妓に聞いたらあきまへん。うちにそんな人おへん。このマンションかて、自分でお金貯めて買いましてん」

「ごめん、ごめん」

早くも芸妓とつき合う大変さを知った。

第五章 中国の女

夏がやってくる前に、田口は手に入れた京都の家の修復に取りかかることにした。これといって価値を持たない家といっても、すべて取り壊すことは、

「ご近所の目もありますから」

という、不動産屋の忠告もあった。

古い屋敷街で、東京からやってきた者が何をするのかと思われるだろうと言うのだ。とはいっても、あの家で高齢の母が過ごすことはむずかしい。修復をしながら別棟を建てることにした。床暖房をとり入れたコンパクトなつくりにして、立礼(りゅうれい)が出来るような茶室も欲しい。

田口は沢村和樹に依頼することにした。沢村は久坂から紹介された。〝世界的〟というには海外の実績がないが、最近は大きな賞もとり売り出し中の建築家である。久坂とは京大時代のサークルの仲間だった。建築を学びながら、なぜか「ロシア文学研究会」

というものに入っていたのだ。

「みんながアメリカアメリカばっかりゆうてるから、いっちょソ連に行ったろかーと思ったんやけどあてがはずれたわー」

沢村は確か千葉の生まれであるが、こちらの生活の方がはるかに長くなり、京都弁を使う。しかしその言葉は、京都の者たちに言わせるとすぐに他所者とわかり、

「先生、気持ち悪い京都弁、使わんといてーとよう言われる」

そうだ。

京大の准教授をしながら、さまざまな建築を手がけていたのであるが、教授になれないことを悟り八年前に大学を辞めた。現在は北白川以外に東京にも事務所を構え、なかなかの羽ぶりである。

髭をたくわえた小男で風采も上がらない。しかし建築家の例にもれず、大変な女好きである。名の知れた建築家はたいてい二回結婚しており、三回めもざらだ。理系の頭脳と文系の感性を持つ職業ゆえに、女たちは惹きつけられるのだろう。

以前酔った時に、

「施主の奥さんとふつうデキるもんや。一度もそんなことがない建築家なんかあらへん」

と物騒なことを口にした。

以前彼のノートを見せてもらって驚いた。円柱のスケッチと共に詩が書かれていたからである。

「ギリシャの神殿とても永遠ではない。それならば永遠の愛とは。水は流れる。情念とは何か。それは人間の崇高を遮るものであろうか」

全く意味不明の言葉が連ねてあった。

久坂に言わせると、

「ヘンにロマンチストだから、コンクリートの使い方がおっかなびっくり。だから今ひとつ一流になれないんじゃないか」

ということであった。

しかし田口は、彼が以前建てて話題になった滋賀の図書館が気に入っていた。コンクリートの吹き抜けの中に、寄せ木細工のような柱が斜めに走っているものだ。これで国内の賞を受賞していた。

田口は沢村を食事に誘った。

「ちょっと頼みたいことがあるんだけど、近々、会えないだろうか。場所も決めて欲しい」

「了解しました。祇園(ぎおん)に最近星をとったばかりのフレンチがあるからそこに聞いてみようか」

すぐにＬＩＮＥが返ってきた。沢村はほとんどの好色家がそうであるように、大変な美食家であった。以前そのことを指摘すると、

「そやけど久坂見てみぃ。あんな女好きやけど、食べるもんはどうでもいいって質やんか。もっともあの男は、女もそんなに選ばないが」

と感慨深げに言い、こう結んだ。

「大学の時からそうや。コンパしても、わしらが、ちょっとあれはええわ、二次会どうまこか、なんて考える女をいつも持ち帰るからなあ。たいしたもんや。本当の女好きゆうのはああいうもんかもしれんなア」

その沢村から店の予約が取れたという連絡があった。

「ついでに知り合い連れていってもいいだろうか」

またかと思う。京都や東京でたまに食事することになると、必ずといっていいほど女性を連れてくるのである。この間は「助手」といって、モデルのような若い女が来た。

そして

「このコ、ワイン好きなんや」

と沢村は平然とボルドーのいいものを注文した。が、こういう図々しさも慣れてくるとなぜかおかしかった。

その日、京都駅からまっすぐに店に向かうと、道が空いていて案外早く着いてしまっ

た。

店は今流行の町屋を改装したもので、外側は一見古いつくりである。中に入ると本来は邪魔になるはずの柱を、そのまま生かしているのが面白い。格子戸の窓のこちら側に、白いテーブルクロスとカトラリーが並べられているのも京都でよく見る光景だ。

沢村の名を告げると、いちばん奥の席に通された。約束までまだ二十分ある。ビールを注文した。どうせこちらが勘定を持つのだから勝手に頼んでも構わないだろう。

その時白い単衣の女が視界に入ってきた。

「あっ」

「まあ」

花見の夜の、あの芸妓であった。

「久しぶりだね」

「ほんまどすなあ。あの時以来どすわ」

意味あり気に微笑んだ。少し酔っているのか目の縁がほんのりと赤い。このあいだよりも化粧が濃いように思えたが、このあいだよりもはるかに美しかった。田口は一瞬ではあるが、早まったのではないかという気持ちがよぎった。

「田口さん、よう、ここに来はりますの？」

「いや、友だちに誘われて初めてだよ……。君は？」

君は、と問いかける前にとまどった。惜しい、と思った女ではあるが、名前をすっかり忘れていたのである。

「お客さんと一緒どすわ」

「じゃ、一杯だけ、というわけにはいかないか」

その時、福多可という名前を思い出した。

「そうどすねぇ……」

福多可は個室の方を気にしながらも、ちょっとだけと椅子(いす)に座った。

「田口さん、聞きましたえー」

おどけたように肩をすくめた。

「あっという間のことどしたなあ。うちは二人のキューピッドと違います？　今度ご馳走(ちそう)してもろてもバチはあたりませんなあ」

「ちょっと、君……」

田口はよほど困惑した顔をしていたのだろう。福多可はまた笑った。

「そんなん、外に漏れしまへん。この街だけの秘密どすがな」

白地だと思ったが、薄いクリーム地の単衣であった。よく見ると蛍がとんでいる。それに金が混じった黒い紗(しゃ)の帯を締め、いかにも京都の芸妓の初夏の装(よそお)いだ。その福多可が、〝あーあ〟といささか行儀の悪いため息をついた。

「豆孝姐さん、ほんまにいい旦那はん見つけはったってみんな羨ましがってますえ。東大出はってて、大金持ちで男前や。なんて運のいいお人やろうって」

「そんな、誤解だよ。僕は旦那になったわけでもないし、大金持ちのわけでもない」

「いや、いや、豆孝姐さん、下鴨に大きなおうち買うてもらうっていう噂どすえ」

「ちょっと待ってくれよ。いったい誰がそんなことを話したんだ。あれはうちの母親が京都に来た時に住みたいって……」

「そんなこと、どうでもよろしおすがな。豆孝姐さん、前の旦那はんにはマンション買うてもろてるし、本当に羨ましゅうおす。最初に田口さんのお宝見せてもろうたのは私なのに……」

ねっとりとした視線を向けた。やはりあのお茶屋で、紅白の紐を持ったのはこの女なのだ。自分の中に湧いてくる、奇妙な感情を打ち消すために田口は質問をする。

「ひとつ聞いてもいい？」

「へえー、何でもお答えしますえ」

福多可はこちらの顔をのぞき込む。豆孝の丸い大きな目と違い、切れ長の目の顔立ちは昔の新派の女優のようであった。びんつけ油がにおった。

「彼女の前の旦那って、いったいどんな人なの」

「やだ、もうやきもち焼いてはる」

ふふと笑う。前歯に少し口紅がついていた。

「そんなこと、お答え出来ますかいな。私ら秘密は守ります。それにそんなこと聞いてはあきまへん。新しい旦那はんは」

「何度も言ってるだろ。僕は旦那じゃない。契約をかわしたわけでも、大金渡したわけでもないんだ」

「ふうーん、そうどすかあ……」

小首をかしげた。本当に新派のブロマイドのようだと思った。

「私もよう知りませんけど、名古屋のパチンコ屋さんやなかったやろか。お金はもってはったけど……。そやから今度はインテリの旦那はんで、お姐さん、ほんまに嬉しそう」

ほなら、また、と福多可は腰をうかした。

「またお座敷呼んでおくれやっしゃ」

田口はその後もビールを飲み続けたが、もうあまりうまくなかった。自分と豆孝とのことが、ここまで広まっているとは思ってみなかったのだ。いや、狭い世界のことで、あの女は特別に親しい仲の芸妓だから、自分のことをちょっとからかってみたのだろうとなんとか心を落ち着けようとした。

二杯目のビールを頼んだ時、

「いやあ、遅くなってごめん、ごめん」

騒々しく沢村が近づいてきた。後ろに彼よりもずっと背の高い女が立っていた。長く艶のある髪をひきたてるように、黒いノースリーブのワンピースを着ている。少し垂れ気味の大きな目であるが、愛らしい、という印象を与えないのは、そぎ取ったような薄い鼻梁と唇のせいだ。彼女は不思議な微笑をうかべていたが、それは異国の人間とコミュニケーションを図るためだということを後で知った。

「ジェインさんだ」

今夜は英語で話そう、と彼は言った。沢村もあれほど馬鹿にしていたアメリカの留学経験があり、流ちょうに喋ることが出来た。

「ジェインと申します。よろしく」

彼女の英語はネイティブであった。欧米で暮らす中国人は、必ずといっていいほどイングリッシュネームを持っている。呼びやすい平凡な名前をつける。

しかしもらった名刺には、「花琳」という本名の上に見たことのある文字があった。

「実は彼女のお祖父さんは……」

かつて共産党の幹部であった。

「お孫さんなんですね。驚いたなあ……」

確かに目のあたりに面影があった。田口は少年の頃、ニュース番組で見た彼女の祖父を思い出した。人民服を着て自ら拍手をしている姿であった。

それにしても、めまぐるしい中国の政変の嵐は、多くの権力者たちを、粛清の血祭りにあげたはずだ。彼女の祖父はあの後どんな人生をおくったのだろうかと思いをめぐらした時、女は不意に言った。

「花琳、ファリンと呼んでください。本名の方が好きなので」

口元からかぐわしい香りが漂ってくるようだった。

ファリンを沢村の愛人だと思ったが、そうではなかった。大切なクライアントだったのだ。

文化大革命で苦難をなめたであろう彼女の父親は、国の資本主義化の波に乗り、今や上海でも有数の実業家である。ニューヨーク、パリに住居を持っているが、二年前に渋谷の松濤にも別邸を構えた。この時、沢村に設計を依頼したのであるが、ファリンは父親からすべてを任されていたという。

「美意識がしっかりしていて、すべてが明確。こういうクライアントがいちばんやりにくい」

沢村は冗談ともとれぬ本音を漏らした。

せっかく東京に家を持つからには特色を出したい。そうかといってありきたりの数寄屋づくりにはしたくない。ファリンは竹とコンクリート、ガラスとの融合という希望をのべた。しかし中庭をガラスで囲むような家だと平凡過ぎる。ガラスの窓は外に開かれているが、外から家の内部は見えない。この難題を、沢村は格子戸で解決したという。京都の町屋に見られるような格子戸をモダンな形にして、壁にぐるりと配したのだ。

「君の下鴨の家も、ちょっといろいろと面白いことをやりたいんだよ」

どうやらファリンを連れてきたのは、そんな意味もあったらしい。

「建築は文学によく似ています。建築家が芸術家として遇されるのもそのためです。自分のイメージを言葉の代わりに、形とマテリアルで表現していきます。ディテールに凝ってアクセントをつけるのも同じですね」

ファリンは東部の名門大学で、文学の博士号を得たと沢村は説明した。今は上海と東京の大学を行き来して、時々比較文学を講義しているという。

話はいつのまにか、アメリカの大学生活での思い出話となった。ファリンが、自分と沢村の話についてこられることに、田口は少々驚いた。同世代の会話なのである。

「いったい、この女は幾つなんだろうか……」

中国人の女の年齢は本当にわからない。白く肌理の細かい肌は、やや衰えを見せているというものの、二重の瞼は弛むことなく、はっきりとこちらを見つめる。やや下がり目なのできつさはなかった。

ワインはいつしか三本めが抜かれていた。英語による会話は酔ってくると、かなり疲れてくるものであるが今夜はそんなことはなかった。楽しさのあまり、そこの店で破格に高いシャトー・ラトゥールを選んだほどだ。しかしファリンは、

「この年のラトゥールを、何も飲むことはありません」

とさりげなく言い、はるかに安いボルドーを勧めた。聞くと彼女の父親は、有名なシャトーのワインコレクターであった。

「父は今、パリに魅了されているのですよ。あそこには、彼のかつての失われた世界がまだあるのかもしれません。私もパリが大好きなんです」

「面白いもんやなあ……」

すっかり酔った沢村は、英語にいつものおかしな京都弁が混じるようになっている。

「昔はシノワズリゆうて、フランス人が中国趣味にイカれたもんさ。今や大金持ちになった中国人が、フランスを賞でる時代になったんやなあ……」

日本語も多少わかるであろうが、それには構わず、

「私も両親も、パリにいる時がいちばんほっとします。両親は十九世紀のアパルトマンに住んでいるのですが、蛇腹のエレベーターに乗るたびに、とても懐かしいというのです。昔、上海のアパートにも同じようなものがあったというのですよ」

「そうですか。僕はもう何年もパリには行ってないなあ……」

死んだ妻はあの街が大好きで、買い物やオペラ鑑賞にかこつけて、しょっちゅう行っていたものだ。しかしそんなことを目の前の女に告げる必要はなかった。ところがファリンはだし抜けにこう言った。

「反対に夫がいるニューヨークは、どうしても好きになれないの。夫のようにビジネスという夢中になるものを見つけられない限り、あんながさつなところにどうして住めるかしら」

この女には夫がいるのか。田口は酔いの中で素直に落胆していた。

「ああ、本当に楽しい夜だわ。こんなに楽しい夜はめったにないわ」

女の膝を持ち、垂直に上げながら、これは思わぬ拾いものをしたと久坂は思った。

東京のホテルの一室で、相手は例のＣＡである。

半年前、日本に帰る便の中で、女から名刺を手渡されたのだ。そこには、

「今度お食事でも」

と携帯の番号が記されていた。その後も再び彼女が乗り合わせたのだ。

「ぜひ、食事をしましょう」

と声をかけた。

しかし連絡をしたのはほんの気まぐれだった。東京での会食の予定がなくなり、別の女に電話をかけたところ、海外でのコール音が聞こえたのですぐに切った。それで何かの折にと、手帳のファイルにはさんでおいた名刺を取り出したのである。最初はなかなか出なかった。知らない番号なので警戒したに違いない。しかし、

「よく機内でお世話になっている久坂ですが」

と言いかけると、

「ああ、久坂さま」

とはずんだ声が返ってきた。

「ずうっとお電話、お待ちしていました」

シンガポールで会ってもよかったのであるが、それでは他のクルーの手前、落ち着かないという。

「僕はしばらく東京にいますが」

「それではこちらで。私もこの四日間は東京におります」

話はとんとん拍子に決まった。

女のはずんだ様子は、電話をとった時も、食事中も変わりなかった。そしてそれはベッドの上でも続いたのである。

デザートのメロンのシャーベットを食べ終わった頃、

「階上に部屋をとってあるから……」

と久坂が告げると、

「わあ、嬉しい」

と顔をほころばせた。それはまるで、

「もうひと皿、デザートを食べないか」

と勧められたような屈託のない笑顔であった。

すべてに積極的な女で、せっかくここまで来たからには楽しまなければという態度が小気味よかった。おそらくこうしたことには慣れているに違いない。手順よくことを運び、集中することに長けている。あっという間に四度達した。そのたびに久坂をいい具合に締めつけてくる。

それよりも驚いたのは、乳房の大きさである。立ったまま服を脱がせた時、ブラジャーがはちきれそうであった。繊細なレースの堤防が、決壊するかのようである。外から見ても、かなり大きい方だと予想していたが、これほどまでとは思わなかった。

「すごいね……。素敵だね……。びっくりだ……」

手で掬い上げながら思わず言葉を漏らすと、女はふふっと笑った。おそらく多くの男が、同じ言葉をつぶやいたのだろう。

女の膝をかかえ持ち、腰を浮かせる。女の長い髪が、枕の上で黒い扇のように広がっている。女は今、五度めの極みに向かおうとしていた。

ベッドがきしむ。それと同じリズムで、壁の中に異物が入っていくあの独特の音がする。自分がつくり出しているものであるが、その音のなんと規則的なことだろうと、久坂は一瞬感動さえおぼえる。

そして女の大きな乳房も揺れる。パシパシと叩くような音がする。

この薄暗い寝室の中、快楽に向かってさまざまな音が合奏をしていた。

そして二人同時に果てた。今度は音の代わりに、男と女の荒く低い息があたりを充たす。

しばらくしてから、久坂はいつものように女に賞賛とねぎらいの言葉をかける。

「本当によかった……。最高だったよ……」

「私も……」

思わずこう口にしていた。

「また会おうよ。ね」

「いつでも連絡して。私はどこでもＯＫ」

はるかにぞんざいになった口調で女は応える。女は胸までシーツをひき上げていたので、久坂はそれを下げる。

「君の、そのおっぱいもっと見せてよ」

目が慣れてきたので、女の乳首も乳輪も、ほどよい大きさで血色がよいことがわかった。食事の時の会話で、女が三十代の終わりであること、そして独身であることを知っている。

ほどほどの美人で、男たちが好きなCAという職業に就き、これほど豊かな乳房を持ちながら、この女はどうして独りでいるのだろうか。ふと思う。自分で選んだ道とはいえ、もっといい籤をひけたのではなかろうか。

自分という男は、この女が最近ひきあてた、ちょっとした当たり籤なのだ。これからもたまには贅沢な食事と、楽しいセックスを与えてやろうと久坂は考える。

女を送り出し、しばらくしてから久坂はエレベーターで降りていく。

都心の一流半というべきこのホテルは、最近中国人に加え、白人の観光客でいつもフロントがにぎわっている。しかしこの時間となると、フロントに人はまばらだ。

部屋が何のために使われていたのか心得ているゆえに、キャッシャーに立つ男はことさら事務的にてきぱきとことをすすめた。たぶん目の前の客が誰だかわかっているのだろう。

「久坂さま、お待たせいたしました」

請求書を差し出す。偽名を使わない替わりに、クレジットカードは使わない。デラックスルームの料金、七万三千円は現金で払った。

何かの折に妻がクレジットカードの請求書を見ないとも限らなかった。それは男のプライベートが、あらかた見える仕組みになっている。だから久坂は、洋服代以外はほとんどキャッシュで払っている。つけがきくようななじみの店は、男友だちとだけだ。妻はことさら嫉妬深い女ではないが、用心するに越したことはない。今まで女のことでもめごとをいっさい起こしたことがないのは、自分の選択の賢さと共に、いつも細心の注意をはらっているからだと彼は考えている。夜遅い時は、契約しているハイヤー会社ではなく、タクシーを使うのもそのひとつだ。

知らぬ男の酔いと体臭の残ったシートに座り、行き先を告げながら久坂はスマホを取り出した。

シンガポールの女と、田口からＬＩＮＥが入っていた。まずは女の方に謝罪の言葉をうつ。

「急に東京に用事が出来たので申しわけない。帰ったらすぐに時間をつくります」

田口のＬＩＮＥを開くと、そこには馴じみのある髭面の男と、見知らぬ女とが写っていた。女はもう若くはない。四十代後半か五十代はじめだろう。しかし充分に美しかった。薄い意志の強そうな唇と、少し垂れ気味の大きな目とが不思議なアンバランスであった。

「彼女は――の孫娘だそうだ」

「ほう……」

　思わずつぶやいた。中国の有名な政治家である。

「帰りぎわコースターにこんなことを書いてくれた。君だったら意味がわかるだろう」

　ボールペンの流麗な字だ。

「静夜沈々著枕遅
　挑燈閑読列媛詞」

「学者だから聡明（そうめい）なのはあたり前だが、ものすごくチャーミングな女性だ。とにかく話が面白い。中国文学専攻だから、君とだったらもっと話が合っただろう」

　田口は手放しの誉（ほ）めようである。

　その女が戯（たわむ）れに、謎（なぞ）の二行の詩を書いて寄こしたという。いかにも中国のインテリ女性がやりそうなことだ。じっと読む。解釈するのは簡単だった。しかし久坂はある違和感をもった。

　これは中国人の詩人がつくったものではない。

「もしかすると……」

　家に着くとすぐさま自分の書斎に入った。妻はとうに寝ている。着替えることなく本を探してみた。

　部屋をひとつつぶして書庫にしているが、そこに江戸文学をひとかたまりにしておいた。その中に幕末の才女、江馬細香の詩集があった。パラパラとめくるとあの詩が出てきた。

「静夜沈々著枕遅
挑燈閑読列媛詞」

夜は静かにふけていき、寝つかれない。そんな時は燈をひき寄せて、女たちの詩文集を読んでみる……。

中国人の女が、江馬細香の詩を諳んじているとは。久坂は舌を巻いた。しかし考えてみると、彼女の祖父は戦前日本に留学していた知日家である。祖父の本棚には、おそらく日本の本が何冊も並んでいたことであろう。江馬細香の詩集がその中にあったとしても何の不思議もない。

久坂はすぐに田口にＬＩＮＥを返した。

「これは江馬細香の詩だ。あの頼山陽の愛人だった有名な女だ」

すぐに返事がきた。

「名前は聞いたことがある」

「この詩はあと二行ある。すぐに返事をしろ、彼女のＬＩＮＥわかるか」

「つながってる」

「あとの二行はこうだ。今書いて写真を送る、

才人薄命何如此
多半空閨恨外詩
そしてこうつけ加えるんだ。

我妻子去世后
我也一箇人睡」

「どういうことか、まるでわからない」

「相手はこの詩でお前を誘ってきたんだよ。四行詩の意味はこうだ。夜は静かにふけていき、なかなか寝つかれない。そこで燈をひき寄せて女たちの詩文を読んでみた。すると今の自分と同じように、たいていの女は独り寝を恨んでいるんだなと。だからお前はこうつけ加えるんだ。私も妻を亡くしてから、ずっと独り寝だって」

そして、最後に、

「すごいね、田口クン。才色兼備のいい女。まさに江馬細香じゃないか」

「！」マークがふたつついていた。

田口は困惑した。ファリンが自分を誘っているとはまるで思えなかったからだ。

ただ独り寝であるということは事実だった。ファリンの夫は今、シリコンバレーにも拠点を持ちIT関連の投資にのめり込んでいるという。

「ああした投資はゲームと同じだから、夫は十五歳の少年となっているのよ。もう夢中なの。だけどゲームと違って、お金が動くことはすべて人の心を蝕んでいく。疲れさせる。それなのに今の夫はそのこと自体、とても楽しんでいるからもうどうしようもないわ」

が、それでどうして自分を誘うのだろうか。話のついでに夫の愚痴を語るというのはよくあることではないだろうか。しかもその時は、アメリカの文化について話が及んでいたのだ。

ファリンは言う。二十一世紀になり、アメリカは自分たちが歴史のみならず、文化も蓄積出来たと思い込んでいる。しかしそれは大きな間違いである。アメリカは、絵画も文学も未だ古典となり得るものをつくり出せてはいないのだ。

二十世紀に確かに大きなうねりがあり、新しいものが生み出されたと思いきや、現代の拝金主義がすべてを薄っぺらいものに変えてしまった。

「アメリカ人は、そういう薄さが元々大好きなのよ。彼らにとって文化とは沈殿していくものではない。水面に浮かび、華々しく波しぶきをあげていくものなの。夫はアメリカへ行き中国人なのに沈殿することを忘れてしまった。まあ、他の中国人も国をあげて、みんなそうだから仕方ないことなのだけれど」

そんなことを思い出す田口の元に、さらに久坂からのＬＩＮＥがくる。

「それから明日の朝、この四行を送るんだ。
暖入嬌容一段奇
珊瑚玉綴幾枝枝
品題不用労饒舌
喚做佳人酔後姿
これは細香が紅梅をうたったものだ。念のために意味を教えようか」
「ほとんどわからない。頼む」
「日本人がつくった漢詩もわからないのか。紅梅よ、春の暖かさは、お前の美しさに一層趣を添えるようだ。まるで珊瑚を連ねたようだ。もはや多くの言葉はいらない。まるでほろ酔いでほんのり赤くなった美女のようだと。どうだ、これは、お前が会ってひと目惚れした中国女の姿そのものだろう」
「別にひと目惚れしたわけではないが」
「相変わらず気取ってるな。まあ、いいや。頑張ってくれ」
田口は久坂から送られた詩を、注意深く転送した。久坂は気をきかせて、自分のメッセージと詩とを、分けてくれていたのでそのままコピーすればよかった。
翌朝、田口は自分のＬＩＮＥに、長文の英文字を見た。
「ミスタータグチ。京都のホテルで眠ろうとした時、あなたからの詩が送られてきました。テクノロジーによって受信されたのではなく、まるで何か大きな力が働いて運ばれてきたかのようです。私はかつて、これほど教養に溢れた日本人に会ったことがありません。あなたは私が酔って戯れにコースターに書いた詩を、すぐに細香のものと理解し、残りの詩をつけ足してくれました。しかもあなた自身の言葉を添えて。あなたの奥さんが亡くなったことは、サワムラさんから聞いていました。心からお悔やみ申し上げます。しかしこれから、友人として親しい交流が出来たらと思っております。日本に来ても気の晴れないことが多かったのですが、昨夜はおいしいお酒と共に、有意義な楽しい会話が私の心を満たしてくれました。そしてあなたからの詩を見つけ、私がどれほど幸福な気分になったことか。ミスタータグチ、どうか私をあなたの友人の一人に加えてください」

「もちろんです」

と田口は応えた。

「僕も久しぶりに楽しい夜でした。今度はぜひ東京で会ってください」

「私も明日東京に帰ります。東京でおめにかかるのを楽しみにしています」

その後、久坂からＬＩＮＥがあった。

「僕のシラノ・ド・ベルジュラック役はどうだったかな」

「ありがとう。彼女はびっくりしていた。日本人でこんな人に会ったのは初めてだって」

「そりゃあ、そうだろう。大急ぎで細香の詩集を調べたからな」

「君の博識ぶりには、相変わらず頭が下がるよ。どうだろう、今度はオリジナルの詩をつくってくれないか」

「漢詩は昔、お遊びでちょっとやってみたけど、中国人の鑑賞に堪えるものをつくる自信はないなあ」

「そう言わないで頼むよ。僕はご存知のとおり、詩なんてものからはほど遠い人間だ。それなのに、詩に詳しいと思われてしまったんだよ」

「ぼちぼちやってみるけど、その前に自分でも中国文化を少し勉強した方がいいよ。その中国美女を手に入れたければね」

「そんなつもりはないよ。だいいち彼女には夫がいる」

「たいていの女には亭主がいる。まあ、頑張ってくれよ。僕もちゃんと協力するから」

スマホを切った後、田口は

「だいいち……」

の後には、本当は別の言葉が入るはずではなかったのかと考えた。

「僕にはもう決まった女がいるから」

確かに豆孝は〝決まった〟女である。正式な契約をかわしたわけではないが、田口の

〝持ちもの〟として承認されているのだ。月に一度か二度、週末に田口は京都を訪れるようになった。その時に田口は決まった額の現金を渡し、時々請求書を受け取る。それは呉服屋からのものである。そこには、「流水単衣訪問着」「あやめ柄絽綴帯」といった、よくわからぬ文字と数字が並んであった。かなりの額になることもある。

「すんまへん……。ちょっと大きなお座敷ありまして、新調せなならなくなりまして」

そのたびに豆孝は、しんから申し訳なさそうな顔をした。

しかし頃合いを見はからったように、菊鶴の女将から電話がかかってくる。

「急に暑うなりましたなア……。今度いつ、京都にお越しやすの。今週はどうどすの」

「いや、これでも小さな会社をやっていますので、毎週はとても無理ですよ」

「そおどすかア……。この頃夏が早うきて、私らとてもかないませんわ。そやけど、京の夏もよろしおすえ。観光客が少のうなって、車も混みませんし、貴船の方にちょっと遠出しはるのもよろしおすえ……」

いつものようにどうでもいい会話が続いたかと思うと、不意に本題に入る。

「豆孝ちゃんが私に言いますのや。たーさまにこんなに着物のことで、やっかいかけるのは申しわけないと」

田口はいつのまにか、たーさまと呼ばれるようになっていた。

「たーさまも、女の着物ゆうのは、なんて金がかかるもんやろと呆れてはると違いますやろか」

はい、そのとおりです、と言えるわけもなく、

「いや……いや……」

と言葉を濁すと、それにかぶさるように、

「そやけど、豆孝ちゃんはほんまにつつましい妓どすえ。これが若い妓なら、こんなかりで済みません。いろんなきまりがあって、女の着物ゆうのは、今なら単衣、来月になると薄ものに変わりますんや。いろんなきまりがあって、めんどうなもんなんです。そこんとこ、わかってやってくれませんか」

そして

「いや、僕もこうなったからには、出来る限りのことをしてあげたいとは思っていますので」

という田口の答えを引き出し、

「豆孝ちゃんは、自分から言い出した話やさかい、決してわがまま言わないと思いますが、なんかあったら、うちに言ってください」

と会話は結ばれるのである。

一度何かの折に、着物の請求書のことを愚痴るともなく話したところ、久坂は言った。

「日本の伝統文化を守るために、そのくらい頑張ってくれよ。僕も一時期は頑張りかけたが力尽きた。シンガポールから健闘を祈るよ」

からかっているのはあきらかなので、それ以来、豆孝のことを話すのはやめた。しかしファリンに関しては、なぜか最初から彼に助けを求めていた。

昼下がりの新幹線はさほど混んでいなかった。後ろの席は空いていたので、田口は気がねなく座席を倒すことが出来た。目を閉じ軽い眠りに入ろうとする。

この頃京都から帰る時はいつもそうだ。以前だったら本を読むか、パソコンをいじっていたのであるが、そんなことをすると目がすぐに疲れる。目だけでなく、体も疲れているのかもしれない。京都が特別の場所になってからずっとそうだ。

豆孝からLINEが入っていた。

「昨日は京都にいらしていたんですね。ご連絡いただけなくて残念です。恨みます」

いつもこれには驚かされた。京都の夜の街には、連絡網が張りめぐらされている。どこで食事をしようと、どこで飲もうと、次の日には知りたがっている者のところへ、情報がもたらされるようになっているのだ。今まではそんなことがなかったのに、豆孝と決まった関係を結んでから、京都の街の人々は彼女の味方となっていくようである。

返事を書いた。

「昨日は友人の建築家と会っていたんだ。下鴨の家のことでね」
「それはお疲れさまでした。でも二週間空くのはイヤですよ」
そして可愛い仔猫が、「イヤだニャー」とつぶやくスタンプが押されていた。豆孝は男から見ると、不思議でたまらない少女趣味を持っている。スヌーピーの模様の枕カバーもそのひとつだ。もっとも田口が、あの後豆孝の部屋に泊まったことはない。自分の泊まるホテルに呼ぶようにしている。

豆孝と会うようになってからホテルを変えた。芸妓たちと入ったヒバの風呂があるホテルは、経営母体の会社とつき合いがある。そんなところに女を連れ込むわけにはいかなかった。

繁華街に近いホテルは、二流というわけでもないが中国人のグループ旅行者で騒がしい。それがかえって都合よかった。上のバーからそのままエレベーターで部屋に行くことも出来る。

「恨みます」という言葉が甦る。もちろん女の媚びだということはわかっている。しかし今急に、その言葉をもの憂いものとして反復していた。

どうして女から恨まれたりしなければいけないのだろうか。

恨まれることなど何もない。相手は、田口の愛情や心遣いを、自分が当然得られる報酬だと思っている。そしてそれが不足することを、何よりも怖れているのだ。

「恨みます」

この言葉の持つ古めかしさといったらどうだろう。演歌の中だけの言葉だと思っていた。じっと待っているだけの女だということを、誇示しているようだ……。

その時、新幹線のアナウンスがあった。これを告げてくれる車掌と、告げてくれない車掌とがいる。今日は親切な方であった。

「皆さま左手に、富士山がよくご覧になれます」

山はすぐ近くにあった。雪を持たない富士山は青い。岩や土がこれほど美しい青色をしているのだろうかと驚くほどだ。そして雪という決まりきった装飾がない分、富士山はその形が完璧（かんぺき）だということがわかる。ひと筆で描いたようないさぎよいスロープだ。

スマホに着信があった。ファリンからであった。

「先ほど静岡を通り過ぎた時に、フジヤマを見ました。あなたもこの美しい山がはっきりと見ることの出来る時間に、お帰りになられたらいいのに」

ということは、何分か前に彼女の乗った新幹線もここを通り過ぎたらしい。そしてまた詩が書かれていた。

「君来毋清晨
山人怕起早」

これもまた意味が全くわからない。腹立たしい思いでまた久坂に送った。

「お手上げだ、頼む」

返事が来たのは、新幹線が品川に着く少し前であった。

「袁枚のだな、君の彼女はいろいろ変化球を投げてくるな。アーサー・ウェイリーがこれを訳しているよ。実にいい訳だ。僕は若い頃、彼を愛読していたもんだよ。返事は多分こうだな。

君来毋日暮
日暮百花老

来るのが遅すぎてもいけない、花が美しさを失ってしまうからね。つまり間をおかずにすぐに会いましょう、ということだ。いいなあ……。あちらはかなり積極的だよな」

「ミスタータグチ。あなたは物理学者をめざした人です。そして家の仕事を継ぐためにスタンフォードのビジネススクールへ行ったのですね。つまり文学の素養がまるでないあなたが、どうして細香や袁枚をそらんじられるのでしょうか。日本の知識階級はそれだけ奥が深いのか。いいえ、あなたは特別の人だと思います。私はあなたと出会ったことを、本当に幸福なことと考えています。信じられないほどお酒を飲み、たくさん話り合った京都の夜は私にとってかけがえのない思い出となりました。さっそく東京で再会を、と思ったのですが、急に上海に帰らなくてはならなくなりました。しばらくあちらにおります。私のスマホなら中国でもＬＩＮＥが通じます。ぜひご連絡ください」

ファリンからの返事を受け取った後、田口は落ち着かない気持ちになった。急な用事とはいったい何だろうか。大学でたまに講義をするファリンが、それほど多忙とは思えない。両親の具合でも悪くなったのか。それとも夫と上海で会うことになったのか。

一瞬不快になり、田口は自分にまるでそんな権利がないことに気づく。

「恨みます」

豆孝の言葉をまた思い出してしまった。彼女は確かにそれをつぶやく資格を有しているのだ。今、彼女と自分とは契約を交わし、仮の夫婦のようになっているのだから。しかし妻が夫に

「恨みます」

などとつぶやくものであろうか。妻の怒りや不満というものは、公で大っぴらなものだ。決して隠花植物のような暗さは持たない。そして田口はつくづく芸妓を愛人にした不可思議さを思うのだ。

自分はこうしたことには全く向いていない人間なのに、ひょんなことからこんなことになってしまった。芸妓を愛人に持つにふさわしい男は、経済力もさることながら、

「恨みます」

と言ってくる女を愛おしいと思う度量の広さ、洒脱さが必要なのだろう。しかし自分にはまるでそんなものがない。なにしろ臆病だ。世の中には、二とおりの男がいる。人

妻と平気で寝られる男と出来ない男。自分は後者の方だ。だからファリンとのことも進展するはずはない、と久坂に言ってみたくなる。

東京へ帰った田口はまず、アマゾンで本を注文した。

ふだんの彼はほとんどアマゾンを使わない。出来る限り近くの書店に行くようにしている。幸いなことに少し歩けばビルの中の大型書店と、昔ながらの街の本屋があった。しかし今回は急いでいるうえに、おそらく古書となるはずである。アマゾンを使わざるを得なかった。

細香の詩集も袁枚のそれもすぐに見つかり、状態が「中古品・良い」というところをクリックする。あまりの便利さに驚く。

学生時代、理系の彼はあまり縁がなかったが、文学部の友人たちは、めあての古書を手に入れるために神保町(じんぼうちょう)をうろつきまわっていた。それがこうしてパソコンを動かすだけで、リストが手に入るのである。

実を言えば、細香の名はおぼろげながら聞いたことがあったが、袁枚もアーサー・ウエイリーも初耳であった。今さらながら久坂の博識ぶりに驚かされる。言語に関して天才的なところがあり、アメリカにいた頃、田口が苦労して読み解いた本や資料も難なく自分のものにした。少年時代に習っていたということで、フランス語も出来る。ロシア語も理解出来た。

シンガポールでは中国語を勉強しているが、おそらく読み書きはもう不自由しないだろう。

それにしても漢詩とはと、田口はため息をつく。以前久坂は、

「学ぶことは僕のいちばんの趣味だから」

と語っていたことがある。久坂のようにありあまるほどの富と時間、そして知性を持っていれば、教養というのは雪が降るように積もっていくのだろう。

次の日、さっそく細香と袁枚の本が届けられた。

細香の詩集はかなりくたびれており、東洋文庫の袁枚は新品と思われたが、最初の何ページかに鉛筆でアンダーラインが引かれていた。

「だから古書はイヤなんだ」

これから分け入ろうとする雪山に、既に他の誰かが乱暴に足跡をつけていたような気分だ。他人がアンダーラインをつけた箇所は飛ばす。

読み切ることの出来ない本なら、汚すな、と前の所有者に言いたいと、田口はひとりごちながらページをめくった。

袁枚という名前を聞くのは初めてであったが「随園食単」という彼の著書には覚えがあった。確か有名な食通の本である。彼がその著者だったのだ。

袁枚は十八世紀はじめに中国杭州(こうしゅう)で生まれた。科挙の試験に合格し官僚となったエリ

ートであるが、三十代で職を辞し「随園」と名づけた大邸宅に移り住む。そして八十二歳で亡くなるまで、詩人として自由に生きるのだ。
アーサー・ウェイリーという学者にも驚かされる。ほぼ独学で中国語と日本語を習得したのだ。源氏物語も訳しているという。
そしてこの『袁枚　十八世紀中国の詩人』は、ウェイリーが英語で書いたものを、日本人の訳者が日本語に訳しているのだ。漢詩も英訳したものを、再び日本語訳にしているために、躍動感がありわかりやすい口語体だ。幸いなことに、東洋文庫の最初の所有者が、アンダーラインを引いていたのは最初の十ページだったので、後は集中して読むことが出来た。
昨夜、富士山を見ながら送った漢詩も出てきた。長いものの終わりの二行である。

「君来毋日暮
日暮百花老」

これは実はロマンティックな恋の詩ではなかった。その前には、ファリンが送ってきた、

「山人怕起早」

という言葉があり、田舎の自分たちは遅くまで寝るのだよ、という意味らしい。邸宅にやってくる客のことをうたったものだ。久坂はその続きを返し、愛する人よ、もっと

早く訪ねてくれ、という意味を込めたのである。

久坂という男の知識の深さを思わずにはいられない。

アマゾンに注文する時、田口は何冊かの漢詩集も注文しておいた。これさえあれば、久坂の力を借りなくて済むはずだ。

さっそく届けられたものをぱらぱらとめくってみる。しかし自然や歴史をうたったものばかりだ。女らしく艶っぽいイメージは浮かばない。今さらながら、彼のセンスのよさに感嘆するものの、また力を借りるのは避けたいところだ。

ファリンに興味を抱いたものの、相手は人妻である。けしかけられたり、からかわれたりするのは嫌であった。

田口は何のためらいもなく、夫のいる女を口説く男が理解出来ない。それは道徳ゆえではなかった。結婚というのは、世間と自分に向けての契約だと思っている。したがらには辻褄を合わせなければならなかった。

もし人妻を愛してしまったならば、時間をかけ自分の心を確かめる。それでも諦めきれないと思うならば、充分に苦しまなければならないだろう。人妻と独身女との境目を、全くといっていいほどつくらない久坂とは違うのだ。ともかく自分にはそんな余裕がないと田口は考える。死んだ妻の後始末もきちんと出来ないうちに、花街の女のめんどうをみるはめになったのだ。この女はいつのまにか、しばらく行かないと

「恨みます」

などという言葉を使うようになっているのだ。

こうしているうちに三日がたち、田口はファリンからのＬＩＮＥを受け取った。

「上海に戻ってくると、いつもビジネスに巻き込まれてしまいます。一族の者がホテルをオープンすることになり、その相談にのってくれというのです。内装をイタリアの建築家に頼んでいたけれど、ひどく趣味の悪い中国趣味にされたとカンカンです。私は今の中国をヨーロッパ人がどうとらえているか、よくわかってとても面白いと思うのですが、タグチさんはどう思いますか、あなたは上海にもちろんいらしたことがありますよね。政府はあらゆるところを壊して高層ビルを建てたものの、最近は反省したのか古いものを残すようになりました。とってつけたようなやり方ですけれどもね」

今回は詩がない。田口は安堵したものの、そのことがやや物足りない。とにかく急いで英文のＬＩＮＥをうつ。長い文章をだ。

第六章 秘密

相続税の納付期限が迫っているのに、妻の遺産の整理がつかなかった。

というのは、妻の父親が晩年近くに、海外投資に力を入れていたうえに、ひとり娘のためにかなり手の込んだ節税対策をこうじていたからである。

妻の家の財産管理を、一手にひき受けている弁護士でさえ、

「私の知らないことがいろいろ出てきました」

とため息をつくほどだ。

田口は彼に伝えた。

「どれほど税金を納めることになってもいいから、とにかくすっきりとクリーンにしてください」

知人の中にはあまりにも複雑な相続に音を上げ、ノイローゼ寸前になった者もいる。

それはまだいい方で、手がつけられない海外での資産をそのままにしていたところ、莫(ばく)

大(だい)な追徴金を取られたうえに、脱税とマスコミに書かれた。

日本は金持ちに甘いように言われているがとんでもない話で、何かひとつ瑕疵(かし)があれば、あらゆるところから叩(たた)かれる仕組みになっているのだ。

下鴨の家の改築のために、田口は妻の所有していた定期預金をとり崩したが、その時にかなり嫌な思いをした。妻の家の資産管理会社や銀行の担当者が丁寧であればあるほど、慇懃(いんぎん)無礼が透けて見えるような気がしたのだ。

「女房が死んでそれほど時間がたっていないのに、早くも使いまくるのか……」

と彼らが心の底で思っていたような気がするのは考え過ぎであろうか……。

その下鴨の家の改築がかなり完成に近づいた頃、田口は弁護士の訪問を受けた。妻の相続を頼んでいる人間だ。

彼はさまざまな報告書を見せながら、田口に尋ねた。

「奥さまのこのお金は何に使われたかご存知(ぞんじ)ですか」

妻は亡(な)くなる八カ月前、パリを訪れ、そこで自分名義の預金を解約している。日本で入金していたユーロ預金だ。

その額は日本円にして約二千万円だという。

「奥さまが現金でそのままお持ち帰りになったので、なかなか表に出ないものでした。しかし金額が金額なので、このまま見過ごすことが出来ません。これが何のためなのか、おわかりにはならないでしょうか」

「さあ……」

首を横に振った。生前は妻の資産や収入に、かかわらないようにしていたからだ。

「買い物に使ったんじゃないですか」

学生時代からの友人たちと、年に何回か海外旅行に出かけていた。特にパリは気に入っていて、いつも山のような買い物をしてきたものだ。本店でしか手に入らないバッグや洋服があるのだという。

「あちらでいろいろ買うのが好きでしたから」

「しかし二千万はないでしょう」

反論する弁護士に、あのバッグのことを教えてやりたいと田口は思った。いつもは妻のクレジットカードの明細書など、全く気にもとめていなかったのであるが、ある時テーブルの上のものを見てのけぞった。ハンドバッグが三百二十万円で購入されていたのである。

「ウソだろ！　いい車を買える値段じゃないか」

思わず叫んだのを覚えている。

「クロコだから仕方ないの。それにここのバッグは、今手に入れるのが大変なのよ。今までは中国人と取り合いしていたのに、この頃はインドネシアの人まで欲しがるのよ。

私の場合は、昔から顧客リストに載っているからって、何とかまわしてもらえたのよ」

あのバッグと宝石でも買ったのか。いや、田口の知る限り、妻は宝石になぜかそれほど興味を示さなかった。亡くなった母のものを使ったり、デザインを変えたりしていた……。


さらに弁護士は続ける。

「それに奥さまの場合、お買い物はすべてクレジットカードでした。すべて明確にと税理士さんから言われていたと」

「それでは、クレジットカードの明細書には出したくない金だったということですね」

「そうなりますねえ……」

弁護士は深いため息をついたが、その間に次の言葉をどうしようかと考えているようであった。

「どなたかにお渡しになった可能性があります」

「そうですか」

弁護士はこう尋ねたいのだ。奥さんには愛人がいませんでしたか。が、もちろんそんなことは口に出さない。

「パリにお身内の方はいらっしゃいませんか」

「身内ですか……」

ひとりっ子だった妻は係累が少ない。

「従姉がいて、デュッセルドルフに住んでいると聞いたことがありますが、それほど親しいつきあいじゃなかったようです」

それに大企業の駐在員の妻として暮らしている彼女に、大金が必要とは思えない。

「このお金のことは、ご主人にもお話しになっていないのですか」

「私も初耳です」

ここで会話が途切れた。金の行方を探ることは、妻に愛人がいたかどうか調べることになるからだ。

亡くなる八カ月前、いったい妻は何をしていたかと、田口は思いをめぐらす。まだすい臓癌は見つかっていなかったはずだ。そうでなかったらパリに行かせるはずはない。そただ毎年行く人間ドックで異常が指摘され、専門の病院での精密検査を勧められた。その日にちが決まっているというのに、妻はどうしてもパリに行くと言い出したのだ。三泊五日の短い旅行だ。

「もしも何かが見つかったら、入院っていうことになるんでしょう。その前に旅行を楽しまなければ」

馬鹿馬鹿しいと田口は言った。病気におびえながら旅行をして何が楽しいんだ。ちゃんと検査を受けてから行けばいい。

妻は首を横に振る。いつもの友だちとずっと前から約束していた。パリはバーゲンが始まる。高級ブランドさえ値引きするのだ。

田口には珍しく、きつい言葉で叱責したが聞く耳を持たなかった。もしかすると腰の痛みを訴え始めた妻は、何かを感じていたのかもしれない。

「私はふつうどおりに生きたいの。最後まで」

という言葉に押し切られたのだ……。

「ご自分のお金を、ご自分でお使いになったんだからそれでいいじゃないか、と言いたいところですが、日本の税務署はそんなことで許してくれません」

「それはそうでしょうね」

「特に現金の動きには敏感です。二千万という金額が金額ですから、節税のために何かしたと思われてしまうでしょう。この現金がいったい何に使われたか、それがわかればいいのですがね……」

このやりとりに耐えられなくなり、田口はこう口にする。

「一緒にパリに行った友人に聞いてみますよ」

「そうですか。お願いします」

弁護士はあきらかに安堵した表情であった。解決の糸口が見つかったからではない。肝心のことを聞けないもどかしい会話にずっと困惑していたのだ。

妻と一緒に行った友人はわかっている。小学校から大学まで一緒だった女二人だ。どちらも結婚して子どもがいたが、成人してから頻繁に会うようになっていた。裕福なうえに寛大な夫たちらしく、国内や海外の旅行にもよく出かけている。

どちらかに連絡をすれば、パリでの妻の行動がわかるかもしれない。しかし田口はそれをするのをよそうと思った。もしかすると妻の秘密が暴露されるかもしれない。それを妻の親友に言わせるのも嫌であった。もしかすると彼女たちが何も知らなかったとしても、田口が問い合わせてきたことは、噂になるに違いない。

妻が生きた世界は広くなかった。動物愛護の団体に入っていたのと、名門女子大の同窓会の幹事として、忙しくたち働いていたのが、数少ない妻の〝社会〟であった。それを汚してはならないと田口は決心する。

二千万の使途不明金が、相続税にどう響くのかわからない。しかし余分に払うのは仕方ないことだろう。どうせ妻の金だったのだと田口はひとりごちた。

第七章　かげろう

夏の歌舞伎座のロビイは、白いものを着た観客で埋まっていた。今月は三部制になっているうえに、肩の凝らない演目が多い。そのためか、人々の服装はくだけていて、Tシャツ姿の者もいる。それが若者ならともかく、体形のゆるんだ中年女なので、母の真佐子は顔をしかめた。

「あんなだらしない格好で、よく歌舞伎座に来られたものよね」

自分は紺色のサマースーツに、白いブラウスというでたちだ。脚さえ悪くなければ、着物で来たのにと口惜しそうである。

「みんななんて汚い格好で来るんでしょう。本当に目障りだわ」

「仕方ないよ、こんなに暑いんだから」

田口がたしなめると、

「昔はあんな格好している人は、三階席って決まってたもんよ。それなのに大きな顔をして一等席に座るのね」

年をとってから声の調整が出来なくなっている母親にはらはらしてしまう。そこへ番頭を従えた歌舞伎役者の妻が、パンフレットを持って客席まで挨拶にやってきた。さりげない水色の無地の絽に、家の紋はしっかりと染められていた。年齢は五十少し前というところだろうか。

「奥さま、今日はわざわざお越しくださって、本当に嬉しゅうございます」

「あなたもお元気そうね」

真佐子は尊大に答える。

「はい、何とかやっております。よろしかったら、後で楽屋にお寄りいただきましたら、主人も喜ぶと思います」

「そうね……。でもそのつもりじゃなかったし」

「いえ、いえ、お顔を見せていただいたら、本当に喜ぶと存じますので」

「脚の具合が悪くてね、正座が出来ないのよ」

「まあ、それは、それは。すぐに椅子をご用意いたしますわ」

妻が丁重極まりないのは、二代に渡って田口の家が後援してやっているからだ。先代の襲名の時は父が、当代の時は兄が、かなりのものを出してやった。兄は今も後援会の理事をしている。今日もチケットは、役者の事務所から直接届けられた。

それではお待ちしております、と妻が立ち去った後、真佐子はバッグから飴を取り出し、楽しそうになめ始めた。

「あの人も、奥さん業が板についてきたわよね。そこいらのＯＬを連れてきたもんだから、先代は反対したけどもねえ……」

あたりに聞こえはしないかと、田口は気が気ではない。

「だけどたいしたもんよね。そつなくこなして、あのうるさい未亡人ともうまくやっているみたいじゃないの。まあ、利口な女よね」

真山青果の短い一幕が終わった後、休憩となった。脚の悪い母を案じて、田口は弁当で済まそうとしたのであるが、真佐子はいつもどおり「吉兆」に行くことを主張した。出店は三階にある。他階の食堂へ急ぐたくさんの客とエスカレーターに乗るため、転んだりしないかと田口はひやひやした。

店は予約してある。

「田口様」と札の出ている席に座り、真佐子はまず冷たい水を所望した。

「新しい歌舞伎座になってから、この店、遠くなってイヤになってしまうわ。この後、また下に戻ってお手洗いに行くのは大変なのよ」

しかし漆の箱に美しくおさめられた料理を口にするうちに、機嫌は少しずつ直っていった。

別に運ばれてくる温かいご飯は、今日はえんどう豆の炊き込みで、真佐子の大好物だった。

その時だ、ひとつ置いたテーブルに座っていた婦人が立ち上がり、遠慮がちに近づいてきた。

「失礼ですけど、大塚さんでらっしゃいますか」

「そうですけど……」

大塚というのは、真佐子の旧姓であった。

「私、津田でご一緒だった上原です」

「ああ、上原さん」

「お久しぶりね、最後におめにかかったのは……十年前ぐらいの同窓会だったかしら」

「そう、そう、そうよ。そうだったわ」

真佐子は座ったままではあるが、嬉しそうに何度も頷いた。綺麗な銀髪の女性は、やや背が丸いが、明瞭な口調である。

「あの後、工藤さんたちとは時々会ってるのよ」

長話になりそうだ。

「まあ、そうなの。あの方、お元気かしら」

「ご主人亡くされて、息子さんの住む名古屋に移られたけど、東京が懐かしくて、よく上京されるのよ。一度大塚さんとも会いたいわ、っておっしゃってたわ」

「私はね、脚がダメになったから、もう昔のように出歩けないのよ」

「まあ、そうなの。私も実は腰がよくなくて、おととし手術したの」

二人の老婦人のお喋り(しゃべ)は、いつまでも続くと思われたが、連れの女性が立ち上がり、さりげなく後ろにまわった。

「お母さん、そんなに立て続けに話してはご迷惑ですよ」

「そうね、本当にごめんなさい」

「そんなことないわ、嬉しいわ」

「こちらは娘です」

老婦人は振り返った。

「はじめまして。母は昔のお友だちにおめにかかり、すっかり興奮してしまいました。お食事中、申しわけございません」

真佐子ではなく、田口の方に向かって頭を下げた。グレイの麻混のジャケットを着た中年の女だ。微笑(ほほえ)みながらの口調がやさしげで、母をいたわっている様子がみてとれた。

「とんでもありませんよ。母も大興奮してます」

田口も立ち上がる。

「息子なのよ、三男の」

「まあ、三人もいらっしゃるの。うらやましいわ」

しんから羨(うらや)ましそうな声をあげた。

「うちはこの娘しかいないの。おまけにずっと医者をやっていて、一度も結婚していないの。孫の顔も見られないのよ」

「お母さん、そんな話をここでしないで」

娘が苦笑いをしているところに、開幕五分前のブザーが鳴った。

「まあ、もうこんな時間。急がなくっちゃ。私、これからお手洗いに行くのよ」

「私もそうなの」

真佐子は手をつけていないデザートを恨めしそうに見た。最後に出されるフルーツゼリーも真佐子が好むものだ。しぶしぶと立ち上がる。

「お母さん、ゆっくりとでいいんだよ」

田口は手を貸してやる。それを母と娘が見守っていたので田口は言った。

「どうぞ先にいらしてください。歩くのに時間がかかるので」

上原母娘(おやこ)を見送ってから、真佐子は息子にささやいた。いや、ささやいているつもりであるが、年齢のせいでふつうの音量となった。

「なかなかの美人ね。お医者さんっていうのもいいわ。でもたぶん五十を過ぎてるわ。それじゃあ、子どもを産めないわよね、残念よね」

「やめてくれよ」

田口はやりきれない気分になる。

店を出た。三階のトイレの前には、まだ行列があったが、この短かさならそう時間はかからないはずであった。

「ちょっと遅れてもいいから、一階じゃなくてここに入ったら」

そうねと真佐子は言い、行列の最後尾に並んだ。その間田口は男性用に向かった。ここには誰もいない。用をたし手を洗って戻ると、中に入っているはずの真佐子が、壁にもたれて立っているではないか。様子がおかしい。顔をしかめている。

「どうしたの！」

肩を抱くとぐにゃりとなった。

「なんか息が苦しくて苦しくて……」

「ちょっとここに」

近くのソファに座らせた。顔が白くなり表情が消えていた。こめかみには汗が流れている。

「どうなさいましたか」

異常を感じ取って、制服の女が小走りで近寄ってきた。

「急に母の具合が悪くなったんです」

「大丈夫ですか」

女はひざまずいて、母の具合を確かめようとした。

「ちょっと見ててください」

と言い捨て、田口はエスカレーターを駆け降りた。老女を一人強引にどかした。体が勝手に動いていた。先ほど別れる時、二人はこんな会話を交わしていたのだ。

「上原さんはどこの席なの」

「私は十四列の右の方よ」

「だったら、私の四列後ろね」

一階では制服の女が扉の前に立ち、早くお入りください、とせかした。田口は小走りに通路を進む。それは席に着くためでなく、上原の娘を探すためであった。

幕が上がる柝の音が鳴り始めていたが、あたりは歌舞伎独特のざわめきにつつまれていた。

しかし必死の表情で、舞台を背に立つ田口は目立ったに違いない。視線が集まるのを感じていた。

ひとりの女を探す。さっき彼女の母親は言ったではないか。

「うちの娘は医者をしていて……」

確か自分たちの席より四列後ろの右側……。そして見覚えのある顔が目を射た。彼女は通路から四番めに座っていた。駆け寄る。

「母の具合が悪いんです。来てくれますか」

「わかりました」

隣席の三人が気をきかせて立ち上がってくれたので、女性医師はすぐに出来た。

大股（おおまた）で歩きながら、彼女は聞く。

「お母さまは、これまでご病気は」

「特にありませんが、このあいだ気分が悪くなって救急車で運ばれました。クモ膜下ではないかと思いましたが大丈夫でした」

「そうですか。その時、CTは撮っていますね」

「はい」

三階に行くと、母はもうソファに横になっていた。制服の女性は三人に増えている。

「大塚さん、大塚さん」

医師は母を旧姓で呼んだ。その名前しか知らないので仕方ない。

「ご気分は大丈夫ですか。ここがどこかわかりますか」

「はい……」

母はかぼそい声で答えた。そうしながら上原の娘は、母の脈をはかっている。

「救急車は呼んでますね」

「はい」

「歌舞伎座は、すぐに聖路加さんが来てくれるはずですから安心してください」

上原の娘は田口に向かって言った。やがてピーポピーポというサイレンが聞こえたかと思うと、信じられない早さで担架を持った男たちが駆けつけてきた。

「医師です、同乗します」

上原の娘はすっくと立ち上がった。

「意識あり、麻痺(まひ)、嘔吐(おうと)なし、脈拍、早いです。心疾患疑われます」

心臓とは……。田口は唖然(あぜん)として、男たちによって持ち上げられる母の体を見つめた。

そんなことは聞いたことはなかった。

先日のように救急車で運ばれたものの、たいしたことはないとタカをくっていた。

しかし真佐子は心筋梗塞(こうそく)と診断され、緊急にカテーテルが通されることとなった。

兄夫婦が到着するまで、待合室で一緒にいてくれたのは上原の娘である。

「お母さまは、今まで心疾患を指摘されたことはないんですか」

「血圧が高いとは言われていたようですが、年齢が年齢なのでそう気にはとめていませんでした」

それよりも真佐子の心を占めていたのは、脚の痛みだった。鍼（はり）やマッサージ、さまざまなところへ通い、最後には名医による手術を受けようかとあれこれ迷っている最中であったのだ。

「意識もありましたし、緊急の措置も出来ました。たぶん入院なさることになるとは思いますが、そう大ごとにはならないと思いますよ」

「本当にありがとうございます。上原さんがいてくださって本当に助かりましたよ」

「あの……」

娘はかすかに微笑んだ。

「上原というのは、母の旧姓なんですよ。母も私もこういう名前ですの」

名刺をさし出した。都内のクリニックの名前の下に「内科　佐々木美和子」とあった。

「失礼しました。僕も大塚という名前ではありません。田口と申します」

名刺交換したとたん、急に敬語が多用されることとなった。

「あ、兄たちがやってきました……」

「それでは私、失礼いたしますわ。母もおろおろして、さっきメールくれましたので、隣の文明堂で待っているようにと申しました」

「それは申しわけなかったです」

二幕めも終わっている時間になっていた。

「こちらも高齢の母なので迎えにいきませんと。これで失礼いたしますわ」

美和子はすばやくその場を離れようとしたが、廊下の向こうから歩いてきた兄夫婦が到着してしまった。そこであわただしい挨拶と名刺のやりとりが始まる。美和子はさらに事務的な様子となった。


母のことは毎日見舞った。

真佐子が入院しているのは、赤坂にある総合病院である。ここは日本一料金の高いメディカルクラブと、個室があることで知られていた。

真佐子の部屋はその特別室ではないが、ソファが置かれた個室である。田口はそこに座り、とりとめもない話をした。喋ることがないとそこで新聞や雑誌を読む。真佐子はそれでも満足そうである。結婚して以来、息子とこれほど長い時間を過ごしたことがないからだ。しかし時々は、食事が不味いと文句を言った。

「仕方がないよ。今は肝心な時だよ。ちょっと我慢しなくっちゃ」

「ここは食事がおいしいって評判なところなのに、どうしてこう味気ないものばっかり食べなきゃいけないのかしら」

塩分が制限されているのだ。

その後は退屈だとこぼした。テレビは目が疲れるし、本を読む気力はない。田口が雑誌を買って持っていくと、いかにもつまらなさそうにパラパラとめくった。美しいグラビアの女性誌である。

「もうおしゃれにも、旅行にもまるっきり興味がないわよ。こういうつくりものの世界を見ると、なんだかイライラしてくるわ」

「今は具合が悪いからそう思うんだよ。元気になったら、また買い物に出歩くにきまってる」

「なんだか私、死にかけたら、すべてのことがどうでもよくなってきてしまったのよ」

深いため息をついた。

「年寄りって悲しいもんだなあってつくづく思うわ。旅行したり、友だちとおいしいもの食べたりして、そのことを忘れようって必死になるけど、所詮（しょせん）あとは死ぬだけなのよ。ある時まではね、みんな元気そうなふりをするの。だけど気づくの。ふっと空（むな）しくなるのよ。何をやったって後は死ぬだけだって」

「やめてくれよ」

田口は声を荒らげた。

「縁起でもないこと言わないでくれよ。僕も兄貴も、今度のことでは本当に心配したんだよ。冗談でも死ぬ、死ぬ、って言わないでくれよ」

こうした母と息子のやりとりは長いこと続く。が、この死をめぐる会話ほど、母を喜ばせるものはないのだ。

そして退屈する真佐子は、息子にからんでくる。

「私はね、沙恵子さんと結婚して、あなたは本当に幸せだったのかって、この頃よく考えるの」

「またその話か、聞き飽きたよ」

「あなたは覚えてないかもしれないけど、茅ヶ崎のおじいさまの米寿の会に行った時よ。お兄ちゃまたちは学校があったから、あなただけを連れていったの。あなたは子どもの頃から本当に可愛くってね、親戚中がちやほやしたわ。そうしたら光子ちゃんが私に言ったの」

光子というのは沙恵子の母で、真佐子の従姉にあたる。

「真佐子ちゃんのところは、三人も男の子がいて本当に羨ましい。将来一人ぐらいはくれないかしらって。私、その時に冗談で言ったのよ、光子ちゃんのところはお金があるからぜひ。やっちゃんがいちばん可愛くて、いちばん頭がいいから、やっちゃんをお婿さんにしたらどう……。光子ちゃんはその時のことを覚えていたって言うの。私ね、恐ろしいって思った。ずうっと昔、何気なく言った言葉が、あなたの運命を変えてしまったのよ……」

老いて病んだ女の口から発せられる「運命」という言葉には、ぞっとするほどの迫力があった。田口はやれやれと遮る。

「お母さん、その話はどんどん大きくなっていくね。沙恵子とのことは平凡な見合いのようなもんだよ。彼女もちょっと嫁き遅れていたし、僕も三十をかなり過ぎてた。それだけのことだ」

何度この話をしただろう。老いた母は同じことを繰り返し、自分もいつも同じように答える。そしてそんな時この言葉が不意に浮かび上がるのである。

「私はずっと幸せではなかった」

死んだ妻の遺した言葉だ。

「お母さん、僕のことを心配しているけれど、沙恵子も幸せじゃなかったんだよ。だからおあいこなんだ」

一度こう言ってみたら、母はどんな顔をするだろうか。田口は時々意地悪な気分になる。

そして最後は、いつもこの言葉となる。

「やっちゃんは、一日も早く再婚しなきゃ駄目よ。そしてね、今度こそ子どもをつくるのよ」

「やめてくれよ、今さら子どもだなんて」

豆孝の年齢が四十六歳だと聞いた時、どこかほっとした気分になったものだ。もし彼女が三十代だったら、関係を進めることを踏みとどまったかもしれない。

「このまま一人で、ずうっと生きていくさ」

「駄目よ、そんなこと絶対に許さないわ」

こういう時、たちまち真佐子の目はうるんでくるのである。

「私はいつ死ぬかもわからない。今度のことでよくわかったわ。そうしたらね、やっちゃんは一人になるのよ。ひとりぼっちよ。私はそのことを考えると、死んでも死にきれないのよ」

「だったらずっと生きててくれよ」

苦笑いした。

「せいぜい長生きしてくれよ。僕のことがそんなに心配だったら」

「ああ、こんな体じゃなかったらねえ」

真佐子は口惜しそうに顔をしかめた。そうすると表情はずっといきいきしてくるのである。

「私はね、沙恵子さんの一周忌が終わったらいろいろ頑張るつもりだったの。今まではやっぱり遠慮してたのよ」

何を頑張るのか、聞かなくてもわかる。息子の後妻を探すつもりだったというのだ。

「やっちゃんはまだ若いわ。いい学校を出てるしハンサムだし、とてもやさしい。それに子どもだっていないのよ。今の世の中、子どもがいなかったら独身と同じよね。だったらお相手はいくらでもいるわよ。三十代の美人で気立てのいい人。私が元気だったら、まわりの方に頼んでいいお話をいただくつもりだったのに……」

「お母さんの気持ちはわかるけど、僕は本当にそんな気持ちはないよ」

もうこの話はやめようと、田口は母のやわらかいブランケットを、胸元までかけてやった。

「歌舞伎座で私を助けてくれた、上原さんのお嬢さんがもっと若かったらね……。私の同級生の娘さんだもの、五十はとうに過ぎてるわ。そう、やっちゃん、あの方にちゃんとお礼をしてくれたんでしょうね」

「もちろんそのつもりだよ」

そのつもりだと答えたのは、まだ実現していなかったからだ。真佐子の入院がいち段落した後、報告とお礼をかねて佐々木美和子に電話した。

「何かありましたら」

と、彼女は自分の名刺に携帯番号を記してくれていたからである。

「一応十日ほどで退院ということになりますが、心臓がかなりボロボロになっているようで、お医者さんからは爆弾を抱えているようなものだと言われています」

「まあ、お年がお年なので、安静を第一に考えた方がよろしいですね」

そしてお礼といっては何であるが、ぜひお食事を差し上げたいと申し出たところ、予想どおり相手は辞退した。

「何もいたしませんでしたのに。どうぞお気遣いなく」

「いえいえ、歌舞伎もひと幕だけになり、本当に申しわけないことをいたしました。よかったらお母さまもぜひご一緒に」

「母でしたらご心配なく。いつもあの人、夜の八時には寝てしまいますの」

スマホの向こうから、やさしいしのび笑いが聞こえた。

「それでしたら、どうぞ佐々木さんのお友だちをお連れください」

「私の友人、医者が多くて、誘ってもドタキャンされることばかりなんです。私一人でうかがいます」

いつのまにか承諾してくれた。

「それでは私は秘書を連れていきます」

女性と食事、という時は、たいていそうする。企業人としてあたり前のことだ。あらぬ疑いを持たれるのも不本意であったし、何よりもあまり会話が進まない。ファリンの時にまるで奇跡のように話がはずんだのは、おどけ役の男がいたのと、英語で喋っていたからに違いない。

田口の秘書は、後藤妙子という四十代後半の女性だ。有能ではあるが、ぽっちゃりと太っていてまるで色気とはほど遠い。それなのに二回結婚していて、五歳年下の夫との間に高校生の息子がいた。もう手がかからなくなったので、こういう夜の接待にも気軽についてきてくれるようになっている。

美和子を接待したのは、芝公園にある老舗のフランス料理店である。大きな洋館のこの店は、明治の元勲のひ孫であるオーナーの趣味なのか、あまり改装を加えていない。階段をあがると広く優雅なウェイティングルームがあった。薄暗い中に英国調の家具が浮かび上がる。

ここに座り、顔なじみの黒服とあれこれ話していると、美和子がやってきた。歌舞伎座で会った時とまるで違う。ベージュのレースのワンピースを着ていた。脚がとても美しいことに気づく。着ているものに合わせて、茶色のパンプスであったが、それはヒールが高く、彼女の足首の細さをひきたてていた。

「今日はお招きありがとうございます」

髪もやわらかくウエイブがかかっている。薄手のショールをあずける姿から、彼女を内科医だと思う者はいないだろう。

仲間うちの食事の席に、女医を連れてくる男たちは多い。愛人だったり、なかったりするが、綺麗で頭のいい女たちは、ちょっとした自慢なのだ。そして彼女たちは、例外なく美容整形医たちである。自分たちも少々顔をいじっていて、よく遊ぶ女たちだ。男に負けないほどワインに詳しくよく飲む。中には酒癖の悪い女もいて、田口は辟易することもあった。

しかし美和子はそうではなかった。アペリティフを勧めると、

「お酒はあまりいただきません……」

と言う。

「医者はみんなそうですよ。患者さんを抱えておりますし、いつ電話がかかってくるかわかりませんので……」

と口にしかけ、

「素敵なお店で、無粋なことを申し上げてすみません」

肩をすくめた。

「こんなすごいところに来たことがないので、緊張してしまって」

「いや、いや……。僕は最近流行りの店はまるで知らないんですよ。ここは父の代から来ていまして古いつき合いです。実はワインカーブに、兄が何十本か預けていましてね。大切なお客さんなら僕も飲んでいいことになっています。といっても、僕もワインには詳しくなくて、ソムリエさんに選んでもらいましたが」

やがてソムリエがうやうやしく、一同にワインを見せた。

「僕はよくワインのことがわからないので、兄のカーブの中から、よさそうなものを持

ってきてもらいました」

二〇〇八年のDRCヴォーヌ・ロマネだ。

「私、ワインのことまるっきりわかりませんが、これ、ものすごく高級なものじゃありません？　私になんかもったいないわ」

美和子がかすかに首を振った。

「私、グラスの赤を一杯いただけば……」

「いや、いや、今夜は兄にちゃんと話してあります。お袋を救ってくれたあのお医者さんと食事をするんだと言ったら、おお、何でも好きなものを飲めと……。兄にしては気前のいい返事でした」

秘書の後藤がくすっと笑った。日頃何かと口出ししてくる、長兄の性格をよく知っているからだ。

「本来なら兄も同席すべきなんですが、本当につまらぬオヤジですから、佐々木さんも気づまりだと思い遠慮してもらいました」

「病院でちらっとおめにかかりましたが、とてもやさしそうな方でした」

「とんでもない……。まあ、この話はこれでやめておきましょう。まだ下に、うるさいのがもう一人いるからね」

と田口は二人の女を笑わせた後、

「それではまず乾杯をしましょう」

グラスのシャンパンが置かれた。

「先日は本当にお世話になりました」

「退院おめでとうございます」

二人でグラスを合わせる。

野菜を使った冷たく美しい前菜が運ばれる頃には会話はなめらかに進んでいた。美和子は秘書の後藤にも細かく気を配り話しかける。

「おうちとお仕事を両立なさるなんて、本当に大変なことですよね。まわりを見渡しても私の年代の女医って、とても独身が多いんです。もうそんなことは出来ないって、早々と諦めてしまったんですよ」

「先生のようなお綺麗な方がもったいないですわ」

「まあ、最近はお世辞でもそんなことを言ってもらえないので嬉しいです。それにしてもこのワイン、なんておいしいんでしょう。私はお酒飲めませんのに、すいすいと入ってしまいます」

「すべての酒がそうですが、いいものはすいすいと入りますよね」

田口も自分のグラスにつぎ足してもらう。

ソムリエと相談して、田口はデキャンタしないことにした。

「僕はワインにかけては全くの素人ですが、詳しい友人から言われたんですよ。そもそもワインっていうのは、グラスの中でゆっくりと空気に触れて変化していくもんだろうって。そう計算されてつくっているんだから、古い赤ならなんでもデキャンタするっていうのは、どうも賛成しないって。そう言われてみると、デキャンタされたものって、何かが〝済んだ〟っていう感じがするんですよ……。いや、こんなご託を申してすみません」

「私も全くワインのことはわかりませんけども、グラスの中で、確かに味が変わっていくのがわかります。これ、本当においしい」

美和子は注がれたワインを半分ほど空にしている。

「私、ふだんはこんなにいただかないのに、おいしくておいしくて……」

「本当にこれはうまいなあ……。バランスがよくて完成されていて、気品がある……。ねえ、池田さん、そう思いませんか」

「これは飲み頃です。本当にいいですね」

グラスを片手に、初老のソムリエも大きく頷いた。持ち込みの高価なワインは、ソムリエにまず一杯飲んでもらうのがマナーである。彼らのために瓶に少し残しておくのだという者もいたが、最初に一緒に飲んだ方がずっといい。別の店で友人がロマネ・コンティを何度か開けたことがあるが、その時はソムリエが、注がれた一杯を大切そうに奥に持っていった。店の者たちと少しずつ飲むのだという。その正直な様子に田口は好感を抱いたものだ。

「このヴォーヌ・ロマネ、本当に素晴らしいですね。私もすごいお相伴させていただいて幸せ」

後藤が深いため息をつく。彼女はかなり酒が強い。こうした接待の席ではわきまえているが、仲間うちの飲み会ではハメをはずして飲むと聞いたことがある。

和牛の上に、黒トリュフをモザイクのように敷きつめたメイン料理が終わる頃には、二人の女の頬は桃色に染まっていた。美和子の方の色が濃い。酔いのために目が泣き出す直前のようにうるおっている。その時だしぬけに彼女は尋ねた。

「あの、田口さんって塩田貴俊（たかとし）をご存知ですよね」

「シオタ……さんですか。その名前の知り合いはいないなぁ……」

かなり酔いのまわった頭の中の、アドレス帳をめくってみる。取引先の一人に、塩田という名の男がいたような気がするが……

「外務省の人です」

「外務省ですか」

大学の同級生に官僚になった者は何人かいるが、学部が違うために親しくはない。海外へ行った時に会ったことがある、大使や公使の一人だろうか。

「今年四十八歳になります。昨年の衆院選に神奈川から出て落選しました」

「選挙に出た塩田さん。知らないなあ……」

「えっ、本当ですか」

美和子は茫然とこちらを見つめる。その驚き方が尋常ではなかった。

「本当に、ご存知ないんですか」

「初めて聞く名前です。その方は僕のことをよく知っていると言っていたのですか」

「ええ……」

時々こういうことはある。小さな子会社といえども、田口はトップを務めている。田口という姓から、兄たちの会社と結びつけるものは多い。ビジネスを有利に運ぶために、親しい、よく知っていると言いたてる者がいることは不思議ではなかった。しかし美和子の狼狽ぶりと、相手の男が外務省ということからも、ただの〝ハッタリ〟ではなさそうなのだ。

「その塩田さんという外務省の方は、僕とどういう関係とおっしゃっていたんですかね」

つい詰問調になりそうで、あわててこうつけ加える。

「海外で時々公館にお呼ばれすることがあります。その時にいらした方なんでしょうか」

「そうですね。たぶんそうだと思います」

美和子の方も、なんとかこの話題をうち消そうとしていた。

「ただ、とても親しいように言っていたものですから、失礼しました」

「社長も狭いようで、案外顔が広いから」

後藤がのんびりした声を出した。

デザートを食べ終わっても、田口の心のざわつきが消えることはない。どうして美和子は、田口が塩田のことを知らないと言うと、あわてて別の話題に変えたのだろうか。この話題を持ち出してはいけないという思いで必死だった。それはなぜか。

妻がからんでいるのではないだろうか。

その疑念はふと浮かび、打ち消そうとすればするほど次第に大きくなっていく。

やがてコーヒーと小さな菓子が出された。後藤がいつものように、ウエイターに車の手配をする。

「佐々木さん……」

田口は言った。

「近くに時々行くバーがあるのですが、一杯だけおつき合いいただけませんか」

何かを予感していたのだろう。美和子は、はい、と小さく頷いた。

「今呼んだタクシー、後藤さんが乗って帰ってください」

「はい、わかりました」

後藤はいつもと変わりない口調で答える。必要に応じて鈍感に見せるという、秘書に必要な素質を持っている女であった。

田口は自分の車に美和子を乗せ、

「東京タワーの下まで行って」

と命じた。本当に真下に小さなバーがあるのだ。窓いっぱいに赤く輝く、東京タワーの根元の部分が見える。雑居ビルの三階にあり、看板も出していない。常連客以外はまず来ないところだ。カウンターではなく、隅の小さなテーブルを田口は選んだ。

「僕はウイスキーのロックにしますが、佐々木さんは」

「私、あまりアルコールの入っていないもので……」

「それならば何か軽いカクテルを頼みましょうか」

「はい、お願いします」

橙色（だいだいいろ）のベリーニが美和子の目の前に置かれた。二人はグラスを合わせることなく、互いに目の前にかざした。

「今日はおつき合いいただいて、本当にありがとうございます」

「こちらこそ、素晴らしいお料理とワイン、ありがとうございます」

二人の距離は食事の時よりもさらに拡（ひろ）がっている。仕方ない。あの男の名前が出たからだ。塩田というのは、いったい何者なのだろう。どう自分とかかわっているのだ。

「佐々木さん、先ほどのお話ですが」

「はい」

「おさしつかえなかったら、塩田さんという人のこと、もっと話していただけませんか。どうして僕が知っていると思ったのですか」

「そうですね……。本当に失礼いたしました」

観念したように、美和子は深く頷いた。薄暗いあかりの中、やや艶のない胸元が息を整えるためにしずかに上下している。

「とてもプライベートなことでしたのに、私、楽しいのとお酒に酔ったのとで、ついペラペラと喋ってしまいました。どうぞお許しください」

「そのプライベートなことって、何ですか。気になるなあ……」

「そうですよね……」

美和子は顔を上げた。

「彼、選挙資金を田口さんに援助してもらっていると。とても大切な方だと」

「え、僕がですか」

「そうです。ですからてっきり、とても親しい仲だと思っていました」

「それはおかしいな、僕はその塩田という人に会ったことはありませんよ」

「でも奥さまはおつき合いがあるんでしょう」

「彼は私の妻を知っているんですか」

「ええ。そもそも、私は塩田さんから奥さまを紹介されているんです。パリで」

衝撃が走った。パリ……。妻が病の予感を持ちながらも、無理をおして出かけたところだ。そこでその塩田という男と会っていたというのか。

「佐々木さん」

やっと声が出た、が、少し震えていたかもしれない。

「そのパリでのことを、もっと話していただけませんか。妻は昨年亡くなっているのですよ。パリで妻がおめにかかったのは、いったいいつのことだったんでしょうか」

「まぁ……」

美和子は目を大きく見開いた。しんから驚いている様子だった。

「昨年ですって。だって奥さまとおめにかかったのは、昨年のことですよ。三月でした。その時はお元気でいらっしゃいましたよ。ちょっとお疲れのようにみえましたが、強行軍で海外にいらっしゃればあたり前のことだと思いました」

「妻はその旅行の八カ月後に亡くなりました。すい臓癌でした」

「そうですか。本当にお気の毒に……」

頭を深く垂れた、その悼みの様子が、田口をさらに大胆にさせる。

「妻は、その塩田という人と旅行していたのでしょうか」

「まさか」

美和子は怯えたように首を振った。自分の言葉が、大変な事態をよび起こしたことに気づいたのである。

「私はジュネーブで塩田さんに会ったんです。同僚と二人、ローザンヌからジュネーブに行く計画をたてていました。彼女はいずれWHOに勤めたいという望みがありましたので、出来たら見学したいと。そこでジュネーブの領事館にいる塩田さんに相談しました。そうしたら彼、ガイド役をかってでていろいろ連れていってくれたうえに、WHOの知り合いにも話をつけてくれました」

「塩田さんとはお親しいんですか」

核心に進んでいくのが怖ろしい。だから田口は相手を遠まわりさせることにした。美和子もそれを望んでいるようであった。

「はい、タカ、と呼んでいます。四歳年下の幼なじみのようなものです。私の母が家で英語教室を長年やっておりましたが、彼はそこの生徒でした。お父さんがカメラメーカーに勤めていて、あの頃珍しいカナダからの帰国子女です。ご両親が英語を忘れないようにと、うちに通わせていたんです。大学を出た時に、どうしても外交官になりたいと言って。彼の家族は私大出が外交官になっても苦労するだけだって反対したんですけど、猛勉強して試験に受かったんですね。ですけど、やはり限界が見えたのでしょう。外務省をやめて選挙に出ることにしたって、ジュネーブで私に話してくれました。彼の奥さんっていうのが、神奈川で県会議員を長らくやっている人の娘なんです。そのつてもあったようですね。そして明日はパリに行くと。会わなくてはならない女性がいるというので、私がからかうと、本気で怒ったんですよ。そんなんじゃない。田口さんという資産家のご主人がいて、僕の選挙を援助してくれている。その大切な人の奥さんなんだって。そのうち、話の流れで私たちも彼の車でパリに行くことにしたんですよ。そして奥さまともパリで会うことになったのです」

ここで美和子はひと息ついた。

「もしかしたら、私の話でとんでもない誤解を招いているかもしれませんね。私は子どもの頃から塩田さんをよく知っていますが、奥さんを裏切るような人ではありません。そして田口さんの奥さまとの様子も、ごくふつうで遠慮がちなものでした。選挙のことでお世話になっている方の奥さま、というスタンスだったと思います」

自分の幼なじみの前で、つき合っている人妻といちゃつくような男がいるはずはない。ましてや医師などというのは、案外世間知らずなものだ。誤魔化すことなどいくらでも出来るだろうと、田口は次第に意地悪な気分になってくる。

「妻はその時、一人で来ていたんですね」

「そうです」

「おかしいな。妻は学校の同級生二人とパリに行っていたはずですが」

「確か他のお二人は、オペラへいらしていたんじゃないでしょうか。奥さまも行くご予定でしたが、急きょ塩田さんがジュネーブから来ることになって、ご自分のチケットを人に譲られたと聞いています」

それは妻の嘘だと直感した。バーゲンのためだけに行くのではない。オペラ座でどうしても見逃せない演目がある。世界的なテノール歌手が、この公演のあと引退を発表すると言われているのだ。八方手を尽くして、やっと手に入れたチケットを無駄にしたくない。だから私はパリに行くのだと言いはなった妻の表情が、今、はっきりと甦る。目がすわり、唇がきつく結ばれたあの顔。大きな決意を持つ人間の顔。男に金を渡そうとしていたからである。

いちばん聞きたかった質問は、美和子の方で答えを出してくれていた。

「どこで知り合ったかは、塩田さんの方から話してくださいました。奥さまの大学の同窓会で、アフリカの子どもを救うためのチャリティをなさったそうです。その時、集まった寄付金の相談を受けたのがきっかけだということです」

妻の容姿をもう一度思い出す。点検したといってもいい。綺麗な女だった。金と手をかけていたから、洗練された美しさがあったはずだ。しかしそれは五十女にしては、という前置きがつく。年下の男がすぐに飛びつくほどの魅力があったとは思えないのだ。ましてや危険を冒してまで。

「その時の写真、見せていただけませんか」

美和子の顔に、さっと困惑がよぎる。いや、それは軽い恐怖といってもいいかもしれない。今、自分はどんな顔をしているのだろうか。田口は思った。間男されたみじめな夫なのか、それとも相手の男への怒りに、我を忘れている夫なのか。

「写真はありません。私、若い方のようにスマホで撮ったりいたしませんから」

それは嘘だろう。パリで食事の終わった頃、たぶん誰かが言ったはずだ。

「みなで記念写真撮りましょう」

酔った男は、その場にいたウエイターにスマホを渡しただろう。女たちも口々に言う。

「私のでもお願いね」

妻は死ぬ前に、スマホはもちろん、パソコンもすべて処分した。その中に異国の地で、男と寄り添う写真もあったはずだ。

「塩田貴俊」

美和子が目の前にいたにもかかわらず、田口はスマホをせわしく検索した。衆院選に立候補していた人間だ。絶対に何かやっているはずだという勘はあたった。彼は「タカトシあちこち日記」というブログを開設していたのである。

いきなり浴衣姿の男がいた。想像していたよりも美男子であった。やや角ばった頭に、大きな目鼻立ちだ。二皮のはっきりした目は、男ならば軽薄に見えるところであるが、微笑んでいる柔和さに、元外交官らしい知性と思慮深さがあった。

「地元の盆踊りに参加しました。せっかくだから、ちゃんと浴衣にしなさいと、着つけてくださった後援会の女性部の皆さまにも感謝です」

前日の写真を見る。何人かの中年女性に囲まれて、ビールジョッキを持つ彼が写っている。

「今日も暑かったですね。今日はバーベキュー大会にお邪魔しました。サプライズで行ったにもかかわらず、皆さん、あたたかく迎えてくださいました。おかげでちょっと飲みすぎたかもしれませんね」

妻のあの言葉が、呪詛のように甦る。

「私はずっと幸せではなかった」

この男は妻と関係を持っていない。それは田口の直感だった。

男はまだ若く、そして精悍であった。おそらく美しい妻と子どももいることであろう。その彼が、どうして五十歳の、さほど魅力もない女と恋に落ちるだろうか。おそらく情事というレベルにまでいっていないと思う。それは夫の謙遜というものではなかった。女としての妻の価値を、自分は冷静に見ているからだ。

金が目的だったのだ。騙されるというのではなく、妻は金を捧げたに違いない。妻にはそういうところがあった。何年かに一度、妻は買い物や寄付にとんでもない金を遣った。自分の中の何かをそれで必死に埋めようとしているかのようであった。

そして自分はといえば、妻のそうした屈折に気づいていながら、ずっと知らん顔をしていたではないか。ひとつ家の中に、複雑な思いを抱えた者がいることは耐えられなかった。妻という者は、明るく単純でいて欲しいと誰もが考えるだろう。そして時々妻はそのふりをすることがあった。それが我儘な海外旅行だったりしたのだが……。

「あの、田口さん」

おそらく険しい表情をしていたに違いない。美和子の、ぱしっと掌を叩くような口調であった。

「私が誤解を招くようなことを言って、本当に申しわけありません。どうかお許しください。独身の女というのは、こういう時に全く配慮が出来ないんです。外国で奥さまが他の男性と会っていたりしたら、本当に嫌なご気分になりますよね。でも、私と友人が同席していましたし、本当にそんな雰囲気ではなかったんです。奥さまの名誉のためにも、どうか邪推はなさらないでください。どうかお願いします。そうでないと……」

きっと顔を上げた。

「私は今日、ここに来たことも、田口さんと知り合えた楽しい思い出も、きっと後悔してしまうと思うんです」

目の前の女は懇願している。懇願している女というのを久しぶりに見た。最後に見たのは妻のそれだ。

「僕は妻とのことなど、何ひとつ疑ってはいませんよ」

「よかったです」

「疑っているのは、金のことです」

驚いたことに、金という雑駁な発音が、田口の心をかなりなだらかにした。彼はこれによって、吝嗇な金満家の夫を演じることが出来た。

「詳しいことは省きますが、妻は両親からかなりの財産を引き継いでいました。僕もどのくらいのものがあるのか、まだ正確にはわかっていないくらいです。海外資産もかなりあったはずですが、この中から二千万円がユーロで引き出されていたんですよ。現金でね。あなたが妻と塩田さんと会った前日です」

美和子の目は大きく見開かれている。まるで意味がわからないという風に、ほんのかすかに首が傾けられた。

「いったい何に使ったのか、弁護士も不思議がっていました。しかしその塩田さんの選挙の話を聞いて、やっとわかりましたよ。謎が解けました。妻はおそらく、その二千万円を選挙資金として、塩田さんにお渡ししたんでしょう」

「そんなこと……」

呼吸を整えたらしい美和子が、やっと口を開いた。

「そういうお金は、きっと個人献金として記録されているはずです。お調べになったらいかがでしょうか」

「あなたね、妻はわざわざ現金で引き出したんですよ、形に残らないようにね」

「陰(かげ)のお金ということですか」

「そうでしょう」

「私は信じられません」

今度ははっきりと首を横に振った。

「塩田さんはそういう人ではありません。人の奥さんに二千万というお金を引き出させるなんて。そんなことあり得ませんよ」

「佐々木さん、あなたがその塩田さんを知っているのは、子どもの頃でしょう。その方は官僚にもなり、政界にうって出ようとしている。いろんな大人の知恵があって当然だと思いますよ」

これで相手は黙る。と思ったがそうではなかった。わかりました。と意外なことを口にした。

「田口さんがそこまでおっしゃるならば、奥さまは二千万円、塩田さんから頼まれて用意なさったのでしょう。選挙資金の可能性は確かにかなり高いと思います」

医師らしい筋がとおった話し方になっている。

「それで、田口さんが今、考えていらっしゃることは何なんでしょうか。二千万円取り戻すことですか」

虚を衝かれた田口は黙る。そんなことは全く考えていなかったからだ。

「受け取りか何かがなければ、実証することは不可能でしょう。ましてや、二千万円などという大金は、寄付の限度を大きく越えているはずですよね。ですけれども、田口さんがどうしても二千万を取り戻したいとおっしゃるならば、私は力を尽くします。塩田さんに問い糾して、もし寄付が確かならば、お返しするように説得します。それが、あの夜あの場に居合わせたことと、うっかりしたことを口にしたことへの責任だと思いますので」

さあ、早く返事をと、美和子は田口に強い視線をあてる。その強さに田口は怯んだ。

本当に、いったい自分は何をしたいのだ……。

「たぶん……自分はその塩田さんという人に会いたいんじゃないだろうか……」

「だから会って、お金を返してもらいたいんですか」

「いえ、違います」

もう金のことなどどうでもいい。選挙には巨額の金がとびかい、闇の中に消えていくのを田口はおぼろげながら知っている。父が昔、保守系の政治家を後援していたからだ。

「ただ、妻が金を渡した相手を見たいんです」

「今、仲を疑っていない、とおっしゃったばかりですよ」

「そうですが妻がその方に好意を持っていたのは確かでしょう。その好意を利用して、金を出させた男を見たいんです」

「見たら気が晴れますか」

この女は精神科医ではなかったかと、一瞬思ったほど口ぶりが変わっていた。

「田口さんは本当に奥さまを愛していられたんですね」

「いや、そんなことではなく……」

「そういうことで気を晴らすのはおやめになった方がいいと思います。田口さんが立腹なさる相手は、口が軽いこの私一人です」

最後まで美和子は言った。

「どうか、自分を追い詰めないでください」

車に乗る直前まで繰り返した。

「お気持ちはわかりますが、軽はずみなことはやめてくださいね。本当に塩田さんに会いたければ、私がきっと機会をつくります」

「しかし、彼はきっと妻とのことを否定するでしょう」

「そんなこと、わかっているのに、どうして会いたいんですか」

「僕はただ、彼の顔を見たいだけなんです」

と、堂々めぐりになってしまうのであった。

「私の携帯、ご存知ですよね」

「はい、名刺に書いてもらいましたから」

「仕事中は出られませんが、夜は大丈夫です。真夜中でも構いません。何かあったら、私に電話してください。自分に問うてみる代わりに、私に質問してくださいね」

「佐々木さん、まるで精神科医のようですね」

「あら、わかりますか」

美和子は微笑んだ。無理をして口角を上げた、という感じの笑い方であった。

「実は内科に行こうか、精神科に行こうかと悩んだことがあります。父に相談したら、精神科は人の病気じゃなくて、人の人生を引き受けなきゃならないから、お前のような甘ったれの人間には無理だろうと」

「佐々木さん、まるで甘ったれには見えません」

「しっかりしているのは見かけだけですよ。この年になっても、親の家を出ることも出来ませんもの」

初めて混じり気なしの笑いを見せた。タクシーに乗り込む最後に、それを見ることが出来て、田口はやっと安堵する。美和子は、もう自分を疑うことはないだろう。一人になり、夜の路上で再びスマホを操作しはじめる。先ほどじっくり見ることが出来なかったが、バーベキュー大会のところで告知があったのだ。来週の木曜日だ。

「塩田タカトシを励ます会」

中堅のホテルの宴会場で、会費は二万円とあった。

「どうか、ご友人や知人をお誘いください」

二万円の会費。妻の金は、千人分の会費になるのだ。千人の人々が、宴会場を埋めるのと同じだ。

塩田という男をひと目見てみたい。それはいけないことだろうか……と、田口はずっと自問自答している。

自分に問うてはいけない、と美和子は念を押したけれども仕方がない。愚かなことだと充分わかっているのである。わかっているのに、違う欲求が頭をもたげる。さまざまな言いわけを用意していた。

遠くから眺めるだけだ。決して話しかけたりはしない。

これは好奇心ゆえのことだ。恨み、といったものではない。もともと好奇心は陽性のもので、たいていのことは許されるのではないだろうか。

そして田口は、この言いわけによって答えを出した。

幸い、というのはおかしな言い方であるが、会場の神奈川のホテルは、会社近くの高速に乗れば驚くほど早く着く。六時開場なので帰りにちらっと寄ればいいのだと、最後の言いわけをつくる。

六時を二十分ほど過ぎた頃、田口は会場に入った。受付には、二人の女がいて、せわしなく客から招待状と金を受け取っているところであった。

「招待状はありません」

田口は告げた。

「応援していた妻が亡くなったものですから。今日は妻の代わりに来ました」

この言葉に、受付の女はいたく感動したようだ。それは、それはと、最敬礼をする。

いずれあの男が見ることになるだろうと思いながら、田口は一枚差し出す。女はそれを受け取り、ホルダーの中に入れた。ピンがついているそれを、胸につけろと言うのだ。

「本当にありがとうございます。おそれ入りますが、お名刺をいただけますか」

田口がパーティー嫌いなのは、時々この屈辱的な名札をつけさせられるからである。が、今は仕方ない。新入生のように左胸につけ、宴会場の中に入る。思っていたよりも人がいた。百人近くはいるのではないだろうか。

低いステージでは、背の高い五十がらみの男がスピーチしているところであった。

「ですから、塩田さんのように外交がわかっている人を、国政に送り出さなきゃダメなんですよ。彼はですね、将来次官を約束された人だったんですよ。それをなげうって、国民のためにやってやろうと言うんですよ……」

その時傍に立っていた塩田が、いや、いや、と言うように手を横に振った。

「次官を約束された」

という言葉に反応したのだ。この正直な態度に会場から温かいしのび笑いがもれた。

少なくともブログで見た時よりも、いくらか太っていた。大風呂敷(おおぶろしき)をひろげる男ではないのだと、田口は男を見つめる。肩幅があるので仕立てのいい紺色のスーツが似合っていた。胸元に紫色のチーフを入れていたが、いかにも元外交官らしいしゃれっ気だ。スピーチが終わる。

「河北先生、まことにありがとうございました」

今の男はどうやら国会議員らしいと見当をつける。彼は名札の代わりに、赤い花と「来賓」という文字をつけていた。

塩田が彼と握手をし、ひとり前に進んだ。

「河北先生、ありがとうございました。昨年の選挙の際に、ご期待にこたえられなかった自分に、もったいないほどのお言葉でした。本当に、本当にありがとうございました」

拍手が起こる。塩田の挨拶が始まった。外国の名前や数字が多用される。うまいのか、へたなのかよくわからない。しかし短いのだけは、賞賛に値すると田口は思った。やがて塩田はステージを降り、支援者の中をまわり始める。幾つもの激励の声と握手。それに笑顔で応える。

男の白過ぎる歯に、田口は軽薄さを見る。こんな男を妻は愛したのか。しかし妻は愛されなかった。そして最後に、妻は二千万という金によって、彼の好意を得ようとした。有り難うと男は微笑んだに違いない。この笑顔のために二千万、妻は捧げたのだ。

塩田が近づいてくる。彼の真白い歯は、天井の小さなシャンデリアを反射して、さらにちかっと光る。

彼に話しかけるつもりはなかった。彼が自分の胸に飾られた名刺を見て、どう反応するか見たいだけだ……。田口はその日何度めかの言いわけを考える。

思いのほか時間がかかる。しつこく話しかける女がいたからだ。

「私の方でね。今日は八人誘ってきたのよ。このまま後援会に入れるから、大丈夫よ。本当よ……」

「本当にいつもありがとうございます」

長いやりとりがあり、塩田が体の向きを変えた。あと二メートル近づけば、田口の名を知るはずであった。

その時だ、

「ター君、ター君」

前を遮る女がいた。高齢の女だ。見覚えがある。確か……。

「佐々木先生！」

塩田が叫んだ。

「いらしてくださったんですか！」

「そうよ！ター君を励ます会なんだもの。来なくちゃいけないと思って」

「でも、こんな遠いところに……」

「ほら、美和子が連れてきてくれて」

人の後ろから美和子が現れる。本当に唐突にだ。今まで隠れていたとしか思えない。

白い衿なしの麻のジャケットを着ていた。気づかないはずはなかったのにと、田口は
「タカ、久しぶりね」

唖然として眺める。

「先生、美和子さん、久しぶりだなぁ。あっ、美和子さんとは、去年パリで会ったけど、
先生とは何年ぶりですかね……」

パリという単語に、体がぴくりと反応した。

「九年くらい前よ、あなたがね、香港にいた時、私が旅行で行ったのよ」

「そうです。そうです。懐かしいなぁ……」

「あの時はお世話になったわね。年寄りばかりのグループで行ったから、本当に助かったわ」

「先生、来てくださって嬉しいです。今日はゆっくりしていってくださいね。あ、疲れたら、あそこに椅子がありますから。料理運ばせますよ」

「いいえ、私たち、ター君の顔を見ればもう充分よ。もう失礼するわ」

美和子は右の手で母の腕をもった。そして通りすがりに、ごく自然に左手で田口の腕をつかむ。

そのまま田口は、廊下に連れ出される。

巧妙に塩田の視界からはずされたのだ。あまりのことに田口は声も出ない。

「間に合ってよかったわ」

美和子はささやいた。

「ブログを見ていたら、この会のことが出ていたので、もしかしたらとすっとんできました」

「お母さんを連れてですか……」

ようやくすべてのことが理解出来た。英語を教えていた母親と再会させ、その騒ぎの隙にことを運ぼうとしていたのだ。

「あら、お久しぶりね。また珍しい方におめにかかったわ」

何も知らない母親が、無遠慮な大きな声を立てる。音量の調整が出来なくなっているところは、田口の母とそっくり同じだった。

「大塚さんの息子さんが、どうしてここにいらっしゃるの」

「田口さんね、タカの昔からのご友人みたいよ」

「まあ、そうなの。世の中って本当に狭いわね」

「本当に狭いですね」

多くの感慨を込めて田口は答えた。

「お母さん、ちょっとここで待っていて。私、田口さんとお話があるの」

美和子は母親を廊下のソファに座らせる。そこから離れた窓際(まどぎわ)で田口と向かい合った。

「私が申し上げたじゃありませんか。もしはっきりさせたい気持ちがおありなら、私が塩田さんにおひき合わせしますって」

「いや、僕はひと目彼の顔を見たかっただけなんです」

「あのね、田口さん、医者として申し上げます。あなた、とても疲れていらっしゃいます。奥さまの死から、まだそんなに時間がたっていない。あなたはとうに、乗り切ったと考えているかもしれないけど、そうじゃない。奥さんのことが本当に痛手だったんです。それに私が拍車をかけた。そのことは私の配慮のなさです。何度でもおわびします。

でも、今のあなたはいけない。こんなところに来るのは間違っています」

真夏のたそがれが、彼女の顔に甘やかな陰影を与えていた。女の肌の瑕疵を、すべて消し去ってくれる時間であった。

そして美和子は告げた。

「一度、精神科に行くことをおすすめします」

その言葉に田口はたじろぐ。

「すべては私の軽率な言葉が原因です。何度も言うように心から反省しています。今日も、母を連れて必死にやってきたんです。ずっと祈るような気分でした。まさか、田口さん、やってこないだろう。私の思いすごしだろうって」

「だけどやってきた……」

「そうです。田口さん、本当に疲れていらっしゃると思います。疲労でこんな妄想にとりつかれるんですよ」

「妄想ですかね」

「そう、妄想です」

きっぱりと言った。

「塩田さんを見たでしょう。よその奥さんを騙して大金をこっそり貰うような人ではありません。多少お調子者ですが、誠実ないい人です」

「いい人だということはわかりましたが……。ああ、佐々木さん、ちょっとそこに座ってもいいですか」

背後のソファを指さした。そこは彼女の母親の座っている席からそう離れてはいない。会話を聞かれてもいいと思った。

「あの男のことは、もうどうでもいいんです。ただ、妻のことが憐れでたまらなくなったんですよ。好いてももらえない男に、二千万渡した妻にね」

「それほど奥さまのことを愛していらしたんですね」

「いや、いや、違うんですよ」

大きく首を横に振った。

「妻はね、あの男にも僕にも愛されなかった。それが可哀想で、憐れでたまらないんです」

「それは間違っていますよ」

美和子は脈をはかるように、右手を田口の左手にあてた。優しい重さであった。

「あなたは、間違いなく奥さまを愛していました。だからこんなに苦しんでるんです」

「いや、それは違います。僕はね、本当に人を愛したことがあるからわかります。若い頃、外国の女でした。心から彼女をいとおしいと思いました。それを妻が知って……」

「田口さん、自分だけが本当の恋をしていたのだと言うのは、傲慢なことです」

いつのまにか静かに微笑んでいる。

「あなたから見れば、私は平凡な中年女でしょう。しかしこんな私でも、昔は妻子ある人との恋に苦しんだんですよ。奥さまもきっと思い出があります。憐れむ必要はありません」

電車で来たという母娘を、田口の車で渋谷まで送った。自宅まで行くつもりだったのだが、美和子がとんでもないと首を横に振った。

「ここからはタクシーで帰りますので」

「いや、今日は僕のために来てくださったんですから、ちゃんと送らせてください」

「いいえ、母ももう疲れておりますので……」

早く別れたいということなのか。

「今夜は本当に申しわけないことをしました」

助手席から降り、深く頭を下げた。

「あなたが来てくれなかったら、あの塩田さんという人に、僕は何か言っていたかもしれない。今はそう思います」

「そう思ってくださっただけでも、今日は来た甲斐がありました」

たそがれの光ではなく、替わりにネオンや車のライトが、美和子の顔をうかび上がらせている。それは頰の弛みを際立たせていたが、田口はやはり綺麗な女だと思わずにはいられない。車中の他愛(たあい)ない会話によって、そんな余裕が生まれていたのだろう。
　美和子の母は、何度も
「大塚さんをお見舞いにいかなくっちゃ」
と繰り返し、いつのまにか田口は彼女に連絡することを約束させられていた。
「田口さん、今夜はゆっくりおやすみになってください。余計なことは何も考えなくていいんですよ」
　またいつのまにか、美和子は田口の腕に手をかけていた。
「そして本当につらくなったら、精神科の治療を受けてください。彼らは話を聞いてくれるプロですから、きっと役に立てるはずですよ。いくらでもご紹介します」
「ありがとうございます」
　田口は手を挙げて二人のためにタクシーをとめた。二人を見送った後、車のシートに深く体を埋める。自宅へと命じた後、スマホが小さく鳴った。
「魔都華燈千万色
　雲水遙々一枝緑
　東海不阻人相思
　凝眸彷彿在面前」
　ファリンからだ。しかもこれは彼女のオリジナルに違いない。なぜなら「魔都」という言葉がある。これが上海であることぐらい田口にもわかる。もはや久坂の手を借りることはない。自分の力でこの詩を解するのだと、彼は決心する。

第八章　魔都へ

長いこと英国の植民地であったシンガポールは、気取った排他的な空気があちこちに残っている。いや、残っているのではなく、白人や一部の中国人たちが、残そうと努力しているというのが正解だろう。

ポロやヨットが盛んであったし、正装のパーティーもよく開かれる。久坂がよく午後のひとときを過ごすこの社交クラブは、何度か改築されているものの、一九〇〇年代のコロニアル調の雰囲気を漂わせている。入会資格の難しさでも知られ、二人の推薦人の他に、世界で二百位内に入る大学を卒業していること、という条件があった。

京都大学の順位は年ごとに下がっているものの、スタンフォードの威光は変わらない。久坂はここで、よくスタンフォードの同窓生たちとウイスキーグラスを合わせる。白人もいるが、ほとんどが中国人だ。

シンガポールの上層部を形づくる中国人の、高学歴ぶりときたらそらおそろしいほどで、たいていが英国のオックスフォードかケンブリッジ、そうでなかったらアメリカの最高クラスだ。

久坂はもはや、自国の行く末については諦めているといってもいい。若者のレベルが違い過ぎるのだ。アジアの国々と比べてみればよくわかる。語学を完璧に身につけ、世界に向けて起業しようとしている中国や韓国、インドの若者たちを身近に見るにつけ、嘆息せずにはいられない。しかし嘆息するだけだ。それについて案じたり、議論したりすることはなかった。

このクラブでの友人である、ある大企業のシンガポール支店長は言った。

「日本政府は、もっと金を出すべきなんだよ。アメリカがＩＴ企業を育てたように」

「アメリカがＩＴを育てたことなんかないよ」

久坂は反論する。

「ＩＴの奴らが勝手に育っていったんだよ。まるでキノコみたいに、むくむくとさ。国なんかの手を借りていない、だから彼らは強いんだよ」

ただしキノコはいつか枯れる時がくるだろうさ……という言葉は発言しない。悲観主義者というレッテルを貼られるのが嫌だったからだ。

クラブのダイニングルームで、久坂は女を待っていた。

こうして大っぴらに女と食事が出来るのは、ランチだったことと、相手がシンガポールに住んでいないからだ。

黒沢有香は、学生時代にしばらくつき合っていた女である。京都の女子大に在籍しており、久坂と同い年であった。合コンや、テニスやゴルフといったインターカレッジのサークルは当時でも盛んで、京大生狙いの女子大生が大勢押しかけてきた。しかし有香には、もの欲しそうなところがあまりなく、生意気な口をきくと避けられていたくらいだ。

綺麗な格好をし、男たちの意をうまく汲む楽しげな会話をする他の女子大生とは違い、

「私は単にお酒が好きだから」

と、ぐいぐい安ウイスキーをあおったりする。そうかと思うと、最近読んで感銘を受けたという翻訳小説についてしつこく語るのだ。

まだ学生運動の余韻が色濃くある頃だったら、有香のような女はそれなりにもてはやされたかもしれない。しかし時は、バブルが始まろうとしている八〇年代半ばである。

女子大生たちは、さりげなくブランド品のバッグや、アクセサリーを身につけている。

そういう中にあって、有香のすべてが異質であった。

「あんなにつまらなそうにしているなら、何も男と酒を飲むとこに、のこのこやってくることはないのに」

と他の学生にはまるで人気がなかったが、久坂はある夜、しこたま酔った彼女を自分のアパートに連れ込んだ。その時、

「私のこと、初めてと思っているでしょう。だけど違うからね。言っとくけど」

という言葉を聞き、おかしさを嚙み殺した。二十歳の久坂は、もう何人も女を知っていたから、こういう強がりを面白いと思った。

この面白い、という気持ちは、卒業してからもずっと続いた。久坂が東京に帰ってからもだ。

三重出身の有香は、卒業した後も京都に残り、華道の家元のところでPR誌をつくる仕事に就いた。もしかすると、久坂と結婚出来ると考えていたのかもしれない。

遠距離恋愛というほど、二人は会っていたわけではない。しかし有香からはよく手紙が来た。メールなどない時代だったが、三日おきというまめさだ。そこには、移りゆく京都の季節や、本の感想などが綴られていた。それよりも久坂を面白がらせたのは、家元にまつわる記述である。後継者をめぐっての紛争や、若い後妻の行状など辛らつな書きっぷりであった。

「いずれこの手紙を本にすると売れるかもしれないよ」

と言った覚えがある。

手紙はしばらく保管するつもりだったが、引越しするうちに無くしてしまった。その

頃別れが来たのだった。

有香は煮え切らない久坂の態度に見切りをつけ、家元の紹介で結婚した。大阪で病院を経営する男の妻になり、すぐに二人の子どもを産んだ。末っ子が中学校に入った頃である。有香の方から連絡があり、二人は東京で会った。もう久坂も結婚していたが、こう誘ってみた。

「久しぶりに、また二人で楽しいことをしようよ」

「イヤよ」

有香は言った。

「私、すっかり太ってしまったんだもの」

「お互いさまだ」

それで充分であった。本人もその気で東京にやってきたのだろうから。

四十歳になろうとしていた有香は、太ってはいなかったが、下腹のあたりにやわらかく脂肪がついていた。へその形が変わっていたが、それはそれで好ましかった。

何よりも素晴らしかったのは反応のよさで、若い頃にはなかったような動きをした。ぬめぬめと久坂をさらに奥深いところへ誘い込もうとするのだ。

「君の旦那(だんな)は得をしたね」

久坂はささやいた。

「こんな素敵な体を手に入れたんだから」

しかし相手はこの賞賛が気に入らなかったようだ。つんと横を向いた。

「そういう言い方はないでしょう。不倫をしている者は、嘘でも嫉妬するものよ」

しかし二人の仲は数年続いたのである。

今回シンガポールにやってきたのは、仲のいい医者夫婦四組で、ゴルフと観光を楽しむためだという。

「私だけよ、ゴルフをしないのは」

ラムを注意深く切りながら有香は言う。

「こんな暑い時にゴルフをして、何が楽しいのかしら。日焼けしてくたくたになって……。私、お金をもらってもゴルフなんかしたくないわね。一生しないと思うわ。たぶん」

くすり指には、ピアスとお揃いの変わった形のダイヤが光っていた。手入れされた短い髪のせいでとても若く見える。自分と同い齢だから、もうじき五十四歳になるが、そう悪くないと久坂は思った。

「どこのゴルフ場なの」

「なんでもマレーシアの近くよ。名前は忘れちゃった。朝早く出ていったわ」

「ということは、帰りは遅くなるっていうことだね」

「でも夕飯の予約はしてあるわ。市内の海鮮レストランよ」

「時間はたっぷりある」

おごそかに言った。

「僕の家に来ないか。食後酒を飲んだ後、また二人でしようよ」

女と視線がからみ合う。が、承諾のあかしである羞恥(しゅうち)は見られなかった。

「まさかァー」

低く笑った。

「あなたがいくらもの好きでも、私は五十のおばさんよ」

「充分魅力的だよ……」

まわりが白人だけなのをいいことに、はっきりと言った。

「君が肉をおいしそうに頬ばっている姿を見たら、本当にむらむらしてきたんだ」

「それは光栄だわ」

ナイフとフォークを置く。おかしくてたまらないという風に微笑(ほほえ)んだが、ややぎこちなくなった。

「でも、そんなことあり得ない。私はもう五十過ぎのおばさんで、あなたにはさんざん嫌なめに遭わされてきたんですもの」

「僕が、君を？　いったい、いつ？」

「わかるわけないわよね、まぁ、いいけど。女って、そんな風にさらって口説かれると腹がたつものよ。あなたにも私にも家庭がある。どうしてちらっとでもためらったり、苦しんだりするふりが出来ないのかしら。呆れるわ」

「君と僕との仲じゃないか。今さら気取ってぐだぐだ言っても仕方ないさ」

「それにしてもね、あなたの場合はねぇ……」

　有香は小さなため息をついた。

「いくら若かったからって、あなたが私のことを愛してるなんて、どうして思ったりしたんだろう、そうよ、あの最中、あなたは私のことを大好き、ってよく言ってたけど、愛してる、って一度も言ってくれたことはなかったわよね。私が愛してる、って口にしたら黙ってた。二十代の男の子なら、ついうっかり言っちゃうけどね」

「責任負うのが、イヤだったんじゃないかなあ……」

「それにしてもね、とにかくね、十年前ならともかく、私はもう五十過ぎたおばさんなのよ。せっかくのお誘いだけど遠慮しとくわ」

「何言ってるんだよ……」

　久坂は女の目を見つめる。こういう風にさまざまな言葉を並べていても、女は寝る時には寝るのだ。まだ女としての価値がある、と思いたくない女など、この世に一人もいないはずだ。それを教えてやる相手として、自分ほど最適な男はいないだろう。安全なうえに優しいのだから。

人妻を口説く時に、久坂は必ずといっていいほどこう口にする。

「僕ぐらい社会的地位が高い男でなければ、秘密は保てないよ」

そうなのだ。秘密という黄金の鍵は、たいていの女の枷をはずすことが出来た。

「五十歳っていえば、女がいちばん魅力的な時じゃないか。充分に濡れるし、ちゃんとイクことだって出来る」

まわりが外国人ばかりなのをいいことに、久坂は大胆な言葉を舌にのせる。これも実に効果的なはずだ。

「このあいだ僕は、七十二歳の女性としたけれど、とてもよかったよ」

「ウソでしょう」

有香は小さく叫んだ。

「七十二歳の女性が出来るわけないわ」

「それがね、ちゃんと出来たよ。すごく恥ずかしがってたけど、それがとても可愛かったんだ」

それは東京の花街の女であった。彼女たちに伝わる何かの技術によって、老女はずっと潤っていたのである。

その時、大柄な中国人の男が、傍を通り抜けようとして久坂に気づいた。ミスタークーサカと英語で呼びかける。

「久しぶりだね」

「ヘンリーさんこそ、どこへ行っていたんですか」

「ずっと上海だよ」

「そうですか」

「あちらでは、弟の一家がビジネスをしている。もし上海に行くことがあったら、ぜひ連絡してくれよ。彼は最近、素晴らしいショッピングセンターをつくったばかりなんだよ」

「ありがとう。行くことがあったら連絡しますよ」

男が立ち去った後、有香は、感嘆の声をあげた。

「すごいわね。中国語、もうそんなに喋れるのね」

「マンダリンなら、何とか喋れるようになったよ。中国語が出来ないと、あちらの漢詩を読んだりつくったり出来ないからね」

「本当に勉強好きよねぇ」

有香の唇には、いつのまにか皮肉な微笑がうかんでいる。

「学生時代、あなた、確かロシア語に夢中だったわよね。トルストイを原書で読みたいって。ギリシャ語もやってなかったっけ」

「君も知っているだろう。僕はね、一種の語学フェチなんだよ。言葉をひとつ習得するとね、門がひとつ開くんだよ。ずっと遠くへ行けるんだよ。あの感覚がたまらないんだ」

「あなたくらい、学問が好きな男の人は見たことがないわ」

さらに意地の悪い表情となった。

「この頃、やっとあなたのことがわかるようになった。あなたは万巻の書を読破するように、女と寝ずにはいられない。本と同じように、女も一人一人違うから、それを読まずにはいられない。愛情なんてまるでないけど、好奇心と優しさだけはある。あら、私、責めてるわけじゃないのよ」

「わかってるよ」

昔馴(な)じみの女の、こうした解説はそう嫌いではない。あたっているような気もするし、あたっていないような気もする。

「だけど私、自分はブックオフにさらされている古本だって自覚しているから、もう開いてもらう必要ないわ。今日はお茶だけで失礼します」

本当に、有香は食後のコーヒーを飲むと帰っていった。別れしなにこんなことを口にする。

「あなたって、いつの間にか私にそんな〝手の内〟を明かしてくれるようになったのね。もう女としては見てない、っていう証拠よね」

「そんなことはないよ。昔馴じみっていうのは特別なんだ」

「ああ、ありがとう、そしてその昔馴じみで〝手の内〟を平気で明かす女を口説く、っていうのがあなたのすごいところよね。皮肉じゃなくて、本当にそう思うわ」

有香を玄関まで送った。リゾート地らしく、彼女は白いゆるやかなパンツを身につけていたが、尻の形がまだまだ綺麗だ。年の割にはきゅっと上に上がっている。

もし今日自分と寝ていたら、尻をたっぷり誉めてやったのにと、久坂は残念で仕方ない。有香は少し自尊心が強すぎる。そのために楽しい午後のひとときを失ったのだ。

今さら、不倫だの、夫だの——と言う年でもないだろう。現に彼女は、十年前に自分と関係を持ったのだ。もうハードルはとうに越えている。それなのに二度目のハードルの前でひき返した。彼女はそれを加齢のせいにしたが、全く馬鹿らしいことだ。

久坂は五十を過ぎた女を本当に魅力的と思っていたし、それを誉めたたえるボキャブラリーも豊富である。もし今日、自分と寝ていたら、有香はいい思い出と自信を身につけて日本に帰ることが出来ただろう。

久坂は再びダイニングルームに戻り、スマホを取り出した。退屈しのぎに、株の動向や、海外の知識人たちのツイッターをのぞいたりする。

最近田口からのＬＩＮＥが来ないことが気にかかった。

あの中国女とはいったいどうなったのだろうか。うまくやれ、とけしかけたのであるが、あの男のことだから、そう進展はないような気がする。

しかし豆孝とのことは驚きであった。あれほど慎重な田口が、あっという間に自分の女にしたので、まわりの仲間も驚いている。京の花街のシステムに、うまくからめとられたという者もいたし、妻が死んで、やはり淋しかったのだろうという者もいた。

久坂はあの中国の女性が、上海出身だということに気づいた。

上海には何度か行ったことがあるが、数年前が最後だ。やたらビルばかり建っているという記憶がある。

中国の女性は、このシンガポールで関係を結んだ者が二人ほどいる。一人は大学教授で、一人は弁護士であった。二人ともアメリカの一流大学を出た四十代で、充分に若く美しかった。一人は独身で、一人は夫と二人の子どもがいる。

二人に共通しているのは、愛らしい野暮ったさだ。ブランド品のスーツやジャケットを着ていても、靴の色が合っていなかったり、厚ぼったいタイツをはいていたりする。

しかしそういう素朴さといおうか、垢ぬけなさは久坂の好みであった。

文革の後、四人組が一掃され、中国旅行が自由に出来るようになった頃、日本でにわかに上海ブームが起こった。中国ブームではなく上海ブームである。さまざまな雑誌が上海特集を組み、「上海」と染め抜かれたTシャツが流行った。

当時友人と二人で、どこかの学生団体が組んだ訪中団にもぐり込み、大学生の久坂は北京、上海を旅行したことがある。通訳をしてくれたのは、三つ編みをした若い女性だった。日本では見たことのないような柄と色のブラウスを着ていたが、人民服がほとんどの時代だったから、あれはおしゃれな服装だったのかもしれない。

他にも青年の通訳がいて、グループのメンバーの大半が京大生や阪大生だとわかると、

「今後の日中関係について、いろいろ語り合いませんか」

と夜、討論を持ちかけてきた。まっすぐな真面目さに、学生運動などとうに終わっていた久坂たちはとまどうこともあった。そんな議論に飽きて、久坂はふと女性通訳に尋ねた。

「『紅楼夢』って好き？　読んだことあるよね？」

その時、彼女は真っ赤になってうつむいた。禁じられている本であるが、実はこっそり読んだことがあるのだと。

その日の真夜中。和平飯店の一階の洋式トイレで、洗い髪を解いた彼女の後ろ姿を見て、久坂は衝撃を受けた。あまりのエロスに、勃起したまましばらく立ちつくしていたものだ。

「上海」という言葉が、記憶の中から次々と浮かび上がる。その記憶は古いものだけとは限らない。

田口のために、漢詩の返事を考えてやったあの美しい中国人女性は、確か今、上海にいるはずであった。

それともうひとつ、「上海」は、思いのほか久坂の近いところにあるではないか。

先週久坂のパソコンに送られてきた、本社の議事録の中にも、「上海」という文字は踊っている。

久坂薬品が新事業として化粧品部門を立ち上げたのは、九年前のことである。その間、東日本大震災があったものの、堅調な伸びをみせ、三年前には中国に進出した。しかしかなり苦戦が続き、今秋新製品を発売するのを機に大きなてこ入れをすることとなったのである。

テレビCMの他に微博（ウェイボ）や微信（ウィーチャット）などのネットを中心に広告を行うが、メディアを招いての展示会といった日本風のやり方も今回は積極的に行うことが決まった。これが案外、彼らの心をとらえるというのである。

「なかなか面白そうだな」

と久坂はひとりごちた。

およそ家業に関心を持たない久坂であったが、広告だけは別である。入社してすぐ、まだしおらしく働いていた頃、久坂は広告代理店の見積もりに目をむいた。途方もない金額がそこに並んでいたからである。ハワイロケとタレントの出演料の予算であった。

思わず、

「ボラれてるんじゃないか」

と声をあげた。

「たかだかCM一本つくるのに、どうしてこんな金が必要なんですかね」

あれこれ口うるさく言った手前、かかわることになったのであるが、これは存外に楽しかった。ディレクターとCMのコンテを考えたり、ロケに随行したりするのは、彼の趣味の延長のようなものである。

しかし父親から、すぐに禁止令が出た。どうやら久坂の存在は、現場の人間にとって非常に目障りなものであったらしい。

「どっちがスポンサーかわからない」

と腹が立ったが、争うことは久坂の本意ではなかった。

あの時、彼は一介の社員であったが、今は副会長という肩書である。海外での新事業をアドバイスする、という立場に何の異存もないはずであった。

次の日早く、久坂は名誉会長である父親に電話をかけた。

「こちらで何人もの中国人とつき合ってきました。彼らのやり方がかなりわかったつもりです」

シンガポールの知識階級は、香港に親族がいるケースがほとんどだ。開放政策以降の大陸資本は、どちらかというとこちらでは好意をもたれなかった。微妙な立場をとっているのはいうものの、やはり巨大なチャイナマネーが、無視出来ないものとなっているのは事実だ。

それはそうだろうと父親は言い、北京での認可取得がいかに大変だったかをこぼした。もう八十二歳になる。矍鑠（かくしゃく）としているといっても、老いは案外電話の声に現れるものだ。父親にしては珍しく愚痴っぽい口調に、久坂は年齢を思った。

それでは上海に行ってくれ、と父は言った。しかし責任者と軋轢（あつれき）を起こさないようにとつけ加えるのを忘れない。

本部長はよく知っていた。自分より二年後輩の穏やかな男だ。人望はあるが、切れるというタイプではない。あの程度の男が、これほど巨額の広告予算を動かすのかと久坂は鼻白む思いになるが、自分が口出す立場でないことは重々承知していた。日本から遠く離れ、シンガポールで優雅に暮らす久坂は、社内の人間からしてみれば「規格外」の存在なのである。

とにかく父親の了解はとった。東京の秘書に連絡し、ホテルを押さえてもらおうとした時、久坂はあることを思いついた。こちらに転送してもらっていたファリンの田口へのLINEで彼女はこう記している。

「一族のホテルのオープンを手伝っています」

　確か内装でもめていたはずであるが、もう開業したのであろうか。

　田口にさっそく連絡をしてみた。

「今度、上海を中心にうちの化粧品部門を展開させるのだが、僕がいろいろやらなきゃならなくなった。あのファリンさんが手伝っているというホテルは、もうオープンしたんだろうか。上海の新しいホテルにぜひ泊まってみたいのだが」

　あの中国人女性に近づくのに、こんないい口実はなかった。

　田口から返事が来たのは四日後であった。

「遅くなって申しわけない。彼女とやっと連絡がついた。ファリンの親戚が今つくっているホテルは、内装をめぐってオープンが遅れているそうだ。よかったら彼女は別のホテルを紹介したいと言っているよ。上海バンドのはずれに出来たばかりの、それはそれは素晴らしいホテルだそうだ。知り合いがやっているので、料金を安くしてもらうことも出来るそうだ」

「それは願ったりだ。たぶん一カ月近くいることになりそうだからね」

「彼女は直接自分に連絡をくれないかと言っている。彼女のアドレスはこれだ」

　願っていたものがあまりにもたやすく手に入ったので、久坂はすっかり嬉しくなる。

　それにしても田口の人のよさといったらどうだろう。気のある女が異国にいて、そこへ別の男が訪ねていくのに、全く用心しないという法があるだろうか。

まあ、昔から彼はそういう男だった。と久坂はひとりごちた。自分とて友人が好きな女に、必要以上に近づこうとは考えていない。ただファリンという中国の女性は、たまらなく好奇心をそそるのである。シラノ・ド・ベルジュラック役をしているうちに、この女性と直に喋ってみたいという願望がたまらなくわいてきた。もちろん彼女に会ったとしても、幾つかの詩を選んだのが自分だとは打ち明けないつもりだ。

久坂はLINEをうった。中国ではLINEは通じないはずであるが、田口は、

「彼女はちゃんと繋がるところにいるから大丈夫」

と以前教えてくれたものだ。

「はじめまして」

と英語でうってみて、久坂は、わくわくする気分になる。彼女と言葉を交すのは初めてではない。しかし初めてのふりをするのだ。

「私は田口さんから紹介された、久坂と申します。私の会社がこのたび上海で大きなキャンペーンをするため、しばらく滞在したいと思っています。あなたがホテルを紹介してくださるそうで、とても有難いことだと思っています」

「ミスタータグチから、あなたのことをお聞きしました。ミスタータグチの友人のお手伝いが出来ることは、私にとってとても嬉しく光栄なことと思っております。

と申しましても、私の本職は大学で教える学者です。とてもあなたの手がける大きなビジネスに、アドバイスをする能力はありません。けれどもあなたに、滞在中の素敵な環境をご用意することは出来ると思っております。

私の父と非常に親しい友人が、このたびホテルをオープンいたしました。まだプレオープンの段階ですので、知人だけを宿泊させる方針です。ここは、オーナーがペントハウスを自分の住居としてつくったため、八十室と、そう大きくはありません。しかし今、上海でいちばん美しく贅沢なホテルではないでしょうか。

ここのセミスイートを一週間ご用意いたしました。料金は格安で提供いたします。また滞在中は、ぜひ夕食をご一緒したいと思っておりますので、もし時間がありましたら、この携帯にお電話をください。

素晴らしい上海での日々を過ごされることをお祈りしております」

英文のＬＩＮＥを読んでいるうちに、あの若い日に会った通訳の後ろ姿を思い出した。あの頃中国の女性というのは、どれほど若くても、花柄の木綿のブラウスを着ていようと、みんな複雑な歴史の重みを背負っていた。それがバブルの予兆に浮かれる、日本の若い女たちとまるで違っていたところだ。

今、彼女たちは何歳になっているだろうか。ほとんどが六十近いはずだ。ファリンはもうずっと下の世代だろう。しかし幼い頃見た文化大革命の記憶はあるに違いない。

誰にも言ったことはないが、三十三年前初めて上海の街に立った時、久坂は恐怖を感じたものだ。あまりにもおびただしい数の人間がいたからである。同じ服を着て、同じ帽子を被った人間が、まるで地の底から這い出してくるように、いくらでも歩いている。あの風景から生まれてきたくせに、今、そしらぬ顔をしてエスタブリッシュメントの頂点にいるようにふるまう中国の女性に、久坂はいつもぞくぞくするほどの興奮をおぼえるのである。

久坂にファリンを紹介してからというもの、田口はずっと落ち着かない日々を過ごしている。

彼がファリンに興味を持っていることは知っていた。しかし久坂は彼女と連絡をとりたいのは、中国のビジネスのためだと断言した。

「何人か知り合いはいるけれど、あんなインテリ女性は見たことがないよ、ああいう人から、現代の中国女性についていろいろ教えてもらいたいね」

久坂がシンガポールや東京で、何人かの女性と関係を持っているのは知っている。しかし彼は、そのことを吹聴したり自慢したりすることはなかった。これは日本の男にしては非常に珍しい美点だ。田口のような親しい友人にも、手柄話を口にすることはない。

しかし久坂がもっと若く無防備だった頃、さまざまな逸話を残している。これは彼の古い友人が証言するので、田口はその延長としての今の久坂を想像するだけだ。

久坂は女についてさまざまな助言をくれたが、決して自分の恋について相談してくることはない。おそらく悩むことがないからに違いなかった。彼の恋についてのさまざまなアフォリズムは、自分の感情に溺(おぼ)れることのない男のそれだ。

苦悩することもないし、悪びれることもない。そんな風に女とつき合うというのはどういうことだろうかと、田口は考えずにはいられなかった。

自分はモニカ以外、深く女を愛したことがない。しかし女によって、どうしてこれほどたくさんのわずらわしさがふりかかってくるのか。

妻の秘密を知ってしまった今、いつも胸の奥に沈殿物をかかえているような日が続いている。時々大きな声を出してみたくなるのは自分でも驚きだった。

医師の佐々木美和子は、

「奥さまを深く愛していたから」

と言ったがそれは違うような気がする。

豆孝とは、このところずっと会っていなかった。京都へ行かないのだから仕方がない。メールをもらうたびに責められているような思いがし、それは妻との苦い記憶と重なる。

「私はずっと幸せではなかった」

一人の女の整理もつかないうちに、どうしてすぐにもう一人の女を手に入れたのか……。

二人の女に対して、雑駁（ざっぱく）な感情ばかりがつのり、それをひとつにして解決しようとすると田口は息苦しくなる。

男たちは、どうしてあのように単純に女を愛することが出来るのだろうか。ふと久坂に聞いてみたくなる。おそらく彼のことだ、皮肉な、それでいて真実を衝（つ）いた答えをくれるはずだ。

そんな時、田口はファリンからのＬＩＮＥを受け取った。久しぶりに漢詩があり、田口はこのあいだ無視した非礼を思い出し赤面した。久坂をはずしたので、返事が書けなかったのである。

田口はまわりの友人、知人の顔を思い浮かべた。しかし久坂ほどの教養を持つ男はいなかった。あといるとしたら学者ぐらいであろう。

意味はわからなかったが、漢詩には甘やかな字が並んでいる。

ファリンは自分を誘っているのだ。早く、早くと。

久坂の前に、自分はどんなことをしても上海に行かなければいけない。しかし彼と違って、自分は小さいながらも会社の社長である。すぐさま海外へ出かける、などということは到底無理な話だ。

おまけに母の体調が思わしくなく、医師からは入院を勧められていた。このところ毎日会社帰りに顔を出しているが、行かなくなったらひと騒ぎだろう。せめて週末だけでも行くことは可能だろうか。急いで手帳を取り出す。どの日曜日も埋まっていた。一日は気の張る人たちとのゴルフコンペがあり、欠席は許されない。もう一日は、自分が幹事を務める経営者団体の講演会であった。

居ても立ってもいられない田口は、とにかくＬＩＮＥをうち始めた。

「ファリン、素晴らしい詩をありがとう。ファリン、僕もあなたに返事を書こうと、中国名詩集をひっくり返したんだけれど、今の気持ちにぴったりのものを見つけることが出来ませんでした。

だから詩の代わりに、僕の気持ちを言います。僕は今すぐにでも上海に行きたいのですが、とても無理です。行けるとしても一カ月後となるでしょう。

どうか僕のことを待っていてください。お願いします。必ず待っていてください」

ひと息に文字をうった。日本語だと気恥ずかしくなるような言葉も、英語ならば平気だ。

「それから僕の友人の久坂を紹介しますが、どうか彼には気をつけてください。女性に関しては一種独特な考えを持ち、実行に移しますから」

もちろんこんなことは言えるはずはない。

空港から市内へと向かっていくと、高速道路の向こう側から、勢いよく高層ビルが生えているようである。

高さを競いあうビルは、途方もないこの国の富を象徴している。

「いったいどこまでいけば、気がすむのだろう」

訪れるたびにそう思わずにはいられない。それは人民服と二階建ての街並みを知っている者だけの感慨である。

租界時代の西洋建築がそのまま残っている外灘（バンド）も、観光客でごった返している。よく見ると以前は銀行だったところが、高級ブランド店に変わっていた。最初に来た時に泊まった和平飯店は残っているが、入り口にけばけばしい看板がつくられていた。

もうバンドが終わったと思うあたりに、そのホテルは建っていた。八階建てでそう大きくはない。しかし上海財閥のオーナーが、最上階を自分の住居にしたため、贅をこらした建物である。

茶色の外壁は、アール・デコに、昔の上海趣味を加えてあった。中に入るとロビイの床に白と黒のタイルが使われている。

まだプレオープンということで、ロビイに人影は少ない。名前を告げると、

「クサカさま、お待ちしていました」

フロントの若い男がにっこりと笑いかけた。すばらしく英語がうまい。おそらく留学帰りだろう。

通された部屋は、二間続きのスイートだ。ファリンはセミスイートといったが、とんでもない広さだ。リビングルームは、ソファセットの他に、テーブルと椅子(いす)がゆったりと置かれている。

ダブルベッドの寝室の横のドアを開けると、幅のある廊下があり、その先がバスルームであった。

何よりも久坂が気に入ったのは、専用のバルコニーだ。三つのリクライニングチェアと、テーブルがあった。ベランダからは上海の海沿いを一望出来るが、残念ながら大気が濁っていてよく見えない。

テーブルの上に、チョコレートとシャンパンが置かれていた。

「ようこそ上海へ。—花琳(ファリン)」とカードが添えられていた。

上海は暑いと聞いていたが、それほどでもなかった。空気は既に初秋のものである。

久坂は上着を羽織って、街に出た。バンドは四年前に来た時から、さほど大きな変化を見せていない。どうやら観光地として大切に残すことを決めたようだ。

ふらっと和平飯店に入ってみた。三十三年前は、薄暗くただ広いロビイであったが、今は改装されてやや装飾過多となっている。売店もあった。ジャズバンドは相変わらず人気があるらしい。

「レジェンドが近々登場」

というポスターが貼られていた。久坂は昔聞いた、不思議な音楽を思い出した。ピアノやサックス、トランペットで奏でられているのに、二胡の響きが聞こえてくる。そうだ。あの三つ編みをした通訳と一緒に、何人かでジャズを聞いた。自分よりも幾つか年上だったはずだが、化粧をしていないためにずっと若く見えた。が、顔を近づけてみると、肌がひどく荒れているのに気づいた。あの頃は乾燥した大陸の空気に対処するための、化粧品など誰もつけていなかったのだ。

中国の女性は、クリームも口紅もつけないのかと久坂が尋ねると、彼女は厳しい顔つきになり、

「今、私たちは故国の再建のために頑張っているのです。そんな個人的なことは考えません」

と言ったものだ。

男ばかりの学生グループだったので、プレゼントするものは何も持ち合わせていなかったし、通訳に何か渡すことは固く禁止されていた。特に注意されていたのは、日本語の雑誌や書籍だったが、

「馬鹿馬鹿しい、彼らは日本語を勉強しているのだし」

久坂は最後の日、こっそりと彼女に「中国語入門」を渡した。これは対話がテキストになっているので、日本語習得にも役立つはずであった。

口紅の話をした時は、むっとした顔をした彼女だったが、この本には大喜びした。そしてお返しにと言って、数枚の絵ハガキをくれたのだ。粗悪な印刷で上海の風景が刷られていた。このホテルの外観も一枚その中に入っていたはずである。彼女とはそれきりであるが、今もこの街に住んでいるのだろうか。

その時、胸ポケットに入れていたスマホがかすかに震動した。見慣れない番号であったが、国内から発信されている。ファリンだと確信を持った。

「そちら、久坂さんですか」

やや鼻にかかった甘い声である。

「私はファリンと申します。ミスタータグチの友人です」

「ああ、ファリンさんですね。今回はいろいろとありがとうございました」

「ホテルはいかがですか」

「素晴らしく快適です。部屋も気に入りました」

「それはよかったです」

向こう側で彼女が軽く微笑んだような気がした。そんな言葉の止め方であった。

「ところで今夜、お疲れでなかったら、ぜひお食事をご一緒したいのですが」

それは望んでいたことだが、向こうから、第一日めからかなうとは思っていなかった。

「それは嬉しいです。ホテルのコーヒーハウスでひとりで済ませようかと思っていましたので」

「それはいけません。せっかく上海にいらしたのですから」

訛りのない完璧な英語だと、久坂はうっとりする。

「近くに、会員制のレストランがあります。そこにぜひご案内したいと思うのですが」

「それは有り難いです」

「七時にロビイで待っていていただけますか」

「はい、わかりました」

ここで切るべきだが、久坂はもう少し女にからんでみたくなる。

「しかしロビイには何人かいます。僕をわかってもらえますかね」

「たぶんわかると思います」

「僕はいま薄いグレイの上着を着ています。それを着て食事に行くつもりです。田口と同じぐらいの年齢ですが、彼ほど背が高くなく、美男子ではありません。ごくふつうの中年男ですが、僕のことをあなたは見つけてくれますか」

こんな気障なことを言うのも英語だからだ。

「きっと大丈夫です。すぐに見つけますよ」

「待っています」

これほどわくわくする気分は久しぶりだ。

夕刻が近づき、久坂はシャワーを浴びた。最新のバスタブとシャワーがついている。

これから会う女のことを考え、身じたくをするのは久坂の楽しい時間だ。髪を整え髭も剃った。最近後頭部がやや薄くなっているのが気にかかるが、夜ならば気づかれることもないだろう。

一瞬スーツを着ようかと迷ったが、電話で、グレイの上着と話している。結局ネクタイはつけず、麻のシャツと合わせた。

ロビイに降りていく。円形のソファがあり、そこに数人が座っていた。女が一人いたが白人だった。

久坂はソファには座らず、玄関に向かって立った。ファリンは、いったいどんな風に現れるのだろうか。足早にヒールの音をさせてやってくるような気がする。久坂の知っている中国女性は、たいてい高いヒールを履いている。脚を美しく見せるし、形のよい高級な靴は成功した女の証である。

回転ドアが開き、一人の女が入ってきた。ひどく不格好な女であった。背が低いうえにだらしなく肉がついている体形だ。紺色のスカートから、たくましい脚が見えている。フラットシューズなので、ふくらはぎがますます太く見えた。

丸い顔に眼鏡をかけていたが、流行のしゃれた形ではない。よほど急いでやってきたのだろう。顔や鼻の頭に汗をかいているのが離れていてもわかった。

しゃれっ気のまるでない不器量な女は、この上海の街でもいくらでも歩いている。久坂がまじまじと眺めたのは、彼女がこの贅沢なホテルのロビイに、まるで似つかわしくなかったからだ。異国の女だと思い、久坂はぶしつけな視線をずっと投げ続ける。だから女が自分の前に立ち、日本語で語りかけた時は心底驚いた。

「久坂さんでいらっしゃいますか」

「はい、そうですが」

「私は、ファリンの使いでまいりました秘書の広瀬と申します」

「ファリンさんのですか」

「そうです、こちらにお迎えにくるはずでしたが、急用が出来て店に直接まいります。私が久坂さんをお連れするようにと言われました」

「そうですか」

久坂は、何やらおかしな気分になってくる。魅力的な美女が現れるのを待っていたら、代わりにこんな不器量な女がやってきたのだから。自分の好色さに罰があたったようだ。

「レストランは歩いてもいける距離ですが、車でよろしいですか」

「はい、お願いします」

玄関にはタクシーが待たせてあった。広瀬という女は当然のように助手席に座った。それきり黙っている。女と無言で車に乗るというのは、久坂の趣味ではなかった。

「夜景が綺麗(きれい)ですね」

と言った。

「上海は来るたびにネオンが増えて、どんどん派手になっている」

「久坂さんは、上海へはよくいらっしゃるんですか」

彼女もまたありきたりなことを口にした。

「しょっちゅうは来ませんね。最後に来たのは四年前ですかね」

「そうですか。上海はしばらくこないと変わっていますでしょう。でもこの頃はやっと落ち着きましたわね」

紺色の上着の女の肩は広い。そして後頭部のつむじが薄いのがはっきりわかった。四十代後半と久坂は見当をつける。

やがて車はバンドの真中あたりに止まった。メインストリートに残る古い建物である。ここが歴史的建造物であることを示すプレートが、壁につけられていた。「一九〇六年に建てられた、折衷型」とある。

ドアボーイにしては全く愛想もなく動かない男が二人、玄関前に立っていた。どうやら来た者をチェックしているらしい。広瀬が中国語で二人の名前を告げた。

「会員制のレストランなので、チェックが少々うるさいんですよ」

エレベーターに乗りながら久坂は尋ねた。

「広瀬さんは中国語をどちらで勉強したんですか」

「私は父親が中国人で、母親が日本人なんです」

さりげなく言って、10という数字を押した。

やがて扉が開くと、いささか明る過ぎる空間が広がっていた。VIPクラブという看板が出ていた。

個室に通されたが、ファリンはまだ来ていなかった。広瀬はせわしなくスマホを動かす。

「申しわけございません。すぐそこまで来ているのですが、道路が渋滞していて。あと十分ほどで着くようです」

「いいですよ。そんなに気になさらないでください。ここは夜景を眺めるだけで楽しい」

広瀬はほっとしたような笑顔を見せた。歯並びも悪い。ほうーっと久坂は悪心してしまう。自分のまわりで、これほど見た目に無頓着な女に、最近会ったことがなかった。ダイエットをしているようにも見えないし、コンタクトレンズや歯の矯正とも無縁だ。まるで制服のような野暮ったい紺のスーツを着ている。そして脚をわざわざ太く見せるスカート丈と平たい靴。どうしてファリンは、このような女を秘書にしているのだろうか。よほど有能に違いない。

「久坂さん、何かアペリティフを召し上がりませんか。ここは何でも揃(そろ)っています」

確かに気配りはする。

「そうですね。シャンパンをちょっと飲みたいけれど」

「かしこまりました」

出ていこうとする彼女をひきとめた。

「あなたもいかがですか」

すると意外なことに、

「はい、ありがとうございます」

と素直に頷(うなず)いた。

入ってきた時から気づいていたことであるが、テーブルには三人前のセッティングがされていた。おそらくこの秘書も同席するのであろう。

そうがっかりすることはなかった。夫とは離れて暮らしているが、ファリンは人妻である。秘書を同席させるのは、彼女のいるクラスであったら、当然のことであろう。テーブルの他にソファセットがあり、久坂はそこに座った。三段のトレイに、クルミの砂糖がけやピーナッツ、干し杏(あんず)が盛られている。それを囓(かじ)りながら、窓から景色を眺めた。

半円の窓から、光り輝くビルとゆっくりと通り過ぎていく観光船が見える。魔都の夜だ。

ドアが開く音がして振り返った。そこに写真で見たとおりのファリンが立っていた。早口で謝罪する。

「お待たせして申しわけありません」

水色のシフォンのワンピースを着ていた。

ファリンは、もう若くはなかったが充分に美しかった。あのスマホの画像で見るよりもはるかに魅力的だ。

五十を過ぎた女は、はっきりと三つに分かれる。それは若さという価値に完敗する女と、必死で戦う女、そして不戦勝する女だ。久坂の見たところ、ファリンは最後のタイプであった。

不自然な手術の痕跡(こんせき)はなく、微笑(ほほえ)むと目のまわりに小皺(こじわ)が寄る。目のあまりの大きさのために、黒目が下についていない。若い頃は少々きついと思われたかもしれないその目は、加齢によってやや垂れ気味になり、それが愛らしさを添えている。

ピンク色の口紅を塗った唇から、東部アクセントの英語がこぼれた。

「お客さまをお待たせして申しわけありません」

「いや、今、夜景を楽しんでいたところです。ここからの景色は本当に素晴らしいですね」

「このクラブは、昔はドイツの銀行だったのですよ。この部屋は確か重役たちの会議室だったのではないかしら」

そこにウエイターが、盆にシャンパンのグラスを二つのせて入ってきた。

「あなたがいらっしゃる前に、一杯頼んでしまいました」

「もちろんですわ。私もいただきます」

秘書の広瀬は当然、自分のグラスをファリンに渡した。

「それでは乾杯しましょうか」

「はい、ようこそ上海にいらっしゃいました」

ファリンは右手に、スクエアカットのダイヤの指輪をしていた。触れ合ってグラスが小さな音をたてる。

「リャンリン、あなたも召し上がれ」

その単語だけは違う響きだった。

「広瀬は怜琳という中国名を持っているんですよ」

目の前で照れたように微笑む女には、まるで似つかわしくない名前であった。

ファリンはソファに腰をおろす。スカートがふわりと円錐(えんすい)をつくった。まるで早春の雲を集めたようなドレスだ。

「この前に小さなパーティーがありました」

聞いてもいないのにファリンが言い訳する。久坂ひとりのために、着飾ってきたと思われたくないとでもいうように。

食事が始まった。広瀬も達者な英語で会話に加わる。父親の意向でアメリカンスクールに通っていたという。大学は日本だが、英語で授業をするところを選んだと言葉少なに語った。

「私は今、大学で教えるのとは別に、父の仕事も手伝っているので、彼女のような人がいてくれなくては困るのです」

上海にある小さな個人事務所は、広瀬一人でやっている。ここでファリンのスケジュール管理から、ビジネスにまつわる雑多な処理までをしているというのだ。

そんなことを語りながら、ファリンは、銀色の箸で魚の骨をすうっと抜いた。料理は平凡な四川料理である。そうたいしてうまくはなかった。

しかし夜景は素晴らしい。しきりに行きかう観光船も、やや下品な色彩のネオンも、この古風な半円の窓から見る限り、昔のままの上海であった。

「タグチさんは、お忙しいようですね」

不意にファリンはその名前を出した。

「あの方も上海に来たがっているのですが、どうしても時間がつくれないようです」

「彼はとても忙しいのですよ」

そして久坂は、女が聞いていちばん喜び、安心しそうなその理由を教えてやることにした。仕事のせいにしたりしたら、たいていの女は興醒めだ。

「彼のお母さんが高齢のうえ、体の調子がよくないのです。また入院しなければなりません。そのために彼は日本を離れられないのです」

「まあ……」

ファリンは悲しげに眉を寄せたが、それが儀礼的なのは一目瞭然だ。彼が来ない明白な理由は、おそらく彼女の心を晴れ晴れとさせたに違いない。

「お母さま早くお元気になればいいのに」

「本当にそうですね」

白々しい会話をした。

「それにしても、タグチさんとあなたは、本当に仲がいいのですね」

「そうですね、学生時代からの友人ですから」

「スタンフォードのビジネススクールで知り合ったんでしょう」

ファリンは感嘆のため息を漏らす。

「タグチさんは物理を学んでいたのに、会社を継ぐため経営に切り替えた。そして中国や日本の古典にも詳しい。あの教養はどこで身につけたのでしょうか。私は本当にびっくりしてしまいます」

ファリンは、自分がシラノ・ド・ベルジュラック役をしていたことに気づいていないのだ。久坂は何やらおかしくなってくる。

「日本の経営者は、もちろん一部の良質な、とつけ加えますが、古典を読み、芸術を愛する教養を身につける伝統があります。私の祖父もそうでした」

「お祖父さまですか」

「そうです。祖父は旧制高等学校を出ていましたから、英語はもちろんドイツ語も話すことが出来ました。カントやショーペンハウアーの哲学書は難なく読みこなし、そして書画骨董にも深い知識を持っていたのですよ。昔の旧制高校というのは、エリートはさらにエリートたれ、という方針でした。選ばれて、さらに学んだ人間だけが、真のリーダーになれるということを当時の人たちは疑いませんでした。私がまだ若い頃は、旧制高校を出た企業のトップが第一線にいたものですが、今はもう誰もいません」

「まあ、私の祖父と何て似ているんでしょう」

ファリンの目がうるんでいる。

「祖父も素晴らしい教養人でした。うちには周恩来先生と交わした手紙が残っていました」

「それはすごい。今もその手紙は残っているのですね」

「いいえ、文化大革命の時に、例に漏れず私の家も荒らされました。手紙類はすべて持っていかれたのですよ」

「そうですか」

「しかし祖父の書斎に、古典の本は残っていたのです。私は少女時代、それを読むのがどんなに楽しかったことか」

「その中に江馬細香や袁枚があったのですね」

うっかりではない。確信犯的にこう言ってみたのである。ファリンは驚きを隠さない。

「あなたは、どうしてそのことを知っているのですか」

「田口が教えてくれたのですよ。惚気といってもいいかもしれません。自分が好意を寄せている女性が漢詩を送ってくれると、ＬＩＮＥという最新の殺伐としたものが、たちまちかぐわしい恋文のようになると」

「恋文だなんて……」

ファリンはうろたえている。頬が赤くなった。こういう初心なところも久坂が中国女性を好むゆえんだ。

「こちらでのお仕事はどうなっているのですか」

頬を赤らめたことを誤魔化すように、突然ファリンが話題を変えた。

「金曜日、ペニンシュラホテルで、展示会に先立ってレセプションがあるのですよ。そこに出席しなくてはなりません。よかったら、あなた方もいらっしゃいませんか」

と答えたが、気がのっていないのはあきらかであった。

「ぜひうかがいたいところですけれども、私はその日、会食の予定が入っています。私たちのホテルの内装を手がけるデザイナーが、アメリカからやってきているんです」

「そうですか。残念だなぁ。中国語でのスピーチをぜひ聞いてもらいたかったのに」

「まあ、中国語でなさるんですか」

「そうですよ。そのためにやってきたんです。田口から聞いていると思いますが、僕はふだんはシンガポールに住んでいますので、あちらで少し中国語を習っているんです」

「それはいいことですね。こちらの人は、中国語でスピーチをするととても喜びますよ、ぜひなさってください」

「発音に自信がありませんが」

「それでもいいんですよ。ためしにちょっとここで喋ってみて」

ファリンが悪戯っぽい顔つきでのぞき込む。目を見張るようにしたので、さらに大きくなった。若い時、この目は、どれほど強く光をはなっていただろうかと思う。しかしそれでも今も悪くない。

久坂にしては実に珍しいことであったが、興にのって、スピーチの真似ごとをする。

「今日はようこそおいでいただきました。私は久坂と申しまして、久坂薬品の副会長をしております。我々は日本において、最も伝統ある薬品会社のひとつでありまして、その品質は高い評価を得ております。我々の会社が総力を結集し、化粧品の開発に取り組みましたのは今から九年前……」

「傳統（チュアントン）の発音がおかしいわ」

ファリンが遮った。

「それでは通じないかもしれません。語尾に気をつけて。息の抜き方が違いますよ」

「あなたがちょっと個人レッスンしてくれませんか」

久坂は提案する。

「そんなことしなくても久坂さんの中国語はとてもお上手です。こちらの人たちにもわかるはずですよ」

ファリンはさりげなく答えた。

「そうですか。でもちょっと心配になってきましたよ」

「つい発音のことをうるさく言ってしまいました。けれども話の前後から、充分意味は通じると思います」

しかしこのままでは、あまりにも愛想がないと思ったのであろう。こんな提案をした。

「個人教授などと堅苦しいことは言わず、ちょっと中国語でお喋りをしてみませんか」

「そうですね。しかしお二人についていく自信はないなあ」

「大丈夫ですよ。ちょっとやってみましょう」

三人の食卓は、英語から中国語に切り替わった。他愛ない会話から、やがて現政権における経済の注目点へと話題は移っていく。途中で久坂は諦めた。ネイティブの二人にはとてもついていけない。

「ところでファリンさんたちは、上海語を喋るのですか」

「そうですね。上海人同士だと使うことはありますよ。他の人たちの前ではまず話しません。上海語を使うのは、エリートぶっていると嫌われることが多いのです」

「そうですか。ちょっと聞いてみたいなあ」

「またの機会にいたしましょう」

「だって僕もヘタな中国語を話せと言われたんですよ。ちょっと聞かせてくださいよ」

彼女の形のよい唇が動き始めた。可愛らしく語尾が上がるが、全く意味がわからない。

「驚いたなあ。標準語とまるで違っているのですね。今、何て言っていたのですか」

「中秋の今夜、友人と楽しいひとときを過ごしています。千年前から、この楽しみをどんな人たちが味わっていたんでしょう」

「まるで楊万里の詩のようですね」

ファリンは驚いて顔を上げる。まじまじと見つめている。

「ファリンさん、一日だけおつき合いください。もっといろんな話をしましょうよ」

蘇州(そしゅう)は上海から車で一時間半ほどである。新しい鉄道も通っている。

ここの工業地区には、久坂の会社の工場があった。三年前、化粧品部門の進出のため建設されたのであるが、業績はかんばしくない。今回、新シリーズ発売に伴って、工場のてこ入れが行われており、それを見るのも出張の目的のひとつだ。

しかし工場見学などというのは、久坂の最も興味をひかれないもののひとつである。午前中におざなりに見ると、そそくさと車を園林に向けた。ここでファリンと待ち合わせをしているのだ。

「時間を合わせるから、一度蘇州を案内してほしい」

という久坂の申し出を、ファリンが承諾したのは、彼女が口ずさんだ詩の作者をあてたからに違いない。

「あなたは、どうしてこんなことまで知っているの」

中国語で尋ねた。

「楊万里ぐらいは、ふつう知っていますよ。南宋を代表する詩人ですからね」

「名前は知っているかもしれないけれど、私が口にした言葉から、どうして彼の詩をあてることが出来るのかしら」

「ファリン、あなたと同じですよ。僕も子どもの頃から漢詩が大好きで、季節のものを折に触れ口ずさんできました。もちろん日本語でですけどもね」

「あなたといい、ミスタータグチといい、頭の中はどうなっているのかしら。ビジネスをやりながら、中国の詩人たちにこんなに詳しいなんて……」

ため息をついた。まだ久坂と田口との連携プレイについて、微塵（みじん）も疑っていないのである。そこですかさず、久坂は持ちかけてみたのだ。

「上海にいる間に、半日だけ蘇州の園林におつき合いいただけませんか。あそこは世界の中で、僕が愛する場所のひとつです。いくら観光客がいようとも、宋や清（しん）の時代に思いをはせることが出来るのですから」

「あそこは子どもの時に行ったきりだわ」

ファリンは一瞬顔をくもらせた。

「行くのは何年ぶりになるのかしら。わかりました。行きましょう。私は少し過去に臆（おく）病（びょう）になっているところがあるのですよ」

入り口のところで待ち合わせをしていた。ひとつの賭（か）けをしている。今日もあの広瀬という秘書を連れてきていたら、ファリンは自分にまるで関心がないことになるだろう。

しかし約束の時間少し前に車が停まり、ファリンが降りてきた。運転手がドアを開ける。彼女ひとりしかいない。

「やあ、ファリン」

久坂はすっかり嬉しくなって近寄っていく。そして昨夜の途中から、何の許しもないのに彼女の名を呼び捨てにしていることに気づいた。しかしもはや彼女も気にしていないに違いない。

今日のファリンは、白いワンピースに、小さな気取った形の麦わら帽子をかぶっていた。ワンピースはノースリーブで、二の腕を出しているからには相当自信があるのだろう。久坂はジムで鍛えた女の体には、全く食指が動かない。はっきりと隆起した筋肉は、男に対する拒否のように思える。が、ファリンの腕はさほどのことはしていないようだ。ぜい肉はついておらず綺麗な形だった。しかし若い女のような張りはない。内側から静かに崩れようとしている、中年女の二の腕は、久坂の好物であった。おまけにたった今、上着を脱いだかのように陽に灼けていない。白い二の腕は、男の目にさらされることを意識していると久坂はいつも思うのであった。もう肌を見られることを許しているのだ。

「忙しいところ、申しわけありませんでした」

「いいえ、今日は一日空いています。久しぶりに蘇州に来られて嬉しいです」

「ところで広瀬さんはどうしたんですか。今日はいらっしゃらないのですか」

我ながらとってつけたようだと思うが仕方ない。話の糸口をつかむための役割をしてもらおう。

「彼女は今日、東京へ戻りました」

「東京に自宅があるのですよね」

「彼女はとても優秀なので、父の東京事務所も手伝っているのですよ。私の仕事がいち段落すると、すぐに父に呼びつけられます。パリに行くこともあります。あまりにも忙しくて可哀想」

「なるほど」

二の腕を見つめていた久坂は、うわの空で答えた。身なりが格段にいい二人を狙って、チケット売りが何人も声をかける。綴りで買って利ざやを稼いでいるのだ。

この公園は世界遺産にも認定されている。宋、明、清と、時の権力者や大富豪がつくった大邸宅と庭園の、いわばテーマパークである。

騒がしくスマホで写真を撮り合う観光客をよそに、二人はゆっくりと回廊を歩いていく。清時代の亭が姿を現す。雨を聞くためだけの東屋だ。

「まるで『紅楼夢』の世界そのものですね。今にも林黛玉がそこから飛び出してきそうです」

「久坂さんは……」

顔を向けないままファリンは尋ねる。

「本当にどうしてそんなに中国についてお詳しいんですか。日本人はみんな『紅楼夢』

を読んでいるのですか」

「昔の教養ある日本人は、たいてい読んでいたのではないでしょうか。僕は大学で日本の中世史を学んでいましたが、旅行がきっかけでやがて中国の方に目が向きましたよ。ところでファリン、あなたはもちろん『紅楼夢』を読んでいるのでしょうね」

かつて読んでいるかと問うと、顔を赤くした通訳の中国人女性を思い出した。

「はい、読んでいました。祖父の本棚にあったものを夢中で」

「あなたの時代には、あの本はもう許されたのですね。しかしさすがに『金瓶梅』は読んでいないでしょう」

「それはありません」

首を横に振った。

「あの本は長いこと、発禁になっていました。私の知り合いは、『金瓶梅』を出版して、香港や台湾で売り出しました。とても儲かったということです。上野公園でも売っていたら、中国人の観光客がこぞって買っていったというのです。これにはちょっと驚いてしまいましたね」

「僕はあの物語が大好きでした。決してポルノだとは思いません。出てくる女性たちがみんな悪女ですが魅力的です。特に潘金蓮の悪っぷりときたら、ぞくぞくするほどでしたよ。朝から晩まで、スイカの種を食べながら悪巧みをしていくのですね」

「本当に久坂さんは面白いわ」

ファリンは今日初めて白い歯を見せる。この小旅行で多少緊張していたに違いない。

「『金瓶梅』のこともよくご存知だし、袁枚も読んでいるのですよね」

「田口ほどではありませんが」

うっかりとしたことを口にすると、シラノ役が露見しそうであった。

「袁枚の詩を初めて読んだ時、その生き方に憧れました。彼は役人を辞めた後、地方の美しい土地に住み、詩作と読書に明け暮れたのですからね」

「そうです。よくご存知ですね。しかも彼の素晴らしいところは、女性の弟子をたくさん育て、その才能を伸ばしてやったことですよ」

回廊はまだ続いている。もう立ち止まることはない。二人の歩く速度が、夢中になって喋り続ける会話のそれと全く同じなのだ。

「日本にも袁枚と同じように生きた男がいます。柳沢吉保といって、袁枚より少し前に生きました。彼も私の理想です」

「ヤナギサワヨシヤスですね。聞いたことがあります」

「彼は当時の超一級の文化人でした。王朝文学を愛し、あの源氏物語の世界に生きようと六義園をつくったのですよ。あれはまさに光源氏のつくった六条院だったのです。名前も似ていますね」

「六条院ですね。源氏物語はアーサー・ウェイリーの訳で読みました」

「あれは素晴らしい訳ですね。僕も遊びで源氏を訳したことがあるのですが、注釈をどこまでやっていいかわからず、すぐにギブアップしましたよ」

「あなたも充分、袁枚やヤナギサワだわ」

　ファリンは微笑んだ。

「お金と時間をたっぷり持って、趣味や学問に費やしている。あなたはきっとシンガポールに、もう六条院を築いているのではないかしら」

「まさか。シンガポールには女君は誰ひとりいませんよ」

　回廊が終わり、小さな石段があった。久坂はファリンの手を自然にとる。二人の目の前には、柳の長い枝々とそれを映すことのない深い緑の池がひろがっている。

「僕が愛し憧れる世界は、もう遠い彼方にあるのですよ。僕は手に入らないものをずっとこのかた求めているのかもしれません」

「ヤナギサワは知らないけれど、袁枚は確か八十過ぎまで生きましたよ」

　ファリンは久坂の手をほどいた。

「この庭園を歩いていると、みんな懐古趣味にとらわれるようですね。私もそうなりましたから気をつけないと」

　二人はさらに進む。陽ざしはさらに強くなり、ファリンの小さな帽子ではふせぎきれないほどだ。

　小さな邸宅に入った。住宅の様式は建てられた年代によって異なっているが、そこは清代末の家で、卍(まんじ)型の格子(こうし)の窓は簡素な美しさに充(み)ちている。

「この家は、祖父の家によく似ています。あの家も、典型的な中国の昔の家でした。中庭があり、大きな仏間には毎朝果物と花が飾られていました」

祖父は有名な政治家と既に聞いていたが、そのことを口に出すことは憚(はばか)られた。彼女の触れてほしくない部分かもしれない。しかしファリンはゆっくりと語り出す。

「私の父の家は、祖父の家の隣に建てられていました。もう手放してしまったけれども、とても綺麗な洋館でした。毎朝私は、祖父母のところへ挨拶(あいさつ)へ行き、そこで朝ご飯を一緒に食べ、そしてあれこれお喋りをしたのです。祖父は私によく尋ねました。ファリン、今、どんな本を読んでいるのか。若いうちは栄養あるものを食べるように、毎日おいしい実がつく本を読まなければいけないよ。

　その頃上海の街は、どこも落書きと貼(は)り紙で満ちていましたが、私のうちはずっと静かで昔どおりの生活が保たれていました。が、そう思っていたのは私だけで、ある日あの人たちが旗をたててトラックに乗ってやってきました。そして家の中が荒らされ、祖父までは手出しされませんでしたが、父は三角帽をかぶせられました。そして私は見たのですよ。父が両手に熱いコールタールを塗られているのを……。ああ、私、どうしてこんな思い出話を始めたのでしょう……」

「どうか続けてください」

「この家が、祖父の家にそっくりだからでしょう。だけど私は、あまり恐ろしくなかったのですよ。わかりますか」

「文化大革命が恐ろしくなかったのですか」

「あの時のことを、どう言ったらいいのかしら。私たちはまるで怖くなかった。子どもだということもあったでしょうが、これで世の中がよくなると本当に信じていて、毎日うきうきする気分だったのです。彼らが音楽を鳴らしながら、わが家にやってきた時さえも。どれほどひどいことが行われたのかわかったのは、文革が終わって随分たってからのことです」

「そこでファリンは大きく息を整えた。その残酷な光景を思い出したに違いない。

「文革が終わり、父の名誉も回復されました。持ち去られたものも戻ってきました。しかしいちばん大切な手紙類はどこかに消えてしまいましたし、父の両手は焼けただれたままです。何度手術をしても動かない指もあります」

「お気の毒です」

おそらく政府はその償いとして、ファリンの父のような階級に、多くのチャンスを与えたのだろう。誰より早く、資本主義の波に乗れるようにしてやったのだ。今ではファリンの父は、上海を代表する資産家と聞いている。下の世代のように、無邪気にお金儲けをしていくことは出来ません。わかりますか」

「私たちはみんな忘れたふりをしています。下の世代のように、無邪気にお金儲けをしていくことは出来ません。わかりますか」


「恥ずかしいことですが、あなたたちが忘れているふりをしているならば、日本人はみんな忘れています。あの旗を握る紅衛兵たちを讃えた日本のマスコミも、すべてのことを忘れているといってもいいでしょう」

「忘れたならそれでいいのですよ。それで済むのならいいのです」

ファリンは再び歩き始める。陽ざしはさらに強くなった。むき出しの二の腕は、赤味が浮かんでいる。久坂は手に熱いコールタールを塗られたというファリンの父のことを思いうかべ、背筋に一瞬冷たいものが走った。

「忘れたふりをしなくては、この国では生きていけません。しかし思い出すことはたくさんあります。この国が失った多くのものです。文革によって、私たちの文化も何もかも消えてしまいました。だからあなたやミスタータグチが、袁枚や紅楼夢を愛してくださっていることが、私は本当に嬉しいのですよ」

「ファリン、あなたと僕は本当によく似ています」

久坂は再び近づき、彼女の手を握った。それは暑さのために少し火照っている。長い指だということがわかる。それと自分の指をからめた。

「求めているものが同じなのです。僕もあなたも、もう失われた世界に恋をしている。その世界は消滅しているかもしれません。しかしその世界の一部を持った人間は生きて呼吸をしている。あなたと僕のようにね。僕たちは求め合うためにいるのですよ」

再び回廊は続く。白壁に二人の短く濃い影が出来た。どちらが誰の影かすぐにわかる。帽子の縁の部分が、少し透けて映っているからだ。久坂の影が近づく。ファリンの二の腕に掌（てのひら）を置いた。予想していたよりもその皮膚はやわらかく頼りなかった。

「僕は本当の恋をしたことがないんです」

中国語で言った。

「身も心も震えるような本当の恋をね。もしそれを手に入れることが出来るならば、僕は今、自分が持っているすべてのものを捨ててもいいと思っているのですよ」

「そんなものを手に入れることが出来るのは、この世でほんの少数の人たちです」

ファリンは英語で答えた。

「たいていの人たちは、それを手に入れることが出来ずに死んでいくか、それとも違うものを錯覚したまま生きていくのです」

「しかし、ファリン、僕はそれを手に入れたい」

中国語の久坂の言葉に、再び英語が戻ってきた。

「あなたは結婚もしているし、今まで充分それを味わってきたでしょう」

「ファリン、結婚が本当の恋と思えるのか。結婚とは日常の底に沈むものです。あなただって、そのことはご存知のはずです」

二人の傍を数人の女たちが通り過ぎる。暑くてたまらない、という中国語が聞こえた。彼女たちがやってきた角を曲がる。そこには人影がなく、ただ白い回廊があった。

「ファリン……」

久坂は彼女の肘の少し上に唇を押しあてた。掌で触れた時よりもさらにやわらかかった。ファリンは拒まない。久坂は有頂天になる。今度は英語でささやく。

「ファリン、僕はあなたのご主人が羨ましくてたまらない。いや、嫉ましくてどうしようもないんです」

ファリンの肩を抱く。そしてすばやくキスをしようと顔を近づけた。が、帽子のひさしは思いのほか大きかった。編んだ麦わらが唇をかすめ、ほんの一瞬手こずった間に、ファリンの顔が遠ざかる。

「中国の女は、人前でそんなことはしませんよ」

微笑んでいた。

「さあ、もう帰りましょう。なんて楽しい半日だったことでしょうね」

結局ファリンとは、上海で別れた。

彼女の車でホテルまで送ってもらい、

「せめて夕食でも一緒に」

と誘ったのであるが、急用が出来たからと断られてしまった。

キスを迫ったことを怒っているのかと思ったが、そうでもないようであった。蘇州からの車の中でも、淡々とではあるが会話は続いていた。

今の仕事が一段落したら、秋からは日本にしばらくいることになるだろう。講座を持つ大学がもう一つ増えそうなのだ、という言葉に、久坂は乗った。

「それならば、食事をしましょう」

と言いかけると、

「だけど東京は、いろいろ気ぜわしくて予定がたたないのですよ」

とうまくかわされてしまった。そして最後は、

「いつか東京で、またお会い出来るといいですね」

というありきたりな挨拶で締めくくられた。

久坂は釈然としない。気持ちが次第に沈んでいくのは、自分でも驚くほどであった。

今までも女にふられたことは何度かある。豪華な夕食と酒というコースの後に、突然女に帰られてしまったという初歩の失敗だ。しかし回数は少ない。成功率からいったらかなり誇れるのではないだろうか。

秘訣（ひけつ）は彼の女の選び方にある。今の時代、四十代は本当に女盛りで五十代でも充分美

しい。心からそう考えている男に失敗はなく、久坂は自分が望むたいていの女は手に入れてきた。

しかしファリンは、うまくいくかと思われた時さっと身を翻(ひるがえ)したのだ。これがいつもの冒険だったら、これほど落ち込むことはなかった。しかし最近彼女ほど心惹(ひ)かれた女はいなかった。

やがて久坂は重大なことに気づく。ファリンは二度めで自分が迫ったと思い込んでいる。本当は違うのだ。早くから写真も見ているし、熱烈な漢詩も交わし続けている。とうに自分は彼女に魅せられていた。が、彼女は全くそのことを知らない。

何年か前、源氏物語に凝って、自分なりに英訳をしたことがある。たまたま京大の若手の学者と知り合ったことも大きい。

彼とは時々京都で酒を飲んだ。学生が行くような百万遍の居酒屋は珍しく楽しかった。

ある夜久坂は、極めて初歩的な質問をした。

「こんなことを聞くのは恥ずかしいのですが、源氏を読めば読むほど、このことが頭から離れなくなるんです。彼らはどうして一度も顔を見たこともない女に、恋い焦(こ)がれるのでしょうか。いくら伝える女房たちのＰＲがうまいとしても、あんな気持ちになるのがよくわかりませんね……」

「手紙ですよ」

学者は即座に答えた。

「手紙には、書いた者の教養、性格、美意識すべてが出ます。歌や文字のうまさはもちろんのこと、墨の濃淡、香の薫きしめ方、添える花や小枝、そして使いの者の容姿までが問われるのですよ。ねぇ、久坂さん……」

彼は続ける。

「女の姿かたちやない。その女の持っている美意識と心に惚れる。これが本当の恋というもんやないでしょうか。昔の人々はそういうすぐれた感情を持ってはりました」

なるほどそうだと、久坂はあの夜の会話を思い出す。

初めて彼女が送った、江馬細香の詩。あれを見せられた時は衝撃であった。後に続く詩にことよせて、男の心を確かめようとしているのだ。この詩の謎を解いてみせたら、私はもっとあなたに近寄っていくと。

頭のいい女は世間にいくらでもいるが、ファリンは呼吸するようにあたりに知を放っていた。しかし自分は拒まれた。彼女はあの秘密を知らないからだ。

上海から帰ってすぐ、久坂は能を観に行くことにした。

能は若い時に夢中になったが、最近はあまり観ることがない。海外で暮らすようになってから、能楽堂に行く機会はめっきり減った。日本にいる時はスケジュールがたてこんでいて、半日かかる能見物はつい億劫になってしまうのだ。

銀座のデパートの跡地に、商業施設がつくられたのは最近のことである。そこの地下三階に能楽堂が出来たと聞いても、まだ行ったことがなかった。しかし今回、心を動かされたのは、曲目が「姨捨」というめったにかからない大作だったからである。

中秋の名月の夜、都からやってきた旅人の前に、老いた女の霊が現れるというあらすじだ。世阿弥の作とされているが定かではない。

海外ブランドの洋服や化粧品が売られているにぎやかな階を通り過ぎ、地下の能楽堂に着いた。前方の席はほぼ埋まっている。

いつも感じることであるが、能という芸能は、日本で最上の客を持っているのではなかろうか。

派手ではないが、綴や唐織りの帯を締めた女たちに混じって、品のいい老人たちが座っている。髪をきっちり結い上げ、濃いめの化粧をした年配の女性は、元のアメリカ大使夫人だ。

久坂も会釈する。久坂を見つけて、かすかに微笑みかけた。

やがて囃子方と地謡が静かに登場する。当然のことであるが拍手はない。ワキとワキツレが現れ身分を名乗る。やがて里の女がやってきて、姨捨伝説の場所を教える。この女も亡霊だ。

月がのぼった。すると一声の囃子で幕が上がり、橋がかりから老女が進み出る。いつも能の登場人物たちは、冥界からやってきたように、音もなく水平に歩いてくるのであるが、今回は霊なのでひときわ違和感を漂わせている。能は恐怖と隣り合わせにあり、だからこそこれほど高貴で美しいのだと久坂は思う。

老女は白に近い浅黄の衣装に、姥面をつけているので、ブロンズ像のように見える。

「不思議やなはや更けすぐる月の夜に。白衣の女人現れ給うは。夢か現か覚束な」

旅人の問いにブロンズ像は答える。

「夢とはなどや夕暮に。現れ出し老の姿。恥しながら来りたり」

やがて序の舞が始まる。老いた女はゆったりと静かに扇を使う。久坂はその中に怒りが潜んでいるように思った。

この女は老いたからということで生きたまま捨てられた。女の嘆きは、すべての女の嘆きなのだ。かつてどれほど美しかろうと、女の肉体は時間によって蝕まれていく。男に顧みられなくなった女は、もはや何の価値もない。だから山中に捨てられる……。

だが舞を見ているうちに、久坂は不思議な気持ちにとらわれた。姥面をつけた老女が次第に華やかさをまとってきたのである。若い頃は、この曲を観ても通りいっぺんの感想しか持たなかった。しかし今なら別のことを考える。老いた女の霊は、男を誘っているのである。一緒に月を見たいだけではない。草の上で寝ようと言っているのである。

久坂は不意に、酒のはずみでつい関係を持ってしまった老妓のことを思い出した。年をとった女の乳首は色素を失い、淡い紅色になる。少女に戻るのである。それを愛らしいと感じたから、自分は起つことが出来た。そうだとも、自分は七十二歳の女の肉体に起ったのである。

しかし舞台の旅人は冷たい。この曲は珍しい終わり方をしていて、たいていの能ではシテが先に消えるのであるが、ここではワキの旅の男が去っていく。後シテの老女は一人残されるのである。悲哀をこれでもかと見せつけるためであろう。

「返せや返せ」

「昔の秋を」

「思い出でたる妄執の心、やる方もなき今宵の秋風、身にしみじみと」

「ひとり捨てられて老女が」

「昔こそあらめ今もまた、姨捨山とぞなりにける、姨捨山とぞなりにける」

すべては終わり、老女は、また一人霊界へ帰っていくのである。

女の哀れさが身にしみて、すんでのところで久坂は涙ぐみそうになった。そして旅人をなじりたくなる。どうして寝てやらないのだ。厳粛な能楽堂で、久坂は今まで自分が寝た多くの女たちと、これから寝るであろうもっと多くの女たちのことを考える。その筆頭にいるのは、もちろんファリンである。昔だったら姨捨の年齢だったかもしれない。

能を見て外に出ると、銀座の街には夕暮れ少し前の、橙色の光が漂っていた。

能を見た後は、なぜかかすかに欲情してしまう。女たちがにぎやかに迎えてくれる店に行こうかとも考えたが、しかし心のどこかで敬虔な気持ちも残っているのである。今日はどこに行ったかと問われ、嬌声の中で「能」と発したくなかった。だいいちクラブに行くには時間が早過ぎる。

今日は女と二人きりで食事をしたい気分だ。久坂はあれこれ思いうかべたが、東京の女たちからは嫌味を言われるに違いなかった。

「随分ご無沙汰しているのね」

「もう私のことは忘れたかと思っていたけど」

媚びを含んだそうした声に、いちいち反応するのも少し億劫になっている。

久坂はファリンにLINEを送ったが、返答がない。賭けをする思いで携帯に電話をかける。彼女は確か東京へ行くと言っていたはずだ。

コール音がしたが、海外に届くそれではなかった。久坂はすっかり嬉しくなる。

「もしもし」

女の声がしたが少し違和感があった。

「……あの、ファリンさんですよね」

「そうですが」

「僕は久坂です、上海でお会いした久坂ですが」

「ああ、久坂さんでいらっしゃいますね、私は秘書の広瀬です」

「広瀬さんですか」

驚いた。ファリンの携帯にどうして彼女が出るのだろうか。傍でファリン自身が指示をしているのか。まさか。

「この携帯は、主に日本関係のビジネスで使っているので、東京にいる時は私が持つことが多いんです」

落胆というよりも腹立たしくなってきた。ファリンは自分にそんな番号を教えたというのか。

しかしこのまま電話を切るのは、さらに癪(しゃく)であった。

「広瀬さんは、いま東京なんですね」

「はい、そうです」

「東京のどちらですか」

「日比谷のオフィスにおりますが……」

「それならば、夕食につき合ってくださいよ」

強い調子で言った。これほど不快な思いをさせたのだから責任をとれといわんばかりにだ。

「いま僕は銀座にいます、何時にこられますか」

「私でよろしいんでしょうか」

とまどった声がする。

「もちろん、ぜひ来てください」

きっぱりと言った。

「このあいだ上海で、とても楽しかったんですから、その続きをしましょう」

「わかりました。うかがわせていただきます」

「何時に来られますか」

「六時には」

「わかりました。それでは帝国ホテルのラウンジでお待ちしています」

それから久坂は、せわしく自分のリストを反すうする。店選びには苦心した。いつも女と二人で食事をする時は、人目のつかない個室にしている。水商売の女とだったら、正々堂々とカウンターだ。今夜の相手は自分とは何の関係もない女である。それならば、目立つ店でもいいのかもしれないが、女の方でひるんでしまうだろう。

久坂は日頃から、若く美しい女を見せびらかそうと店に連れてくる男たちを、心の底から軽蔑(けいべつ)していた。高いワインをテーブルに置き、若い女の他愛ないお喋りを、楽し気(げ)に聞いている姿は、どんな男でも愚かに見える。

でもない。太って不器量なのはいいとしても、あまりにも自分に無頓着である。眼鏡をかけて服装にもかまわない女、というのは、この東京で、久坂のいる世界ではめったにいるものではない。

久坂と彼女を目にした者は、たぶんビジネスで会っていると思うだろう。確かにそれに近い。それならば商談にふさわしい場所となると、おのずから決まってくる。流行りの楽しい店や、イタリアやスペインといった料理ではない。クラシカルなフランス料理か、そうでなかったら、そう面白味のない接待用の懐石料理であろう。

幸い八丁目に、時たまいく割烹の席がとれた。カウンターではなく、テーブルを予約した。この方が親密度は薄れるはずであった。

しかしラウンジで、ウイスキーソーダを飲んでいるうち、久坂は気分が重たくなってくる。どうして何の興味も関心もない女を誘ったりしたのだろう。ファリンの情報を聞き出すなら、他にも方法はあったはずだ。いつしか後悔というものにより、次第に不機嫌になっていく。

六時少し前に広瀬はやってきた。ラウンジの奥に座っていた久坂は、自分のために女が歩いてくるさまをじっくりと観察する。

少々驚いたことに、今日の広瀬は眼鏡をかけていない。コンタクトレンズに変えたようである。

　上海の時と同じように、野暮ったい紺色のスーツを着ていた。が、離れたところから見てわかったことがある。肥満しているにもかかわらず、彼女の歩き方はなかなか綺麗で、胸を張り顔が上下しない。

「急にお呼び立てしてすみません」

　久坂は立ち上がって迎えた。

「いいえ、とんでもない。ありがとうございます」

　鼻の頭に汗をかいているところは相変わらずであった。よほど急いできたのだろうか、それともそういう体質なのだろうか。

　久坂が飲み物を勧めると、コーヒーと答えた。

「こんな時間にコーヒーを飲むもんじゃありませんよ。シャンパンでもいかがですか」

「はい、ありがとうございます」

　久坂の手元に目をやる。

「同じものを……」

「ウイスキーソーダでいいですか。シャンパンよりしゃきっとするから僕は好きですが」

「それをお願いします」

酒が運ばれてくる間も待てず、久坂はいちばん聞きたかった質問をした。

「ファリンさんは、まだ上海にいらっしゃるんですか」

「いいえ、ご両親のいるパリに行っています。あちらでもいろいろやることがあるものですから」

「本当に忙しい人ですね」

安堵して、笑いかけた。夫のいるニューヨークかシリコンバレーと言われたら、きっと嫉妬の表情を見せてしまったに違いない。

酒を一杯飲み終わった頃、さてと……と久坂は腕時計を見た。

「これから食事に行きましょうか」

「はい、ありがとうございます」

広瀬は立ち上がり、その瞬間に中に着ている白いニットの胸がゆらりと揺れた。ほうと久坂は思う。太っている女だから胸が大きいかというとそんなこともない。何の取り柄もないと思っていた女の美点を、ひとつ発見するのは男にとって楽しいものである。

まだ客はおらず、奥の席へ案内された。馴じみの仲居が料理の説明にやってきた。あらかじめ、中ほどの値段のコースは頼んでいる。

「広瀬さん、お酒は何にしましょうか」

「日本酒をいただきます」

「広瀬さんは、どんな銘柄がお好きですか」

「私は何でもいいです」

「じゃあ、辛口のこれを」

「かしこまりました」

ことさらに「広瀬さん」を連発するのは、そういう仲ではないということを仲居に知らしめるためでもあった。

やがて女と二人食事をするのに、広瀬さんはないだろうと久坂は考え直す。しかし彼女の中国名をどうしても思い出せないのだ。

「えーと、あなたも美しい中国の名前をお持ちでしたね」

「はい。リャンリンと申します」

「どんな字を書くのですか」

久坂はコースターを勧めたが、それは無視して、黒く大きなバッグから手帳を取り出す。スケジュール帳の白いページをびりりと音をたてて一枚破いた。荒っぽい動作であったが、そこにボールペンで書かれた名前は優雅だった。

怜琳とある。

「綺麗な名前ですね」

「父がつけてくれましたが、名前と合っていないとよく言われます」

おそらく彼女は、名を聞かれるたびにこうして冗談めかして自嘲しているに違いない。そしてつけ足す。

「日本名は洋子と言います。ふだんはこれで通しています」

「広瀬洋子さんですか」

平凡な名の方が、はるかに彼女にふさわしかった。

「それでは洋子さん、もう一度乾杯しましょう」

「乾杯」

その後の会話はぐっとなめらかになった。洋子の父親は、今も神戸に健在で、小さな貿易会社を経営している。二十年以上前、痩せる石鹸を中国から輸入して大儲けしたが、その後はさっぱりだという。

「私はその頃、東京の出版社に勤めていたのですが、女性誌でその石鹸の特集をやったぐらいです」

その出版社は、久坂もよく知っている大手である。中国語、英語を喋る洋子は、語学力を買われて国際局に入社したという。

「あんな大きな出版社にいたのなら……」

何も今のような個人の秘書をやることもないだろう、という言葉を久坂は呑み込む。

「やめることもなかったんですけども」

洋子が後を続けて微笑んだ。

「三年でやめてしまいました」

「随分早いですね」

「社内の人と結婚して、あっという間に離婚したものですから、ちょっと居づらくなって」

「ほう……」

目の前にいる女は、大きな四角の顔に肉がつき、ぼやけた輪郭になっている。今日は眼鏡をはずしているものの、細い眠た気な目で、鼻が丸く先端で横に拡がっているので、汗がたまって見えるのだ。スーツの脇のところが窮屈そうで皺が寄っている。

この不器量な女が、かつては恋をして結婚していたという事実に、久坂は妙に感心してしまった。

食事は終盤にさしかかり、二人の目の前には里芋が唐津に盛られたものが置かれた。

「相手はどんな人だったの」

「嘘、と言われるかもしれませんが、背の高い美男子でしたよ。社内の女の子にも人気がありました」

「決して嘘だなんて思わないよ」

「文芸にいて、人気作家を何人も担当していました。作家にも信頼されていて、披露宴には——さんがいらしてくださいました」

その作家の名は知らなかった。有名なミステリー作家だという。

「そんな式を挙げたのに、どうして別れたんだろうね」

「やっぱり性格の不一致ってやつでしょう。育った環境が違い過ぎましたよ。あっちは東北の旧家、私は半分中国人ですしね」

「そんなこと関係ないだろ」

次第に久坂の口調がぞんざいになる。

「いや、ありますよ。私のいろんなところで中国人が顔を出して、それがイヤだったんじゃないですかね」

やがて、暑いわと、洋子は上着を脱いだ。薄いニットの下で、乳房がその大きさと形をはっきりと伝えていた。その存在は、女の魅力のなさを補って、お釣りがくるほどであった。

その後、久坂は洋子を自分のテリトリーである銀座から連れ出した。次に行ったところは、六本木の交差点と西麻布の真中にあるワインバーである。

ここはシンガポールに行く前に、よく通ったところだ。東京はしょっちゅう店が変わる。六本木ならなおさらだ。もうなくなっているかもしれないと思ったが、他を知らないのだからそこに賭けてみることにした。

幸いなことに店はあった。が、経営者が変わって、かつての高い酒を出すワインバーではなく、若者が来るような小皿料理と酒の安手のバーになっていた。

仕方なく久坂はスペイン料理だという、あまりうまくないタコのオリーブ煮や、冷たく固いオムレツなどを頼んだ。食事をしたにもかかわらず、ここでも洋子はよく食べ、よく飲んだ。

「これでは太るはずだろう」

と久坂はややげんなりした。

するると突然彼女は言った。まるで久坂の心を読んだようにだ。

「昔、結婚していた頃ですけどね。私、すごく痩せていたんですよ」

「ほう、それは、それは」

「見てみますか」

洋子はスマホを取り出し、操作して自分のアイコンを見せた。そこにはほっそりと若い彼女がいた。

「なかなかのもんだ」

「でしょう」

洋子は頷いた。そして無遠慮に久坂を見つめる。この時だったら、二十年前だったら、あなたは自分を誘ってくれるのかと問うているのだ。その目の強さに一瞬たじろいだ。

考えてみると女がコンタクトレンズをつけてやってくる。そのこと自体、大きな意味を持つはずだった。

先ほどから久坂の中で奇妙な感情がわき上がっている。目の前の女は不器量ではあるが、素晴らしく大きな乳房を持っているのだ。これを味わってみるのも一興というものではないだろうか。

彼女が、一度結婚していたということで、急に好奇心の扉がひとつ、大きく開いたような気がする。

他の男は、昔のこととはいえ、この女に魅力を感じ何度も抱いたのだ。何か大きな理由があったのだ。それを自分が発見出来ないというのは癪であった。が、先ほどから彼女は自分の目の前で、乳房を見せびらかしている。そう、それは彼女の最大の〝売り〟なのだ。

バーは一時間といなかった。

六本木から西麻布のあたりは面白いところで、表通りのあかりが奥まで届かない。一歩裏に入ると、昔ながらの古いビルや住宅が続いている。開発の波も、大通りでストップしていた。

久坂はその日、何度めかの賭けをした。このあたりに、若い頃何度か行ったラブホテルがあったはずだ。もしその建物があったとしたら、この女を誘ってみようと。

小さな路地を入ると、つきあたりにそのホテルはある。曲がる目印のビルは、変わることなくちゃんとあった。一階が漫画喫茶に変わっていたが。

ビルを曲がりしばらく歩くと、コンクリートづくりのホテルが見えてきた。場所柄、派手派手しいネオンがないところも以前のままだ。

若い頃、このホテルで女と休憩をとり、ことを終えて出てきた。女と腕を組み歩きかけて、久坂は何気なく後ろを振り返った。その時、さっきまで自分たちがいた部屋の窓がさっと開き、中年の女が顔を出したのが見えた。さらに眺めていると、女は掛け布団を窓のへりにかけ、ポンポンと叩き始めたのである。夜にもかかわらずだ。

自分たちのセックスの後片付けが、これほどあからさまに、すぐに行われるということに、彼はかすかな嫌悪と羞恥をおぼえた。おかげでそのホテルにはしばらく行かなくなったほどだ。

やがて女の出入りが多くなり、ふつうのホテルを使うようになった。女たちはラブホテルではなく、一流ホテルを望む。そんな時代であった。

ホテルに近づいていく。その時の久坂は、懐かしさが先に立っていた。まるで青春の置き土産のような建物がそこにあったのだ。

しかし女は、全くそう思ってはいない。足取りが重くなり、緊張しているのがわかった。

「いいよね……」

久坂は女の腕に触れた。ふとわき起こった懐古の心情を説明するよりも、ホテルに入った方が手っとり早いと思ったのだ。

女と見つめ合う。コンタクトレンズのために、まぶし気な視線だ。それほど悪くないと久坂は判断を下す。

たいていの女とはイケる、というのが彼の秘やかな矜持であった。

ラブホテルに入るなどというのは、それこそ何十年ぶりかで、久坂はフロントで大層面くらった。

昔は部屋のパネル写真が飾ってあったものであるが、今は空いている部屋の画像が出てくる。人はおらず、操作してカードで払う仕組みだ。が、よく見ると現金でも払えるようになっていた。当然のことであろう。

自動的に出てくるカードキイを受け取り、久坂は女とエレベーターに向かう。女は二歩ほど後ろを従いてくるので顔は見えなかった。エレベーターの箱の中に入って、久坂はあらためて女を見た。俯いているので二重顎がますます大きくなっている。

が、不思議なことに、次第に久坂は昂ぶってきた。こんな裏通りのラブホテルで、不器量な中年女と寝るということに、なぜか興奮しているのだ。

三階に着いた。カードキイの番号を確かめる。右に行くか左に行くか表示がわかりづらい。

「これでは迷っちゃうよね」

久坂は言った。先ほどからずっと無言でいたから、ここに来て初めて発した言葉である。我ながらやさしく親身な口調だと思う。考えてみると、ひと言もこの女を口説いていないのである。嘘でも何か賞賛の言葉をと思ったが、とっさに何も見つからない。しかし、この後、自分は女の外からは見えない美点を発見するかもしれなかった。それを考えるとわくわくする。

カードキイを差し込み、ドアを開ける。部屋の雰囲気もあまり変わっていないような気がした。シャンデリアや円形ベッドといった派手なものはなく、大型ビデオを別にすればビジネスホテルのようなそっけなさである。

「何か飲みますか」

小さな冷蔵庫を開け、ビールを二本取り出した。缶ビールはぞっとするほど冷たかった。

「えっ？」

久坂は振り向く、女が何か言ったからだ。

「私って濡れないんですよね」

きょとんとした。とっさに意味がわからなかったからだ。

「たぶん濡れないと思いますよ。二十年間ずっとしてないから」

「離婚してからってこと」

女はこくんと頷いた。

「離婚してから一度もしていないってこと？」

「三年前にちょっとしかけたことがあるけど、痛くてやめました」

「大丈夫だよ。だって君はまだ若いじゃないか」

確か四十七歳であった。頭の中でさまざまなことを考える。自分が時々関係を持つ女たちの中に、四十代は何人もいた。いずれもみずみずしい肉体を持ち、尻の割れ目まで液を垂らす。しかしあの女たちは、みんな夫や、そうでなかったら久坂以外の誰かを持っている。日常的にセックスをしている女たちだ。二十年間何もしていない女、というのに出会ったことはない。

「大丈夫だよ。何とかしてみるよ。あなたの年齢でそれはあり得ない。きっと緊張していたからだと思うよ」

まるで医師のような口調になった。いっそのこと、フロントに言ってバイブレーターを持ってこさせようかとも思った。以前そういうことが好きな女がいて、さんざん使ったものだ。しかし初めての女に、器具を使うのもためらわれる。

気をとり直してシャワーを浴びることにした。こういう時、礼儀として久坂は女を誘う。

「一緒に入ろうよ」

自信がある女は喜んでやってくるし、ない女は断る。洋子はもちろん後者であった。シャワーの後、久坂はバスローブを探したが、そんなものはなく、安っぽい病衣のような寝巻きがあるだけであった。仕方なく久坂は、肩にバスタオルをかけてパンツ一枚でベッドに横たわった。入れ違いに女が入っていく。

その間、久坂は大型のテレビを眺めた。リモコンのボタンを押すと、即座にアダルトビデオが映し出された。女が、男に組みしだかれてあえぎ声をあげている。

ふだんこうしたものを見ない彼は、時代の移り変わりをつくづく思う。学生時代もこうしたものはあったが、出てくる女は下腹が出始めた中年に近い女ばかりであった。これほど若く綺麗な女が、男と交わる姿を見せているとは驚きだ。丸く大きな乳房と、くびれた胴を持った女は、本気で歓喜の声をあげている。

目を上げると、そこに例の病衣を着た女が立っていた。緊張しているせいか、むっとした顔をしている。シャワーキャップをかぶっていただろうに、前髪が濡れて額にへばりついている。

「ここにおいで」

久坂は出来るだけやさしい声で言った。

テレビを消し、あかりも消した。どさりという感じで、女が久坂の傍に横たわった。抱き寄せる。湯のせいで火照っている女の体は、闇の中で、想像していたよりもすぐに重量感を増した。

長いキスをした。よほどきつく洗ったのだろう。女の首筋からは石鹸のにおいがした。久坂は衿をはだけ、女の乳房を掬った。やわらかくて大きな乳房であった。左の乳首を音をたてて吸う。すると女は言った。再びあの言葉をだ。

「私、濡れないんですよね」

困惑でも、もちろん謝罪でもない。不満を訴える口調であった。

「大丈夫だよ……」

久坂はささやいて、女の股間に手を伸ばした。むっちりとした肉が邪魔してなかなかたどりつけない。左右にどかしてやっと触れた。中指をまず先に行かせる。粘っこいものを確かめた。

「ちゃんと濡れているよ……」

「そうでしょうか」

女ははっきりした声で言い、それはかなり気分を削ぐものであった。

久坂は女の大きな乳房を再び掬い上げる。まずはこれに熱中しようと心を決める。目が次第に闇に慣れてきた。大きな乳輪も突き出る乳首も久坂が好きなものである。女の生命力がここに表れているようだ。ちなみに久坂は、昨今のよく手入れされた陰毛にそそられない。女は下着をつけていなかったので、前を拡げるとそのままの悠然とした繁(しげ)みが見えた。その割れ目にすぐに指を深く入れる。ふつうだったら、指はずぶずぶと中に入ってもいい頃であった。しかし久坂の中指は、入り口のあたりでとまどう。先ほどまでの水分がすっかり消えていたからである。

そんなはずはない、と久坂は思った。彼のリストの中の四十代の女たちは、三十代と負けないほどの量を、そこに溜(た)めていたからである。

久坂は再度挑戦する。音をたてて女の両の乳首を吸いながら、楕円(だえん)形の場所を指でゆっくり往復した。しかし反応がなかった。

やがて久坂は女の膝(ひざ)を持ち、少し高く持ち上げてみた。女の白く大きな体が丸見えになる。まるでくびれがない。少し揺すると、乳房も揺れたが下腹も揺れた。トレーニングも何の努力もしていない肉の輪は、ゆっくりとやわらかく動く。どこかの博物館で見た土偶を思い出す。それを見ても、まるで萎(な)えない自分が不思議であった。それどころか久坂のペニスは、美しい女体を前にした時と同じほどの硬度を持ち始めているのである。そのことに久坂は少し感動した。

濃い繁みに覆(おお)われた、いちばん敏感な部分が目の前にある。久坂はさらに入念な愛撫(あいぶ)を試みた。最近これほど心を込めて、指と舌を使ったことはないような気がする。やがて襞(ひだ)の間からちろちろと水が湧(わ)いてきたような気がした。たっぷりとした泉ではない。雨が上がった後、傘の先で地面をつくとじわっと水がにじみ出る。あんな水量だ。しかし今だと久坂は思い、自分のものを入れようとした。女の脚を高く上げたまま自分は膝をつく。この体位が、お互いいちばん無理なく挿入出来るはずであった。ところがどうしたことだろう。まるで魔法にかかったように、女の水気はさっと一瞬で消えた。そして襞の門が閉じられた。久坂を通せんぼするのだ。

「こんなはずはない」

と久坂は焦(あせ)る。あの七十二歳の女でさえ、潤(うるお)ったまま久坂を迎え入れてくれたではないか。それなのにこの女の拒絶はいったい何だ。少し怒りを持って、久坂は強く突いてみた。しかしそこには乾いた壁があった。さらに腰に力を入れた。が、右の壁も左の壁も立ち塞(ふさ)がる。

女が叫んだ。

「痛い」

久坂は狼狽(ろうばい)する。今まで一度たりともこんなめにあったことがなかったからである。女の体が自分を突っぱねているのだ。この女に法外な気持ちと努力を注いだというのに、この仕打ちはどうしたことであろう。諦(あきら)めた久坂は、太くざらついた女の太ももをシーツに置く。こんなめに遭ってでも彼のペニスは昂まったままだ。

第九章 うつろい

十月になるのを待って、田口は下鴨の家の茶室開きをすることにした。新棟の完成はまだまだ先であるが、古い家の方はやっと改築が終わったのである。ほとんど使われていなかった茶室にも手を入れた。京都には茶室専門の工務店があるので、そこに任せることにした。見た目よりも傷（いた）んでいなかったので、畳を替え、壁を塗り替えるぐらいで済んだ。

それよりもやっかいだったのは、家元に頼んで庵（あん）の名をつけてもらうことだ。

「やはり頼まないとまずいだろうか」

茶人でもある宇野に尋ねたところ、

「あたり前だろ」

と厳しい顔をされた。半分お遊びで通っていても、田口は家元の直弟子ということになる。茶室を命名してもらうのは、直弟子の権利であり義務であるというのだ。

宇野が間に入り、やがて家元から桐箱に入った書が届けられた。「水明庵」とある。鴨川のほとりにあるからということらしい。しかし家元の筆跡のあまりに稚拙なことに驚いた。

「あの家元は、字がヘタなことで有名なんだよ」

と宇野は笑った。

「だけどこういうものを有り難がるっていうのが茶の世界だから」

もちろん家元には、かなりの礼をすることになる。さっそく扁額の職人に出した。字を木に彫って額にしてもらうのだ。

これ以外にも茶室開きに関しては、宇野にいろいろと助けてもらうことになった。田口は母の持っている茶道具に、少し足していけばいいと思っていたのであるが、とんでもないと叱られた。

「これだけの茶室だ。この際、ちゃんと自分で揃えたらどうか」

ということで、京都の名のある道具屋を紹介してくれた。田口は初めて知ったことであるが、彼らは単に茶道具を売るだけでなく、茶会も手伝ってくれる。茶室開きに至っては、春の終わり頃からさまざまな連絡がきた。正客は家元と決め、その指示を仰ぐようにとあった。

茶室開きは、もっと内輪のこぢんまりとしたものに出来ないであろうか。たまたま手に入れた古い家に茶室があったに過ぎないのだ。茶の道に励もうと、わざわざ茶室を建築するのとはわけが違う……という田口の繰りごとを、道具屋の宇津美は

「そら、無理と違いますやろか」

とやわらかい京都弁で制した。

「何というても、家元の直弟子さんですからなぁ」

どの家元のまわりにも、財界人のとりまきがいる。稽古はそう熱心ではないが、何かの時には援助を惜しまないというのが暗黙の了解だ。田口もそうした一人になったからには、家元を頂点としたヒエラルキーを自覚しなくてはならない。それならば、茶室開きに家元を呼ばないなどというのはあり得ないと、宇津美は力説するのだ。

ところが幸いなことに、家元が急きょパリに行くことになった。日本がらみの大きな博覧会で茶を点てるというのだ。

それならば正客は誰にしようかということになり、田口は宇野で構わないと思ったのであるが、

「いつものお仲間やのうて、もうちょっと気が張る人がよろしおす」

宇津美は、福田喜衛門の名をあげた。本当の名は福田紘一郎というのであるが、父親の死去に伴い、四代め喜衛門を継いだ。彼はもう一つ名前を持っていて、それは茶名で福田宗清という。

福田は五反田にある美術館の館長である。

大正から昭和にかけて、彼の曾祖父は石炭で巨万の富を得た。さらに事業を発展させた祖父は、財産を美術品収集につぎ込み美術館を建てた。そして彼の父が戦後財団をつくったのである。美術館は東洋のコレクションが主で、特に李朝の磁器に関しては世界一と言われている。

エネルギー企業の会長という本職をも持つ福田は、今や日本の数寄者のトップに立っていた。昨年彼が芝の増上寺で行った、傘寿を記念しての大茶会は、国宝がずらりと並び、

「これだけのものは、あと五十年は見られないだろう」

と客たちはため息をついた。田口もその場にいたからよく知っている。

福田は見事な銀髪を持つ風采のいい紳士であったが、彼の妻も美貌で知られていた。こちらもとうに還暦を過ぎたはずであるが、華やかな目鼻立ちと、ほっそりとした体形はどう見ても五十代前半だ。彼女も福田家にふさわしい名家の出で、さる宮家のお妃候補に挙げられていたというが定かではない。

大使館のパーティーや、海外の高級ブランドが催すイベントには、よく夫人の姿が見られる。その気品に満ちた美しさには、女優やタレントもかすむほどであった。福田夫人として着物姿も多いが、カクテルドレスやイブニングも難なく着こなす。

以前何かのパーティーで、白いラメのドレスを着た夫人を見て、久坂が発した言葉を田口はよく覚えている。

「僕たちはみんな、親に言われたとおり、好きでもない女と結婚しているというのに、福田さんはどうしてあんな素敵な女性を手に入れたんだろうなあ」

「君は恋愛結婚をしたかったのかい」

田口が問うと、

「僕たちの恋愛結婚なんていうものは、所詮想定内のことじゃないか」

久坂は皮肉な笑いを漏らした。

「みんな冒険なんかしてやしない。親が反対するような女とは、まずつき合うこともないし、知り合うこともないじゃないか。それなのに福田さんは、自分と釣り合う、あんな美人を手に入れたんだ。美しいだけじゃない。実に聡明で意地が悪い。最高だよ」

彼独特の誉め方をした。

「だから夫婦であんなに仲がいい。どこに行くのも一緒だ。夫婦で仲がいいなんて、あの二人以外見たことがない。奇跡のようなもんだね。僕はまず無理だ」

皮肉とも、感心しているともとれる口調であった。

久坂は福田を敬遠しているところがある。田口の方がはるかに親しい。なぜならば、福田は田口の出た学校の先輩だからだ。伝統ある男子の中高一貫校で、福田は同窓会長をつとめている。

また福田が見た目よりもはるかに磊落な性格だということも田口は知っている。きわどい会話も大好きだ。以前、ある茶会で出された香合が丸くて愛らしいことから、福田はこれに乳首というあだ名をつけている。これが再び出された席で、福田は、

「また乳首ちゃんに会えたよ」

と相好を崩した。

茶人としても財界人としても、何かと忙しいはずの福田であったが、茶室開きには喜んで来てくれることになった。

福田を正客として、あとは山崎、宇野、前田という稽古仲間となった。久坂はシンガポールから戻れないということで、もう一人は、やはり門下の西川という老婦人を誘う。彼女は京都の老舗の菓子店の夫人である。福田がいて次客となるなら、さぞかし喜ぶのではないかと宇津美は言った。

本来なら母の真佐子に来てもらいたいところであるが、まだ新幹線に乗れるまで体力が回復していない。新棟の方には、気軽に茶会が行える立礼式の茶室をつくっている。きまりを無視した現代的な水屋や床暖房もある。母が元気になったら、あそこであらたに茶室開きをするつもりだ。その時も福田に来てもらおうと田口は心積もりをしているのである。

茶会の二日前には、植木屋に入ってもらった。この時も家元の事務の男が立ち会ってくれた。この他にも当日の掃除から、仕出しの手配まで、家元のところの内弟子がやってきて、すべてとりはからってくれたのである。

自分で主催する茶会は初めてなので、田口はかなり緊張している。いつものふざけ合っている仲間たちなのに、茶会となると威儀を正し礼儀を尽くす。

田口は京都の呉服屋で誂えた袴に着替えた。その前に内弟子の指導の下、床の間の花を生けた。桔梗と女郎花を三本だけさす。

「十月の茶会ゆうたらなごりですから、出来るだけ侘びた風情にしてください。花も淋しそうに生けてください」

床の間の掛け軸は、家元から祝いに贈られたもので「清風払明月」とある。やはりうまい字とは思えなかったが、今は味があると思うことにする。

茶杓は先代家元作で、銘は「嵐山」という。これは母の真佐子が持っていたものの中から選んだ。ここにやってこられなかった母へのせめてもの思いだ。

なつめは蒔絵で鳴子と稲穂が描かれている。肝心の茶碗は江戸元禄時代の萩だ。「お道具拝見」の時の福田の表情から、そう感心していないことがわかったがどうしようもない。家元の箱書きもあり、かなりの値段になっている。今日のために宇津美が探し出してくれたものだ。

茶会が終わった後、男たちだけで街に繰り出すことになった。まだ夕暮れには早い時間だったので、老舗のバーで軽く飲み、その後は歩いていけるレストランに向かう。町屋を改装した店である。

「みんなもう懐石には飽きているだろう」

という山崎の提案でイタリア料理店となった。なかなか予約がとれないことで有名である。和とうまく調和させてあった。

フォアグラを使った前菜は、まるで豆腐のような見立てになっている。九条ねぎを使った冷たいパスタはそう珍しくないが、丼いっぱいに粉状のカラスミが添えられている。

「うまそうだなあ。だけど用心しながらかけないと」

好きなだけかけろということらしい。

宇野がおっかなびっくりといった様子で、金色の粉をふりかけ、その様子に皆が笑った。

「血圧は上がる時には上がる。下がる時には下がる。僕は毎朝、女房に青汁を飲まされるけど、あれはもうたまらんよ」

前田がこぼすと、福田がおっとりと応えた。

「だけどあなたたちはまだ若い。せいぜいもがくことだね。僕ぐらいの年になると、もうこれからの時間は、もうけもんと思って日々感謝。それ以上は何もしません……」

「そうかなあ。福田さんをよくグランドハイアットのジムで見かけるけど」

前田の言葉に、

「あれは家内とのつき合い、つき合い」

福田が手を振った。

「女というのは、いくつになってもがくからねえ。諦めるということを知らない。だから長生きするのかもしれませんねえ……」

さあ、そろそろお伴を呼んでもらいましょうかねえと、福田はつぶやく。今夜は彼の采配ということになっているのだ。しかしいつものお茶屋ならば、ここから歩ける距離である。

「ちょっと面白いところを見つけましてね、若い人たちと行くのも一興かと」

八十代の福田にとって、五十代の男たちというのは「若い人」たちなのである。そういう福田も長身のうえに姿勢がよい。年齢のせいで、遠出の茶会は着物を着られないとわびたが、真白い髪に合わせるように紫色のチーフをしていて、それがなんともしゃれている。

二台に分かれたタクシーは、すぐに目的の場所についた。田口は目をこらす。まだ一度も来たことのない花街だったからである。

観光地と化して人の通りがたえない祇園と違い、そこはひっそりとしていた。両側の茶店のあかりが、規則正しい距離を保ち白く光っている。

「おこしやす」

女が二人暖簾をかかげて待っていてくれた。小さな店であった。通された部屋もまた小さく床の間もない。舞妓を描いた、あまり上手くない日本画がかかっていた。

「おこしやす」

女がやってきて手をついた。

「ここの女将です」

福田が紹介してくれた。六十半ばといったところであろうか。ショートカットに眼鏡をかけている。とてもお茶屋の女将には見えない。中学校の教師と言われた方がしっくりくるような、普通さと野暮ったさである。が、気安い優しさに溢れていて一座はすぐに寛ぐことが出来た。

「山崎さんもご存知だと思いますが、今こちらの方が若くて美人がいるという評判なんですよ」

福田の言葉どおり、やってきた二人の芸妓は確かに綺麗であった。先ほど迎えてくれた女だ。一人は大きな二重の目をしていたが、片方は細い切れ長の目だ。笑うとひと筆で描いたコケシの顔になった。日本画も似合いそうだ。着物姿で座敷に出ることが、運命づけられているような顔であった。

ビールや焼酎が運ばれてきた。つまみはナッツだけである。凝った小さな突き出しを何皿か並べる、老舗のお茶屋とはまるで違う。

妓たちも別に芸を見せるわけでなく、お喋りに加わる。山崎はここの花街の、他の店に何度か行き、そこの女将とすっかり意気投合したことなどをやや大げさに話した。

「どうかうちも贔屓にしておくれやす。見たとおり、こぢんまりやってる店どすし。お気軽にお寄りください」

「ところで」

と福田がグラスを置いた。

「おたくの子どもたち、どうしてるの」

「うちの子どすかあ……。今、宿題やってると違いますやろかあ」

「ちょっと呼んでくれない」

「ほな、小なみちゃん。ちょっと呼んできておくれやす」

二人の少女が現れた。驚いた。どう見ても十二、三歳にしか見えない。

彼女たちは古びた花模様の着物を着て、髪をアップにしていた。自分で結ったらしくとてもへたで、団子の不格好さは黒い大きなリボンでごまかしていた。

「うちの子どす。ほら、ご挨拶しなさい」

女将に言われて、二人手を前に揃えた。

「おたの申します……」

二人とも当然紅もさしていない。右の少女は、むき出しの額にいくらかニキビが出来ていた。

「あの……」

野暮なこととはわかっているが、田口はこう問わずにはいられなかった。

「こんな子たち座敷に出して、法的にはどうなんですか」

「座敷になんか出しておへんえ」

女将は微笑(ほほえ)んだ。

「うちの仕込みさん見習いどす。中学卒業したら舞妓に出ますけど、それまではうちに住み込んでここから学校通ってます。お運び手伝わせることはありますけど、座敷には出させしまへん」

しかし今、ここにいるではないか、という言葉を呑(の)み込む。酒や料理を運んでいて、たまたま座敷にいる、ということらしい。

「それに九時過ぎたら、もういっさい何もさせしまへんしな」

こっそり時計を見た。確かに八時四十分だ。

「どや、ここは楽しいか。おうち離れて淋しいことないか」

山崎の京都弁に、少女たちの頬が少しゆるんだ。

「淋しいことおへん。おかあさんや、おねえさんらがやさしくしてくれはりますし、舞妓さんになるために頑張ります」

一生懸命覚えたであろう返答に、山崎がからかう。

「それはよかったけど、えーと、ちょっと京都弁のイントネーションおかしいなあ。あんた、どこの出身や」

「宮崎どす」

「そら、また遠いところからきたもんやな。あんたは」

「群馬どす」

「これもまた遠いな。二人とも気張ってええ舞妓はんになりなはれ」

「お兄さん、よろしゅうおたのもうします」

二人で声を揃えた。

「この子ら、本当に頑張ってますえ。学校から帰ったらお稽古が待ってますし、うちのこともようやってくれます」

女将は満足気（まんぞくげ）に頷き（うなず）、少女たちに、

「水割りのうなってますえ」

とうながした。少女たちはそれぞれ卓に近づきグラスを手にとった。そして氷を足し、ウイスキーを注ぐ。その手つきは慣れていて、彼女たちがこういうことを日常的にして

いることを表していた。

「この子ら、うちに来た時は着物もよう着れませんでしたけどなァ。今はもう一人で上手に着ます」

田口は先ほどから彼女たちが着ている小紋が気になって仕方ない。肩上げのある古い縮緬の紫とえんじを着た二人の少女は、どこかの蔵から持ち出してきた市松人形のようであった。

「この着物、もう三十年以上前のものですが、代々仕込みの子が着てます。着物は古うなりませんから、本当によろしおす」

少女がグラスを卓に置いた。そこは福田の席であった。少し前かがみになる紫色の着物の少女に、

「じっとしておいで」

彼は命じた。ぴくりと少女の手が止まった。

「子どもらに触ったらあきまへんで」

山崎がからかうと、

「そんなことはしないよ」

老人はゆっくりと首を横にふる。

「ただにおいをかぐだけだよ」

そして少女のうなじに顔を近づけていった。そこには後れ毛とはいえないほど、何筋もの髪が、ピンから逃れて垂れていた。やわらかい茶色がかった髪である。そこに触れることなく、ぎりぎりまで顔を近づける。そして小さな深呼吸をした。

「ああ、いいにおいだ……」

少女は嫌がる風もなく、じっとおとなしくしている。何をされているのか全く理解していない幼さであった。

「ああ、いいにおい……。これで私の寿命も延びます」

白髪が、かすかに上下する。

男たちはしんとしてしまった。

正座して香を聞くように、少女のうなじのにおいをひたすらかぐ福田の姿に、かすかな不気味さを感じたからである。

明日東京へ帰るという最後の日に、豆孝を誘った。食事の場所は任せておいたところ、こんなＬＩＮＥが入った。

「とても人気の店がとれたんですが、九時からでもいいでしょうか」

「そんなに遅いのは、ちょっと困るな」

「すみません。今、京都で人気のお店は二部制になっているところが多いんです。本当においしいお店なので、ぜひ行って欲しいんですが」

「東京でも二回転の店が増えたけど、僕は嫌いです。明日、早い新幹線で帰ります。もっと気楽なさっと食べられるところをお願いします。キャンセルしてください」

こううった後で、少しきつい言い方だと思い、ついこんな文章を添えた。

「その方が君とゆっくりする時間もあるし」

すると間髪容れず返事がきた。

「嬉しい」

という言葉の後に、スヌーピーがアコーディオンを弾くスタンプがつけられていた。

こうした彼女の少女趣味は、田口にはまるで不可解である。

「それならば、最初に食事をしたところでいかがですか」

「いいですね」

四条烏丸の裏通りの店だ。木造の一軒家はカウンターだけの店で、鯖鮨からメンチカツまでメニューにある。何を食べてもうまかった。しかし客層が若く、芸妓が座っているとひどく目立つという難点はある。

豆孝もそのことはよく承知しているらしく、地味な藍鼠の付け下げを着ていた。よく見ると、小さな紅葉が金糸で刺繍されている。今日は早い座敷に顔を出してきただけだと言った。幸いなことに、いちばん端の席がとれたうえに、片方の客は入れ違いのように引き揚げ、前のようにじろじろと見られることはない。

「お待たせ」

田口は隣に腰をおろした。豆孝はゆっくりとかすかに腰を浮かし、その瞬間濃い化粧のにおいがした。

「久しぶりだね」

「それって、ふつうにお言いやすか？」

巧みにアイラインをひいた目できつく睨（にら）んだ。

「失礼。じゃ、何て言えばいいの」

「やっと会えたよとか、いやあ、長いことごめん、でよろしおす」

「そうか、じゃ、長いことごめん」

二人でビールのグラスを合わせた。田口は、とっさに後者の方を選んだことを後悔した。ごめん、と舌にのせたことにより、ずっと豆孝の繰りごとを聞くことになる。

「ほんまにきついことどしたわ。二カ月どすえ。二カ月。夏にはちらっとお越しになって言ってはったのに。うちはずっとお待ちしてましたから、どこにも行かれしまへん」

「夏は母親の具合が悪くってね。暑いうちは用心のために入院させてたんだ。家の進行見にくるのも、いつも日帰りだったんだ」

それは嘘だ。日帰りではなく、二度泊まった。気のおけないいつもの仲間とのお遊びであった。男たちだけで遅くまで飲むと、豆孝と会うのはつい億劫になってしまう。

「お母さまのお具合、いかがどすか」

豆孝は深刻そうに眉を寄せた。

「もう年が年だから、すっかり回復なんてことはあり得ない。だけどやっと涼しくなって、近くには行けるぐらいになっている」

「そら、よろしおした」

豆孝は酒に切り替えた田口に酌をする。座敷に出る女たちはネイルをしない。短く切ってせいぜいが薄いピンクだ。豆孝の綺麗に切り揃えられた透明な爪を、田口は好ましく見つめた。

「どうぞ、親孝行いっぱいしておくれやす」

「ありがとう」

「ところで、そっちのおかあさん、元気なの？」

ここで言うおかあさん、というのは、豆孝と親しいお茶屋の女将のことである。彼女のことなどまるで興味はないが、他に共通の話題がないのだから仕方ない。

「へえ、おかあさんも実は入院してはりました」

「そりゃ大変だ、どこが悪いの」

「腰の手術どすわ。ほら、難しい、なんたら言う……」

「脊柱管狭窄症かな」

「そうどす、そうどす」

「あれなら、上手い医者に手術してもらえば大丈夫だよ」

「そうらしいどすな。おかあさん、もうすたすた歩いてはります」

豆孝とつき合う条件を詰めていった、八坂神社裏の甘味どころでの姿を思い出した。あれならあと五十年は元気で生きそうだ。

「福多可は元気なのかなあ」

そういえば、このあいだの男たちの座敷に来なかったことを思い出した。

福多可というのは、豆孝よりいくらか年下の芸妓である。以前酔いつぶれた田口のペニスに、熨斗紙をかけた女である。

「福多可ちゃんは……」

豆孝はやや口ごもった。

「今、ちょっと体調壊してお座敷休んではります」

「ふうーん」

その言葉をどうして思い出したのかわからない。遊び人の宇野が、ふと口にしたことだ。

「以前、人に聞いたことがある。芸妓が体調壊したっていうのは、身籠もったっていうことらしい」

「……」

「やっぱりそうなのか」

いい旦那さんが出来て、豆孝姐さんが羨ましい、と言った時の、福多可の光る目が甦る。あの目を別の男に向けたのだ。

「こんなこと、決して言わないのが私らのきまりどす」

「そりゃ、わかってるさ」

別にそう聞きたい、というわけでもない。いきがかり上、なぜか粘っこい会話となった。

「ほんまに誰にも言わないでおくれやす」

「誰に言うっていうんだい。僕が今、ふと思いついたことだよ」

「福多可ちゃんのお腹のお子のお父さん、誰もわからしまへん。どこぞこの社長さんだとか、歌舞伎のお人や、とか言う人もいるようどすけど、福多可ちゃんは決して言わないんどす。旦那さんの子なら、別に問題はないんどす。そやけどあの人、前の旦那さんでしくじって、この三、四年はずっとお留守のはずだったんどす」

田口はややしらけて、急に饒舌になった豆孝を見ていた。どうして女というのは、子どものことになるとこれほどむきになるのだろうか、と思わずにはいられない。

「だけど、これが最後のチャンスだって思ったんやないやろか。もう福多可ちゃんも若くないし」

「彼女、いったい幾つなの」

「四十二と違いますやろか」

「ほう……」

予想よりかなりいっていた。

「それで子ども産んだら、また芸妓に戻るのかい」

「戻るも何も、あの人も私もずっと芸妓どす。子ども産んだかて、素知らぬ顔でまた座敷に出ます」

「だけど、子ども育てながらお座敷出るのは大変じゃないのか」

「そんなこと、今までの人がみんなやってきたことどす。ほんまのお母さんに預ける人もいるし、養子に出す人もいます。意地出して、自分で育ててる人もいはりますなあ。旦那さんがお金持ちやったら、ベビーシッター頼まはる人もいてはるんやないやろか。そやけど、福多可ちゃん、勇気ありますわ。うち羨ましくなります」

かつて福多可に「羨ましい」と言われた女は、今、その言葉を口にした。

「君も子ども欲しかったの」

田口が平気で問えたのは、豆孝の四十七歳という年齢を知っているからである。この年齢ならば、すべてが過去のことだと思った。過去の男が関与したことである。

「子どもが欲しくない女がいるやろか……」

豆孝はちゅっと盃を吸った。

「そやけど、そんなこと考えないようにしてました。たーさまはどう思ってるかわからしませんけど、芸妓かてやり甲斐あるし、誇りいうものがあります」

「もちろんわかるよ」

「今どきの若い妓と、私ら違います。そう簡単に結婚やら子どもやら考えんようにしてました。それなのに福多可ちゃん、さあーっと子どもはんつくらはって、今、五カ月や」

そう酒は飲んでいないはずなのに、豆孝はいつもと違い、むき出しの言葉を次々と舌にのせる。こうした女の「感情吐露」というのは、田口の最も苦手とするものであった。いや、好む男などこの世にいるはずがない。

「私、しもた、と思いましたわ。ほんまに好きなお人が現れて、生まれて初めてその人の子どもが欲しいと思った時には、もう産めない年になってしまいました……」

田口は黙るしかない。やぶへびというのはこういうことを言うのだろう。他に話題がないので、顔見知りの芸妓の消息を尋ねたところ、こうした愁嘆場を引き出してしまったのである。

ややためらったものの、豆孝を下鴨の家に連れてこないわけにはいかなかった。珍しそうにあちこちを見てまわる。特に居間が気に入ったようだ。フローリングは好きでないので、大理石の床にじゅうたんを敷きつめている。

これほど床暖房の効率が悪く、贅沢なものはなかった。遊びでイタリア製の真っ赤な家具を置いたところ、しゃれた部屋になった。

「やっぱり下鴨のお屋敷いうのは立派どすなあ。いい材木使ってはるのが、しろうとの私でもわかりますわ」

「リノベーションっていうのは、手をかければいくらでもかけることが出来る。だけどこの家、一年のうち何日くるかわからないんでこのくらいにしておいたよ」

「そおどすかあ」

気のない返答をしながら、いきなり居間の廊下の、いきどまりの引き戸を開ける。そこは納戸になっていて、掃除道具が押し込まれていたところだ。

「そんなとこ見なくたっていいよ。まだちゃんと片づけてない……」

「私の部屋がありませんなあ」

とっさに意味がわからなかった。えっと女の顔を見つめる。しばらくそうしていた。どう返答していいのか全くわからなかったからだ。

「私の部屋、どこですやろ……」

声に妙なしながあり、田口はやっと冗談だと思った。

「脅かさないでくれよ」

笑って済ませようとしたのであるが、相手の顔が一瞬微笑みかけ、そして固くなったのを見てしまった。

「いやー、用意するべきだったのかもしれないが……」

あのお茶屋の女将だったら何と言っただろうか。家を持ったならば、当然そこに愛人は住むことになっているのか。田口は混乱する。

「もしかすると、君の部屋を用意するべきなのかもしれないが、ほら、君は便利なところにマンションを持っているし、ここは必要ないと思っていた。だけど好きな時に来てもいいし、自分のうちのように使って構わないんだから」

「ふふふ……」

女は低く笑った。

「そんなにあわてなくても。冗談やないですかァ」

豆孝は寝室も開けて入ってきたが、それは当然の権利というものだったろう。

実はここを改装する時、田口は母のことしか考えていなかった。最新の設備の浴室はバリアフリーになっている。

浴室からドアではなく、引き戸で寝室に行けるようにした。壁に手すりもつけてある。隣が自分の部屋だ。母と同じメーカーの、セミダブルのベッドを置いた。セミダブルと注文した時、豆孝のことをまるで思わなかったのはなぜだろうか。

情事の場所は、それまでのようにホテルと考えていたのだ。

女と共に眺めていると、セミダブルという大きさはいささかよそよそしい。田口は数回彼女を呼び出した、一流ホテルの白く清潔なダブルベッドを思い出している。

「ここを私の部屋にしてよろしおすか」

豆孝は腰をおろした。

「贅沢は言わしません、ここだけを私の居場所にしてください」

「いいよ。もちろんだよ」

女がいじらしくなる。抗議しようとしているのだが、それが出来ないのだ。もしかすると豆孝はこの家に住むことを考えていたのかもしれない。

まさか。

自分たちはそれほど深い関係にはなっていない。何度か体を合わせてはいるが、夫婦や恋人のようにはならなかった。

女は常に自分に対して敬語を使う。気配りも恋人のそれではなかった。初夏のことであった。ことが終わり、シャワーも浴びずにしばらくまどろんでいると、熱いものが体に触れた。豆孝がタオルを使い、自分の体を拭いてくれるのである。ベッドの上でも、下婢のようになることがあった。時には奔放にふるまうが、それも仕える者の淫らさだと思った。

本人も気づかないうちに演出がいきとどいている、と女に長けた男だったら言うのかもしれない。が、田口は最近の奇妙な違和感を言葉にすることが出来なかった。ただ自分のことを、気がきかない不誠実な男だと思い、そう思うことに少し疲れていたのである。

が、彼はささやく。

「さあ、もう寝ようか」

最新のシャワーは、何かと選択肢が多くてかえって使いづらい。マッサージ効果のあるものではなく、ふつうのシャワーを浴びるまで、いろいろボタンを押さなくてはならなかった。

バスローブ姿でテレビをつけると、豆孝が背後から言った。

「私もお湯いただいて、よろしおすやろか」

こういう独特の言葉遣いも、この頃小さなトゲとなり、澱のように溜まっていく。シャワーを浴びるのに、どうして許可が必要なのだろうか。

「もちろん、ごゆっくり」

そして田口の返事も、いつしか〝もちろん〟がつくようになっているのだ。

ひとつ母の部屋をはさんでいるので、シャワーの音は聞こえない。

「バスルームと寝室はくっつけておかないと、何かと使いづらいよ」

という建築家の言うことを聞いておけばよかったと思う。母が使わない時は、あちらを自分の寝室にしてもいい。

やがて薄桃色の長襦袢(ながじゅばん)姿の豆孝が、ひっそりと、という感じでドアを開けて入ってきた。

「シャワーキャップがなかったさかい、髪が濡(ぬ)れてしまいました」

彼女にしては珍しく愚痴のようなものを漏らした。

「悪かったね。ホテルと違うから、そういうものを用意しておかなくて」

次から置いておかなくてはいけないかと考える。女もののシャワーキャップや、ボディシャンプー、そうしたものが増えていくのだろうか。母がここに泊まる日、ダンボール箱にそれらを急いで詰め込む自分の姿がなぜか想像出来た。

それをふりはらうように、ことさらやさしい声を出した。

「さあ、こっちにおいで」

セミダブルのベッドは、二人で寝るのにちょうどいい大きさだ。ただし抱き合って寝ればということになるが。

田口は豆孝の唇を吸った。離れたとたん、女はささやく。

「つろうおしたえ……。えらいきついことどしたえ……」

こういう言葉が、甘く官能的な廓言葉が、どうしてこれほどすらりと出るのだろうか。あらかじめ用意されていたようだ。

長襦袢の袖から、肘まで出して豆孝は田口の首を抱く。まるで海で溺れた者が、すがりつくような必死さである。

「もっと会いとおす。会えないと淋しゅうて淋しゅうてかないまへんぇ……」

自分から田口の唇を求めた。情事の始まりを告げる舌のからめ方である。そうしながら左手を田口の股間に伸ばしていく。田口のそれがもはや硬度を持っていることを確かめると嬉しそうにつぶやいた。

「こっちの方のお顔も、久しぶりに見せていただいてよろしおすか」

自分から脱がせてもいいかということなのである。何かするたびにいちいち了解を求める。おそらく以前、こうした一連の行為を好きだった男がいるのだろう。

豆孝の顔が少しずつ下に移動しようとする時、鼻をよぎるものがあった。

「……」

さっき店のカウンターでは気づかなかったきついにおい。化粧品のそれではない。

「えっ？」

何か田口が言葉を発したと思ったのか、豆孝の顔が近づいてきた。においはまた強くなった。かぐわしいものではない。脂くささと、甘い香料が時間をおいた時に発するどぎつさが混ざり合っている。

それは豆孝の髪から発せられているのだ。

シャワーキャップがなかったために、彼女のうなじは少し濡れている。そのあたりから特にきつく漂ってくる。おそらくびんつけ油と、何日か洗っていない髪のにおいとが混じり合っているのだ。女の髪がこれほど奇妙なにおいを発するとは知らなかった。

田口は昨日、十三歳の少女のうなじをじっとかいでいた福田の姿を思い出した。女が年をとるというのはこういうことなのか。異臭が体からにじみ出てくることなのか。が、それをかぐ自分も、福田も大差はない。女から発せられるもの、液やにおいや、汗や声を快楽の小道具として使っているのだ。

田口は急に萎えていくのを感じた。豆孝もそれに気づいたらしく顔を上げる。

「今日は疲れているんだ……」

豆孝はそれを無視した。彼女の手で、せわしなくトランクスがおろされた。やがて彼女のそれはじんわりと握られる。が、田口の頭には、あの福田の声が呪いのように甦るだけだ。

「ああ、いいにおい……。これで私の寿命も延びます」

始発からすぐの新幹線の中で、パソコンを使う者は少ない。みんなグリーン車の背もたれを倒しまどろんでいた。

田口もしゃっくりのようにこみ上げてくる睡魔をなだめようと目を閉じた。

結局、豆孝は深夜、タクシーで帰っていったのだ。今のところはお手伝いも置いていないし、彼女に合鍵も渡していない、帰るしかなかったのだ。

自分は昨夜、萎えたままであった。豆孝は
「お疲れなんどすなあ……。ほんまに体に気いつけておくれやす」

とだけさらりと口にする。

「うちはこうして、一緒にいられるだけで充分なんどすぇ。ほんまに幸せどす」

ぴったり体を寄せてきた。

それに全く心を動かされない自分がいた。なんとうまい慰め方だろうか。これは彼女の所属する世界の、マニュアルにあるのだろうか。とっさにそう考える自分は、なんと冷たい嫌な人間なのかと自分を責める。しかし次にこの感情が押し寄せてくる。

「どうして女とつき合って、嫌な気分にならなくてはならないんだ」

そう、結局のところ、自分はもはや豆孝に関心を持っていない。あきらかに気持ちが遠ざかっている。初期の頃と違い、今は億劫さがあるだけだ。が、定期的に彼女と会い、抱くことは義務づけられているのである。毎月の手当てを渡すのと同じように。

「別れることは出来るのだろうか」

まだ決断したわけではないが、自分にそうした選択肢はあると考えたい。あのお茶屋の女将に話せば、どうにかなりそうである。しかしそこまでにいくプロセスを思うと、田口はうんざりしてしまう。

また八坂神社の裏手の甘味どころに行き、女将とさまざまな交渉をしなくてはいけないのだろうか。そしてあのねっとりとした京都弁にからめとられるのだ。

「たーさま、そんなむごいことやめてくれはりますか。まだ一年もたってませんぇ。豆孝さんは早々に旦那はんしくじりはったって、花街の嗤い者や。そんなことより、あの妓、ほんまにたーさまに惚れてます。どんなに悲しまはることか」

田口はほうっとため息をつく。そのわずらわしさを思ってだ。月々の手当てぐらいなら、我慢しようと心に決めた。そうたいした金額ではなかった。女たちに恨まれるぐらいなら、このままずるずると時を稼ぎたい。

その日の夜、母のマンションを訪ねると、予想通り機嫌が悪かった。たとえ一泊でも二泊でも、田口がどこかへ出かけることが気にくわないのだ。

だが、改築が終わった家の内部や、茶室開きに集った人々の写真をタブレットで見せると、急にいきいきとした表情になった。

「なかなかいいじゃないの。壁の色もうまく仕上がったわね。さすがにあの工務店は違うわ」

茶室専門に工事を行う京都の技能集団である。おそろしく費用がかかったが、その価値は充分にあると真佐子は言った。

「福田さんが来てくださったなんて有難いこと。相変わらずご様子がご立派だわ」

と誉め讃（たた）えた後、次客の西川夫人の着物を貶（けな）したのが、真佐子らしかった。

そして珍しく抹茶を飲みたいというので、田口がテーブルの上で略式に点（た）ててやった。いつもは寝る前に飲むと眠れないと、口にすることはないが、今夜は京都の話にすっかりその気になったのだ。茶碗はほっこりとした唐津焼を使う。

「ああ、いい加減だこと」

飲み終えてにっこりした。すっかり機嫌が直っていた。

「昨日ね、貴お兄ちゃまが来たのよ」

長兄のことである。

「章ちゃんの結婚が決まったんですって」

「へえー、そりゃあよかった」

兄の長男は決して出来がいいとは言えず、附属（ふぞく）の高校から上に行くことが出来なかった。その後、アメリカ西部の聞いたこともないような大学に押し込んだ末、取引先の飲料メーカーに就職させたのだ。そこで知り合った女性と、つき合っていると聞いたのは三年前である。

「二代にわたって学校やら職場やらの女の人につかまった、っていうことになるのね」

真佐子はため息を漏らしたものだ。兄が田口家にふさわしい令嬢と結婚しなかったことは、真佐子の大きな不満であり、そのことが兄嫁とのわだかまりを生んでいたのだ。

「だけどね、章ちゃんの結婚にいちばん反対してたのはあの人なのよ」

意地悪く笑う。

「ああいう人ほど、プライドが高くなるから人間って面白いわね。田口家の嫁には不足だって。この家にはふさわしくない、って本気で言ったそうよ」

意地の悪い笑みを浮かべ、真佐子はとたんに饒舌になる。

「まあ、あの人は面白いわよね。田口に生まれた人よりも、ずっと田口の人らしくなっている。家柄や学歴を言い出した、っていうから、私、笑っちゃったのよ。それでね、章ちゃんの相手っていうのは、ちょっと聞いたことがない田舎の女子大なんですって。偏差値を調べたら、BFっていうからびっくりしたわね」

「その、BFっていうのは何」

「ボーダーフリー。つまり偏差値が出ないぐらいひどいってことよ」

津田塾を出た真佐子は、こうしたカタカナにも強い。

「そんな言葉があるんだね。びっくりだ」

「そりゃそうよ、私だってそういう大学がこの世にあるって知って驚いたんですもの。それでね、婚約の条件に、その女の子に会社辞めさせて、大学院行かせたっていうのよ。それで頑張って来年卒業の見込みも立ったから、披露宴やろうっていうことらしいの」

決して名門ではないが、そこそこ知られた大学の大学院に入れたという。実はこうした学歴ロンダリングは、田口のまわりではそう珍しいことではない。すべては世間体のためである。少々名のある家に嫁ぐからといって、好きでもない勉強をさせられる若い女をつくづく気の毒に思った。

「それで近いうちに、そのコを私たちに会わせたいって言うのよ」

「それは構わないけど、お母さんの負担にならないようにしないと。食事会だなんて言うと大変だろう」

「そうね、私も章ちゃん久しぶりだからちょっと会いたい気もするけど……。まあ、顔を出すぐらいにしておこうかしらね」

真佐子はこの孫をそう気に入っていない。

あまりにも頭が悪いから、というのが理由だ。

真佐子に言わせると、男の出来不出来というのは、すべて母親によって決まる。子どもの教育に熱心な母親ならいくらでもいるが、もともと遺伝子が悪い母親が何をやっても無駄だという。

「だから貴お兄ちゃまのうちの子は、二人ともダメなのよ」

長男よりも問題なのは長女の方で、離婚した後、奔放な生活を続けている。

「私はちゃんとした孫が欲しかった」

「やっちゃんの子どもだったら、母親がまああでも、きっと素晴らしい子になったはずなのよ」

日頃の持論とは、いささか矛盾するようなことを口にする。

「ああ、私が生きている間に、どうにかして、やっちゃんもう一度結婚してくれないかしら。ねえ、孫を見せてくれとはいわないわ。だけどね、三十五歳以下の人にして頂戴。子どもが産める年齢の人とよ、お願いよ」

「やめてくれよ」

田口は笑って首を横に振る。いつも母がこの話をすると長いのだ。

「僕を幾つだと思ってるんだい。もう五十五歳だよ。こんなおじさんのところに、三十代の人が来てくれるはずはないでしょう」

「そんなことはないわよ。このあいだも、何とかっていう俳優が、六十過ぎて子どもつくったじゃないの」

「芸能人は別だよ。彼らは特別に若いしハンサムだ。いくらでも相手はいるさ」

「やっちゃんだってハンサムよ。みんながそう言うわ」

「有難いことだね」

「それに白井産業の勇介ちゃん、ほら、あなたと子どもの頃、何度も遊んだ……。あの人はこのあいだ二十代の人と再婚して、女の子生まれたそうよ。それから、ほら、三谷さんちの長男は……」

知らない男たちの成功譚を次々と聞かされた後、意外な人物の名が出た。

「佐々木美和子さんが、あと十歳、いいえ、十五歳若ければ申し分ないんだけどね」

「え、お母さん、あの女医さんとまた会ったの」

「いいえ、そうじゃないの。お母さんの方とこの頃、夜電話するようになったのよ。あちらもご主人亡くなって暇らしくて、たまにかかってくるわ。するとね、お嬢さんに替わって、おばさま、ご機嫌いかがですか。何かありましたら、いつでも私の携帯に電話くださいって……。本当に親切なお嬢さんよね」

「そうか。僕はお礼の食事して以来、会ってないけど」

それは嘘だ。妻との仲を疑って、塩田という男のパーティーに出かけた時、美和子は田口を制止してくれたのである。

「ああいう頭がいい美人と、やっちゃんが結婚してくれたらどんなにいいか。ただし三十五以下ね」

そして最後にはいつものれ

「ああ、口惜しいわ……」

大きなため息になる。

「私が元気だったら、いろんなところを駆けずりまわって、やっちゃんのお相手を頼むのに」

そして田口も同じことを繰り返す。

「だからこんなおじさんのところに来てくれる人はいないよ。それにもう僕は結婚する気はないんだ」

「今はなくたって、来年はする気になるかもしれないじゃないの」

その執拗さはさらにひどくなり、粘っこくなった舌で急いで喋ろうとするあまり何度も縺れるほどであった。

「この頃、三十過ぎたお嬢さんはとっても多いのよ。皆さん大学出た後、留学だ就職だって忙しいでしょう。気がつくと三十三、四になっているんですって。巻口さんって、ほら、覚えてるでしょう」

茶道の仲間である。真佐子がまだ元気だった頃は、二人連れ立ってよく京都や金沢へ出かけたものである。かなり前のことになるが、家元が主催するサンパウロの大茶会にも、二人は手伝いに出かけた。その際女二人を成田まで送ったことがあり、田口はその老婦人の名前を覚えていた。

「巻口さんはね、私と違って縁談まとめるの大好きなのよ。ご主人が退官なさってから、いいお小遣い稼ぎしているって陰口叩く人もいるわ。あのね、仲人って、昔からいいところの奥さんたちのアルバイトよね。成立すれば、どこのおうちも黙っていない。包むものを包むんじゃないの。巻口さんは、そんなのいただいたら、披露宴の時にお祝いとしてそっくりお返しするわってよく言ってたけど、本当のところはわからないわよね。その巻口さんとこのあいだ久しぶりに電話でお喋りしたらね、このところ、お嬢さんたちが余って仕方ないんですって。びっくりするようなおうちの方もいるわ、って。二十代の終わりには、ご本人も親御さんも必死になるけど、三十過ぎるといったん諦めるらしいわ。その気の緩みで、あっという間に三十三、四になるんですって。さすがにこの頃は、お子さんさえいなければ、離婚してる方でも構いません、って皆さんおっしゃるそうよ。だからやっちゃんの相手はいくらでもいるのよ」

いつ終わるともしれない母の話を聞き、寝しなの薬を飲ませた。

「こんなにたくさんの薬、飲むそばから、飲んだか飲んでないか忘れちゃうじゃないの。それに喉がすっごく疲れるのよ」

たえず文句を言う母のために、田口は薬の小袋をつくってやる。ピンクの錠剤二粒、白をひと粒と最初は数えていたのであるが、そのうちに成分も調べるようになった。

中にはあきらかに、八十五歳の老婆には不必要と思われるものもあり、そうしたものははじいてしまう。

「理系の息子をナメちゃ困る」

とひとりごちた。

この後母は歯を磨き、ゆっくりと着替えをするが、その前にニュース番組を見る習慣なので、その隙に田口はいとまを告げる。

「もう帰ってしまうの」

という不満は出たり出なかったりする。気分と体調次第だ。

玄関で靴を履こうとしていると、

「靖彦さま、ちょっとよろしいですか」

見送りに来ていた家政婦が言った。真佐子のところへ届くはずがないのに、声を潜めたのは深刻な話だからに違いない。そうでなくても、老親のもとから帰る時は、誰でもナーバスになって身構えるものだ。

「こんなこと、申し上げていいのかわからないのですが、やはりお伝えしなくてはと思いまして」

悪い話に違いなく、前置きが長い。

「奥さま、ちょっとご様子おかしいとお思いになりませんでしたか」

「そうかなあ、いつもと同じのような気がしましたけど」

「靖彦さまがいらっしゃる時は、とても気を張っておられます。ですから何もお感じにならないかもしれません」

「いったい母がどうしたんですか」

思わず苛立った声が出た。

「靖彦さまがお留守の間に、粗相なさいました」

その時の田口の気持ちを言えば、ついに来るべきものが来たという思いだ。まわりの友人の話を聞いても、それをきっかけに親はひとつずつ何かを無くしていくのだ。

「それは大きい方ですか、小さい方ですか」

「大きい方です。この廊下をぽたぽた垂らしながら歩いてらっしゃいました。トイレが間に合わなかったんです」

まばたきせずに家政婦は答えた。

大便をぽたぽた垂らした、という光景を想像しただけで田口はぞっとした。そして唐突に、豆孝の髪の嫌なにおいを思い出した。昔からやや神経質な嗅覚を持っている。

「年とって間に合わなくなったということだろう。そういう失敗は仕方ないでしょう」

「いいえ、その時の奥さまのご様子ですよ。別に困った風もなく、すたすたと歩いていらっしゃいました」

「久保田さんに気づかれたくなくて、誤魔化そうとしたんじゃないの」

「いいえ、そういうんじゃないんです」

皺の寄った口元が小さく動いている。どうやったらうまく伝えられるだろうかと考えあぐねているのだ。

「実はこのところ、そういうことが何回かありました」

「大きいのをしたまま、歩いていたということ」

家政婦は大きく頷いた。

「一度はソファに座ったままのこともありました。この時は自分でお気づきになって、まあ、大変、どうしましょうとあわてていらっしゃいました」

「たぶん肛門の感覚がにぶっているんじゃないかな」

それならば、医者に診せれば治ることではないか。本人が何といおうと、紙おむつをさせてもよい。

「その時は後始末が本当に大変でした」

「そりゃそうでしょう」

「私ももう年ですし、いつまで奥さまのお世話を出来るかわかりません」

家政婦は、確か七十四歳になる。腰が少し曲がり始め、動作もにぶくなった。

「本当なら若い人に替わってもらいたいけれど、あの人は長く勤めてくれているんだし、そう割り切ったことは出来ないわね」

という母の言葉を思い出す。が、もはや彼女の方から愛想をつかされる、ということだろうか。

「ちょっと待ってくださいよ」

帰りしなに、何もこんな話を持ち出さなくてもと腹立たしくなってくる。

「今日明日にもやめたいってことじゃないですよね」

「それはそうです」

「もうしばらく待ってください。兄たちと相談しますから」

兄たちと話し合って、いい結果が得られるとは思わなかった。

兄嫁二人は、どちらも母のことを嫌っている。引き取ることなど考えもしないだろう。そう仕向けたのは母の方なのである。

いちばんいいのは、自分が母と同居することなのだ。しかし田口は、まだそこまでふんぎりがつかない。

母の入院中も、退院してからも毎日のように寄るようにしていたが、それでも息が詰まりそうだ。くどくどと同じことを繰り返す、あいづちをうったらうったで、

「ちゃんとこちらの話を聞いていない」

と怒られることもしばしばだった。

同じように老いてきた家政婦から、暇を打診されても当然であろう。兄たちに相談すれば、すぐ施設に入れようというに違いない。が、我儘で贅沢な真佐子が家以外の場所で暮らせるはずはなかった。

母はことあるごとに、

「私はいずれどこかに行くつもりだから」

と口にするが、それは田口が悲しそうな顔をするのを見たいだけなのだ。施設に入るつもりなど毛頭ない。

その後田口は、佐々木美和子に電話をかけた。彼女は母の症状を注意深く聞いた後、

「私は老人医療専門ではありませんが」

と前置きをして、

「お話を聞く限り、大きな認知症の症状はないような気がします。下の失敗をするのは高齢者にはよくあることです。お母さまはご自分で気づいたわけですからね」

「そうですか」

「これは聞いた話ですが、亡くなった八十五歳以上の方々の脳を解剖すると、ほとんどすべてに認知症の症状が見られるそうです。つまり人間は誰でもゆっくりと呆けに向かって進んでいるわけです。それが早いかゆっくりかの差なんですよ。私は時々お電話でお話しさせていただきますが、とてもしっかりとされていて、ユーモアを混じえたこと

もおっしゃいます。おそらく失敗されたことをいちばん気にしていらっしゃるのはご本人なのですから、おおごとにされるのはいかがでしょうか」

優しく理智的な言葉を聞きながら、田口はどうしてこの女を愛せないのだろうかと自分に問うた。母も気に入っている。母の望む子どもは産めないが、それでも最良の選択になるだろう。

「それよりも私が気になるのは心臓のことです」

美和子は言った。

「こういうご病気をお持ちの方が、お一人で生活なさるというのは、極めてリスクが高いことではないですかね」

「住み込みの家政婦はいますが」

「しかしとっさの時に、適切な対応は出来ないかもしれません。私が知っている介護付き老人マンションは、二十四時間体制で、医師と看護師がいます。ああいうところにいらっしゃるのが、私はベストだと思いますけれども」

「なるほど。それだと本人も預けている家族も安心ですね」

「それでも今、入居を待っている方は八十人いると聞いてます」

「八十人！」

田口は思わず叫んだ。

「それじゃダメだ。入居する前に母の寿命がもたないでしょう」

「ですけれどね、田口さん、それが日本の現実ですよ。今お勧めしたところは、入居する際億近いお金がかかるところです。それでもそれだけの人たちが入居を待っているんです」

「驚きました」

「私の五十代の友人は、今からどこかのウェイティングリストに入れてもらう、なんて言ってますが、まんざら冗談でもないかもしれませんね」

「母はいざとなれば、どこかに入る、なんて言ってますが、もうそんな悠長なことはしていられない……」

「もちろん、田口さんのようなお力とお名前があれば、お知り合いのところに入れていただくことはいくらでも可能だと思いますが」

ふと、兄たちはもう心づもりをしているような気がしてきた。

「僕と暮らすのがいいんだというのはわかっているのですが」

つい弱音を吐くと、

「出来たらそうされた方がいいかもしれませんね。お母さまもそれがいちばんご安心なさるでしょう。でも……」

「でも……何ですか」

「この前もおっしゃいました。親によって子どもの人生が変わるのがいちばんつらいって。私はそれを見たくないと」

いかにも母の言いそうなことだ。他人には口あたりのいい言葉を連発する。

「田口さんのように、経済力のある方には関係ないかもしれませんが、親を家でめんどうをみるために、離職する子どもが多いんです。これが大きな社会問題になっているんです。すると生活は親の年金が頼りということになり、たちまち貧困世帯になっていくんです」

「せつない話ですね」

「せつないですよ。親への愛情のために、子どもの未来が塞がれていくんですから、もっとも子どもたちも、すぐに老後がやってきます。田口さん、これって、わが家のケースも踏まえて言っているんですよ。うちも母ひとり娘ひとりですから人ごとではありません」

スマホの向こうから、品のいいやさしい笑い声が漏れた。

「本当に親のことを考えると暗くなるばかりですよ。僕なんか、見て見ないふりをして毎日を暮らしているような気がするなあ」

二日前の茶室開きや、昨夜の豆孝の媚態が頭をよぎる。五十を過ぎてから、妻を失ってから、すべて「急いている」気がした。深く考える間も惜しく、快楽だけはすぐに実行してしまうのは、かつての自分にはなかった性向だ。

「私もいつまで母と暮らしていけるんだろうか。そろそろちゃんと考えなくてはいけないと思いながら、いつも問題を先送りしているような気がします」

「そうなんです。母だけはいつまでも元気で、自分勝手なことをして生きている。一人でも充分に幸せな人で、と思って、いや信じようとしています」

「子どもって、みんなそうですよ」

しばらく沈黙があった。

「そう嘆く私たちも、すぐに老人の仲間入りですけどね」

「やめてくださいよ。佐々木さんはまだ充分に若くてお綺麗(きれい)ですよ」

そう舌にのせた後で、田口はうまく美和子の言葉の罠(わな)にはまったような気がした。が、こう続けざるを得ない。

「結婚も恋愛も思いのままでしょう」

「お世辞でもそう言っていただくと嬉(うれ)しいです」

声がはずんでいる。そろそろ電話の切り時かもしれない。が、マナーとしてこう言わざるを得なくなった。

「母もいろいろ元気づけていただいているようでありがとうございます。僕もこうしてご相談出来て有難いです。一度食事をご一緒させてください」

まあ、嬉しいという声が聞こえた。

美和子との食事は、来月半ばということになった。そろそろ河豚もいいかもしれない。いつもの店を押さえておくようにと秘書に頼んだところ、

「予約がいっぱいでした」

と言われて田口は不愉快になる。

最近ＩＴの景気のいい連中が、人気の店を何カ月も先まで貸し切りにしているのだ。ふつうに予約を入れようとすると、

「三カ月先まで満席で……」

と申しわけなさそうに言われる。父の代からの馴じみの店でもそうだ。やっとのことで、

「八時からならカウンターが二席ございます」

という店をおさえた。

「白子がまだ小さいけれどもよろしいですか」

と店主からの問い合わせがあったという。田口の大好物だということを心得ているのだ。

美和子に少し遅めのスタートになったことを詫びると、

「私は遅い方が都合がいいので」

と予想された返事がきた。たぶんこういう気配りをすると思っていた。

「シャンパンを持っていきましょう。持ち込みが出来る店ですので」

「嬉しいです。一度行きたいと思っていた、憧れのお店でした」

という文章の後に、可愛らしい仔猫のスタンプがあった。こんなことは初めてである。田口はよくスヌーピーを使う豆孝を思い出した。どちらも四十代、五十代の女である。スマホという最先端の機具は、女たちの中の少女じみたものを刺激するのかもしれない。

「それでは八時にお待ちしています」

と返事をうったとたん、英文の文字が画面に出現した。それはまさしく突然現れた。他の女との交信と同時に。

「ミスタータグチ、ご連絡が遅くなってしまいました。上海の中でもLINEが通じない場所にいたことに加え、私の精神状態があまりよくなかったからです。おととい東京に戻ってきて、やっと私の気持ちも落ち着きました。もしあなたにお時間があるのなら、お会いすることは可能でしょうか」

「もちろんですよ」

うつのももどかしく、まずそれだけを送る。

「いつでも会えます。夕食を一緒にしましょう。今週なら木曜日が空いています」

会食が入っていたはずだが、どうにでもなる。

「お店はどんなところでもいいですか。すぐに予約を入れます」

結局老舗ホテルの中のフレンチにした。ここは昔から田口家でよく使っているところだ。父が亡くなってからも、母の誕生日会は毎年ここでした。甥や姪がまだ小さかったので個室を頼み、兄弟三人とその家族で祝ったものだ。

兄嫁たちは、いかにも義理で来ているという表情を崩さず、自分の子どもたちの食事のマナーをガミガミと叱った。彼らも楽しいわけでなく、最後の子どもが中学に入る頃には、すたれてしまった行事である。

とはいうものの、何かと便宜を図ってくれるので、今も接待に時々使うことがあった。ファリンとの久しぶりの逢瀬だ。流行の気のきいたところを用意したかったのであるが仕方ない。いろいろな店に挑戦して、満席と軒なみ断わられたばかりであった。知り合いに頼めば、何とかしてくれたかもしれないが、そのやりとりも億劫であった。

店の支配人に、

「大切なお客さまだから」

といって、小さな個室をおさえてもらった。マントルピースがあり、窓からは素晴らしい東京の夜景が見えるはずだ。

七時四十分、田口は店のウェイティングルームに座っていた。ホテルの中にもかかわらず、ここは贅沢な空間をとっていて、大きなソファセットが二つ置かれていた。奥の方の席に座り、田口は「女を待つ」という興奮と喜びを味わっている。それももう一人男が加わっ考えてみると、ファリンに会ったのはたった一度だけだ。それは二人で交わしたLIていた。しかしあの夜から彼女のことを忘れたことはない。それは二人で交わしたLINEにも書いた。久坂の手によるものだとしても、漢詩にははっきりと恋慕の情を示した。

ときめく相手がもうじきやってくるのである。ファリン。彼女は完璧であった。美しく知性に溢れ、そして崇高な深いものを持っている。それが何なのかまで田口はわからないが、日本の女にはない凛とした強靭なものだ。言葉の端々にも現れている。夜を徹して交わした会話の、楽しかったことといったらなかった……。

そして昂まりが強まった時、ふと不安がわいた。

もし彼女に失望したらどうしようか。

落ち着かない田口はスマホを取り出す。短い時間本を読む、というわけにもいかない。今日のニュースをもう一度眺めた。速報が入っていた。大物政治家が先ほど亡くなったという。何度か会ったことがある老人のことを思い出す。彼は妻の実家と大層親しかった。披露宴の時もあちら側の主賓としてスピーチをしてくれた。

「まるで自分の娘を嫁がせるような気分です」

というありきたりの言葉が、全く空々しく聞こえなかったのは、さすがに政治家というものであった。

葬儀に行かなくてはならないだろう。明日にでも日取りを確かめなくてはと、一瞬思いをこらした時に気配がした。黒服に先導されてファリンが近づいてきた。

失望するのではないか、というのは杞憂であった。記憶の中でつくり上げていたものよりも、実際のファリンはさらに美しかった。

ピンクと白の、ツイードのスーツを着ていた。織りの中にかすかにラメが入っていて、動くたびに光があちこちで発生する。衿なしの上着に、白いシルクのブラウスを合わせていて、ボウのリボンは力なく大きく結ばれている。

「久しぶり」

立ち上がって田口は言った。

「本当に久しぶりだね」

「ミスタータグチ。あなたはとても元気そうだわ」

ファリンは握手を求めた。今夜の彼女は香水をつけている。きりりとした柑橘系の香りだった。

案内されて奥の個室へ進む間、田口は誇らしい気分でいっぱいになる。店は八割がた席が埋まっていたが、男客の何人かがちらっとファリンに視線を走らせたのを見たからだ。

若くて綺麗な女は何人かいたが、ファリンはまるで違っていた。背筋がぴんと伸び、歩くたびに長い髪が軽く揺れる。離れて座る客には、やや短めのスカートから伸びる、ファリンの脚が見えただろう。中国人独特の長くひき締まった脚は、最高級のストッキングにつつまれている。おしゃれな母親によって、ファリンの身につけているものが、すべて高価なものだということが田口にはわかった。

オーダーをとった黒服が出ていった後、田口はファリンの手を握った。濃いピンクに塗られた爪(つめ)の上には、ラメの細工が施されている。そして下品でない程度の大きさの、ダイヤが指に光っていた。それはまわりが、洋服の色と同じルビイで囲まれた凝ったデザインである。

「ファリン、会いたかったよ」

「私も」

微笑(ほほえ)むと目のまわりに、かすかな小皺が寄る。それが彼女に色香と威厳を与えていた。

「京都で会って以来、ずっと君のことを考えていた」

「私もだけれども、それは私が送った詩のせいもあるのね。私たちは若い恋人同士のように、いっぱい詩を交わしたから」

そこへ黒服が入ってきたので、田口はさりげなく手を放した。会話は続ける。英語なので彼も理解しているかもしれない、が、そんなことは平気だった。日本語なら自分はもっと臆病になったに違いない。

「今どきの若者は、詩なんかにまるで興味はないよ。恋人に送ることなんか出来るはずはない」

「そうね。中国の若い人たちも同じよ。詩といえば、ロシアの人たちは昔から大好きね。あれはどういう国民性かしら。乾杯の時なんかに、よくプーシキンの詩なんか引用したりするわ」

「ロシアの話はどうでもいいよ、さあ、僕たちも乾杯しよう」

二人はシャンパングラスを合わせた。その際に顔をしみじみと見る。確かにファリンは少し痩せているようだ。頰がこけて斜めの線が出来ていた。それは彼女を昔のドイツの女優のように見せている。斜めの線が出来ると、微笑んだ時の唇がますます魅力的な形になることを、本人は知っているだろうか。

前菜が運ばれてきた頃から、ファリンは自分のことを語り始める。

「離婚協議が思いのほかこじれてしまったの」

離婚という言葉を聞いた時に、田口はそう驚かなかった。最初の詩を送られてきた時から、なぜかそんな気がしていた。

人妻でありながら大胆な行動をする女。自分はファリンをそう解釈したことはない。

ずっと信じていたような気がする。いつかこう言ってくれることを。

「彼はね」

夫でも、もちろん主人でもない。離婚を望む妻の口から出る「he」という言葉は、とてつもなく冷たく聞こえた。

「大慌て（おおあわ）でシリコンバレーから上海にやってきたの。何日間も話し合ったんだけど、お互い疲れてくたくたになるだけだったわ。だっていつまでたっても平行線なんですもの」

「その、君の夫……彼は別れたくないんだね」

「それは愛情からではないわ」

小さく首を振る。

「彼はね、私の家と離れたくないの。私の祖父や父とのつながりを断たれることを怖（おそ）れているのよ。おそらくそのことは、彼のビジネスにとても有利に働いていると思うの」

ファリンの祖父は、有名な政治家であった。その名前を知っている者は、アメリカにも大勢いるに違いない。

その時、田口は重要なことに気づいた。

「あなたには子どもがいるんだろうか」

ファリンの年齢ならば、成人した子どもがいても不思議ではない。

「いいえ、いないわ」

さきほどよりも大きく、ノーと首を動かした。

「チャンスを逃した、というのかしら。私たちは早い時期から別々に暮らすことが多かったの。そろそろつくろうと思った頃には、夫婦の気持ちがすっかり離れてしまったのよ」

まあ、よくある話だけれどもとつけ加えた。また目元の小皺が放射状に半円を描く。

「それぞれが仕事を持っていて、世界中を駆けまわっている。そして休暇に南の島やヨーロッパのどこかで待ち合わせる。子どももいないから、自由に人生を楽しめると思っていたの。ずうっとこのままでも構わないと考えていたのよ。それなのにいきなり離婚なんて。彼は、私の気持ちがよくわからないって怒っているわ」

「おそらく、あなたの夫、彼は君に未練たらたらなんだ。それで別れたくないって言ってるんじゃないのだろうか」

「まさか」

笑い声をたてた。

「未練なんてあるわけないじゃないの。彼はアメリカに愛人がいるのよ」

「ほう」

「たぶんあちらで一緒に暮らしていると思うわ。それなのに離婚に応じないって言ってるの。どういう神経なのかしらね」

白のワインが注がれる。ソムリエが勧めるままに頼んだ、平凡なブルゴーニュである。女と二人で食事をする時に、ワインリストをじっくりと眺め、あれこれ蘊蓄を傾けることはしない。長々とそういう儀式をする男たちを、田口は冷ややかな目で眺めていた。まるで茶道のように、奥を極めようとしている。

自分はそれなりに知識は持っている。が、ある程度以上は身につけようとは思わなかった。理系で凝り性の自分は、産地や葡萄の種類、そして年代による違いもすぐにつきとめられるようになるだろう。暗記も得意だ。

しかし自分の知性や能力を、酒のために費やそうとは思わない。これからも思わないだろう。そうしたことは専門家に任せておけばいい。

それに今は時間がもったいなかった。

「離婚のことを聞いてもいい？」

ソムリエが出ていったとたん田口は尋ねた。

「divorce」

と舌にのせたとたん、単語の意味とはまるで似合わない安堵が、じわじわと湧いてくるのがわかった。

「構わないわ」

「つまり、あなたが離婚を言い出しても、あなたのご主人はなかなか受け入れようとしないんだね」

「時間がかかるでしょうね」

ファリンは首を横に振った。

「京都であなたは言ったことがある。夫と自分は、それぞれ違う場所で、それぞれの人生をおくっている。だからうまくいっているのだと」

「随分見栄（みえ）を張っていたのね」

微笑んだ。するとあの魅力的な小皺が、目のまわりを飾る。やや垂れ気味の大きな目にそれはとても似合った。

「仕事上別居している妻や夫というのは、たいていそう言うのよ。別れて暮らしていても、尊敬して愛情を持っているなら大丈夫だと。だけどそんなことはあり得ないわ。離れて暮らしていれば、自然と心は離れていくものですもの」

「どちらかが、相手のところへ行くという選択肢はなかったの？」

そんなことは全くあり得ないだろうとわかっていても、話の流れで一応は口にしてみる。

「彼はニューヨークに来てくれ、っていう一本槍（いっぽんやり）だったわ。女性のことは否定していた。でも私は、もう一緒に暮らすことは出来ない」

決して、とファリンはつけ加えた。

「彼はね、アメリカ人よりもさらにアメリカ人になりたいっていう、中国人の典型なの。そしてそれは成功している。でも私は、彼の人生につき合うことは出来ないのよ」

ファリンの夫は、ＩＴ企業の他にも、最近はナパワインに出資しているという。

「だけどワインに敬意をはらっているわけでもない。私にはわかるの。彼の仲間もそうなの。誰がどれほど高価で珍しいワインを持ってくるか、そのことで競い合っている。そしてひと晩に、そらおそろしい金額のワインが抜かれるの。私はそのたびに、とても空しい気分になってたまらない」

わかるよ、と田口は言った。

「私が信じられないのは、夫がそういうことで満足する人だったということなの。俗に堕ちた、というのとも違うわ。人生の照準がまるで違っていたの」

ファリンはいつになく饒舌である。田口はその言葉から、自分も時々見聞きする、精力的で有能な中国人投資家の姿を想像することが出来た。アメリカ留学中に、ファリンは彼と知り合ったという。当時は国を代表するエリートだったに違いない。

「こんな話を長々と聞かせてごめんなさい」

「もっと聞きたいくらいだ」

「他人の夫婦の争いなんて、くだらなさの極致よね」

「いや、これは僕にも関係していることなんだ」

「えっ」

「ファリン、これって、僕にもチャンスがめぐってきたっていうことだよね」

もう一度手を握った。

「僕は目に見えない大きなものに感謝したいような気分だ。一度めで、君は僕の忘れられない人になった。そして二度めで、君は夫と別れるという。これがただの偶然だろうか。いや、違う。ファリン、何か大きなものが動き出しているんだよ。君だってきっと気づいてるはずだよ」

「あなたは、中国人以上に運命論者なのね」

「中国人は、運命論者なのかい」

「そうに決まってるじゃないの」

田口に握られたまま、ファリンの親指が動く。とんとんと、まるでモールス信号を送っているようにだ。それは励ましの、肩を叩くのと同じ動作と思えないことはない。

「私たちは風水が大好きなの。そして心のどこかでみんな思っているはずだわ。今のこの繁栄は、あの苦しみがあったからあたり前のことではないかって。私たちの祖先が、父母が苦しみに耐えたから、今の私たちはこの生活を謳歌(おうか)していいのだと、考えているはずだわ。特に夫のような人たちはね」

「話をそらさないで」

ファリンは親指の動きを止めた。

「僕たちは、もう充分に心を確かめ合ってきたんじゃないだろうか。僕はどうしようもないほど、君に惹きつけられていた。しかし僕は、とても小心者なんだ。自分でも情けないぐらいにね。あなたが人妻ということで、僕の中で躊躇する気持ちがあったのは本当だ。それが今、僕は勇気を与えられた。本当に嬉しい」

「まだ正式に別れたわけじゃないわ」

「だけど、もう君は進み出している。それで充分なんだよ」

二人は見つめ合う。ファリンのメイクはアイラインだけが濃い。目尻が少しはね上がっている。睫毛が長い。そうしたことも田口はゆっくりと心に刻む。

そこへメインの鴨料理が運ばれてきたので、手を離した。二人の前に、銀製のドームカバーが置かれる。しばらく客は銀の蓋に映る自分の顔を見ることになる。ゆがんで滑稽な顔がそこにあった。これから心を込めて女を口説く顔である。

同時にドームカバーが開けられた。温野菜が添えられた三切れの鴨が現れる。そこに男がうやうやしくソースをかける。

しばらくあたりさわりのない会話を続けるしかない。

「友人の久坂のことをありがとう」

不意にその名前を思い出した風に口にした。

「中国のことを知るために、知的階級の女性を紹介して欲しいと言われた。それであなたのことを思い出したのだけれど、どうなっていたの。彼からもあの後、何の連絡もないのだけれど」

「ミスタークサカとは一度だけ食事をしたわ」

ファリンは答える。

「上海でね、うちの秘書と三人で」

黒服が去ったとたん、田口は喜びの声をあげた。

「君の秘書と一緒だったんだね。よかった」

「おかしいわ。何がよかったのかしら」

「告白しよう。実は心配していたんだ。久坂はとても魅力的な男だからね。彼には、とても不思議な雰囲気があって、それが女たち……いや、人を惹きつけるんだ」

言い直したのは、彼の女性関係を告げ口することにならないかと案じたからだ。その時ファリンが曖昧（あいまい）な笑いを浮かべたことに田口は気づかない。

「それならば紹介しなければいいじゃないかと思われそうだけれど、君を紹介しないとまるで嫉妬（しっと）深いようだからね」

「どうして嫉妬なんて言葉が出るのかしら。ミスタークサカとは、上海で食事をして終わりよ。その時もあたりさわりのない話をしただけだわ」

「気分を悪くしたなら許してくれ」

鴨はなかなか手をつけられない。確かに奇妙な話だ。田口がどうしてそれほど久坂を警戒するのかと、相手は思ったに違いないが、漢詩のからくりは話せなかった。

「君のような素晴らしい女性なら、誰でも心を寄せるだろうと僕は思っているのだから」

本当にそうだ。ファリンの夫の気持ちがわかるような気がした。離婚などしたくない。今、この女を手放したらすぐに誰かのものになる。ビジネスのことよりもそのことに耐えられないのだ。

しかし漢詩のことと同じように、それは口に出来ない。自分が下卑た人間になるような気がした。

「どうか僕のことを軽蔑(けいべつ)しないで欲しい」

全くどうして久坂の名前など出したのだろうか。

「初めて君と会った時から、ずっと君のことを考えてきたんだ。そして君が離婚に向かっていると聞いて、僕は少し有頂天になり過ぎている。さっきからおかしなことばかり言っているよね」

「いいえ、そんなことはないわ」

「ファリン、デザートをパスしてもいいだろうか。ここをもう出たいんだ。僕は一秒でも早く二人きりになりたいんだ」

二十分後、虎ノ門のビルの前に立ち、ファリンは驚きの声をあげた。

「あなたはここに住んでいるの？　ここはどう見てもオフィスビルじゃないの」

「このビルが建った時、等価交換か何やらで、妻の両親はワンフロア手に入れた。それを住居にしたんだ」

おそらく娘夫婦と住むつもりだったのであろうが、次々と病を得て引越すことはなかった。結局は田口たちの住居となったのである。

専用のエレベーターに乗り込む。専用のカードをあてた。

「そのカードを失くしたらどうするの」

「失くしたことはないよ」

「めんどうくさくないの」

「家に帰るためなら、めんどうくさいと感じたことはないなぁ」

「私も高層マンションに住んでいるけれども、人が住む場所のエレベーターというのは、もっと温かみがあるわ。これじゃあ、毎日オフィスに行くようなもんじゃないの」

数字を見上げる。数字はめまぐるしい早さで増えていく。二十六階に着いた。

広いエントランスが続く。

「受付はどこ？」

ファリンはおどけて言った。

扉を開ける。そのまま中に入っていく。

「日本のおうちなのに、スリッパに履き替えないの？」

「妻が嫌がったんだ。シャンデリアの下で、スリッパ履くのは貧乏たらしいって」

「確かにそうかもしれないけど」

ファリンは少し進み飾り棚の前に立った。初めて会った時と同じように、高いヒールを履いている。長いまっすぐな脚だ。

「人が住んでいるところとは思えない。あまりにも綺麗で、オフィスじゃないかもしれないけど、ここはホテルだわ」

「男が一人で暮らしているから」

「そうね。奥さまが亡くなったんですものね」

頷いた。棚の上には、妻と撮った写真が何枚か飾ってあった。亡くなった人がすべてそうであるように、写真の中の妻は明るく幸せそうである。

「綺麗な方だわ」

「確かに綺麗だった。だけど彼女はもういないんだ。もう生きていない」

写真の傍らには、妻よりも美しい生の女が立っていた。

「ファリン！」

田口は近づいていく。自分の声が少しかすれていることに気づきながら。

「僕はずっと君のことを考えていた。一度しか会ったことのない君のことをだ」

「私もそうだわ」

田口はファリンの肩を抱いた。そして唇を吸う。やわらかく少し冷たい唇であった。見つめ合い、また唇を求める、ということを数回続けた後、田口は彼女をソファに誘った。ベージュの革張りの上に、二人崩れるように重なって座る。そして、田口はファリンの上着を脱がせた。シルクのブラウスになったファリンは、さらに魅惑的だ。胸の隆起をはっきりと手にとらえた。ボウのリボンを解く。その下に小さなボタンが潜んでいた。苦心してそれを三つほどはずす。が、下まで作業する余裕はなく、田口は三角形に開かれた部分から手を這わせた。シルクよりもさらになめらかな肌に触れた。さらに三角形を拡げた。シャンパンカラーのブラジャーの縁が現れる。繊細なレースを見たとたん、乱暴な欲望にかられ、それをぐいとひき下げようとした。

すると「NO」という声と共に、田口の手首はファリンの指で押しとどめられた。拒否かと思ったがそうではなかった。

「ここでは嫌。もっと浪漫的な場所にして頂戴」

英語の「ロマンティック」ではなく、そこだけ中国語で発音したのである。

「そうだね、急ぎ過ぎたね、ごめんね」

田口は起き上がった。自分もスーツの上着だけを脱いだ格好である。

「さあ、ベッドルームに行こう」

ファリンを立たせて、もう一度長いキスをする。髪が乱れて、ブラウスが半分はだけたファリンの姿に、田口はどうしようもないほど興奮していた。しかし大切なことを田口は思い出した。完全に勃起していたけれど、彼は告白しなくてはいけなかった。

「ファリン、君にどうしても言わなきゃいけないことがある。そうでないと、僕は君を抱けなくなってしまう」

「何なの。あなたはもう、二度めの奥さんを貰っているのかしら」

「ふざけないでくれ」

田口はファリンを睨んだ。無理に抑えつけた欲望のために頭がおかしくなりそうだ。

「君に送って、君の心をとらえた詩の数々は、僕が書いたものじゃない。最初君から送られてきた漢詩は、いったいどういうことなのかもわからなかった。だから、専門家に頼んで意味を聞いたんだ。そしてその人から、返事としてこれを送れと指導を受けたんだ……」

「まあ……」

ファリンは田口をまじまじと見つめる。口紅がはがれ、マスカラが少し落ちているが、それは決して汚らしくはない。たった今男の愛撫を受けたことを物語る妖艶な姿である。この女を絶対に失いたくはない。しかし偽りを続けたくもなかった。

次の瞬間、ファリンの顔が崩れた。

歯を見せ、声をたてて笑う。

「ああ、タグチ、あなたはなんて正直な優等生なんでしょう。そんなことは言わなくていいのに。ましてやこんな時に」

「ファリン、笑わないでくれ。どうして笑うんだ。僕はずっと考えてきた。言うまいかどうしようかと。今、忘れそうになった。しかし勇気をふるって君に告白したんだ」

もうひとつ告白すべきことがある。それは久坂が代作したという事実だ。しかしこれは卑怯と言われても自分から口にするつもりはなかった。

「道理であなたは、すぐに返事をくれると思ったわ。ふつうのビジネスマンが、どうしてこんなに漢詩に詳しいのかと感動した。でもいいの。いいのよ。なぜってあなたは、わざわざこのために専門家に聞いてくれたんでしょう」

「自分でも勉強したよ。漢詩の本を何冊も買った」

「それだったら、あなたが考えたのと同じじゃないの」

ファリンは田口に飛びついてきた。そして自分からキスをせがむ。そして耳元でささやいた。

「もうこれで一件落着だわ、さあ、あなたのベッドルームに連れていって」

二人手をつないで居間を出た。

寝室はそこからさらに長い廊下を通り、つきあたった右手にある。ダブルベッドの傍の夫婦の写真は、なぜか予感がしてしまっておいた。

ベッドは浄められていた。

通いの家政婦が、毎日ベッドメーキングをし、水曜日はシーツを取り替えてくれる。今日がその日だったことを、田口は吉兆のように思った。

部屋の照明を落とし、大急ぎでズボンとワイシャツを脱いだ。その際、財布から避妊具を取り出すことを忘れない。それは京都で豆孝と会う時のために買ったものである。

妻とは結婚した時からすぐに妊娠を望んでいたので、田口はコンドームを買ったことがない。結婚して十年ほどたって、三十代の愛人を持った時に久しぶりに購入した。ドラッグストアで買うものだとばかり思っていたのに、コンビニで手に入ることもその時初めて知った。

気づかれぬようにピローの下にしのばせて、田口は一瞬考える。

これは使うべきものなのだろうか。

久坂は以前言ったものである。自分は四十後半でも五十代でも、女と寝る時は必ず装備すると。これはもうエチケットのようなものである。

「男が使わないようになると、女は本当にがっくりくるらしい。もう自分は用心されない年齢だと。大丈夫だよね？　なんて問われると、いたくプライドを傷つけられるようだよ」

ファリンがそんなことで腹を立てる女とは思えない。彼女の五十三歳という年齢を考えると、つけない方が自然であろう。しかし彼女は男が無防備なことを嫌うかもしれない。いったいどっちなんだろう。

迷っているうちに、ファリンが近づいてきた。彼女はスカートもブラウスも脱ぎ捨て、シュミーズになっていた。真珠色の重たげなシルクは、薄闇（うすやみ）の中で繭（まゆ）のように光っていた。

「さあ、こっちへおいで」

かけ布団（ぶとん）をめくると、ファリンはすっぽりと田口の左手の中に入った。二人は見つめ合い、そして密（ひそ）やかに笑い声をたてた。

「嘘（うそ）つきさん……」

ファリンはささやいた。

「もうズルはしちゃ駄目よ」

「これから毎日一時間、漢詩の勉強をするよ」

「そんなことしなくてもいいのよ」

「だったら、毎日二時間、君のことを考えよう」

英語というのは、こういうことを言う構造になっている。

ファリンの髪の生えぎわ、瞼、頰、首すじ、あらゆるところに唇を押しあてた。そして肩ひもをはずし、シュミーズを脱がしていく。これにはファリンも手を貸してくれた。その下には、先ほど見たブラジャーと、揃いのショーツがあった。どちらも精緻なレースでつくられている。

その間にあるウエストの角度はゆるやかで、臍の下には脂肪の丘があった。が、ブラジャーの下には、たっぷりと大きい乳房が息づいている。

「なんて素敵なんだ……」

田口は本心からそう思い、小さく叫んだ。そして激しく唇を吸いながら、右手でブラジャーのホックをはずそうとした。ファリンはかすかに背を浮かし、またもや協力してくれた。

ホックはすぐにはずれ、蓋をとるようにブラジャーを胸からはがした。そのとたん、乳房は左右に流れ、胸の真ん中はやや水平になる。田口はまず左の乳房を手で掬い上げた。褐色のやや大きめの乳首は、彼女が人妻ということを示しているかのようだ。それを口に含みやさしく吸い、次に舌で動かした。ファリンは、ああと声を漏らした。

次はやや姿勢を変え、右の乳房にも同じことをした。見た時にも気づいたことであるが、左の乳首の方が大きい。はっきりと違いがある。豆孝もそうだった。一人の男の長年にわたる〝癖〟が、女の体を変えているのだ。

そして田口は乳首を吸いながら、ショーツを脱がしにかかった。これはかすかなファリンの抵抗にあった。恥ずかし気に身をよじったのである。その理由はすぐにわかった。小さな絹のショーツ、シャンパンカラーのそれの股のところに、大きなシミが出来ていたのである。

「嬉しいよ……」

田口は耳元で賞賛の言葉をささやいた。

ファリンの繁みは濃い。中国人女性のそれは薄いと教えてくれたのは誰だったろうか。ふと思い出した。黒々としたその繁みをかきわけると、すぐにぬめりとした谷にいきついた。くの字にした中指で中を探る。驚くほどの量の液が湧いていた。粘っこい液は、食虫植物のように中指を襞の中に誘い込もうとする。

その時ファリンが叫んだ。

「Naughty!」

ノーティ、なんて悪戯するの。

「Naughty! Naughty!」

なんて悪戯っ子なの、なんて悪戯をするのとファリンは首を横に激しく振った。

「僕は何もしていないよ」

田口は言った。

「ただ君のここはすごく濡れている。びっくりするぐらいだ。だから僕の指はすっぽり中に入ってしまった」

「恥ずかしいわ……」

ファリンはあえいだ。

「指だけでいってしまうなんて恥ずかしい……」

「どうしてそんなこと気にするの。僕は嬉しいよ……」

田口は中指をさらに激しく運動させる。そうしながら大きい方の乳首を吸った。乳首が固くなっていくのがわかる。やがてファリンは「うーん」と声をあげた。体が弓なりになり、小刻みに痙攣が始まった。田口の中指にもそれははっきりと伝わる。襞がはっきりと深呼吸している。

「あー、あー」

ファリンは長く声をあげ、必死に何かに耐えようと田口の腕にしがみついた。このひとときを静かに迎えさせてやろうと、田口は中指を抜きファリンの頭をしっかりと抱きしめた。

はぁ、はぁと荒い息の後、しばらく沈黙があった。田口はそんな女が愛おしくてたまらない。しばらくそのままでいる。

やがてファリンが小さな声をあげる。

「あなたの指のせいで、あっという間にいってしまったわ……」

「だったら本当に嬉しいよ……」

「あなたの悪戯っ子の指のせいよ」

「後で叱っておくよ」

二人は激しく唇を吸い合う。

「そろそろいいかな」

「何が？」

「もっと悪戯っ子の出番だ」

脚を大きく拡げた。薄闇の中できらきら光る亀裂があった。先ほどまでの優しい気分は消えて、田口は荒々しく入っていく。ファリンの中には、まださっきの余韻が残っていた。今度は田口が声をあげる番だ。

「おお、ファリン」

なんて素晴らしい女、なんて素晴らしい……。田口の中で地雷がとどろく。

うきうきした気分で、田口は半月をすごした。

あの夜から二日後、ファリンは再び田口の部屋に来たのである。二度目はさらに深く、さらになめらかにことが進んだ。

二人はまどろみ、朝にもう一度愛し合った。田口には大きな力が与えられたかのようであった。

その後すぐに彼女は上海に帰ったが、LINEのやり取りは毎日続いていた。田口の呼び名は、

「嘘つきで悪戯っ子のヤスヒコ」

と長い。田口は、

「寛大な僕のトゥーランドット姫」

と、あだ名をつけた。トゥーランドット姫は、オペラの主人公だ。残酷な中国の姫で、自分の求婚者たちに謎を出し、答えられないと首をはねてしまう。

あの漢詩の虚偽が許されたことは、田口に大きな喜びをもたらした。自分もどうしてこれほど嬉しいのか驚くほどだ。正直に打ち明ける、という賭けに勝ったのである。

あの状態で自分もよくやったと思う。思い出しても笑みがこぼれてしまう。

会うなり美和子が言った。

「田口さん、とても顔色がよろしいわ。このあいだお会いした時よりも、ずっと」

「あの時は最悪でしたからね」

「そりゃそうかもしれませんけど……」

その後言葉を濁した。たぶん自分はかなり浮わついた表情をしているに違いない。二人は今、河豚屋のカウンターにいる。六本木の裏通りにあるこの店は、常連客以外はまずやってこないところだ。古びたビルの一階にある引き戸の小さな店は、気取ったところがまるでない。通りすがりの者には、ありふれたカウンター割烹の店に見えるだろう。しかしここでは最高級の天然のとら河豚を出す。厚くひいた刺身は、鮟鱇の肝を溶かしたタレで食べる。値段もおそらく東京一だ。

約束どおり美和子とここで食事をすることとなった。カウンターには持ち込んだシャンパンも置いてある。クーラーの中のそれはクリスタル・ロゼだ。甘やかな香りときりりとした味が田口の好みで、家にも何本か置いてある。たとえ別の女とでも、今夜の田口はこれを飲みたい気分だ。

「さあ、乾杯しましょう」

美和子のグラスに注いだ。

「佐々木さんには迷惑のかけっぱなしで、本当に申しわけない」

「迷惑なんてそんな……」

美和子は肩をすくめた。紺色のツインニットを着ている。カシミアの上等のものだということは田口にもわかった。イヤリングとおそろいの、プチダイヤのペンダントが光る。いかにも女医らしい、知的で品のいいでたちである。

仕事の帰りということで髪をひとつにまとめていたが、それは美和子の卵形の顔にとてもよく似合っていた。

このあいだの食事の時よりも酒を飲むのは、かなりリラックスをしている証拠であろう。二杯目をまたたくまに空けた。

「このシャンパン、とてもおいしいです」

「もっと飲んでください」

田口は彼女のグラスに注いだ。細かい泡がいっせいに喋り出す。

「さあ、刺身が出ましたよ」

「ああ、なんて綺麗なんでしょう」

花びらのように盛られる白い透明の魚は、たいていの女の好物である。美和子が遠慮すると思い、それぞれの皿に盛ってもらっていた。それでもなかなか箸をつけない。

「あまりにも綺麗で、箸でくずすのが申しわけないわ」

「そんなこと言わないで召し上がってください。ここの河豚は日本一ですからね」

田口の左には、顔はよく見るが、名前を思い出せないそう若くない女優と、テレビ関係者らしい男とが座っていた。二人はひそひそと新番組のドラマを酷評していた。

「田口さん、おいしいわ。こんなおいしい河豚食べたことありません」

「よかったです。お医者さんだったら、さぞかしおいしいものを召し上がってるでしょうから、お逢いする店には迷いますよね」

「それは誤解ですよ。とにかく時間に追われて、コンビニのおにぎりをほおばるのが精一杯」

その時引き戸ががらがらと音をたてた。

「ごめんなさい。ちょっと遅くなってしまって」

聞き憶えのある声だった。ふりかえるとそこに姪の瑛子がいた。

「わあー、やっちゃん、久しぶり」

叔父のことをそんな風に呼ぶ。田口も立ち上がり、騒々しい姪を迎えた。瑛子は中年の白人の男を連れていた。晩秋というのにノースリーブのワンピースを着ているところが、いかにも外国人を従えている東京の女だ。

とりあえず美和子に紹介した。

「姪です。上の兄の長女です」

「はじめまして」

美和子は微笑んだ。

「私、佐々木と申します」

「やっちゃん、やるじゃん、こんな綺麗な人とデイトなんて」

「ちょっと瑛子、失礼だろ。こちらはお医者さんで、お祖母ちゃんがお世話になっている方だ」

「失礼しました」

少しアルコールが入っているのかもしれない。必要以上に肩をすくめて恐縮してみせた。その後思い出したように、後ろの白人を紹介する。

「こちらマイケル・サンドラーさんといって、ナパのワイナリーのオーナー」

はじめましてと握手を求めてきた。何度も来日していてかなりの日本通であるが、河豚を食べるのは初めてだという。

「それならばぜひ楽しんでいってください。ここの河豚はおいしいですからね」

「ありがとうございます。でもちょっとドキドキですね。エイコがこれを食べて死ぬ人もいるというので」

「昔の話だって言ったじゃないの」

瑛子は白い歯を見せて笑う。とても男の子を持つ三十過ぎの女には見えない。母親似の整った笑顔に華やかさが加わっている。昔から社交的なところがあったが、ある時からワインコンサルタントと名乗り、派手に動き出した。どんな仕事をしているのか田口にはよくわからぬが、子どもを親に預けて海外出張にもよく行っているらしい。ビジネスマン向けの雑誌のグラビアにも、「美人キャリアウーマン」と載ったこともある。田口の姓をうまく利用していると、母の真佐子は怒っているが、仕事は順調のようだ。客を連れてこんな高い店にも来られるのである。いや、男が払うのかもしれない。

二人はカウンターのいちばん端に座った。田口との間には二人連れの男性客がいた。品のいい初老の男性は、

「よろしかったら席を替わりましょうか」

と申し出てくれたが、

「とんでもない」

と田口は手を振った。

「こちらも静かに食事をしたいので」

と言うと、彼も美和子もくすりと笑った。

が、そんなわけにもいかない。瑛子は保冷バッグからシャンパンの瓶を取り出した。

「これ、お願い」

もの慣れたように、店の者に渡す。田口よりもはるかに常連のようであった。

「やっちゃん、やっちゃん」

と呼びかける。

「クリスタルもいいけどさ、これを飲んでみてよ」

店の者がグラスを四つ運んできた。

「これはね、ジャック・セロスっていって、今、私がいちばん気に入ってるの。果実味がすごいの。残念ながらミレジメじゃないけど、このエクスキューズでも充分いけるから」

間に座る男たちの背中ごしに解説を始める。

「うるさくてすみません」

男たちにも聞こえるように美和子に言った。

「いいえ、とてもおいしそうですね。いただきます」

二度めの乾杯をした。くくっと三分の一ほど飲む。

「ああ、本当においしいわ。私、シャンパンの味なんてよくわかりませんが、さっきいただいたクリスタルとは違ってますね。それぞれ個性があるんですね」

「そうですね。シャンパンは気に入ったものがあると、ついそればかり飲んでしまいますが、確かにこの味は新鮮です」

「それにしても綺麗な姪ごさんだわ。まるで女優さんみたい」

確かに白人とシャンパングラスを傾ける瑛子の姿は、何かのドラマを見ているようだ。二年ほど前、瑛子は人気俳優とつき合って、実名は出ないまでも週刊誌沙汰（ざた）になったことがある。あの時は家中大騒ぎになったものだ。

「親戚いちの不良娘ですよ。僕らはみんなひやひやさせられている」

「不良娘かあ……いいですね。憧れちゃいますよ。一度なりたかったなあ」

冗談めかしているが美和子が口にすると実感があった。

「美和子さんは、見るからに優等生のお嬢さん、っていう感じですね。不良少女からはいちばん遠いタイプでしょう」

女の呼び名が、姓から下の名前に変わる時。それは突然に訪れる。シャンパンのせいかもしれない。気づくと「佐々木さん」ではなく「美和子さん」になっていた。しかし、その効果は絶大で、あたりの空気がさっと変わる。美和子の声も変わった。

「田口さんまでそんなこと、おっしゃるんですね」

しかし女からのそのハードルは高い。自分はたぶんずっと「田口さん」のままであろう。彼女から「靖彦さん」と呼びかける日は、まるで想像出来なかった。

「でもね、私も不良少女になりかけたことがあるんですよ」

美和子の目の下には、濃いそばかすがある。肌が薄桃色に染まったために、それは浮き出るように見えた。

「私、子どもの頃からピアノを習っていました。結構うまかったと思います。高校生の時、従兄にライブハウスに連れていってもらい、はまってしまいました。自己流でジャズを弾き始めたんです」

「ほう……」

「従兄がバンド組んで、そこに入れてもらいました。一時期はアメリカのバークリーに留学しようと本気で思ったんですよ」

「美和子さんにそんな過去があったとは、驚きだなあ」

そう言う自分の言葉がおざなりに聞こえやしないかと、一時不安になった。ふと「自分は妻子ある男とつきあっていた」という美和子の言葉を思い出す。

女が昔話をするというのは、自分の人生の輪に入り込んでこいという合図であろう。一方の端を柱にゆわえ、ひとりで縄飛びの縄をまわす少女の姿が浮かんだ。その少女はいつしか美和子になる。

「おはいんなさーい」

節をつけて唄っているようだ。

自分は美和子さんと呼んではいけなかったのかもしれない。しかしいまさら元に戻すことは出来ないだろう。

「ですけど両親は大反対でした。私、ひとりっ子で結婚七年目にやっと出来たものですから、愛情も期待も相当のものです。家出してアメリカへ、なんて思っても結局はそんな勇気ありません」

やがて白子が運ばれてきた。店から言われたとおり、それはまだ小ぶりであった。こんがりと焼かれた表面を箸で破ると、真っ白な中身がどろりと流れてくる。それをたっぷりと別皿に盛られた、鴨頭ネギにからめて食べるのが田口の好みであった。

「私は本当に覇気がない人間なんです」

皿には全く手をつけずに美和子が語り出す。覇気がない……どこかで聞いた言葉であるが思い出せなかった。

「覇気がない人間が、医者になることは出来ないでしょう」

「いいえ、そんなことないんです。ひとりっ子ということもあって、両親の意に沿うことばかり考えてきました。親は私をジャズピアニストよりも医者にしたかった。だから医者になる勉強をした。これといった決意も意欲もなくてです」

「だけど、今はこうして立派に活躍しているじゃないですか……」

白子の中身は、注意されたとおり大層熱い。オスの河豚の精液が凝縮されている。最初にひとつかみ箸ですくった田口は、舌を出したりひっ込めたりする。

「まあ、ひと言ではいえませんね。やり甲斐がある、といえば綺麗ごとになり過ぎるし。毎日疲れてぐったり、というのがいちばん正直なところでしょうか」

「時々、フルート型のシャンパングラスを飲み干す。ピアノを弾いてたら今頃どんなになっていたかなあ、と想像することがあります」

「美和子さんのピアノ、一度聞いてみたいなあ……」

我ながら空々しく聞こえた。仕方ない。河豚の白子を食べているのだから。

「もう指が動きません」

「昔はよく動いたんですね」

「まあ……、自分でもちょっといい気になってたかもしれませんね。でもひとつ言えることは……」

「うん？……」

白子をネギごと頬張る。

「こんな風に河豚をいただくことなんか出来なかったはずです」

「場末のピアニストになっていたらね」

「たぶんそうなってたでしょう。結局貧乏が怖かったんですよね。ピアノに限らず、私はいくじがないんです。全て（すべ）において。だから私は女としての魅力がないんですよ」

これは媚（こ）びというものであった。

たぶん美和子はこう言って欲しいに違いない。

「いやいや、あなたは女性として、とても魅力がありますよ」

美和子は美人であった。ソバカスのあたりに年相応の弛（ゆる）みはあるものの、整った顔のつくりは薄化粧ではっきりとわかる。ふだんはひかえめにしているものの、いざとなると決断力があった。妻の元恋人でないかと、疑った男のところへ向かった時、うまく阻止してくれたのは彼女である。あなたは誤ったことをしていると、叱ってくれた時の強い口調は、女医ならではのものであった。そうした記憶をひとつひとつまとめていくと、思いがけない力となり、甘やかな感情を生み出しそうだ。田口は一歩踏み出せばよかったが、それが出来ない。

一カ月前にこうして会っていれば、自分は歩き出していただろう。しかし自分はもうファリンと結ばれてしまった。そして彼女から重要なことを聞いたのだ。夫と離婚協議中であると。

そうしたことを聞いた自分が、どうしてここでぬけぬけと、美和子にやさしい言葉をささやくことが出来るだろう。

田口は正直者になろうと決意する。

「美和子さんは充分魅力的だと思いますが、ふつうの男にとっては、かなりハードルが高いと思いますね」

「ハードルが……私がですか」

思いがけないことを聞いたように、美和子は顔をこちらに向ける。それは嘘だ。まだ鋭角を残す顎であった。

「そりゃそうでしょう。現役でバリバリやっているお医者さんだ。並の男では太刀打ち出来ないかもしれませんね」

話がいっきょに空虚な方向へ行ったのがわかる。自分は少しずつ後ずさりをしていると田口は思った。美和子もそれに気づいたに違いない。

「まあ、いつもそうやって避けられますね」

さりげなく嫌味を口にした。

そんな時、田口を救ってくれたのは姪の瑛子である。隣の男が二人立ち上がったのを機に再び声をかけてきた。

「やっちゃん、この後どうするの。近くにいいワインバーあるけど」

「いや……佐々木先生はどうだろう。先生は明日早いから」

「いいえ、私は大丈夫です」

ひょんなことから、出会ったばかりの白人と飲むことになった。

クレジットカードを使えない店なので、マイケルは二人分の現金を財布から取り出す。自分も同じようなメニューを頼んだので、彼がいくら払ったか見当がついた。二人で十二万は下らないだろう。

「おい、おい。旅行者にこんな大金払わせていいのか」

思わず日本語で問うと、瑛子は吹き出した。

「何言ってんの。マイケルは超お金持ちよ。投資で大儲けして、念願のワイナリー買ったのよ。日本の金持ちとはケタが違うわ」

胸が騒いだ。ファリンから聞いた夫とまるで同じではないか。もしかすると男は彼女の夫を知っているかもしれない。

田口の車は使わず、四人でゆっくりと歩いた。六本木は一歩裏に入ると、驚くほど墓が多いところだ。店を出るとすぐ傍らのガードレールの向こう側に、畝のように墓場が続いていた。バブルの頃は、

「生者と死者とが楽しく集うところ」

と誰かが表現していた街である。

その六本木であるが、おしゃれな大人の盛り場というイメージはほとんど崩れ、表通りはエスニック料理とうどん屋ばかりが目立つ。こうして歩いていても、古いビルの中に空き室を見つけることが出来た。

「君は毎晩こんな風に出歩いているのか。たっ君はどうしてるんだい」

久しぶりに会った姪に、つい説教がましいことを口にしてしまう。たっ君というのは、瑛子の五歳になる息子である。

「おばあちゃんがちゃんとみてくれているから大丈夫」

自分の容姿にかなりの自信を持っていたあの兄嫁も、「おばあちゃん」と呼ばれるよ

うになっているのかと、田口は感慨にうたれる。

「うちのおばあちゃんも……お受験どうするんだ、ってこのあいだまでキーキー言ってたんだけど、もう諦めてるわ。離婚して父親がいないんじゃ仕方ないって。いまタツヤは、インターのプレスクールに通わせてるのよ……。あら、あの二人いい感じ……」

目の前に少し離れて歩く、マイケルと美和子の後ろ姿があった。

背の高いマイケルが、身をかがめるようにして彼女と何やら話し込んでいる。

アトランタのCDC（アメリカ疾病予防管理センター）に、研究員として行ったことがあるという美和子は、流ちょうな英語を喋った。瑛子よりもずっとうまい。

「マイケルったら、河豚を食べている間も、私に聞くのよ。あの美しい女性は、君の叔父さんの恋人なのかって。だからね、めんどうくさいから、私の祖母の主治医だって説明したの」

「主治医じゃないが、お世話になっているのは本当だ」

「そうしたら独身かどうかってしつこいの。自分で聞いてくれって言ったら、彼女を飲みに誘ってくれって……」

「なるほど。佐々木先生は独身だと、彼に教えてやればいい」

「もう探ってるわよ」

ふふっと笑った。

「マイケルはね、二度めの離婚をしたばっかりなのよ。でもね、さっき自慢してたわ。一番めの奥さんの時で懲りたから、今度は結婚前にちゃんとした書類交わしていたんだって。だから資産はダメージ受けなかったって。だけどね彼、もう三回めをしたくってうずうずしてるみたい」

「おい、おい。佐々木先生を、おかしな男に紹介しないでくれよ」

「やっちゃんはあの先生と何もないの」

「あるはずないだろ。あの人のお母さんと、うちのお袋とは津田の同級生なんだよ。そんな縁もあって、うちのお袋にもいろいろ気を遣ってくれる。それだけの仲だよ」

「あのね、やっちゃん。〝あるはずないだろ〟、なんて、そんな断定的な言い方すると、女は淋しい気がするわよ。たとえ聞いてなくても……」

それには答えず、田口は空を眺めた。ふっくらした上弦の月であった。その月が前に行く二人の影法師をつくっている。

男が何か言ったのか、美和子の笑う横顔が見える。その時、ほんのかすかであるが、田口の中に不快な気持ちが芽生えた。自分には女としての魅力がないとさんざん言っておきながら、実は自信があるのだ。だから自分に気のありそうな男が現れると、たちまちこんな嬉しそうな表情になる……。不意に瑛子が叫んだ。

「マイケル、行き過ぎよ。店はこのビルの中にあるのよ」

あらかじめ瑛子が電話をしておいたらしく、四人はすぐに奥のソファセットに通された。

ここでも瑛子は常連らしく、三十代とおぼしき店長を「ちゃん」づけして、何かと狎(な)れ狎(な)れしい。叔父としては複雑な気分だ。田口の長男の娘として、姪の態度はいかがなものかと思う。人脈を拡げ、毎晩のように飲み歩く。こんな風な生活をおくっていれば、芸能人にもつけ込まれるはずだ。あの俳優とは結構長く続いていたと、真佐子から聞かされている。

瑛子は店長に命じて、二本のワインを運ばせる。それを見てマイケルが歓声をあげた。彼のワイナリーから出荷されたもので、マイケルはこの売り込みのために日本を訪れているのである。

おとといの赤ワインが注がれた。まだ早い。もう少し寝かせてからにして欲しかったと彼は不平をもらした。

ワインは典型的なボルドースタイルで、カベルネソーヴィニヨンが主体となっている。一級品になるには何かが足りないような気がしたが田口は黙っていた。

話はいつしか最近のナパの大火事についてになった。マイケルの畑は難を逃れたが、有名な日本人醸造家のゲストハウスは、すっかり焼け落ちたという。

「私もあそこには何度も行ったから本当に残念。テラスで夕陽を眺めながら飲むのは最高だったのにね」

と瑛子が語り出す。

「でもね、畑は無事だったっていうから本当によかったわ。なにしろ東京の中野区ぐらいの広さなの。見学に行ったけど、とても全部まわれるもんじゃないわ」

日本のゲーム機で大成功した男が、その莫大な財をワインづくりに注ごうと決心したのは、そう昔のことではない。初めてのワインが出荷されたのは今から十年前のことだ。しかし今や白も赤も、ナパを代表する銘柄になっている。そのオーナーを讃えるマイケルに、田口は思いきって質問した。

「ニューヨークの投資家で、最近ワインも手がけている中国人、ご存知ですか」

「そんな中国人はナパに一万人はいるね」

アメリカ人の醸造家は当然のことながら酒に強く、最近の二本の他に、さらにナパとブルゴーニュの赤が二本抜かれた。

途中から瑛子は英語を喋ることに疲れて、しきりに田口に話しかける。

「佐々木先生って素敵な人ね。さっき並んでやっちゃんとご飯食べてるところ見たら、すごくお似合いだったわよ、美男美女でさ」

「そりゃ光栄だね」

「佐々木先生って独身なの？　そうよね、見るからに独身キャリアって感じだもの」

「確か、結婚してないんじゃないかな……」

曖昧に答えておく。

「やっちゃんもそろそろ再婚すればいいのに。いい人を見つけて早く幸せになってほしい、って、うちの親たちも思ってるわよ」

「そんなことより、君の方はどうなんだ。ワインナントカって言って、こんな風に毎晩飲み歩くのが仕事なのか」

「毎日じゃないけど、売り込みに来た業者をいろいろなところに案内したり。開店するレストランのお酒の相談にのることも多いわ」

「ちゃんと食べていけるのか……」

「あたり前じゃないの」

瑛子は昂然と胸を張った。

「東京のレストランは、今、ものすごい景気なのよ。世界中から人がやってくる。それに私、ビジネスに向いているみたいだし……」

「ほう」

今まで「離婚したお嬢さんの道楽」と、母も自分も冷ややかに見ていたのであるが、少し考えを変えなくてはならない。

「さて、そろそろお開きにしよう」

時計は十一時をまわっていた。カードを出そうとするマイケルを田口は制した。

「いや、いや、そんなわけにはいきませんよ、旅行者を接待するのは、当然のことですからね」

ありがとう、また必ず会おうと陽気なアメリカ人は田口をハグする。

「エイコ、君の叔父さんは素晴らしい人だ。親切なうえに素晴らしい英語を喋る。日本人でこんなに英語がうまい人は珍しい。さすがにスタンフォード出だ」

そしてためらいなく、次は美和子を抱き締めた。

「ドクター、君に会えて本当によかった。ぜひ君を送らせてくれないか」

一瞬気まずい空気が流れた。彼がこれほど厚かましいとは、誰も思ってみなかったのだ。

「いや、いや、ミワコは私が送ることになっています」

田口が冗談めかした口調で言った。たった今、〝美和子さん〟は〝ミワコ〟に昇格したのだ。

「彼女は東京の郊外に住んでいるので、送って帰ってくると、明日の朝になってしまいますよ」

「オッケー、それならやめておこう」

あっさりと引き退（さ）がった。

「それにマイケル、あなたの赤坂のホテルは、ここからとても近いじゃないの」

表通りに出ると、何台も空車が走っている。まずはマイケルを個人のタクシーに押し込んだ。

「それじゃ、マイケル、明日また連絡するわ。今日はゆっくり体を休めてね。グッドナイト」

瑛子の男のあしらいがあまりにもうまいので、田口は再び不快になる。今の手なれた様子は、客を送るホステスのようだ。

その間、美和子は静かに微笑(ほほえ)みながら立っている。別れる時だけ、楽し気に手を振った。

「さてと……」

瑛子が振り返る。

「私もタクシーで帰るけど、やっちゃんたちは」

これからどこか行くの？ という問いが消えていた。田口はすぐに答える。

「美和子さんは僕の車で帰ってもらう。今、すぐここに来させますよ」

「あら、そんな」

美和子は首を大きく横に振った。

「私はタクシーで帰りますので」

「いいえ、最初からそのつもりでしたので、遠慮なさらずお使いください」

「何だかわかんないけど、私、お先に」

瑛子は近づいてきた車に、さっさと乗り込んでしまった。

二人は目印と決めたロアビルの前に立ち、はてしなく続くと思われる車のライトの行列を眺めていた。やがて田口のレクサスが、目の前に近づいてくる。

「田口さん」

早口だった。

「私、いくじはない人間なんですが、とてもしつこくて図々しいんです。私、待っていますよ。田口さんが奥さまの思い出から立ち直ってくださるのを」

何か大きな誤解をしていた。

第十章　オペラの夜

晩秋の夜、久坂は妻と一緒にNHKホールに向かった。

オペラの初日に招かれているのだ。

久坂はそうオペラが好きというわけではなかったが、結婚してしばらくは、妻の美紀にねだられて海外に出かけたことがある。ザルツブルク音楽祭や、ヴェローナの野外劇場でさまざまな演目を見た。ワーグナーファンの聖地、バイロイトに出かけたこともある。

しかしシンガポールと東京を往復するようになって、すっかりオペラから遠ざかってしまった。しかも大震災があってからというもの、日本にやってくる海外の歌劇場はめっきり減っていたのである。

スカラ座、メトロポリタン、パリ・オペラ座が引越公演でかわるがわるやってきたあの頃が、夢のようだわと美紀は言う。当時は高いチケットから売れていたのだ。信じられないスターも次々とやってきた。

今は亡きパバロッティが、キャスリーン・バトルと「愛の妙薬」を歌っていたなんて、もう憶えている人もいないわよねえと、車の中でしきりに思い出話を始める。

大震災の時は、いろいろな噂が流れて、主役級の歌手たちがキャンセルをしてきたわ。今でもはっきりと思い出すことがあるの。あるオペラ劇場の総裁が上演前に、舞台の上でみなにわびたのよ。テノールの誰それは体調不調で来日出来なくなった。ソプラノの誰それも都合により、来日出来なくなった。よって代役となるが、まことに申しわけないって。するとね、劇場のあちこちからブーイングがとんだの。

それを聞いているうちに、悲しくなって涙が出たわ。日本人っていうのは、こんなに怒りをあらわにする国民だったかしら。しかも音楽をなりわいにする人たちに向かって。私は今まで、自分の力の及ぶ限り、若い音楽家を応援してきたけれど、日本はもうそれどころじゃない。私は音楽から遠ざかるべきなんだろうかって、いろいろ考えて涙が恥ずかしいほど出てきたわ。

だけどあれから時間がたって、日本の景気もよくなってきたし、この頃やっと、一流の歌劇場が来てくれるようになった。そう、今夜はなんていい夜なのかしら。

劇場の入り口には「招待受付」が別にもうけられていて、主催者である新聞社の重役たちが、スポンサーを迎えるために立っている。

久坂の会社でもかなりの額の協賛金を出していた。本来なら社長である弟夫妻が来るはずであるが、彼らはオペラにほとんど興味を示さない。それに音楽に関しては、久坂の妻の方がはるかに顔が売れていた。

休憩時間になると、招待客たちはロビイの奥の、パーテーションで区切られた一角に集まる。ここではシャンパンにワイン、軽食が用意されているのだ。

招待客はスポンサーだけではない。政治家や官僚、有名人たちも混じっている。美紀は入るなり、さっそく知り合いの評論家につかまっていた。

「新演出っていうけれど、僕はむしろ古典に回帰したような気がするよ。オケはやっぱりうまいねえ、歌手を歌わせてる……」

最初はつき合っていたのだが、すぐに飽きた久坂は、シャンパンを取りに行くふりをしてその場を離れた。

カウンターの前に行くまでに、何人もの知り合いに出会う。

「いつまでご滞在ですか」

「シンガポールの景気は、相変わらずいいんでしょう」

聞かれる質問はたいてい同じで、久坂はその都度律義（りちぎ）に答える。彼らは最後に必ずこうつけ加えた。

「今度はゆっくりとやりましょうよ」

それが実現することはないだろう。日本にいる連中はあまりにも忙しく、久坂とはまるで日にちが合わないのである。日本にいる間、久坂は会社の仕事を少々こなす他は、気の合った友人とだけ会う。友人と称して女と会うことの方が多いかもしれない。幸いなことに、妻も大層忙しくあちこち出歩いている。今日のように夫婦で出かけることはまれなのだ。

やっとカウンターの前に立つと、後ろから「お久しぶりね」という声がした。高木美智江である。シンガポールに行く直前まで関係があった女で、妻といるところを見られたくない相手であった。しかし彼女も夫婦連れである。

「久しぶりだね」

余裕を持って笑いかけることが出来た。

美智江は、ゼネコンの創業者一族の娘である。そのステータスと富は、夫の商社常務という地位をはるかに上まわる。それを充分に知っている彼女は、ボランティアや社交生活のために、もう一枚の名刺を持っている。そこには日本人なら誰でも知っている、やや風変わりな苗字（みょうじ）が記されていた。

「実家の財団を手伝ってますので旧姓を使う時もありますの」

彼女はもっともらしい言いわけを口にする。

旧姓で美智江は大っぴらに遊び、さまざまなところに顔を出す。そして時々は浮気をした。久坂もその一人である。

今日の美智江は、ラメの入った黒いニットのスーツを着ていた。ひと目で高価なものだとわかる。五十代という年齢のわりには、やや短すぎるのではないかと思うスカートから自慢の脚が見えた。さらに細く見えるようにであろうか、透ける黒いストッキングを穿いているのがなまめかしい。

こういうタイプの女によく見かけるように、くっきりしたアイラインの厚化粧をしているが、彫りの深い顔にそれはよく似合っていた。昔から美貌で有名であった。久坂の従妹の一人と聖心の同級生で、学生の頃から知っている。が、当時はまるで興味を持たなかった。そうした仲になったのは、大人になってからである。

我儘な美少女よりも、傲慢な美女の方がはるかに魅力があるというものだ。ふた月に一度ほどの仲が、久坂のシンガポール行きによって終わったのであるが、それについてわだかまりはないようである。

「元気そうで何よりだわ」

微笑んで久坂からのシャンパングラスを受け取る。

「今夜はご夫妻で仲よくオペラなんだね」

久坂の方が、かすかな嫌味を込める。嫉妬しているようで、大層女を喜ばせるからである。こうした場所ではなおさらだ。

「まさか、こういうところに、愛人連れでくるわけにはいかないでしょう。どんな方だって今夜はちゃんと正妻をお連れになってるわ。ほら滝沢さんだって」

上手に目くばせした。

メインテーブルで、サンドウィッチを頬ばる滝沢の痩せた姿が見える。古希をいくつか過ぎたぐらいのはずであるが、背がすっかり丸まり完全な老人である。その傍らでカクテルドレスを着た彼の妻が、菓子を口に運んでいた。おぼつかない手つきの夫を完全に無視して、プチシュークリームを食べ続ける様子は、異様といってもいい。

滝沢はデベロッパーの二代目であるが、彼の代でさらに事業を拡大した。都心に複合施設を次々と建て、アジアにも進出した。一時期は風雲児ともてはやされたほどである。が、その風雲児もすっかり老い、パンくずを胸にぽとぽと落としている。

「あの二人、ほとんど別居しているんだけど、こういう時は夫婦揃ってやってくるのよ」

「まあ、そういう夫婦も多いさ」

「滝沢さんは今、三十歳年下の女と暮らしているの。その女と再婚したくてたまらないらしいわ」

「君は詳しいね」

「滝沢さんがいろんなところで喋っているんですもの。男の人ってあのくらいの年になると、若い愛人が出来た、っていうのが得意でたまらないのね」

「そうかねえ。僕にはわからないね。ふつう必死で隠すものだろう」

「もう居直ってるんじゃないかしら。それが奥さんの耳に届いて、さらに怒らせるのよ。それでね、奥さんに六億慰謝料を出すから別れてくれって言っても、納得してくれないんですって」

　久坂はもう一度夫婦を見た。妻の方はシュークリームを食べ終わり、神経質に紙ナプキンで指を拭いているところであった。

「僕だったら、あんな爺さんとさっさと別れて、六億円で新しい生活を始めるがね」

「何言ってるの」

　美智江は巧みに赤く塗りつぶした唇をゆがめた。

「あと五、六年辛抱すれば、その十倍、いいえ二十倍の遺産が入るのよ。自分がめんどうをみるわけじゃなし。若い愛人がやってくれるのよ」

「そういう考え方もあるのか」

「滝沢さんは自慢するらしいわ。若い愛人は毎晩寝るまで、彼のおちんちんをなめてくれるんだって。馬鹿みたい。滝沢さんはいつも睡眠導入剤ですぐにコロッといくのよ。寝るまでってたかだか十分か十五分よ」

完璧な容姿で「おちんちん」と平気で発音するのが彼女の魅力であった。

第二幕の開幕五分前を告げるチャイムが鳴った。パーテーションの中にいた招待客も、出口に向かう。

「『トスカ』も観るの」

早口で美智江が尋ねた。四日後に違う演目が、上野の東京文化会館で上演されるのだ。初日の金曜日が招待日であった。

「ああ、急用がなかったら行くつもりだよ」

「奥さまも一緒かしら」

「家内はたぶん何かあったような気がする」

「うちの主人も、二夜もオペラを観られないっていうの。よかったら、終わった後お夜食いかがかしら」

「ああ、構わないよ」

「それなら携帯の方に連絡ちょうだい……。あら、私、ガラケーの番号しか知らないわ」

「僕はもうスマホのＬＩＮＥだよ」

といっても、人目のあるところで、スマホを重ねあわせることははばかられた。

「歳月を感じるわよね」

美智江が冗談めかして言った。

「とにかく、金曜日もまたパーティールームでお会いしましょう」

「わかった」

そして二人はそれぞれの配偶者のところに戻った。美紀はまだ知り合いの女と歩きながら話を続けている。

「ねえ、阿部さんが亡くなったんですって」

「それは、それは……」

久坂は悲し気に眉を寄せたが、その阿部というのが誰だったか、すぐに思い出すことが出来なかった。

「それがね、突然だったんですよ。外から帰っていらして、胸が苦しいっておっしゃって、奥さまが救急車を呼ばれたんですけど、中で息をひきとられたのよ」

妻と一緒にいる女は、銀座の画廊のオーナー夫人である。もしかすると阿部というのは、そちらの関係者かもしれないと久坂は見当をつける。

席に座るなり妻に尋ねた。

「阿部さんって誰だったっけ」

「いやだわ、何言ってるの」

同業の元会長であった。

「ふだんは大阪にいる人だから、ぴんとこなかったよ。しかもとっくにリタイアしている」

「お舅さまはもうご存知かしら……。あなたって男の人の名前は本当に憶えられないわね。女の人となると記憶力がいいのに」

やはり見られていたのだ。

といっても、妻が何かを知っているわけでも、気づいているわけでもない。単に人前で、夫が派手な女と話し込んでいるのが不愉快だったのである。

だから久坂もことさらに言いわけせずに、黙って客席に向かう。通路をはさんだ大きなブロックの最前列は、最上等の招待客で占められている。真中には音楽好きの某宮家の妃殿下が、新聞社社長らにはさまれて座っていた。その二つ隣が美智江と夫である。プログラムを手にして、何やら頷き合っている。その様子は、四つ離れた久坂の席からでも観察することが出来た。

美智江の夫は平凡な容姿の小男であるが、年齢を重ね地位を得て、まずまずの風采となったと多くの者は言う。娘時代からとかくの評判があった美智江であるが、実家の力によって東大卒の有望な男と結婚し、まあ表面上はおとなしくおさまっている。二人の息子たちも東大に進ませたことは、今では美談として伝わっていた。そして現在の彼女の行状も、何とはなしに大目に見られているのだ。

その彼女から夜食を誘われた。おそらく彼女が気に入っていた西麻布のイタリア料理店に行くことになるだろう。そこは午前二時まで営業していて、夜な夜な遊び慣れた金持ちや芸能人でにぎわっている。

あそこで美智江と二人、食事をするというのは、かなり気の張ることであった。以前二人でいたところ、美智江の知り合いになんと四組会ったのである。

「まあ、元気にしてた？」

「お久しぶりよね」

そのたびに美智江は手を振ったり、立ち上がって大げさにハグをしたりする。中でも閉口したのは、白人の大男が「ミチエ！」といって近寄ってきたことだ。二人はしっかりと抱き合い、男は美智江の頰に音をたててキスをした。

「まあ、まあ、あなたいったいいつ日本に来たの⁉ どうして私に連絡しないの⁉」

なぜか美智江はイタリア語が出来る。夫がローマ支店勤務時代に学んだのだ。美智江は有名なファッションブランドのCEOだと久坂に紹介した。

もうあんな騒々しいことはごめんだと久坂は思う。最後までイタリア語がわからないふりをしていた。

が、それは二人がまだ関係を持たなかった頃の話である。そうなってからは、共に食事をすることなど考えもしなかった。せいぜいがホテルのルームサービスで、軽食をとるぐらいだったはずである。

そして美智江と寝て楽しかったか、と問われればそうでもなかった、と久坂は答えるであろう。

こういう女にありがちなことであるが、美智江はベッドの上でのことがありきたりで、とりたてて印象もない。恋愛は大好きだが、色ごとにはそう関心がないという女は、案外いるものだ。自分の女としての魅力を試すために、いろいろな冒険にのってみる。こちらから誘うこともある。少女の頃からつちかったテクニックを駆使して、男との駆けひきに立ち向かう。男は屈伏する。行動に出る。が、彼女にとってそこでゲームオーバーなのだ。セックスはつけ足しのようなものである。久坂が彼女と寝たのはほんの数回にすぎないが、おそらく他の男もそんなものではないだろうか。不感症に近いと久坂は推察している。

が、それが彼女を世間の悪評から救っているかもしれなかった。派手な交友関係を取り沙汰されながらも、尻軽という汚名をかぶせられないのは、美智江に長続きする相手がいないからに違いない。

考えてみると美智江が誘ってきたのは夜食なのだ。よく冷えた白ワインを飲みながら、ワゴンにのって運ばれてくる前菜を選ぶ。そしてとりとめのない話をする。美智江は大変頭のいい女で、話題にはことかかない。まあ、そんな夜があってもいいだろう。

やがて指揮者が登場した。拍手がわき起こる。今、売り出し中のロシア人の指揮者だ。オーケストラをうまくコントロールしながら、歌手の声を引き出していた。主役のソプラノ歌手も若く美しい。しかもほっそりとした体型だ。昔、久坂がオペラを見始めた頃、オペラ歌手はみんな堂々たる体軀（たいく）をしていたものだ。ところが最近は、女優でもとおるような美女が多い。

こういう時、嫌でも、

「オペラ歌手の女は、あそこが最高なのだ」

という男友だちの言葉を思い出してしまう。そして昔、オペラ歌手を愛人にしていた、名の知れた老人のことを考える。先ほどの滝沢の姿もくっきり浮かび上がった。

四日後、久坂は一人で上野の東京文化会館の前に降り立った。

招待は二人だったので、誰かもう一人を誘ってもよかったのであるが、まわりにオペラ好きな者は限られている。そう親しくない者に声をかけるのも億劫（おっくう）で、今夜は一人で来ることにした。しかしそのおかげで、終わった後、昔の女と二人きりで夜食をとることになった。それがいいことか悪いことかわからない。

初冬のたそがれは早く、文化会館の後ろの公園は、早くも闇（やみ）が降りてこようとしていた。夜が近い理不尽さを訴えるように、カラスがけたたましく鳴きながら、森の上をとびかっていた。

道路が空いていたため、思っていたよりも早く着いた。招待客のためのパーティールームが開くのは休憩の時だ。売店のコーヒーでも飲もうかとロビイを歩いていると、後ろから声をかけられた。

「ヒロ君じゃないか！」

驚いた。阿部弘和は、四日前に亡くなった大阪の製薬会社元会長の長男である。その彼がまさかオペラ見物にやってこようとは思わなかったのである。

「ヒロ君、こんなところに来てもいいのか」

二歳年下の幼なじみに、久坂はつい詰問調になってしまった。

「おととい家族だけで密葬をしましたよ。年が明けたら、大阪で『しのぶ会』をしますが、その時は来ていただけますか」

「もちろんだよ……。確かうちの親父が弔問にうかがったはずじゃないだろうか」

「たぶん、弔問もお花もすべてお断りしていると思うのですが……。なにしろ会社がやっているので、僕は全く蚊帳の外なんですよ」

阿部はニヤリと笑ったが、その自虐的な笑いは、彼の俳優のように整った美しい顔によく似合っていた。

「こんなところに来てもいいのか」

と久坂が叫んだのはもうひとつの意味がある。

阿部弘和は、三年前、非合法カジノにかかわって、逮捕されるという大スキャンダルをひき起こしているのだ。起訴は逃れたが、これによって社長の座を解かれている。ワイドショーや週刊誌にも取り上げられ大騒ぎになった。

阿部は久坂より二歳年下であるが、ぜい肉のまるでない体と小さな整った顔は、とても五十代には見えない。着ているものも、ノーネクタイに革のジャケットという、オペラにはふさわしくない若者のような格好である。

それにしても事件から三年、社長職も解かれ、世間から遠ざかっていた阿部と、突然上野の東京文化会館で会おうとは思わなかった。

「ヒロ君、君、オペラが好きだったっけ」

その質問は、実は別の意味が込められている。

「君はもう、こういう華やかな場所に来ることが出来るのかい」

が、阿部は久坂の咎めるニュアンスには全く気づかず、笑っていや、いや、と手を振った。

「僕がオペラなんて苦手なこと、タカさんは知っているでしょう」

そうだったかなと思う。子どもの頃からのつき合いであるが、彼のことなどまるで知らなかったと実感したことが何度もある。

若い頃に何度か麻雀をしたことがある。その時彼の真剣さと、賭け金の多さに驚いたものであるが、まさかギャンブルで身を滅ぼすようなことになるとは考えもしなかった。

「僕の彼女が、一度オペラを見てみたいっていうんで連れてきたんです」

阿部は少し離れたところに立っていた、背の高い女を呼んだ。

「リサ！」

女はまだ二十代にしか見えない。総レースの真赤なドレスを着ていて、こちらの方がはるかに今夜の場にかなっていた。大きな目につんと高い鼻と、まるで人形のような顔立ちをしている。たぶんタレントかモデルといった類の女であろう。

昔から阿部はこうした女が好みであった。それもB級の。売れている女優やタレントとつき合ったことがあるが、金がかかるのと、自分をあまりにも過大評価することに辟易するのだという。

充分美しく魅力もあるのに、まるで売れない女たちの、うら淋しさややさしさが好きだと聞いたことがある。事件がきっかけで妻とは離婚していた。だからこうして大っぴらに恋人と出かけることが出来るのだ。

阿部は女を紹介してくれた。リサというのは芸名なのだという。

「歌をやってるんです。ＣＤも出してるんですよ」

「どんな歌を歌っているの」

つい好奇心にかられて尋ねた。

「シャンソンです」

「ほう―、今どきこんな若い人がシャンソンを歌うなんて」

「みんなにそう言われます」

口角を上げてくすっと笑って見せた。近くで見ても陶器のような肌をしていた。毛穴がまるでなく、ふわっと薔薇色のチークがかかっている。ハーフではないが、クオーター程度に白人の血が混じっているようだ。

「昔のレコードを聞いていたら、なんだかいいなーって思っちゃって。歌詞も古くさくて長ったらしいんですけど、初めて聞くようなフレーズがあって。新鮮で……」

「今、フランス語も勉強してるんですよ」

阿部は娘の自慢をする父親のような口調になった。それでも不思議ではない年齢差であるが、そうは見えない阿部の若さである。肌も艶々としていて、髪には白髪がない。流行りのカットがよく似合っていた。

「どうしてそんなに若いんだ」

問わずにはいられない。あの醜聞によって阿部はすべてのものを失ってしまったはずだ。会社を追われ、妻子とも別れた。父親とも疎遠になった。その阿部が前よりもはるかにいきいきとして目の前にいる。

「いやだなあー。髪は染めてるに決まってるじゃないですか」

自分の髪に触れた。

「やっぱり苦労しましたからね。一時期髪が真白になって、それから元に戻りません」

「それを聞いて安心したよ。あまりにも若過ぎるからね」

冗談めかして言うと、阿部が初めて歯を見せて笑った。すると顔に幾筋かの皺が発生する。とはいうものの、やはり美貌の男であった。

「ヒロ君、もっとゆっくり話をしたいから、休憩に招待客のパーティールームに来ないか。僕と一緒なら入れるよ。美智江さんも、君に会いたがるはずだから」

「おお、ミッチー、懐かしいなあ。だけど勘弁してください。あのお姉さまにずけずけ言われて耐えられるほど、まだ体力、気力ないんですよ」

それよりも、と続けた。

「リサは帰しますから、オペラの後、僕と飲んでくれませんかね。話もあるし」

それもいいかと思った。

夜食は軽い約束である。もし自分が行かなくても、顔の広い美智江のことだ、すぐに相手を見つけるだろう。

休憩時間、招待客のパーティールームに向かった。美智江はすぐに見つけることが出来た。今夜は光る灰色のワンピースを着ていた。襟ぐりが大きい。そこから少々シミが目立つ、れんが色の肌が見えた。ゴルフ好きの彼女は、昔から日灼け(ひや)をまるで気にしないのだ。

「――、どうだった？」

主役のトスカを歌っているソプラノ歌手である。長いイタリア名をよどみなく発音した。

「スカラで衝撃のデビュー、って聞いたから期待したけど、いまひとつだったわね。がっかりしちゃったわ」

「一幕めでまだ声が出ないんじゃないのかな」

「隣にイタリア大使が座ってたけど、ブラーヴィーの連続よ。うるさいったらありゃしない」

そう言いながら、シャンパンをぐいと呑(の)み干す。

「二幕めはちょっとうとうとしながら聞こうかしら」

「終わった後のことなんだけど……」

美智江のグラスを受け取る。

「さっき阿部弘和君と会ったんだよ」

「まあ、懐かしいわ」

美智江は大きく目を見開いた。太いアイラインを上下させる。

「彼、牢屋に入ったんじゃないかしら」

「まさか。不起訴になったんだよ。それでもここしばらくは世間から遠ざかってた。さっき彼から、ちょっとつき合ってくれって言われてね。悪いけど、今夜キャンセルさせてくれないか」

「オッケー、オッケー」

美智江は大きく頷いた。

「そうよね。男同士の友情は大切ですものね」

こういう言葉が嫌味に聞こえないのが、彼女のいいところである。

「彼にもよろしく言っておいてね。若い頃は結構仲よくしていたのよ。彼の大学時代の恋人が、私の妹の親友だったから」

「ああ、もちろんだよ」

こうしているうちに、開幕を告げるチャイムが鳴った。

「ああ、でも彼の人生って、まさしく歌に生き、恋に生きよね。あんなに好きなように、破天荒に生きる男なんてめったにいるもんじゃないわ」

出口で待ち合わせ、久坂の車で飯倉に向かった。行ったところは、意外にも老舗のイタリア料理店であった。有名人が多いところである。

「最近、二階にバーが出来たんですよ」

路地から入れる玄関から階段を上がる。

「下から料理を運んでくれます。まだ知られてなくて案外穴場です」

「そうなんだ。相変わらずだなあ」

流行の店や場所をよく知っていた。文化人や芸能人とのつき合いも広い。美男子で金払いのよい彼のまわりには、たえず派手な人間がたむろしていて、その危うさが気がかりだったものの、シンガポールに行って以来交際が途絶えていた。

「お父上、本当に残念だったね。さぞかし皆さん、お力落としのことだろうね。僕も可愛がっていただいたから本当に残念だよ」

酒が運ばれる前に悔やみをのべた。

「いやあ、親父もあの馬鹿息子の行く末、見たくないっていつも言ってましたから、ちょうどいい頃じゃないですかね」

いつもの自虐的な笑いをうかべているものの、その目がうるんでいることを久坂は見逃さなかった。

阿部の会社は、文政時代、大阪道修町が発祥とされている。富山の薬売りから始まった久坂薬品とは、なりたちが似ていることから、祖父の時代からつき合いが深かった。二人が子どもの頃は、ふた家族で京都やハワイに遊びに行ったことがある。

「君は自慢の息子だったはずだよ。ヒロ君が東大に受かった時、お父さんが僕の親父にこう自慢したそうだ。タカ君は京大に入ったかもしれないけど、うちの息子は東大に入ったって」

「親父らしいなあ……」

目はさらにうるおって、キラキラと光をはなった。切れ長の綺麗な目である。俳優のような顔立ちは、中年になっても衰えを見せない。

「うちの父から聞いた。こんなことも言ってたって。しかもうちの息子は、お前のところの息子よりもずっと男前だって。もちろん酒の席での戯れごとだがね」

「全く失礼なことを、重ね重ね許してください。うちの親父は酒に酔うと、何でも言いますからね。特にタカさんのお父さんには気を許してましたから」

献杯のように、二人ウイスキーグラスを目のところで合わせた。

「しかし親父が死んで、うちの会社もどうなるかわかりません。そうでなくても、僕のことでかなりガタガタしましたからね」

阿部の会社は以前から、やはり中堅の会社と統合が噂されていた。「弱肉強食」を絵に描いたような、M&Aを繰り返す海外の製薬会社と違い、日本の企業はこの何年か平穏が保たれていた。しかし大手が突然、ヨーロッパの製薬会社を買収したことにより激震が走った。これからは再編が進むだろうというのは、業界の常識である。

「うちはタカさんのところのように、次々と新薬をつくる体力がありませんからね。この先どうなることやら。いや……、僕のように追い出された馬鹿息子に、あれこれ言う資格はありませんが」

「僕だってそうだよ。シンガポールで好き放題暮らす、道楽息子ということになっている」

二人は声を出さずに笑った。

「このあいだまで、僕たちは高学歴の優秀な跡取りってことで、かなりイケてたはずですけどね。どこでどうなったんですかね」

「仕方ないさ。君も僕も『トスカ』の道をいっちゃったからね」

同じオペラを見たばかりだから、すぐに意味が通じた。

「歌に生き、恋に生きか……。そりゃ、いいや。だけど僕と違って、タカさんはずうっとうまくやってますからね。奥さんとも離婚してないのがすごい」

「うまくやってる……、ってことはないだろ」

「僕に隠すことはないじゃないですか。銀座や新橋行って、タカさんの名前出すと、みんな言葉を濁すんですよね、こりゃあ、お金遣って相当上手に遊んでるって、僕はいつも感心していた。例えば滝沢さんなんて、昔から自分は女にモテるってすごく自慢してたじゃないですか」

「滝沢さんか、懐かしいな。昔はよく遊びに連れていってくれたもんだ。今度のオペラにも奥さんと来ていたよ」

「あの人、自分のセックスがいかにすごいか、酔うとよく言ってたけど、関係持った女性に言わせると『たいしたことない』って嗤ってた」

「ひどいな」

「女は意地悪ですからね。だけどタカさんは、女に恨まれない。そうお金を無駄に遣うようにもみえないし、いったいどうすれば、あんなにうまくやれるんだろう。いずれ教えてもらおうと思っているうちに、シンガポールに行っちゃったし、帰ってこないところをみると、あっちでもすごく楽しいことがあるんでしょうね」

「東京と違って、ストレスがない分、楽しくゆったりと暮らせるよ」

「そうやって、肝心なことをいっさい言わないところが、タカさんのうまくいくコツなんだろうなあ」

感心したように、首を静かに振る。

「僕はどうも、女に本気になり過ぎちゃうんですよ。このへんでうまく終わらせよう、金で解決しようと思っているのに、女にわんわん泣かれるともう駄目なんです」

「それはヒロ君がやさしいからだよ」

「それだけじゃないんです。少し続くと、たいていの女は嫉妬を隠さなくなる。こちらを縛ろうとする」

「僕はそういうの嫌だねえ」

「ふつう嫌でしょう。だけど僕は女にうんと縛られるのが快感なんです。にっちもさっちもいかなくなるのも楽しくて仕方ない。そうしている間に、本当にどうしようもなくなる。妻にも知れることになる。僕はほどほどっていうのを知らないんです」

「……」

彼の度を過ぎた、ギャンブルへののめり込み方を思い出す。名門の大金持ちに生まれ、学歴、容姿すべてに恵まれた阿部が、賭けごとの罠にはまってしまったことは、当時大きな話題となったものだ。偉大な父に対する反ぱつと論ずる者もいた。それを本人は、

「ほどほどということを知らない」

という、ごく単純な言葉で表現しようとする。が、話が深刻な方に行くのは、久坂の得意とするところではなかった。

「ところでヒロ君、君は今、何してるの」

「名刺を渡すの忘れてました。ちゃちな名刺なんでつい……」

「アベ・ワールドフーズ」社長とあった。

「親父が大昔、気まぐれにつくった食品の輸入会社です。でも友だちの会社の社外取締役、いくつもやってるんでそちらの方がずっと忙しいかな」

久坂も知っているIT企業の名を挙げた。

「タカさんは、ITの連中なんかと接点ないでしょう」

「そうだなあ、最近の若い人たちとはまず知り合うことはないなあ」

第一世代というべき大物たちは、最近財界活動にも熱心で、経済団体の中心になりつつある。たまに行くダボス会議でも、いつも報道陣に囲まれていた。

しかしその下の経営者となると、見当がつかなかった。

アメーバのように増え、勢力を伸ばしていく彼らを好意的に見ていない者は多い。

「あと三年で消えていくよ」

としたり顔で言う知人がいたが、いつのまにか若い経営者も次々と上場していく。

いわば旧世界に属する阿部に、彼らは積極的に近づいてきたという。

「僕は結構、ああいう連中と仲がいいんですよ」

「まあ僕みたいに、ハチャメチャな人間はなかなかいませんから、近づきやすかったのでしょう」

そうだろうとも言えずに黙っていた。

「それに聞いてみると、僕の後輩も随分いるんですよ。東大だけじゃありません。中高も同じところを出ているんです」

灘中を落ちたという阿部は、東京の名門私立中学に進み、そのために母と上京してきたのだ。

「彼らに頼まれて、社外取締役を幾つかしているんですが、やっぱりみんなすごいですよ。まずめちゃくちゃ頭がいい。東大や京大出はいっぱいいます。その頭のよさも、僕みたいに勉強を一生懸命やりました、なんていう感じじゃなくて、何ていうんですかね、効率がいいんですよ。世の中に早く出ていくためには、東大卒という肩書が有利だ、それならば短時間で勉強して、さっさと大学入ろう、そしてすぐに起業だ、っていう感じですかねえ」

「僕にはよくわからないなあ、ITの若い人たちとは、そりゃ何度か会ったことはあるが、僕とは違う世界の人、という気がしたなあ」

「そんな年寄りくさい言い方、やめてくださいよ」

阿部のウイスキーはもう三杯めだ。

「タカさんも僕も、まだ五十代じゃないですか。六十代ならともかく、彼らと手を結べる年代なんですよ」

そうだ、彼らと一度飲みましょうよと、阿部は言った。

「タカさん、いつシンガポールに帰るんですか」

「あさっての便で発つつもりだけど」

「次に日本に戻ってくるのはいつですか」

〝帰る〟と〝戻る〟を使い分けていた。

「来月の十日過ぎかな」

「その頃に、時間をもらえませんか。ぜひ会ってもらいたい友人がいます」

ちょっと億劫なことになったかなと、久坂は思った。ＩＴの若社長などというものは、海のものとも山のものともわからない。そうした連中に深入りして、おかしなことになるのはまっぴらだった。

そもそも阿部という男は、好奇心が大層強い。プライドが高い半面、人懐っこいところがあり、いろいろな世界の友人を持っていた。芸能人とも遊び、人気タレントとつき合っていたこともある。結局彼のその性格が、非合法カジノという場所へと向かわせたのだ。

「みんなとてもいい奴らですよ」

「どのくらい若いの」

「たいてい三十代です」

「三十代かあ……」

ますます気が進まなくなった。起業している人間ならばとてつもなく自信に充ち、傲慢ではなかろうか。

「そんな三十代の人たちと酒を飲んで楽しいかねえ……」

ふと阿部の革ジャケットに目がとまった。以前はふつうにスーツを着ている男であった。こんな風な服装は、彼らと合わせるためだろうか。

「それで若づくりをしているのかい」

「違いますよ。若い彼女のためですよ」

阿部は唇をゆがめる不思議な笑い方をする。こういった時、つかみどころがない感じがした。幼なじみでよく知っているようで、実は何も知らないのかもしれないが、無下に断るわけにもいかず、久坂はスマホを取り出した。スケジュールを確かめる。

来月は十日間日本にいる予定だ。既に六つ会食が入っている。そのうち二回は女とのためのものだが、離日する二日前の夜が空いていた。この日を遣ってもいいかなと考える。

「君がそんなに、彼らと仲がいいとは知らなかったよ」

「彼らの方から積極的でしたね」

阿部はそれが癖の、唇をゆがめた笑いをする。

「こんな言い方すると、鼻持ちならないような気がしますが、彼らから言わせると僕はヒーローだそうです。誰でも知っている企業の社長をしていた。東大も出ている。そんな人間がギャンブルにのめり込んで、何もかも失ってしまった。これほど破天荒な男、ちょっといないということでびっくりされたようですね。考えてみると彼らのあの教祖さまも、刑務所に入っていたわけですし」

「そりゃ、そうだ」

彼らの教祖というのは、今もマスコミで活躍している起業家である。彼が何の罪で逮捕され、刑に服したか正確に言える者はもういないに違いない。しかし彼は刑務所暮しによって、その虚名をますます大きなものとしている。

「僕も彼と会ったことがあるよ」

「タカさんがですか」

「ああ、あれは何の会だったろうか。確か政治家との食事会だった。六人ほどの。そこに彼が来ていた。銀座の高級フレンチだったが、ボロボロのジーンズだった。テレビで見たとおりの非常識な男だと思ったが、話してみると案外素直で面白い奴だった」

「タカさんには、ボロボロのジーンズに見えたかもしれませんが、あれはヴィンテージのおそろしく高いものですよ」

「高いかもしれないが、僕は感心しないなあ。そうそう、話題の――の社長もいたよ」

「随分派手なメンバーですね」

その政治家の好みだったのだろう。アプリ開発で巨万の富を得たその社長は、レストランの個室に自分のソムリエを連れてきていた。

「社員ソムリエですね。有名ですよ。あの人はどこにでも連れてきます。このあいだは築地の河豚屋にも来ていましたよ」

もちろん店の許可をとっているに違いないが、不思議な光景であった。社長が持ち込んだのはワインだけではない。正社員となっているソムリエがその場に立ち、サービスしてくれるのである。

「ITの社長というのは、とんでもない金の使い方をするもんだと思ったよ」

「あの人は特別ですよ。人を喜ばせるのが大好きなんですよ。なにしろみんなにご馳走するワインのために、輸入会社をつくったぐらいなんですよ。ところで……」

ここだけの話と、阿部は声を潜めた。

「僕はこの頃、ラスベガスやマカオに行くんですよ」

「おい、おい、やめてくれよ。もうギャンブルはやめたんだろ。あれだけのめにあったんだ。今はトランプを見るだけでもぞっとするだろうに」

「いや、あれは僕の不覚でした。詳しいことは言えませんが、結局ハメられたんですよ」

彼は西麻布の不法カジノの店にいた最中、現行犯で逮捕されたのである。

「マスコミがうるさいですから、日本ではパチンコ屋にも行けません。ですけど彼らの自家用ジェットで行けば、どこもスルーしてカジノのＶＩＰルームで遊べますよ」

が、もう昔のような馬鹿な金の使い方はしない。今、自分は若い社長たちの指南役なのだという。

「タカさんは知らないでしょうけど、ITの社長というのは、結構ギャンブルが好きですよ。びっくりするようなビッグネームの人たちも、カジノで遊んでます。みんなやっぱり自分の強運を確かめたくて仕方ないんですね」

「強運を確かめる、っていうのはわかるような気がするけど……」

「それにみんな、ギャンブルをしなきゃ金の使い方に困るでしょう。タカさん、僕らのように、ビタミン剤一個売って幾ら、なんていう商売してないんです。彼らは金がまた金をつくり出すイリュージョンのような世界に生きているんです。だけど人間、金儲けだけをしているわけにはいかないでしょう。どこかで、生きるための穴を開けなきゃいけない。その穴をめがけて、みんな途方もない無駄な金とエネルギーを注ぐんですよ。それがギャンブルだったり、ワインだったり、現代美術だったりするんです」

「僕にはよくわからない世界だよ」

別に嫌悪を持っているわけでもない、とにかく彼らは別世界に生きている人間としか思えなかった。

「僕がセッティングしますよ。僕が可愛がっている若い連中と会ってくださいよ」

「ファリン、お元気でしょうか。なかなかお返事をいただけませんが、それはたぶんあなたが中国にいるせいでしょう。あなたの国の悪口を言うわけではありませんが、もうじき資本主義の頂点に立とうとしている国が、当局によってLINEや幾つかの通信手段を制限されているというのは、あまり誉められたことではありませんね。

いや、あなたはもしかすると、ご主人がいらっしゃるニューヨークか、シリコンバレーに滞在しているのかもしれない。そうなると僕は無視されているということになるのかもしれません。

僕は今、空港に向かう車の中にいます。今回、日本にいる時間はかなり長かったのですが、相変わらず雑事に追われて、あっという間に過ぎてしまいました。シンガポールで、また思索と学びの日々を取り戻したいものです。では」

送信したものの全く期待していなかった。

しかし一分後、久坂は喜びの声をあげる。ファリンからの英文が表示されていたからだ。

「お久しぶりです。私は今、東京と上海を行ったり来たりしています。忙しくて返事をさし上げず失礼いたしました。シンガポールにお帰りになるのですね。おめにかかれず残念でした。いつか東京でお会いしましょう」

なんだ、これはと腹が立つ。ていのいい断りの文章ではないか。こちらがシンガポールに帰るのがわかって、東京で会いましょうと言っているのだ。

久坂はせわしく指を動かす。

「といっても、来月はまた東京に戻ってきます。あなたが東京にいらっしゃる時に、ぜひお会いしたいものです」

返事が来たのは、羽田空港に着いてからである。ファーストクラスのラウンジで、久坂はビールを飲みながら、メールやＬＩＮＥを確かめるのが習慣だ。その中にそっけないファリンの返事があった。

「いつか東京でお会いしましょう」

これにひるむような久坂ではなかった。

「私の東京での日にちは次のとおりです。キャンセルしてもいいので、約束してください」

返事が来た。それは阿部と会うことになっている夜の前日であった。

最近シンガポールでは、女たちの入れ替わりが激しい。

密かに関係を続けてきた駐在員妻が、また一人、夫の赴任に伴い別の国へと飛び立った。キャリアをめざしてやってきた女たちも、ひとりふたりと日本に帰っていく。

そんな中にあって、最近久坂が熱を入れて口説いてきたのが、マレー人のパラリーガルだ。マレー人とは初めてであった。浅黒い肌がなめらかで吸いつくようだ。二十六歳という年齢の割には経験が少なく、すべてが初心なのも気に入った。女の性的な未熟さをありがたがるのは、こちらが年とった証拠と、久坂は今までなんら興味を持たなかったのであるが、最近は新鮮な驚きがある。

「こんなこと、されるの、初めて？」

と無理やり答えさせようとすると、

「恥ずかしくて、死んでしまいたい……」

と涙をうかべ、切れ切れにつぶやく。そんな姿が本当にいじらしく可愛いと思う。

「オレもオヤジになったものだ」

思い出しては苦笑いすることもあったが、五十四になろうとする久坂は、今も体の隅々に力がみなぎっている。

仲間たちはそろそろ薬に頼る頃であるが、ああしたものを飲んだことはない。たまには酒が過ぎたり、コンディションが悪く、思うようにならないこともあったが、女たちは笑って許してくれる。すぐに挽回するのを知っているからだ。

南の国にいる間、久坂は趣味と情事を専門にすればよかった。朝起きると、マンション付属のジムへ行き、軽く泳いだりトレーニングをする。その後、パソコンを開くこともあるが、会社から送られてくるものは、たいてい決定事項ばかりである。意見を求められることはほとんどない。

午後からは本を読み、中国語の勉強をする。昨年からはギリシャ語でホメロスを読む同好会をつくった。マレー人の女とはここで知り合ったのだ。

あと、口説けば何とかなりそうな香港から来た女もいたが、これはそう急ぐことはないだろう。

緊張するのは、むしろ東京へ向かう時だ。ここには義理で抱かなければならない女たちが何人かいる。いや、義理だけではない。久坂は女に対して思い切りが悪かった。

その女たちの中に広瀬洋子が混じるようになったのは、つい最近のことだ。洋子は、ファリンの秘書をしている不器量な女である。上海で初めて会った時も、まるで食指が動かなかった。それなのに、ふとした気まぐれで東京で抱いてしまったのである。

その時彼女はまるで濡(ぬ)れず、久坂はかなり難儀した。入り口をかすっただけで、奥まで到達しなかったことは、彼の誇りを傷つけたといってもいい。そのために久坂は、もう一度洋子を誘ってしまったのである。

二回目は相当改善が見られた。あたり前だ。いつもの倍の時間と熱意を、久坂は前戯に費やした。洋子の谷の部分を指で拡(ひろ)げ、ゆっくりと舌で愛撫(あいぶ)した。すると谷の段々畑から、ちろちろと水が流れ出すようになったのだ。しかし、充分ではない。久坂は言った。

「今度は少し予習をしてみたらどう」

そして自分の指や器具を使うことを教えた。この時〝僕のために〟とつけ加えるのを忘れない。

「これはとてもいいよ。通販で買えるよ」

それは以前、アメリカ人の友人から教えてもらったものだ。彼女は体をトレーニングするように、自分の性感や性器を鍛えるのだという。

「週二回ぐらいは、これを使って自分で楽しむの。みんな自分の筋力が萎えるのは心配するくせに、いちばん大切なところが衰えていくのは、どうして平気なのかしら」

たぶん彼女は久坂を誘っていたのだろう。しかし大柄な白人は彼の好みではなかった。ロシア人の美少女以外はあまり楽しい思い出がない。

そして洋子は、健気にこの器具を買い、結構使用したようである。間を置いて三回目に会った時は、何の支障もなく久坂を迎え入れることが出来た。

これには少々感動して、久坂はつい四回目の約束をしてしまったのである。

日本にいる時の彼はとても忙しい。十日間から二週間滞在するが、この間、会社にも顔を出し、妻につき合ってパーティーにも行く。男友だちとも酒を飲まなければいけなかった。だから東京の夜は貴重なのだ。

それなのに、その大切なひと夜を、洋子に捧げる羽目になってしまった。

自分が課したレッスンの効果をみるためもあるが、ファリンの消息を聞くためというのが大きい。

洋子とはホテルの中のビストロで待ち合わせた。女と二人の時は鮨屋を使わない。もし知り合いと会った時に、逃げ場がないからである。

久しぶりに会う洋子は、かなり見栄えがよくなっていた。肌の艶がまるで違う。あの器具をたとえば一日おきに使うとすれば、その回数男に抱かれているようなものだ。もちろん本物の男とはまるで違うが、何もなく乾いた状態よりもずっとましというものである。

そう高くないブルゴーニュのワインを飲みながら、さりげなく久坂は尋ねた。

「ところで、君のボスは元気なの」

「連絡とってないんですか」

疑うようにこちらをじっと見る。女というのは、たった三回でも、こんな目をするようになるものなのだ。

「連絡も何も、あの時、上海で会って以来だよ」

「そうですか。だってファリンさん、ずっと東京にいるから、久坂さん、会っているかと思いましたよ」

「何だって」

連絡がないのは、通信手段を制限する中国にいるためだと思っていた。

「ひどいなあ。東京にいるなら連絡してくれればいいのに」

半分おどけたふりをしているが、かなり腹が立っていた。ここまで自分を避けることはないと思う。まだ何もことを起こしていないではないか。

「ファリンさん、今、恋愛中だからじゃないですか。だからどこにも行きたくないんですよ」

恋愛中という言葉に動揺した。彼女には恋人がいるのか。それもいたしかたないことだと心を落ち着ける。美しく魅力ある女である。

が、秘書がこんなことを言ってもいいのだろうか。久坂の頭によぎった疑問に、さらに洋子は重ねる。

「ファリンさん、ご主人と別れるみたいなのね。もっともずっと別居してたから、いつ離婚してもおかしくなかったんですけど。今度は本気みたいですね」

平べったい顔に似合わない、意地の悪い笑いをうかべた。

「相手は日本人です」

「ほう……」

平静を装ったがうまくいかなかった。日本人といえば、相手は田口に決まっている。

「何ていう名前なの」

「さあ……私にはわかりませんね。ただ、今弁護士さんに、結婚をしたいので一日も早く離婚をしたいって言ってるようです」

「それでご主人の方は納得したのかな」

「ああいう階級の中国人男性は、とてもプライドが高いんです。離婚してくださいと妻の方から言って、すぐにする人はあまり聞いたことはありませんね」

「ご主人の方は、ファリンさんに新しい恋人がいることを知っているんだろうか」

「そんなことがわかったら大変ですよ」

顔をしかめた。

「ご主人がアメリカにいてよかったですよ。離れているから、ファリンさんも大っぴらに男の人と会えるんじゃないですかね」

それほどファリンは、田口にのめり込んでいるのかと、久坂は不快さをつのらせる。ファリンはあの漢詩を作ったのが、本当に田口と信じているのだろうか。おそらく田口は漢詩の木など一冊も読んだことがなく、袁枚が誰かも知りはしないだろう。すべて自分が教えてやったのだ。

が、そんなことをファリンに言えるはずはなかった。自分はそこまで卑怯な男ではない。卑怯なことをするぐらいなら、女を手に入れられなくてもいいと思う。とはいうものの、この口惜しさはどう言ったらいいのだろうか。

「ああ、このワイン、とってもおいしいですね」

洋子がふうっとため息をついた。自分の言葉で久坂がどれほど不愉快になったのか気づいていない。いや、そう仕向けていたのかもしれなかった。

久坂は胸ポケットに入れた、ホテルのカードキイのことを思った。店に入る前にチェックインしたものだ。部屋はワインと同じように、中の下クラスである。狭いツインの部屋だ。

今夜の女にはそれくらいでいいと考えている。平べったい顔の、座ると腹に肉の輪が浮き出る女。それなのにこのまま帰ることは出来ない。今日の女が、どれほどの潤い（うるお）を持つのか、確かめずにはいられないのだ。じわじわと欲情がわいてくる。それがどうにも消せないことが、何とも腹立たしい。

直前に断ってくるのではないかと、気が気ではなかった。

が、ファリンは約束のレストランにやってきた。間違えることもなく。

神谷町にあるこの店は、予約が取れないことで有名である。常連たちが帰る時に、三カ月先、四カ月先の日にちを押さえていくからだ。カウンターと、小さなテーブルと、広めのテーブル席がふたつあるだけである。日本各地の食材を使ったフレンチが評判を呼んで、ずっと先まで席は埋まっているという。

ファリンが迷わないかと心配したのは、遊び心のあるオーナーのために、入り口がとてもわかりづらくなっているからである。

大通りに面したビルの一階に、小さなコーヒースタンドがある。若い男の店員が一人いて、豆を売っている。そこで熱いエスプレッソを飲むことも出来た。レストランにやってきた客は、店員に挨拶(あいさつ)をして、後ろの壁を押す。すると壁は後ろに開いて、レストランが現れるという仕掛けだ。

しかし久しぶりに行ったら、入り口はさらにわかりづらくなっていた。コーヒースタンドの替わりにガラスのドアがあり、その後ろに小さな空間がある。花の絵がかかっていて、通り過ぎる人は、ギャラリーのちょっとした展示と思うかもしれない。が、その花の横の壁を押すと、レストランが出現する。相変わらず流行っていて、たくさんのざわめきが聞こえる場所だ。

今夜のファリンは、オレンジともピンクともいえない色の、ふくれ織りのスーツを着ていた。この色のために、肌が白く輝いて見える。少し化粧が濃いように見えたが、さらに美しくなっていることに変わりない。

「恋人がいる」

という洋子の言葉が浮かび上がり胸を刺す。あんな女を抱くのではなかった。洋子は充分に濡れたばかりでなく、体を波うたせ、エクスタシーという黄金を手に入れたのである。こんなことは何年ぶりかだという。そして「ありがとう」とつぶやいたのである。ありがとうだと。そんなことを言われて喜ぶ男がいるだろうか。自分が女に奉仕してやったようではないか……。

いけない。ようやく会えた女を目の前にして、どうしてあんなに嫌なことを思い出したのだろうか。

「お久しぶりですね」

「本当に。最後にお会いしたの、いつだったかしら」

「夏の終わりですよ。あなたがノースリーブを着ていたから」

久坂は気障なことを言ったが、すべて英語なので、隣の客に聞かれる心配はなかった。

先ほど、ちらっと目をやると、太った男と妻らしい女の二人連れだった。どうやら地方から来た客らしい。何カ月も待って、憧れの店に来たことに興奮している。前菜からスマホで撮っている行儀悪さには鼻白んだが、こちらの会話に聞き耳を立てることはないようだ。

まずはシャンパンが注がれる。この店は流行りの〝ペアリング〟で、料理に合わせてワインや日本酒が少しずつ出されるのだ。

「あなたがずっと東京にいたとは知りませんでした」

「あら、そんなこと言ったかしら」

うっかりしていた。秘書の広瀬洋子と逢いびきをしていることなど、絶対に知られてはならなかった。

「今日の約束をした時に、しばらくずっと東京にいたとLINEで言っていたような……」

白ばくれる。

「時々は上海にも行っていました。やり残した用事があったから」

「相変わらず忙しそうですね」

「父がもう年だから、いろいろなことを頼まれるようになったんです」

前菜は河豚を柑橘で締めたものにキャビアをのせている。キャビアは九州の宮崎で養殖されたものだと、シェフは説明してくれた。ファリンに訳してやる。

「中国の人たちも、この頃キャビアが大好き。そうそう、あなたが泊まったホテル、覚えているでしょう」

「もちろん覚えていますよ」

久坂は深く頷く。ファリンと初めて会った上海の夜を決して忘れない、という意味を込めたつもりだ。しかし彼女の口からは即物的な言葉が漏れる。

「あのホテルの一階に日本料理店がオープンしたんです。日本の有名なところが出店して、あっという間に、上海一の人気店になりました。お刺身の上にはキャビアがどっさり、すき焼きの卵の中にはフォアグラが入ってる。これくらいしないと、中国人は喜ばないんですよ」

「すき焼きの卵にフォアグラか……そういう話を聞くと、やはり僕は中国人たちのエネルギーに圧倒されますね。日本がかなうわけはない」

「日本人、特にあなたのようなインテリは、中国に対しては、そう言いますね。もうかなうはずはない、負けて当然だって。だけどそれは本気だろうかって、いつも私は考えてしまいます。その言葉の奥には、所詮金儲けがうまい民族っていう思いがあるのではないかしら」

「金儲けがうまい、というのは悪いことではないでしょう」

「だけど自分たちは、もうそんなことをとうに卒業して違う次元にいるんだ、っていう気持ちがありますよね」

「違う次元にいるのかどうかはわかりません。ただ、僕たちはもうがむしゃらに生きていくというのは出来ないと思う」

しかし、自分は特別なのだと久坂は続ける。

「僕の年齢だと、まだみんな仕事が面白くてたまらない。責任を負うのも気持ちがいい。だけど僕は、そうしたことを既に放棄してしまいました」

「それはなぜ」

「昔からそうです。無為に生きる生活にひたすら憧れていた。僕は子どもの頃から、学ぶことが大好きでしたが、これをいつか仕事にすると思うとぞっとしたなあ。大学生の頃、教授から院に進むように勧められた。父親からもいっそのこと学者になれって言われたけれど、それで金を得たら、僕の愛したものが汚れるような気がしました。若かったんでしょうね」

やがて二人の前に、少量のすっぽんのスープが運ばれてきた。これには珍しいスイスの白ワインを合わせる。二人は静かにスープをすった。先にスプーンを置いたのはファリンだ。

「あなたが大金持ちでよかったわね」

「本当にそうです」

頷いた。

「しかし僕が若い頃は、こんな生き方は許されません。だから心を入れ替えようと、スタンフォードのビジネススクールに進みました」

「そこでヤスヒコと会ったのね」

いつのまにか田口はヤスヒコとなっている。自分が知らないところで流れていった、二人の時間を久坂は思い知らされた。

「あなたは田口とよく会っているの？」

不意を衝かれたようにファリンは頷く。

「ええ、週に一回か二回は」

「驚いたなあ……」

嫉妬が薄い嘆息となった。

「あなたと田口が、そんな仲になっていたとは」

いいえ、私たちは友だちですと、嘘でもいいから取り繕ってほしかったのであるが、ファリンはそんな日本的配慮はしない。

「私もことの展開に驚いているの。最初に会った時から彼には惹きつけられていたけれど、こんな風に恋愛関係になるとは」

「彼はいい男だからな」

英語の〝good-looking〟を、ファリンはあまりいい意味にはとらなかったようだ。

「私は彼の内面にとても魅力を感じたのよ。外見ではないわ」

「だけど彼は、それほど面白味のある男とは思えない。特に女性に関しては不器用でつまらないのではないのかな」

ひと息に言った後で、しまったと思った。久坂にとっての男の失点は、女にとっては美点かもしれない。事実ファリンは白い歯を見せて微笑んだ。

「そうね。彼はまるで少年のようなところがあるわ。不器用といえば確かにそうかもしれない。まるで駆け引きということが出来ないのだから」

久坂は思い出す。蘇州の庭園で、

「僕は本当の恋をしたことがないんです」

とファリンに向かって告白したことである。自分にとっては珍しく、真実を吐露した言葉だ。しかしあれもファリンにとっては駆け引きということだったのか。

「その……君のご主人は大丈夫なの」

小さな怒りさえわいて、ありきたりな言葉を発してしまった。

「大丈夫じゃないけれど、何とかなるでしょう。時間と彼の理性が解決してくれるはずだわ」

やがてあたりには、バターと砂糖のにおいが漂ってきた。この店では最後に、鉄板の型に入ったままの焼きたての小さなマドレーヌが出される。食べられなかったら、土産にしましょうかとシェフが尋ねた。

「私はいらないわ」

「じゃあ、包んでくれるかな……」

妻がおそらく食べるであろう。小さな包みを持って久坂は店を出た。

もしものことを考えて、自分の車は帰しておいた。

中規模のビルが続くこのあたりは、夜になると人通りがほとんどない。スーパーの袋を提げた老婆が、一人バスの停留所に立っていた。

少し歩かないかと、久坂は誘った。

「もう少し左の方に行くと、東京タワーが見えるんだ」

「それならば、東京タワーが見えるところまで」

とファリンが言った。

「そうしたら、そこで私はお別れしてタクシーに乗るわ」

「冷たいんだね」

「えっ」

わざとらしく聞き咎める。

「ミスタークサカ、私はあなたに冷たい、なんて言われる筋合いはまるでないわ」

「いや、君は僕の気持ちを知っていたはずだ」

「何のことだか、まるでわからない」

「白ばっくれるのはやめてくれ」

懇願したつもりであるがうまくいかなかった。相手を非難する小さな怒声は、久坂をますます昂ぶらせる。

「蘇州で僕は君に告白した。君となら本当に人を愛せると」

「まるで覚えていないわ」

「ファリン、はっきり言おう。田口は君を理解出来ない。彼はいい男だが、平凡な人間だ」

「私も平凡な女だから、それでいいの」

「違うよ」

久坂はファリンの手を引き、そこにあった路地に入った。両側の小さなビルは灯りを落としていた。久坂はファリンの肩を抱こうとした。その際、マドレーヌの袋が邪魔になり、左手だけで肩をつかんだ。

「僕と君は同じ世界に住んでいる。やっとめぐり会えた二人なんだ」

唇で唇を必死で探したが、うまく避けられた。頬をかすめただけだ。

「ファリン、お願いだ。二人きりになれるところに行こう。行ってくれ。頼む」

「ミスタークサカ」

静かな声だ。

「私には自分の部屋に連れていってくれる人がいるの。ホテルなんかじゃなくてね。それがどれほど重要なことか、あなたにはわからないでしょうが」

その夜も次の朝も、久坂はＬＩＮＥを送り続けたが反応はなかった。電話は着信拒否になっている。

久坂は長く深いため息を漏らしたが、すぐに気を取り直した。自分はそれほど卑怯なことをしなかったということが、今は救いになっている。

ライバルの田口のことを、

「いい男だが、平凡な人間だ」

と言ったが、これは田口自身もよく口にしている自己評価だ。とにかく自分は肝心なことを言わなかった。これはあの場においては賞賛されるべきことではないだろうか。

ファリンがおそらく大きく心を揺さぶられたであろう漢詩の数々。あれは田口が考えたものではない。彼女の最初の謎(なぞ)かけも、この自分が解いたのだ。田口は自分が送った詩を、転送しただけなのである。

が、このことを久坂は決して明かさなかった。あくまでもシラノ・ド・ベルジュラックに徹したのだ。最後の最後まで、自分は田口との友情を守ったのである。

ファリンのことは諦(あきら)めるつもりはなかった。あれほどの女は、めったにいるものではない。チャンスをうかがっていれば、きっと機は訪れるはずである。そうして手に入れた女は何人もいる。

早晩ファリンは、田口と別れることになるだろう。田口や自分が属している社会では、外国人女性との結婚は非常に難しい。二十年以上前、田口はスタンフォード時代に知り合った、赤毛のブルガリア女性に夢中になった。その時はどんなことをしても一緒になると意気込んでいたが、別れは意外に早くやってきた。やがて彼は親が決めた、遠縁の大金持ちの娘と結婚したのだ。

その妻は亡くなり、田口は中年の男になったが、事態はそれほど変わっているとは思えない。だいいちまだ田口の母が生きているではないか。あのマザコンの彼が、母の反対を押し切ってまで、外国人と結婚するはずはなかった。

あと二年、いや一年のうちにすべてははっきりするだろう。失望するファリンに、自分は再び近づいていけばいい。

気をとり直した久坂は、クローゼットに入り、着ていくものを選ぶ。今夜は阿部と、彼の弟分のＩＴ社長たちと会うことになっているのだ。

店はどうしようかと阿部に尋ねたところ、

「彼らはすごいグルメですからね。任せたらどうですか」

という返事であった。

「流行りの店は、何箇所も数カ月先まで押さえてますけど、新しくて面白いところを見つけるのもうまいんですよ」

その新しくて面白いところは、中目黒にあった。住所を頼りに行ったのであるが、着いたところは住宅地の中の小さなビルである。看板も出ていない。半地下の階段を降りていくと、見はからったように木のドアが内側から開いた。

「お待ちしておりました」

ベストを着た男が静かに頭を下げた。

「もう皆さまお待ちです」

やたら暗い部屋であった。窓がないうえにカーテンを閉めている。時代がかったシャンデリアがにぶい光をはなっている。レストランというよりも、占星術の女がそのへんに座っていそうだ。人は誰もいない。

一段高くなったところにカーテンがひかれ、その上が個室になっていた。中には三人の男が座っていた。阿部の前には髭（ひげ）をたくわえた大柄な男と、その隣にほっそりとした若い男が座っていた。

大柄な男は勝村、まるで少年のような体つきの男は真鍋（まなべ）だと阿部は紹介した。二人は名刺をくれたが、当然のことながらまるで内容のわからないカタカナの名前の会社であった。

「勝村君は投資とオンラインの広告会社をやってます。真鍋君はＡＩの開発会社です」

どちらも三十代半ばである。

「勝村君は東大の大学院から、ペンシルバニア・ウォートン校。真鍋君の方は東工大の院の時に起業してます」

驚くほどの高学歴である。真鍋の会社は最近上場したばかりだという。小さな顔と大きな二重（ふたえ）の目を持つ彼は、実年齢よりもずっと若く見える。二十代でもとおるだろう。しかし彼は上場によって三百億近い資産を手に入れた。新しい世代の成功者である。

「AIってどんな分野なの」

「いちばんわかりやすいのは自動車ですかね。高速道路での自動運転がほぼ可能です」

真鍋は丁寧に説明してくれたが、久坂は完璧には理解出来なかった。

勝村は世界中の人々のオンラインでの行動パターンを分析し、広告のターゲティング精度を向上させるシステムを開発したということだ。

いずれにしても若き成功者であることは間違いない。彼らは、互いの会社の社外取締役になっている。

「奥さんたちも仲がよくて、一緒に旅行したりしています」

阿部の説明に、へえーと思わず声が出た。

「君たち、結婚しているのか」

「ええ、してますよ」

勝村がさらっと答えた。

「二十六の時には、子どもがいました」

「なんだかもったいないじゃないか。そんな若い時に結婚して」

今のように成功して金も入ってくれば、女などいくらでも手に入れられるだろう。何も二十代のうちに結婚して、家庭に縛られることはない。

久坂の言葉に、真鍋がにっこりと微笑んだ。

本当に少年のような表情をする。しかし彼がどうということなく三百億という金を稼いでいると考えると、その笑顔が久坂には少々不気味に思えた。

「でも、どうせ結婚は一度はしなくてはならないもんですからね。子どもも欲しかったし」

彼は三人の子持ちだという。

そうする間にも、スペインの発泡酒やワインが次々と抜かれた。

「今夜は貸し切りにしていますので」

先ほどの男が言った。髪を後ろにちょんまげにし、今にもフラメンコを踊り出しそうである。魚介類を使った小皿料理が運ばれてくる。

若い男二人は、どちらも大層酒が強かった。またたく間に三本の瓶が並んだ。どれもスペインの手に入りにくいワインだと店の男が説明した。

「久坂さん、シンガポール生活はいかがですか」

勝村が途中から急に狎れ狎れしくなった。どうやら久坂のプロフィールを、阿部から聞いていたらしい。いや、財界人のひととおりの情報など、彼らはどうということなく手に入れるだろう。

「セキュリティも文化も日本よりずっといい。僕は気に入っているね」

「そうかなあ」

と真鍋。

「僕の知り合いも、何人かシンガポールに行きましたが、すぐに帰ってきましたよ。あちらには文化も何もない。刺激的で面白いのはやっぱり日本だって」

「そういう人たちは、楽しいことを何も知らないからだよ。僕はやりたいことがいろいろあるから、退屈っていうことがないね」

「タカさんは、昔から学問が大好きだから」

阿部がおもねるように言った。

「僕も聞いてびっくりしたけど、あっちで中国語習って、もうペラペラだ」

「すごいですねえ……」

真鍋は長い睫毛をしばたたかせながら頷く。しかしどこまで本気なのか、久坂は判断しかねるところだ。

「道楽が学問ですか。そういうのって、久坂さんみたいにトラディショナルな世界に生まれる人の、いきつくところでしょうね」

「君たちから見れば、時代遅れのオヤジの趣味だよ」

「そんなことはないですよ。僕らだっていつかはそういう暮らしをしてみたいと思います」

神妙になった勝村を阿部が茶化す。

「よく言うよ。ノブユキはそんなわけにいかないだろ」

ノブユキとは勝村のことらしい。

「こんだけ遊んでてさ」

「そんなに遊んでいるのかい」

「まあ、男ですからね」

その場がぐっとくだけてきた。

「そりゃあ、ノブユキはすごいですよ。どんだけ遊べば気がすむのか。だけどもっとすごいのは、シロウ君かな」

真鍋がふふと照れたように笑った。

「シロウ君は、ノブユキみたいにレギュラー持たないんですよ」

「だってめんどうくさいから」

おっとりと言って、スマホを取り出した。

「呼んでみましょうか」

「何を」

「女の子ですよ。実はヒロさんからも言われているんですよ。久坂さんに君らの遊び方を見せてやってくれって。今、この近くにいて、三十分以内に来れる女の子を呼び出してみます。ああ、ウーバーみたいなものですかね」

アメリカの呼び出す個人タクシーのことだ。

真鍋はしばらくスマホをいじっていたが、

「あー、ちょっと無理かなあ」

と声をあげた。

「中目黒は遠すぎるって。これからちょっと移動しませんか」

西麻布に行こうとすぐに話がまとまった。正直久坂は一次会だけで帰ろうと思ったのであるが、

「ダメ、ダメ。面白いのはこれからですよ」

と阿部が止める。

「タカさんの車、ここで帰しちゃってくださいよ。ノブユキの車でみんなで行きましょう」

「ぜひ、そうしてください」

ここは自分が払うという阿部を制して、久坂がカードを渡した。料金は二十万ほどであった。

店の前には勝村の黒いバンが停まっている。中は思っているよりもずっと広い。改装されていて向き合うシートになっていた。

「よく車の中で会議をしますからね」

ボタンを押すと、大きなスクリーンがするすると上から下りてきた。

「これで世界中どことでも会話が出来ます」

それから、と悪戯(いたずら)っぽく笑って、別のボタンを押した。シートの背が動き出す。

「これは最新のマッサージ機能を入れました」

「一分一秒も無駄にしていないね」

久坂の言葉に、

「いやあー、仲間うちで飲んだり、バカやっている時間も結構長いですからねー」

白い歯を見せた。若い起業家たちは本当に仲がよく、しょっちゅう会っているようだ。

「ほら、小さな魚はいっぱいツルんで、大きい魚のふりをするじゃないですか。あんな感じじゃないですかね」

彼の自嘲(じちょう)的な言葉を久坂は信じていない。

若くて金があり、エネルギーに溢(あふ)れていれば、仲間たちと集まり、ふざけ合うのはあたり前のことだ。バブルの時も、そんな男たちを何人も見てきた……と久坂は過去のさまざまな光景の中に、彼らを閉じ込めようとしたが、それはうまくいかなかった。

バブル時の土地成り金たちの、粗野な騒々しさと彼らはあきらかに違っていた。しかし、冗談を言い笑い合う様子は久坂の知っている階層のようでいて、やはりざらりとした違和感がある。

　西麻布の交差点から広尾に少し向かい、左に折れたところで勝村のバンは停まった。ごくふつうの小さな四階建てのビルだ。エレベーターは小さく、男が四人乗ると大層窮屈であった。真鍋が最上階を押した。

「どうっていうこともない店ですけど、無理をきいてくれるので」

　エレベーターが停まると、すぐ目の前にドアがあった。「会員制」という札がかかっている。

「別に誰でも入れますけど、マスコミの奴らとか怪しそうな者だと、店が追い出してくれるんですよ」

　ドアを開けると、まず壁いっぱいの酒棚が目についた。カウンターには背を向けた客が三人ほどいて、バーテンダーの男が二人立っている。確かに「どうということもない」店であった。

　バーテンダーたちは挨拶をするわけでもなく、男たちに笑いかける。

「ＯＫ？」

　勝村が尋ねると
「大丈夫ですよ」

とだけ答えた。もの慣れた風に彼は奥に進む。そこは個室になっていた。大きなソフアセットが置かれ、生花が贅沢に生けられている。テーブルには既にワイングラスや皿が用意されていた。グラスは十客ある。ということは、あと六人の女がやってくるということであろうか。

そして白ワインの栓を抜くのを見はからったように、若い女が入ってきた。

「お待たせー。待った？」

「僕たちも今来たところだよ」

「よかったあー」

女は水色のハーフコートを脱いだ。黒い半袖のワンピースを着ている。茶褐色に染めた髪をゆるくアップにしていて、流行なのか真っ赤な口紅を塗っていた。それが色白の愛らしい顔によく似合っていた。あかぬけた綺麗な女だが、どう見ても水商売の女には見えない。

「レイナちゃん、ＯＬさんです」

真鍋の紹介によると、赤坂にある広告会社に勤めているという。しかし会社名を言わないのはマナーらしい。

その後にやってきたのは、二人連れだ。まるで双子のように似ていた。

この二人はアパレル関係だということで、どちらも着ているものがしゃれていた。左手に細いブレスレットをじゃらじゃらとつけ、ニットのアクセントにしていた。一人はダイヤのピアスをつけている。

そしてかなり遅れてからやってきた女は、グレイのパンツにピンヒールを合わせ、素晴らしいプロポーションだ。モデルと名乗った。

「今日はこんなとこかな」

と真鍋。結局四人が集まったのだ。

「じゃー、もう一回みんなで乾杯しよう」

「乾杯」

「よろしくー」

女たちは何の屈託もなく、よく飲みよく喋った。ワインの瓶が次々と空き、途中からウイスキーを飲む女もいる。

久坂は、

「シンガポールに住んでいて、月に一度日本に帰ってくるクサカさん」

とだけ紹介された。

水商売の女ならば、

「どのくらい住んでいらっしゃるんですか」

「シンガポールってどんなところですか」

と話のつぎ穂をつくってくれるのであるが、女たちはまるでそんなことに頓着しない。

自分勝手な話題に終始している。それは仲間の噂話だったり、芸能人のニュースだったりする。それを勝村や真鍋どころか、阿部も楽しそうに聞いているのは意外だった。

久坂はやや退屈してきた。

「この後、どうなるの？」

正月休みの行き先について皆が盛り上がっている最中、隣にいる阿部にそっと尋ねた。

「別に。ここで解散ですよ」

「なんかみんな行儀がいいね」

これが若い金持ちの遊び方かと少々意外であった。女たちをスマホで呼び出し、さっと飲んで別れるという。

「イレギュラーの女の子たちですからね。彼らは別に、ちゃんと恋人いますから」

「それを聞いてちょっと安心したよ」

日づけが変わろうとする頃、女の子たちが帰り仕度を始めた。

「みんなサンキュー。またね」

真鍋が財布を取り出し、一人一人に二万円を渡す。それがむき出しなことと、女たちが当然のように、どうもとだけ言って受け取ることに久坂は驚く。

そして支払いは、

「さっきご馳走になったから」

と勝村がカードを出した。どうやら女の子たちに渡す係、店の払い、と役割分担が出来ているようである。

帰りは阿部が送ってくれることになった。

タクシーのシートに乗り込むやいなや阿部は尋ねた。

「どうでしたか。ウーバーの女の子たち」

「あれが今風のやり方なんだね。風情っていうもんがないような気がするけど」

「だけど彼女たち、かなりレベル高いでしょ」

「確かに」

「彼らは僕らと違って、銀座なんかまるで有り難がってませんからね。綺麗な女と酒を飲んでお喋りする。そのために高い金払うのは馬鹿馬鹿しいと。前にノブユキが言ってましたけど、必要なものが、必要な人のところに供給されるのがいちばんいいって。彼らは綺麗な女の子と楽しく遊びたい。そしてあのコたちはお小遣いが欲しい。需要と供給がうまくいってるやり方なんですよ」

「それにしても、ちょっと味気ない気がするね。スマホでさっと呼んで、その場で金を出して別れるなんて」

「いや、いや、そんな味気なくないですよ」

阿部は笑って手を振った。

「何回か来るうちには、そりゃあ気に入った女の子が出てきますよね。さっき二万円渡しましたが、これからは交渉次第ですよ。シロウ君はあのモデルのミナミちゃん、結構気に入ってるんです。たぶん二人でこの後、どこかでしめし合わせているんじゃないですかね」

「なるほど」

「ノブユキは決まった愛人いるし、奥さんが怖いから彼女だけで手いっぱいだって」

「勝村君の彼女ってどんなコなの……。あ、ちょっと待って」

久坂のスマホが小さく震動を始めた。ポケットから取り出すと、画面に見慣れぬ女の名が映っていた。

「リョーコです。今夜は楽しかったです。このアドレス、さっき阿部さんから聞きました。正月にシンガポールに行きたいんですけど、いろいろ教えてくださいますか」

ほーら、来た。と阿部が親指を立てた。

「久坂さんにさっそく目をつけたんですよ」

「でも僕は、誰がこのリョーコかわからない」

「アパレルの二人連れの一人です。髪が長くて唇が色っぽいコ」

その言葉ですぐに思い出すことが出来た。今夜いちばん気に入った女であった。

終章

母にファリンのことをいつ打ち明けるか、悩んでいるうちに年が明けた。

真佐子は今は自宅に介護用ベッドを置く生活だ。それでも気を張り、新年の膳(ぜん)を囲む母の姿を見て、田口はどれほど安堵(あんど)したことであろう。

長兄夫婦だけがやってきた。次兄の方は早々とハワイに逃げてしまったのである。

「もうこんな風に、お正月を迎えるのもこれで最後だと思うの」

真佐子は昨年と全く同じことを口にしたが、今年の方がはるかに実感があった。兄も神妙に聞いている。田口は胸が張りさけそうだ。その日が次第に近づいてきていることは明確な事実である。

田口家の紋が入った屠蘇(とそ)の酒器を長兄が持ち、年少の田口から注いでいく。最後は真佐子であった。

母が元気だった頃は、孫たちも集まったので、なじみの料理屋から五段重ねのおせち

が届いた。今はほんの箸休め程度に、からすみや数の子、田づくり、黒豆といったもの
が並んでいる。

シャンパンを長兄は断った。

「運転手が休みだろう。今日はこの後自分で運転しなきゃならないから」

「まあ、つまらないわねえ」

真佐子は少し口紅がはみだした唇をゆがめる。早く帰ろうとする兄嫁の思惑に気づい
ているのかもしれない。

「だったら、やっちゃんが飲みなさいよ」

「ああ、そうするよ」

兄たちへのあてつけもあり、田口はたて続けに二杯も飲み干してしまった。舌が突然
なめらかになった。

「そういえば、このあいだ河豚屋で瑛子ちゃんと会ったよ」

「あの子、そんなところに行くのか」

「ナパでワイナリーをやっているっていうアメリカ人と一緒だった」

「なんだか派手なことばっかり。ちゃんと子どもの教育もしないで」

兄嫁が眉をひそめる。

「そんなことないさ。仕事も順調らしい。頼もしいよ」

「その時、あなた美和子さんと一緒だったんでしょう」

突然の母の言葉に、えっと問い返す声がかすれた。

「どうしてそんなことを知っているの」

「上原さんから聞いたのよ」

真佐子は勝ち誇ったように言った。

「このあいだからお世話になっているから、ちょっと食事に誘っただけだよ。そんなこと、いちいち母親に言ってるのかなあ……」

最後の方はひとり言のようになった。兄たちの前で、美和子のことを聞かれたくなかったことと、その行動に少々腹を立てたからだ。

「別にお母さんに報告してるわけじゃないのよ。私と上原さんとはしょっちゅう電話で話しているから、たまたまあなたとご飯を食べた話が出てきたの」

「その、上原さんとか、美和子さんっていうのはいったい誰なの」

案の定、兄がこの話にのってきた。

「私の津田塾時代の同級生のお嬢さん、お医者さんをやっていて、とてもいい方なの」

「まあ、その方独身なの」

兄嫁までが問うてきた。

「そうなの。まだお一人なのよ」

「おいくつなのかしら」

声が急に若返る。女たちの大好物の話題なのだ。

「五十一、二じゃないかしら」

「あーら、わりといってるんですね」

「そりゃそうよ。私の同級生の娘さんですもの」

「もう少し若ければ、靖彦さんのお相手にぴったりだったのにね」

「いえ、いえ、年齢的にはぴったりじゃないかしら。今さら、この人も若いお相手っていうわけにはいかないでしょう」

「お姑さま、そんなことはありませんよ、五十過ぎた男の方で再婚でも、やっぱり子どもが欲しいからって、女性は三十五歳以下って言いますもの。本当に図々しいぐらいに」

「まあ、私もそのことを考えなかったわけじゃないけどねえ、今さらね……」

「やめてくれよ。美和子さんに失礼だろう」

つい荒い声が出た。

「今、お仕事に一生懸命なんだ。僕のことなんかまるで相手にしてないよ」

「そういえば思い出したわ！」

田口の言葉など全く聞いていないかのような、兄嫁の屈託ない声だった。

「このあいだ、瑛子から聞いたんだわ。食べ物屋で叔父ちゃんと会った時、女の人と一緒だったって。とても綺麗な女医さんで、二人いい感じだったたって。その後一緒に飲んだんでしょう」

瑛子の名を出したことがつくづく悔やまれる。

「その方、英語もペラペラですごく素敵な人だったたって。そうかあ、あの女性が美和子さんって言うのね」

「瑛子ちゃんがアメリカ人を連れてきたので、その相手をしてくれたんですよ」

だらだらといつまでも続くかと思うこの話題に、きりをつけたのは長兄であった。

「いずれにしても、靖彦に女っ気があるっていうのはいいことだよ。安心したよ。さっ、そろそろおいとましようか」

そうは言っても、長兄は同じガーデンヒルズの中の違う棟に住んでいる。真佐子はもう引き留めたりはしない。どうせ断るに決まっているからだ。

「この後、お年賀に行かなきゃいけないところがあるんですよ」

兄嫁が言いわけをした。

「まあ、まあ、大変だこと。新年早々忙しいわね」

真佐子は嫌味を口にしたが、二人は聞こえないふりをした。

「それじゃ、たまにはうちの方にも遊びに来てくれよ」

「瑛子にまたどこかで会ったら、よろしくお願いしますね。何をしてるんだか、こっちはひやひやものなのよ」

長兄夫婦が騒々しく出ていった後、真佐子と田口は残される。家政婦が休んでいるので、シャンパングラスや小皿は流しに置かれたままだ。

「全くこのくらいしていってくれればいいのに……」

真佐子はつぶやいて、テレビのスイッチを消した。さっきまで長兄がずっとバラエティ番組をぼんやり見ていたのだ。

「でも私は本気よ」

「えっ」

「あなたと美和子さんとのことよ」

いつのまにか丸まっていた背が、すっと伸びていた。出張の美容師に来てもらっているので、茶色に染めた髪はひと筋の乱れもなくふんわりとしている。どこから見ても威厳ある美しい老女であった。

「ここのところ、ずっと上原さんと話しているの。あなたと美和子さんとの結婚について。今日はちゃんと言わせて頂戴（ちょうだい）」

「ちょっと待ってくれよ。何か誤解してるんじゃないか。僕と彼女の間には何もないし、僕はお礼で会っただけだ」

「でも美和子さんは、あなたのことが好きらしいわ」

真佐子はとろとろと、何かが流れるように喋り続ける。だから田口は、それがどれほど重大なことか気づかなかった。

「暮れに上原さんがお見舞いに来たのよ。それでね、二人でとりとめもないことをあれこれ話して、そりゃあ楽しかったわ。そうしたら上原さんが、美和子があと十歳若かったら、あなたに談判して、どんなことをしても息子さんにもらってもらったって。私が死んだら、あの子は独りで生きていくのかと考えるだけでつらい、って言うのよ。私だって同じよ、って話していたらね、上原さんが、ねえ、美和子のことを何とかしてくれないかしら、って言うのよ。どうやら美和子さんは、やっちゃんのことが好きみたいね。それで……」

「やめてくれよ」

田口は大きな声で話を遮った。

「僕とあの人とは、何回も会っていないよ。二人きりで食事をしたのも、このあいだが初めてだ」

「それで充分じゃないの。その前に何度も会ってるわ。歌舞伎座で私が倒れた時、あの人が助けてくれたのよ。それからもしょっちゅう電話をかけてくれて、お加減いかがですか。何かあったらすぐにまいりますから、って言ってくれるのよ。身内に医者がいることぐらい安心なことはないわ。私は大伯父と叔父さんが医者だったから、孫の一人ぐらい医大に行ってくれると思ってた。ところがみんな出来が悪くてそれどころじゃないわ。ツトムちゃんの大学なんて戦前は専門学校よ」

話が別の方に行ってしまう。家政婦の言う呆けの兆候は本当かと思ったぐらいだ。

「私もね、やっちゃんの今度の奥さんは、子どもが産める若い人、って思ってたわ。でもね、もうそんなことはどうでもいいのよ。やっちゃんはもう若くない。だったら、共に老いていける人がいちばんよ。気立てがよくて頭がいい人」

そして息子の方に向き直り、厳かにこう命じた。

「あなた、美和子さんと結婚しなさい」

「本当にやめてくれよ！」

思わず怒鳴った。

「母親同士で勝手に、人の結婚決めないでくれよ。僕はまるっきりそんな気がないんだ」

「それは、京都の女が原因なの？」

驚いた。母が京都の豆孝のことなど、知っているとは思わなかった。あまりのことに言葉も出ない田口に、

「道理でやたら京都へ行くはずよね」

勝ち誇ったように笑う。寝たり起きたりの生活になっても、真佐子はいつもきちんと化粧をしていたが、今日は元日ということでやや濃くなっていた。白く塗った頬が深く弛（ゆる）んでいる。それを持ち上げるようにニヤリと笑った。

「京都に家を買ったのも、その女を住まわせるためだったんでしょう」

「違うよ、偶然だったんだ」

「あら、お兄ちゃまはそう聞いたって」

先ほど何くわぬ顔で帰っていった長兄が、そんな告げ口をしていたとは、全く意外であった。

「お兄ちゃまも時々京都で遊ぶから、あなたのことを小耳にはさんだらしいわ。弟さんが下鴨にすごい妾宅（しょうたく）建てたって教えてくれた人がいたって」

「だから妾宅なんかじゃないよ」

「世間じゃそういうことになってるのよ。だから私はお兄ちゃまに頼んだの。やっちゃんには黙って、どんな女か調べてほしいって。京都は口が堅い、とか言うけど、最近はそんなことないわね。豆孝とかいう芸妓（げいこ）さんなんでしょう」

「今は会ってないよ」

もはや不貞腐（ふてくさ）れて答えた。月々のものも、近頃は例のお茶屋の女将（おかみ）に、遊興費ということで振り込んでいた。が、女の名前まで母親に知られたからには、もう二度と会うつもりはない。

「だったらきっぱりと別れることね。お金で何とかなるでしょう」

「ああ」

その時、豆孝の「恨みます」というメッセージが浮かんだ。

「私はね、いつもやっちゃんの幸せだけを考えているの、あなたが美和子さんと結婚したら、私も安心して逝くことが出来るわ。子どものことは仕方ないけど、いずれお兄ちゃまたちのところの誰かを養子にすればいいわよ。お墓と財産守ってくれる人」

そんなことまで決めているのかと、母に対して猛烈な怒りがわいてきた。そしてその怒りが田口を大胆にする。

「そんなわけにはいかない。僕には結婚したい人がいるから」

「何ですって！」

今度は母が驚く番だ。唇が小さく震えている。田口は復讐をとげたような気分になった。

「ああ、今は彼女と東京でしょっちゅう会ってる。だから京都になんかまるで行ってない」

「その……、その人とは、結婚とか約束をしたんじゃないでしょうね」

「したさ」

「まあ！」

真佐子は口をぽかんと開け、しばらく田口を見ていた。豆孝の話で息子をうろたえさせた後に、こんな結末がくるとは思ってみなかったに違いない。やがて気を取り直し、

「その人は誰なの？　どこのお嬢さんなの？　私の知ってる人？」

矢継ぎ早に質問をしてくる。

「お母さんは知らないと思うよ。だって中国の人だから」

「中国人！」

真佐子は目を大きく見開いた。

「まさか、あなた、本気じゃないでしょう」

「本気だよ」

母と息子の心は完全にシーソーになっている。どちらかが昂ぶって片方が高く上がると、片方は落ち着き冷静になっていく。

「本当に素晴らしい人なんだ。最初に会った時から、ずっと惹かれていた。びっくりするぐらい話が合うんだよ」

「中国人だなんて！　私は中国語が出来ないわよ」

「彼女はアメリカの大学を出ているから、お母さんとは英語で話せるよ」

「この年になって、英語で嫁と話すなんてまっぴらよ」

「彼女はやさしいから、大丈夫だよ」

「その中国人、そもそも幾つなのよ」

「五十三歳だ」

「五十三！」

真佐子は叫んだ。

「どうしてそんなお婆（ばあ）さんと!?」

「お母さんが勧める美和子さんも同じぐらいだよ」

田口は何やら愉快な気分になってくる。さっきまで自分の人生を力ずくでコントロールしようとしていた人間が、驚きおののいているのだ。

「それから彼女にはご主人がいる。まだ離婚が成立してないんだ」

「やっちゃん、あなた冗談で言ってるのよね、今、言ってること、すべて冗談よね」

真佐子の口は開きっぱなしになっているため、ふがふがとうまく発音出来ない。どこか部分入れ歯だったと思い出す。

「そ、そんな、旦那（だんな）さんがいる女の人と、あなたはつき合っているなんて……」

「だからね、彼女は今、離婚の話し合いの真っ最中なんだ。旦那はアメリカに住んでいるから、なかなかうまく進まない。だけど今年の春ぐらいまでには、ちゃんとなると思うよ」

「あなた……、あなた……」

そして、叫びのように次の言葉が出た。

「あなたは、よその奥さんと不倫してるってことなのね⁉」

「不倫だなんて」

その言葉の古めかしさと滑稽さに、思わず苦笑した。

「僕と会った時はもう別居していた。夫婦の体をなしてなかったんだよ。世間じゃよくある話だ」

「だけどまだ正式には奥さんだったのよね」

真佐子はやや態勢を整えたようだ。

「まだちゃんと別れていない女が、他の男とつき合うってどういうことなの。しかも五十三歳だなんて。私が五十三歳の時、もうお父さんは亡くなってた。あなたは、まだ学生だったし、私は必死だったわ。他の男の人が目に入ったこともないし、とにかく子どものことだけ考えてたの……。ひょっとして、その女の人、子どもいたりしないわよね」

「いないよ」

「いるはずないわよね。そんなふしだらな女が母親じゃなくてよかったわ」

「そんな言い方はやめてくれよ。僕たちは真剣につき合っていて、ちゃんと結婚するつもりなんだ」

「いい加減、目を覚ましなさいよ」

いつもの真佐子に戻りつつある。

「真剣も何もないでしょう。このあいだまで京都に女の人を囲っていたんじゃないの。あなたは沙恵子さんが亡くなって、どこかタガがはずれてる。だからそんな中国女にひっかかったのよ」

「ハッピー・ニューイヤー、僕のファリン、新年を君と一緒に迎えられなかったことが残念でたまらない。今年はきっと、君と僕にとって有意義な年にしよう。ところでしあさって、どうしても時間をつくって欲しい」

「ハッピー・ニューイヤー、ヤスヒコ。今年私たちはますます幸せになりましょう。ところで四日に何があるの」

「四日になると、日本ではたいていの店が正月休みを終える。そこで僕は君のために、エンゲージリングを買うつもりだ」

「とても嬉しい申し出だけれども、急ぎ過ぎるのは禁物だわ」

「急ぎ過ぎてなんかいないよ。もう待ち切れないぐらいだ」

「だいいち、私と夫とのことはまだ手続きが終わっていない」

「いいえ、慎重にいきましょう。私たちは若い人たちのように、浮かれてはいけない」

「もう終わったようなものだ」

「君のような素晴らしい女性が僕のものになるんだ。浮かれるのはあたり前だろう」

「私たちにはそれぞれの立場というものがあるの。それにこのことを、まだあなたはお母さんに話していないんでしょう」

「実は今日、母親に君のことをすべて話したよ」

「さぞかし反対されたでしょう」

「反対なんかしないよ。ただ驚いてとまどっていただけだ」

「ふつうそうなると思うわ」

「僕の母は教養も知性もあって、公平な判断が出来る女性だ。彼女は僕の幸せだけを願っている。だからちょっと心配しているだけなんだ」

「母親ならば当然だと思うわ」

「ファリン、こんな風にLINEでやりとりすると、僕の指はくたくただ。僕たちぐらい、LINEでどっさり会話をする人間は珍しいだろうね」

「仕方ないわ。若い人たちのように省略することが出来ないんですもの」

「だからこれからすぐに会おうよ。僕の部屋に来てくれないか」

「今日は無理よ。それから四日のことも考えましょう。指輪はまだ早いわ」

「早いものか」

最後の最後まで、ファリンは指輪を拒否した。夫との正式な離婚を経てからというのだが、田口はどんなことをしても買うつもりだ。そうしなければ、ファリンの中で踏ん切りがつかないに違いない。

田口は決行を考える。もうこうなったからには、自分で指輪をあらかじめ買い、ファリンに贈るしかないだろう。

妻の時はどうだったろうかと思い出す。確か結納の席で、お互いの親が見ている前で指にはめたのだ。その二・五カラットのダイヤは、母がデパートの外商に依頼したものだ。

「こちらもみっともないことは出来ない」

と言うのが、あの頃の母の口癖であった。いくつもの品を持ってこさせ、沙恵子に選ばせたはずだ。ずらり並んだ中には、まるでサイコロのような大きさのものもあったと、記憶が次々と甦(よみがえ)る。

「私の年齢で、あまり大きいものはどうかと母が言っていました」

と沙恵子は中ぐらいの大きさを選んだが、それがいちばん光っているのが田口にもわかった。

「さすがにお目が高い」

初老の店員は決してお世辞でない声を漏らした。ケースの中でその列だけが、パリの有名な宝飾店のものだったのである。

「この店のダイヤは特別です。本当に違うんですよ」

あの宝飾店の名前は何といったか、どうしても思い出せない。まさか同じように、デパートの外商を呼びつけるわけにもいかず、田口は必死で思い出そうとする。確か銀座の表通りに店を出していたはずだ。そうだ、四丁目のあのあたりに、いくつもの宝飾店があった。そこの一つに行けばいいのか……。

しかし初めての店に「フリの客」として入る習慣はなかった。高価なものならばなおさらだ。必ずつてを頼り、こちらの身元を明かした。割り引きを期待しているわけではない。「田口さま」としてきちんと接客してもらうためだ。が、今はどんな高級店にも無名の者として入ろう。そしてファリンのためにいちばん光るダイヤを選ぶ。サプライズで贈るから、サイズは後で直してくれと頼めば大丈夫だろう。あれこれ考える。自分一人で、女のために指輪を買うのは初めての経験であった。

が、彼が銀座の宝飾店に行くことはなかった。

三日の朝、田口はファリンからこんなＬＩＮＥを受け取った。

「どうしても急にニューヨークに行かなくてはならなくなったの。夜の便で行きます。夫のことです。詳しいことは帰ってきてから話します」

田口はこれを吉報と受け取った。どうしても離婚に応じなかったファリンの夫が、急に翻意したのであろう。彼は長いことファリンと別居し、ニューヨークでは一緒に暮らしている愛人がいるという。そういう男がどうして離婚を拒否するのか、田口は不思議でたまらない。

「私の祖父や父とのつながりを断たれることを怖れているのよ。おそらくそのことは、彼のビジネスに有利に働いていると思うの」

とファリンは説明したが、もちろんそれだけではないだろう。ともかく急に旅立ったということは、話し合いが急転回したのだ。ファリンの夫はやっと観念したに違いない。

指輪を買う日は延びることになったが、彼女は独身となるわけだ。二人で堂々と店に入っていけるというものだ。もちろん若いカップルのように、ショウウインドウの前に立ち、あれこれ選んだりはしない。二人の年齢と身なりからして、奥の部屋に通されるだろう。そこでこう言うつもりだ。

「僕のフィアンセのために、最高のダイヤを選んでくれ」

ファリンは上流の中国人女性らしく、いつも宝石を身につけていた。どれもさりげない形と大きさであるが、高価なものだということは田口でもわかる。特に目をひいたのが、サファイアのペンダントだ。祖母の形見の指輪をつくり直したという。このペンダントは、もはや田口にとって見慣れたものとなっている。ベッドから出て服を身につけたファリンのために、時々金具をとめてやっていたからである。
彼女の長い髪を、いったん左右にどける。現れる白い三角形のうなじに、田口は長い口づけをした。それからダイヤで囲まれた青色の石を持ち上げる。わざと時間をかけて、ゆっくりとつけた。途中で後ろから彼女を抱きしめる時もあるから時間がかかる。そうした記憶を、缶からこぼれ出すキャンデーのように味わい、田口はたとえようもなく幸福な気分になった。が、ファリンの連絡がこれで途切れることをまだ彼は知らない。

「もう半月になるよ。どうしてＬＩＮＥも電話もくれないんだ。いったいどうなっているんだ」

「ニューヨークも中国と同じように、ＬＩＮＥが通じないようになったんだろうか。とにかく連絡をくれ」

「ファリン、しつこいのはわかっている。だけど、日に何度もＬＩＮＥをしなくてはいけない僕の気持ちもわかって欲しい」

「どうして電話に出てくれないんだ。僕は気がおかしくなりそうだ。いったい何があったんだ。おしえてくれ」

「わかった。君は君の夫に監禁されているんだね。そうとしか考えられない。君の夫は、まだ僕のことを知らなかった。しかし、君は離婚が不利になるとわかっていても、僕のことを打ち明けたんだろう。それで嫉妬した彼が、君をどこかに閉じ込めたに違いない。そうだ、そうに決まっている。僕の弁護士から、すぐに君の弁護士に連絡を入れる。警察沙汰になっても構わない。君を救いたいんだ」

「ファリン、君の弁護士から僕の弁護士に、とにかく今は静かにして欲しい、という連絡があった。これはいったいどういうことなんだ。どうして君の口からそのことが聞けないんだ。ファリン、僕は怒っている。本当にだよ」

「ファリン、一カ月たった。僕はもう我慢出来ない。かなり我慢したつもりだけど、もう限界だ。今週中にも僕はニューヨークに行こうと思う。君と会ってちゃんと話したいんだ。ストーカーと思われてもいい。とにかく君の口から真相を聞きたいんだ」

この間、田口は母を疑いもした。ベッドに寝たり起きたりの生活で、ほとんど外出をしない。それなのに真佐子は京都の豆孝のことを調べ上げたのだ。ファリンの身元を探り出すことも出来るだろう。五十三歳の中国人で、しかも夫がいる。それを聞いた時の真佐子の表情といったらなかった。驚愕のあまり、しばらく口が閉じられなかったほどだ。

そんな真佐子のことだから、何かしらの手段を使って、ファリンと自分とを別れさせようと企んだ、ということも考えられる。老いた病人のように見せかけて、その裏で誰かを使い策を講じたのではないか。

田口は母を見つめる。真佐子はのんびりとため息をつく。

「こう寒くっちゃ、何もする気になれないわね」

「ヤスヒコへ

こんな重大なことを、ＬＩＮＥで伝えることを許してください。

今、ロンドンにいます。夫と一緒です。ここで私たちはＡＬＳに関して、世界一と言われる名医の診療を受けることになっています。

そう、ＡＬＳです。治療困難の難病と言われ、筋肉の働きが衰えていく病気です。やがて呼吸器が動かなくなり、死に至る病と言われています。何年か前に、この治療を支援するため、バケツに入った氷水をかぶる運動が世界的規模で行われたことを覚えていますか。

夫が手の痺(しび)れを感じるようになったのは、昨年の秋のことだと言います。疲れだと思っていたのに、ニューヨークの病院でＡＬＳと診断された時の、彼の衝撃はどれほどのものだったのか。あの誇り高い自信家の彼が、全くの別人となりました。なんと自殺を図ったのです。

長いこと別居し、離婚のことで争っていた私たち夫婦ですが、夫を見捨てることは出来ません。夫は愛人ではなく、妻である私に必死に救いを求めたのです。自殺まで図った彼が、救いを求めるということは、希望を抱いたからです。それをどうして無視出来るでしょうか。

これから幹細胞を使った最新の治療に入っていきます。長い時間がかかることでしょう。

もしかすると治療の効果もなく、彼はゆっくりと死に向かっていくかもしれません。しかしその時、傍にいてやろうと心を決めました。まだそんなに愛していたのか、と問われると困るのですが、私は彼を見捨てることが出来ないのです。

そんなわけでもうあなたに会うことはありません。どうかお元気で。さようなら」

何度も何度も読み返した。

「嘘（うそ）だろう……」

というつぶやきしか出ない。夫とは離婚に向けて話し合っていた最中ではなかったか。お互いに資産を持ち、それらの資産は節税のためにからみ合っていた。その難しい手続きさえ終われば、自分とファリンは結婚出来るはずではなかったか。指輪を買う相談を持ちかけたのは、たった二カ月ほど前のことだ。それなのにどうしてこんなことになったのか。

田口はスマホを激しくうつ。

「いったいどういうことなんだ。ちゃんと会って説明してくれ。こんなことで済むはずはないだろう」

しかしあちら側の操作により、通信は出来なくなっていた。

次に田口がしたことは、東京の事務所に電話をかけることであった。その電話は転送されたようで、海外の呼び出し音がする。

しばらくしてから「ハロー」と女の声がした。が、ファリンの声ではない。

「もしもし、私は田口と言うけれども、ファリンさんを出して欲しい」

田口と聞いて、女は日本語を喋り始めた。

「私は秘書で広瀬と申します。生憎――は旅行に出かけております」

「ロンドンに行ってるんだろ」

「さあ、私は旅行先まではわかりかねますが……」

「だって君は彼女の秘書をしているんだろう。その秘書がボスの行き先を知らないなんておかしいじゃないか」

「でも本当に知らないんです。よく長い旅行に出ますので」

「それじゃ、彼女の連絡先を教えてくれないか。君だったら携帯番号を知っているだろう」

「そういうことは、本人の承諾なしではお教え出来かねます」

「そりゃ、そうだ。それじゃ、僕が彼女の携帯番号を言うよ。080、74……」

「そうです。その番号に間違いありません」

歯ぎしりしたい思いだ。田口がここにかけると、ブロックされているのだ。

「それじゃ、ファリンさんから電話があったら、至急僕に電話をくれるように言ってくれないか」

「かしこまりました」

家の固定電話を思い切り乱暴に切った。怒りと動揺でうまく息が出来ない。居間を歩きまわる。動いていないと頭がおかしくなりそうだ。どんな手を使っても、ファリンの居どころを調べよう。そしてロンドンに行く。そうだ、ロンドンに行って話し合えばいい。しかしそこには彼女の夫がいるのだ。病人だということで再び妻の愛情を獲得した男が……。

目の前の飾り棚に置かれた茶碗が目に入った。それが中国のものだと思った瞬間、手にとっていた。床に叩きつける。しかしやわらかい絨毯の上で転がっただけだ。再び持ち、今度はガラステーブルに向かって投げた。瑠璃色の天目茶碗は角にあたり、綺麗に二つに割れた。

久坂のシンガポール土産だと思い出したのはずっと後のことだ。

「それきりファリンさんは、ロンドンにいるってわけか」

いつものホテルの地下のビストロである。久坂は久しぶりに広瀬を呼び出した。四角く不器量な顔は相変わらずであるが、最初に会った時から体つきがまるで違う。くびれのないずんぐりした体形であったのが、胴のあたりがすっきりとし、めりはりのある体つきになったのである。前よりずっといい。

「男でも出来たの」

と尋ねたところ、そうだと答えた。相手は中国人の学者だという。私立の大学で講師として時々比較文学を教えていたファリンであるが、契約半ばで海外へ行ってしまった。そのため中国人の学者に自分の代わりを頼んだのだ。その学者と何度か会っているうちにそういう仲になった。彼は五十一歳の初婚であるが、結婚を申し込まれているという。これをきっかけに、ファリンの秘書も辞めるつもりと広瀬は言った。

そのためか、非常に口が軽くなっている。ファリンと、日本人男性との結婚は解消となったと、彼女の方から喋り出したのだ。

「だって君の話では、離婚の成立を待っていたんだろう」

声が上ずっているのがわかる。ファリンとのことを聞いて以来、日本に帰った時も田口には連絡をとっていない。彼の無邪気なのろけ話を聞くのは耐えられないと思ったからだ。

「私もそうは聞いてたんですけどね、まあ、事態が大きく変わったんですよね」

もってまわった言い方をする。

「何が大きく変わったの」

「ご主人が悪い病気にかかったんです」

「悪い病気って、癌になったの」

「癌なんて、今どき、早めに治療すれば死にやしませんよ。それよりももっともっと質の悪い病気ですよ」

そして彼女は、舌なめずりするように自分の厚い唇をちろっとなめた。

「ALS、筋萎縮性側索硬化症とかいう病気なんですよ」

「ALSかあ……」

久坂はため息を漏らした。

「知り合いで医者が何人かいるが、酒の席で何でいちばん死にたくないか、っていうことになった。彼らの誰もがあげたのがALSだったなあ。あれだけにはかかりたくないと皆が言ってた」

体の筋肉が少しずつ衰えていき、自分では何ひとつ出来なくなっていく。やがてじわじわと呼吸器が侵され、そして死がやってくるのだ。

「それでもホーキング博士のように、頑張れば半世紀以上生きた人もいた。その間、あれだけの業績を残したんだ」

「そうですね。最後はまばたきで意志を伝えようとしていたんですよね」

広瀬はきちんとした教養は持っている。会話が決して面白くないわけではない。

「それに今、iPS細胞の実用化が、すごい勢いで進んでいるだろう。あれがもうじきALSに使われれば、細胞を元に戻すことも夢じゃないかもしれないと言われている」

「じゃあ、それほど悲観することはないかもしれないんですね」

「そうだよ。もちろん彼女もご主人も、そんなことは百も承知だろう。iPS細胞は日本が本元だから、やがて日本で治療するかもしれないなあ」

それにしても、あのファリンがそれほど殊勝な女だとは思ってもみなかった。夫が難病にかかったとたん、日本の恋人も仕事もすべてうち捨てて、ロンドンへ行ったとは……。

「だけど、ちょっとおかしいことがあるんですよね」

広瀬はわざとらしく首をひねる。

「このあいだ私に用事があって電話をくれたんですけども、香港からだったんですよ」

「どうしてそんなことがわかるの」

「ちらっと言ったんですよ。これから九龍（チウロン）半島へ渡るって」

「ほう……」

「私ね、ご主人のALSって本当かなあって思うんですよ」

「どうして」

「相手の男の人、いつ結婚してくれるんだってやいのやいの催促して、エンゲージリング買いに行こうとか言い出して、私が思うに、ファリンさん、ちょっと嫌気がさしたんじゃないですかね」

「ほう……」

今度は久坂が舌なめずりする番だ。

「ファリンさん、そこまでのつもりはなかったんじゃないかと思いますよ。ここだけの話、相手の男の人、お金持ちだけどすごいマザコンらしいですね。そんな風に言っていたことがあります。文革をかいくぐったファリンさんのような中国女性、やすやすと不幸にはなりませんよ」

やすやすと不幸にはならない、という言葉は、久坂の心に深く刺さった。

ファリンはうまく、田口から逃げようとしたのか。その前に自分から逃げた。実に巧みだ。

ファリンという女がますますわからなくなる。

「彼女は本当は……」

問いかけてやめた。目の前の女に、すべての謎を解いてもらうのはいかにも癪だったからだ。

「ファリンさんとは、いずれ会うこともあるだろう」

余裕を持って口にする。

「そうですね。彼女はしょっちゅう、アメリカや中国、日本を飛びまわっていますからね。きっとまたどこかで会いますよ」

「ところで、君」

久坂はひとさし指を立てた。ここはホテルの地下である。

「上、とってあるけど」

どちらでもいいと思って、安い部屋を予約してあるのだ。断るかと思ったら、相手は「そうですねえ……」とうっすらと微笑(ほほえ)んだ。いつのまにか、そんな笑いをするようになっていた。

「最後に思い出つくっちゃおうかなあ」

「別に最後じゃなくてもいいさ」

久坂は女の手を握る。こういう動作と言葉は、もう反射神経のように出てくる。人妻を口説く時のモードになったのだ。

「亭主が出来たって構わないよ、僕は。むしろその方が楽しい。別に結婚したからってひるむような君じゃないだろう」

「そりゃ、そうですけど」

広瀬の唇がゆるんでいく。決して美しくない女が、次第に好色になっていく時、不思議な魅力におおわれるのだ。彼女の皮膚の下から、ぽっかりと何かが現れるような気がして、久坂はそれを確かめずにはいられない。

「君は僕にうんと感謝してくれてもいいはずだよ」

広瀬はくっとしのび笑いをした。

「僕がいろいろ頑張ったおかげで、君の女性ホルモンはぐんと上がったはずだからね」

「そりゃ、そうです。あのままじゃ、女、終わってたかもね」

「そうだよ。君の亭主にも感謝してほしいね」

「今度言っときますよ」

軽口を叩く。

「じゃあ、先に行って待ってるよ」

手を上げて勘定を頼もうとした時、スマホが小さく震えた。ＬＩＮＥが入っていた。阿部からであった。

「このあいだの連中と、六本木で飲んでますけど来ませんか。女の子も集まってますよ。リョーコちゃんも来てます」

あの騒がしい会に、それほど行きたいわけではない。若い女の子たちがやってきて、勝手に飲み食いしていったという感じだ。しかしリョーコという名前にそそられた。

「今度シンガポールに行くんだけど、いろいろ教えてくれませんか」

と連絡してきた女だ。

久坂は若くて綺麗な女、というだけで舌なめずりする同世代の男たちを軽蔑していた。とは言うものの、会ったばかりの男に、積極的にＬＩＮＥを寄こしてくる、若い女の大胆さを面白いと思う。それをもう少し味わってもいいかもしれない。

目の前の女と秤にかける。たいていの男なら二十代の女を選ぶであろうが、久坂は少し考える。考えた自分に満足してこう言った。

「申し訳ない。急な誘いが入ったんだ」

「いいですよ」

広瀬はあっさりと頷いた。

「じゃあ、これでお別れっていうことで」

「そう言うなよ、また別の機会をつくろうよ」

「無理しなくてもいいですよ。私も結婚することだし」

「連絡する」

「本当無理しないでください。でも私、これでとても心がラクになりました」

「何？」

「どうして久坂さんが私を誘うのか、ずうっと考えてきたけど、もうそれをしなくてすみます」

久坂は最後に、この女を少し喜ばせることにした。

「そんなことは決まってるじゃないか。僕はとても君に興味を持ったんだよ。だから、つい誘ってしまった」

「本当はファリンさんがめあてだったんじゃないですか」

冗談めかしているが、目がこちらを探ろうと光っている。

「彼女は美人だけど、完璧過ぎて男は興味を持たない」

「そうですかね」

「ああいう女性は一緒に連れ歩いて自慢かもしれないけど、男は誘おうとは思わないんじゃないかね」

広瀬の顔がぱっと輝く。

美しい女の低い評価ほど、美しくない女を喜ばせるものはないのだ。

本当に自分ほど優しい男がいるだろうか。目の前の女に、そう多くはないけれどいい思い出と、希望というものを与えたのである。

女も同じことを考えたに違いない。

「私、久坂さんに感謝してるんですよ。本当にありがとうって言いたいの」

久坂はたいていこう呼ぶ。そもそも女の名前を呼び捨てにするのが苦手なのだ。だからベッドの上では、「君」をとおしていた。

「あのね、君」

「前にも注意したと思うけど、男に〝ありがとう〟と言ってはダメだよ」

「そうですかね……」

「今の場合はまだいいとしても、あれの直後に〝ありがとう〟は禁句だね。男はたちまちシラけてしまう。僕は何も君に奉仕するためにそういうことをしてるんじゃないからね」

「そういうもんですかねえ……」

「確か、最初の時は、あっちが〝ありがとう〟って言ったような気がする」

「まさか、未来の旦那に言ったわけじゃないだろう」

「それが健全だよ」

最後はジョークのようになった。気持ちよい別れの後、待たせていたハイヤーに乗り込んだとたん、久坂はしこりのような小さな不安を思い出した。

毎年三月に帰国する際、最初の週に人間ドックを受けるのが久坂のならわしであった。若い時から総合病院で受けていたのであるが、三年前から個人病院に変えた。どこの病院でも、得意の分野がある。総合病院だと、不得意の科にまわされる恐れがある。その点、有力な個人病院だと、いろいろなところにコネクションがあり、最高の名医を紹介してくれるというのだ。

心臓疾患を指摘された友人は、三年待ちとも言われた医師の手で、すぐに手術をしてもらうことが出来たという。

一日コースで料金はのけぞるほど高いが、眠っている間に、全て(すべ)の内視鏡検査をしてくれるのも久坂は気に入っていた。

今回、久坂はそこで初めて、

「ひっかかってしまった」

が、こんな話はよく聞く。五十を過ぎればたいてい何か、嫌なことを聞かなくてはならない。久坂は以前、小さな動脈瘤(りゅう)を指摘された。今回は肺だ。

「これが、どうも気になるんですよね」

画像を見せられた。確かに白く丸いものがはっきりと見える。

「昨年よりも大きくなってますね」

しかし、たぶん気泡のようなものだろうと院長は言った。

「だけどやっぱり安心したいですよね」

「そりゃそうです」

「念のためにPETを受けてくれませんかね。いつだったら空いてますか」

久坂はスマホを取り出す。今回は短い滞在なので、何かスケジュールを動かすしかないだろう。

「来週の火曜日だったら」

「おーい、すぐに連絡とってくれよ」

傍らの看護師が、その場で最先端の医療センターの予約を取ってくれた。

「ここのPET、馬鹿高いんで、保険で診るようにしときましょう」

院長はそれが特徴の大きなガラガラ声で言う。その大声と決めつけるような口調が、患者に安心感を与えることをよく知っているかのようだ。

が、最後の看護師のひと言が余計であった。

「保険で診てもらうために、肺癌の疑いあり、ってことになりますけど、あちらで聞いてびっくりしないでくださいね」

しかし六本木に着く頃には、小さな不安はすっかり消滅してしまっていた。

ヒルズの裏手のワインバーの個室であった。前回よりも女の子たちの数が増えていた。

勝村と東大の同級生という官僚も混じっている。

「タカさん、待ってました」

既にかなり酔っているらしい阿部は上機嫌である。Tシャツにジャージーのパーカー、ジーンズという服装であった。以前は上等なスーツを一分の隙もなく着こなし、シルクのポケットチーフを忘れなかった。しかし今はいつもジーンズ姿である。体形の崩れていない美男子の彼に、その服装も似合っていないことはない。が、久坂にはそれがかつての人生との決別であるように思われる。なぜなら真鍋も勝村も、同じようにひどくカジュアルな服装だったからだ。

「あっ、久坂さん。お久しぶりです」

「ほら、ほら、リョーコちゃんもお待ちかねでしたよ」

阿部の言葉で、久坂はこれがＬＩＮＥをくれた女だとさりげなく会釈した。アパレル関係の女と聞いていたが確かにしゃれている。真白いノースリーブのニットに、白いワイドパンツを組み合わせている。はっきりと二つの隆起が見てとれたが、ほどほどの大きさであった。

「久坂さん、シンガポールに行くから、いろいろ教えてくださいって言ったのに、既読スルーでしたね」

拗ねるように唇を突き出した。胸と同じようにほどほどの厚さの形よい唇は、ベージュピンク色にぬめぬめと光っていた。

「失礼。ちょっと忙しくて、返事しようと思っているうちに日にちが過ぎてしまった。それでシンガポールは……」

「とっくに行ってきましたよ」

肩をすくめた。

「連絡してくれれば、いろいろ案内出来たのに……」

「だって既読スルーの人に、連絡出来るわけがないじゃないですかあ」

「それは申し訳ない」

そうしている間に、シャンパンのロゼが抜かれた。今夜の女は全部で五人いた。全員酒が強い。フルート型のグラスをいっせいに持つ。それぞれが凝ったネイルをしていて、それを見せびらかすためのような乾杯であった。

リョーコの両手は、爪の下半分が市松模様で桃色と白とで塗り分けられていた。

「これはすごいね……」

久坂は自然に彼女の手をとった。

「こういうのは、自分でやるの？」

「いつもは自分でやっちゃいますけどね、今夜は特別。ネイルサロンに寄ってきちゃいました」

「なるほどね」

「リホちゃんのもいいね……」

と真鍋は別の女の手をとっている。彼女の爪には、すべて桜の花が描かれていた。

「リホはいつも季節感重視」

別の女が言った。

「このあいだのハロウィンのお化けカボチャも、相当ウケたよね」

「そう、そう」

と真鍋が言ったところをみると、昨年の秋も同じように集まったのだろう。

このあいだと同じように、他愛ない仲間の噂話となった。最近湘南のはずれに、若い社長たちが次々と別荘を建て始めたのだ。

「この頃、軽井沢はやたら暑いしさ、インバウンドも入り混じってすごい人出だろう。ちょっと出るのも車が大渋滞らしい」

「だからって、葉山っていうのも時代遅れだし」

三浦半島の西側に、素晴らしい海岸線が続いている。ここに最初の一人が、二千坪の土地を買ったところ、仲間たちがまわりに買い始めた。そして競って有名建築家に別荘を依頼しているという。

「僕も一緒に買おうって誘われたけどさ、もうハワイに持ってるし……そんなに家を持ってても仕方ないでしょう」

と勝村。妻にせがまれて、マウイ島の高級レジデンスを購入したばかりだと言うのだ。

「久坂さんは、どこに別荘持ってるの？」

リョーコが不意に尋ねた。たいして興味がないのがわかる。ただ相手の顔をじっと見つめたいのだ。頰に手をあて首をかしげる。茶色に染めた髪が、さらさらと流れるさまを見せたいだけなのだ。

「軽井沢にあるけど」

「やっぱりね、お金持ちは」

「僕の別荘じゃないよ。父の持っているものだ。祖父が昔頼まれて買ったもので、もう古くてボロボロだ。僕はもう何年も行ってないよ」

「私も軽井沢、行ってみたーい」

別の女が声をあげた。

「何のかんの言っても楽しいよ。別に外に出なきゃいいんだもん。ヒロさんのところ最高だったし」

女たちは騒がしく、以前行ったらしい阿部の別荘のことを喋り出す。旧軽の中でも、ひときわ目立つ豪邸である。英国風のクラシカルな洋館だ。ここには素晴らしい量と質を誇るワインセラーがあり、しょっちゅうパーティーが開かれていたと久坂は記憶をたどる。夏の間だけでなく、一年中常駐している管理人とお手伝いもいたはずだ。

「ねえ、ねえ、また今度の連休に行きたーい」

「それがさ」

阿部はわざとらしく天を仰いだ。

「もうあそこ、あんまり行けないかもねー」

「ええ、どうして」

「別れた女房と子どもたちがさ、あの別荘やたら使うようになってさ」

「そうなんだあ……」

「連休なんか、きっと入りびたっていると思うよ」

「だけどおかしいじゃない」

　今夜、初めて見る女である。

「奥さんはもう離婚しているんでしょう。お子さんたちならわかるけど、どうして別れた奥さんが、元のダンナの別荘を使うの」

「僕の別荘じゃなくて、うちの別荘だから」

　彼も久坂と同じような言い方をした。

「女房はうちの親父（おやじ）のお気に入りだったから、全然オッケーなんだよ。それをいいことに、あてつけみたいに軽井沢にいるんだよ」

「あんなに広いし、部屋も幾つもあるんだもの、別にモトヅマさんがいたっていいじゃん」

「そうはいかないでしょ。女を連れ込む時にどうするんだよ」

　阿部の言葉に女たちが笑った。久坂はオペラの夜に会った、彼の恋人を思い出した。

彫りの深い美貌のシャンソン歌手であった。彼女のことを言っているのであろう。

「それにさ、あの別荘、親父もそろそろ売りたがってたんだよ。年間ものすごい維持費がかかるしさ。もう、僕の代では持ちこたえることが出来ないって、わかっていたんじゃないかな」

久坂の知っている限りでも、この二年ほどで五人の知り合いが軽井沢の別荘を手放した。そのうち二つは戦前からのものだ。

「その時は、真鍋君にでも買ってもらおうかと思って」

彼の会社は最近上場して、三百億だかを手に入れたはずである。が、真鍋はまだ三十代半ばだ。

「ヒロさん、あの別荘は、僕には荷が重いですよ」

案外常識的なことを言う。

「重くなんかないよ。——家の別荘なんか行ってみな」

日本でも指折りの財界人の名を挙げた。

「うちの別荘なんか、あそこの物置小屋ぐらいだもの。本当に軽井沢じゃ、うちなんかどうってことない。保養所にでも使えばいいじゃないか」

「保養所ねえ……」

真鍋は少年のような丸い目をしばたたかせる。

「うちの社員、そんなにいないし」

本社には七十人ほどだという。それだけの人数で、莫大（ばくだい）な金を生み出しているのかと、久坂はＩＴ企業というものの仕組みがますますわからなくなる。

やがていちばん酒を飲んでいた官僚が席を立ち、自然と解散ということになった。勝村がカードを出して払ったが、ことさら男たちは礼を言うわけではない。どうやら順番ということになっているようだ。

「もう一軒どうですか」

と阿部が久坂にだけ聞こえるように言った。

「これから二人で銀座に行きませんか」

何のかんの言っても、阿部は旧世代に属する。こうした学生の宴会のような飲み会ではなく、一流のクラブにも顔を出したいらしい。

華やかな美しい女たちを思い出す。きちんとした接客術を身につけた彼女たちは、今日の女たちのように、勝手なお喋りなどしない。男たちの心を揉（も）みほぐすように、会話を盛り上げていくだろう。しかしそれも今夜は億劫（おっくう）だった。

「やめておくよ。もう年だしそんな体力ないよ」

年だなんてと、阿部はふふと笑った。

「そんな言葉まるで似合わないですよ。あ、そうか、タカさんは女に使う体力を温存しているのか」

まるで自分の行動を、見抜いたかのような阿部の言葉であった。

途中でトイレに立った際に、リョーコにLINEをうっておいたのだ。

「この後、ホテルのラウンジで一杯やらない。このあいだのおわびもしたいし」

すぐに返事が来た。クマのスタンプで、〝りょうかい〟という文字が入っていた。

夜遅くホテルのラウンジで飲むというからには、当然その後のことも考えてくれているに違いない。少し早めに行って、部屋をとらなければいけないだろう。最近はインバウンドの人々で、東京のホテルはどこも満室である。が、夜遅くなるにつれ、キャンセルは幾つか出てくるのだ。高級ホテルとなると、空き室は案外簡単に手に入れられる。

しかし問題はその後だ。リョーコという若い女と、どういう風に終わればいいのだろうか。そのまま続ける意志が双方になければ、ただ一度きりということになる。何らかのことはしなくてはならないだろう。娼婦ではないけれど、小遣いめあてに集まってきた女たちだ。今夜も真鍋は、彼女たちに二万円ずつ渡していた。

「その後のことは、彼らもビジネスマンですから、女の子のレベルに応じて、費用対効果を測って金額を決めますね」

と阿部は言ったものだ。ということは、十万ぐらい握らせればいいのだろうか。いや、それでは安過ぎるかもしれない。美しい素人の女ほど、自分たちを高めに評価している者はいないものだ。十五万は入り用かもしれない。久坂は女を買ったことがないので、まるっきり相場がわからないのだ。

阿部に聞いてもよかったのであるが、リョーコと関係を持つことで、彼らの奇妙なコミュニティを壊す怖れもあった。

渡す額はその場で考えようと思ったら、いささか気が重たくなった。若い女、特にこういう場所にやってくる女のメンタリティも、そのシステムもまるで見当がつかない。とにかくホテルのフロントに向かった。ここは時々、会社のパーティーにも使ったりする。夜遅いフロントに、宴会係などいるわけはないのだが、思わずあたりに視線を走らせた。いつも女と会うホテルは、ここよりも一ランク落ちるところで、チェックインも夕方済ませるようにしていたからだ。

ラウンジに向かおうと、エレベーターの前に立った時だ。スマホが揺れた。取り出して見る。リョーコからだった。

「今、玄関のロビイにいます。ラウンジ行くのもうしんどいんで、直接お部屋に向かいます。何号室ですか」

とっさに返した。

「604」

その瞬間、渡す金は十万円でいいだろうと決めた。相手はこうしたことに慣れているらしい。

キイで部屋の中に入った。どうということもないセミスイートの部屋である。窓からは少し淋しくなりかけた夜景が見えた。一時間前だったら、このあたりは、ビーズの首飾りを幾列にも並べたように見えるのだが。

カーテンを閉めようとしてやめた。いくら割り切ったそっけない関係だとしても、最初の接吻は、夜景を背にしてした方がいいだろう。

ほどなくチャイムが鳴った。すぐに開ける。白いニットとワイドパンツが、ひらりと部屋の中に入ってきた。さんざん飲んだ後なので髪が乱れている。ぞんざいに塗り直したベージュピンクの口紅が放埒に見えた。なかなか愛らしい。

「もう一軒行こう、って誘われたけど、来ちゃった」

両手を久坂の首にまわした。久坂は女の顎を親指で持ち、長いキスをした。途中で舌を入れるとそれに応えた。若い女の舌はやわらかく巧みに動いた。

「カーテン閉めようか。見られると恥ずかしいものね」

久坂が問うと頷く。二人で窓際に行き、スイッチを探した。かなり複雑だった。レースと重たい遮光カーテン、その間に日除けもあった。リョーコは酔っぱらっていて、わざと上下させたりする。

「ほら、ほら、おいたはやめて」

自分の口調が、いかにも中年の男のそれになっていて、久坂はぞっとする。若い女を好む男というのは、一緒にいる間、自分の年齢を意識しないものなのであろうか。いや、そんなことはまるで考えず、目の前の女をただ味わえばいいのだ。自分はまだそれに慣れていないだけなのだろう。

女には二とおりある。上がる女と上がらない女だ。

久坂の相手となった女たちは、だいたいにおいて「上がらない女」たちであった。年齢的なこともある。

上がりたがる女は、よほど自信がなくてはならない。下から見つめる男の視線に、耐えうる肢体を持っていることが肝心だ。腹が出ていては駄目だし、力なく垂れる乳房はもってのほかだ。そして何より、セックスに積極的であること。

前戯がひととおり終わると、リョーコはくるっと、なめらかに久坂の腹のうえに上がった。その際、髪を前に垂らすのを忘れない。

まず久坂の屹立（きつりつ）したものを、器用に自分の中に入れた。その際、彼女の長いネイルが触れ、小さな痛みが走った。

入れる角度を調節しているのがわかる。やがて久坂のそれは、やわらかいものの中にすっぽりとおさまる。リョーコは「よし」とでもいうように、一度腰を深くおろした。

そして上下に動かし始める。

髪が効果的に揺れるが、それよりももっと大きく揺れるのが乳房だ。大きさはあきらかに変化していた。乳首がぴんと立っているのがわかる。久坂は下から両手を伸ばし、女の乳房を握ってやる。まるで果実をもぎに行くようだ。部屋中に皮膚と皮膚、器官と襞(ひだ)とがぶつかり合う、この世でいちばん卑猥(ひわい)な音が響いていく。

やがてリョーコは、

「あーん、あーん」

と泣くような声を上げた。しかし腰を振る激しさは変わらない。

「あ・た・し……」

口走る。

「このまま、イッちゃうかもしれない……」

「いいよ」

久坂のそれはまだ少し遠くにある。若い女の到達は許してやるつもりであった。しかしどうせなら同じ時がいい。

久坂は目を閉じ、その感触だけに集中しようとした。女のクライマックスは本当らしい。下りてくるたびに、収縮が小刻みになっているのがわかる。

その時、不意に何かが久坂を襲った。ＰＥＴの検査を終えた時の看護師の声を思い出した。

「今日の結果はクリニックの方にお知らせします」

どうしてすぐに知らせてくれないのだ。

前に行ったところはそうではなかった。ＰＥＴが流行り出した十数年前、知り合いの紹介で郊外の病院へ出かけたのだ。

一応の診断が終わると、医師がひとつひとつ画像を見せてくれたものである。そして何ら問題はないと断言してくれた。

今回もそうだと思っていたところ、看護師はこう告げたのだ。

「後ほど主治医のところで説明を聞いてください」

そう言った時の彼女のよそよそしい態度が気にかかって仕方ない。非常に硬い表情であったと思うのは考え過ぎであろうか……。

ふと胸の中にわき、通り過ぎていくはずの不安であったが、それは案外長く久坂の胸にとどまる。彼は自分の中心部にすべてを集中させようとした。

とにかく自分の上に乗っかる、この若い女を仕上げなければならない。こういう時の男のが、自分の意志とは反対に、彼のそれは次第に硬度を失っていく。

それは、全く悪い魔法にかけられたようである。

一方、上がったままの女は、途中で止まることはない。自分一人で達しようとしていた。しかし、もう一歩のところで何かを奪われたかのように、上下運動を中断した。中に入っていたはずの心棒が無くなったので、きょとんとしているかのようだ。

とっさに久坂は女を腰から下ろした。この一連の動作は、なめらかに行った。そして長いキスをしながら、彼女の股間に指を這わせる。若い女の液の多さを、久しぶりに知った。生命の一部が絞り出され、いくらでも溢れ出してくる。信じられないほどの量で、中指がとまどうほどだ。が、久坂は小さく突出したものを見つけ出し、それにやや強めの合図を与えた。

それほどの時間もかからず、女は背伸びするような姿勢となり、あぁと大きな声をあげた。何の演技もてらいもない、まっすぐな声であった。

体中に痙攣が走っていくのを、久坂は見つめていた。恥毛がぴくぴくと動いている。手入れがいきとどき、小さな長方形に整えられていた。久坂が初めて目にするものであった。なぜかこれを将来、懐かしく思い出すような気がする。全くそそられることのない長方形を。

財布の中には二十数万円が入っている。

ふだん久坂はカードをほとんど使わない。なじみの店は請求書を送ってもらえばよいのだし、明細書を妻に見られるのが嫌なのだ。だからいつも多額の現金を持っている。その中から十五枚の紙幣を取り出し、一瞬思案する。最初の考えより五枚足したことが、まるで口止め分のようではないか。

女が達したことは確かであったし、何ら卑下することはないと、そこから再び五枚抜く。こんな計算をする自分がつくづく嫌だと思いながら、二つ折にした紙幣をクリーム色のハンドバッグの中にすべり込ませた。

やがて身仕度を調えた女が、洗面所から出てきた。さっきまでノースリーブであったが、上に同色のカーディガンを羽織っていた。情事を終えたばかりの若い女の肌はきらきらと光っている。薄暗いホテルの部屋のあかりでもそれはわかる。

「送っていけないけど」

久坂は言った。

「車代をバッグの中に入れておいた」

「わあー、ありがとうございます」

女は屈託なく礼を言い、久坂の前に立った。女の背が高いことをあらためて思う。信じられないほど細いヒールのせいだ。女の方から顔を近づけてきた。ごく儀礼的なキスであった。

また会おうね、と言わなくてはいけないことはわかっている。だが別の言葉が出た。

「またシンガポールに行くの」

「楽しかったからまた行くつもり」

「その時はまた連絡してよ」

「既読スルーしないでね」

「もちろんだよ」

その時、ある予感が頭をかすめた。

この娘が再びシンガポールを訪れる時、自分はその地にいないのではないだろうか。

自分は日本にいて、治療に専念しているような気がする。

まさか、この女が自分の人生で最後に抱く女ではないだろうな。

そんなはずはないとすぐに打ち消す。まだ癌だと宣告されたわけではないし、もしなっていたとしても、女を抱く機会などいくらでもあるだろう。

が、この女は、まだ何も聞かされていないままの自分が抱いた、最後の一人かもしれない。

久坂の読みはあたった。

次の日、クリニックへ向かうと、主治医はいつもよりも乱暴にマウスを使い、幾つかのPETの画面を取り出した。

「久坂さん、よかったよ。ラッキーだったね」

とっさにシロかと思ったが、そうではなかった。

「肺癌がさ、二センチで見つかるなんて、まずないもの。本当によかったよ」

「肺癌ですか」

「うん、そう」

告知された時、頭の中が真っ白になったという知人の話はよく聞くが、全くそんなことはなかった。どうして自分が？　とも思わない。

世の中に起こることは、自分にも起こるのだという意識が、まず胸をよぎる。すべての人間に渡される銃でロシアン・ルーレットが始まり、それがたまたま自分にあたったということか。

「でも僕は煙草を吸いませんけどねえ」

「でも若い頃は吸ってたんじゃない」

「確かに二十代の頃はちょっと……」

アメリカにいた時分は、煙草を吸うついでにハッシシを紙に巻いて吸っていたが、そんなことは言う必要はないだろう。

「今は吸ってなくても、細胞に組み込まれてたんだよ」

「そんなもんですかね」

「そういうもん」

主治医も自分も、とてもさばさばとした会話をしていると思った。嘆いたり、言葉を失ったりという、ありきたりの反応をしていない自分に久坂はかなり満足している。

「もしかすると、自分は死を達観出来るのかもしれない」

そんなことが出来る者は、哲学者や宗教者、あるいは一部の芸術家だけだと思っていたが、そうでもないようだ。今、宣告を聞いても、自分はほとんど動揺していないのである。

が、もしかするとそれは、目の前の医師のキャラクターによるものかもしれない。

それが特徴のガラガラ声で早口に言う。

「久坂さんならさ、いろんなお医者さん知ってるだろうけど、肺癌なら、今、――附属病院の伊東先生が日本一でしょ。僕がすぐ連絡するから。いやあー、ラッキーだよ。二センチで見つかるなんて、聞いたことないよ。本当にラッキー」

その場であわただしく、主治医は看護師に電話をかけさせた。彼が日本一と太鼓判を押す、大学病院の呼吸器外科の教授である。

あちらも秘書か看護師が対応しているのであろう。やや時間がかかる。

「先生、お出になりました」

受話器をひったくる。

「あっ、先生、久しぶりです。お元気ですか。実はまた、至急診ていただきたい患者さんが……」

その後、すぐに久坂の名を告げた。

「えーとね。先生もご存じでしょう。久坂薬品の久坂副会長です。ちょっと気になるものが見つかりまして。ぜひ、お願いします……。ええ……至急、大至急です……はい、はい……」

そして受話器を押さえて、久坂の方に顔を向けた。

「来週の月曜日、朝十時。それが一番早いやつ。大丈夫ね」

頷いていた。何もなければシンガポールに帰る日であった。

その後、個室の応接間で少し待たされ、当日持参する資料を渡された。

「全てわかるようになっていますので」

待っていた車のシートに身を沈めると、さすがに神妙な気分になった。秘書に電話をかける。

「月曜日のフライト、取り消してくれないか。もう少しこちらにいることにしたから」

「かしこまりました」

彼女に癌の告知をされたことを、いずれ話さなくてはならないだろう。

主治医は「ラッキー」と何度も口にしたが、久坂は実は楽観視していない。早期発見を喜んだのもつかの間、じわじわと癌に侵食され亡くなった知人を何人も見ていた。何よりも製薬会社の近代は癌との戦いでもある。久坂薬品は今までにも幾つかの抗癌剤を開発してきたから、今、その臨床データーを冷静に思い浮かべる。

長いこと取締役を務めていた叔父が、命を落としたのも確か肺癌であった。最後は呼吸することも困難になり、チューブに繋がれていた姿を久坂は思い浮かべる。豪胆な男で、死ぬ何日か前に妻に遺した言葉が、

「うちのクスリは、何も効かねえ」

というのは、一族の間に密かに伝わる逸話であった。今度のことを父に話すのが、なんともわずらわしい。

しかし癌という病気のいいところは、きちんと治療していれば、死ぬ前に一、二年、うまくすると二、三年、小春日和のような時間をくれることだ。この間に人は、さまざまな後始末をすることが出来る。

さて、これから忙しくなるかもしれないと久坂はひとりごちた。

今思えばシンガポールに移り住んだことはよかった。会社の一線を離れていたので、混乱は何も起こらないはずだ。しかし持っている株の処理や書類の書き替えなど、煩雑な作業はいくらでもある。いちばん有利な方法で、妻と子に金や建物を遺さなくてはならない。

妻の美紀は今、パリに行っている。娘が大学の寮を出るのにあたり、アパルトマンを探すためだ。

「確かに学生には贅沢だけれど、パリの家賃はどこも高いし。私も泊まることだし、思

いきってこちらの広いところにしようかと」

写真付きで呑気なＬＩＮＥをよこした美紀に、病のことを告げたらどうなるであろうか。久坂は自分が、非常に意地の悪い視線を持っていることに気づいた。恵まれた家に生まれ、さらに金のある家に嫁いだ、何ら人生の苦悩を持たない女。その女が生まれて初めて困難に立ち向かうのだ。妻の驚き慌てる姿を想像すると、久坂は何やら楽しい気分にさえなってくる。

が、当然のことながら、そんな自分をすぐに反省した。月曜日に大学病院で診察を受け、即手術ということになったら、妻の手を借りないわけにはいかないであろう。しかし妻に話すのは今でなくてもいい。月曜日にすべて終わってからにするつもりだ。それまでは妻は大好きなパリで、買い物やコンサートに熱中することだ。屈託のない日々の最後は、もう少し長引かせてやるのもいいだろう。

久坂は車の中で目を閉じた。全くこれほど冷静に告知を受け入れた人間がいるだろうか。死について何か素晴らしい箴言でも思い出せそうだ。しかし何も浮かんでこない。ただひとつの歌を唇がうたっていた。斎藤茂吉の全集の最後におさめられているものだ。

「いつしかも日がしづみゆきうつせみのわれもおのづからきはまるらしも」

まっすぐに帰り、書斎に入った。机に向かい送られてきた総合誌を開いたが、やはり落ち着かない。書庫のドアを開けた。新刊の小説の類やビジネス書は読まないので、ずらっと並んだ本の背からは重厚な空気が漂ってくる。日本のものばかりではない。イタリア語に夢中になった時期、ギリシャ語を習得しようとしていた時期の痕跡が、本棚の列ごとに見られる。

久坂は何かを求めていた。自分は動揺しているわけではない。悲嘆にくれているわけでもなかった。ただ今の自分にぴったりの言葉が欲しいだけである。学問は常に自分に、安らぎと喜びを与えてくれた。学者にならなかったのは、この世でいちばん好きなことを職業にしたくなかったからだ。本はここで、自分に何か教えてくれるに違いない。

久坂は若い頃の愛読書である、パスカルの「パンセ」を開いた。これを一ページずつフランス語で読み解いていくのは、なんという楽しみであったろうか。

死についての箇所が確かあったはずだ……。

「私は、私がどこから来たのか知らないと同様に、どこへ行くのかも知らない。ただ私の知っていることは、この世を出たとたん、虚無のなかか、怒れる神の手中に、未来永劫陥るということで……」

しかしこうした文章は、宗教を持たない久坂にとっては、特に心をうたない。すぐに本を閉じた。

それではモンテーニュはどうであろうか。久坂はこれは日本語訳のぶ厚い一冊を手にとった。

「死がすぐそこにあるという感じは、ときにそのまま『どうしても避けられないことだからもう逃げかくれしない』という即座の決心となって我々を元気づける」

そうか、自分のこの奇妙な静けさはこれなのか。久坂は死の床につく自分を想像しようとした。が、まるでうまくいかなかった。肺癌ということだが咳ひとつ出ない。昨日女を抱いたばかりである。モンテーニュの時代と違い、現代に生きる自分は、死を迎え入れるために、どれほど長く戦わなくてはならないだろうか。抗癌剤やたくさんのチューブを考えると久坂はぞっとした。

そうだ、死を迎えるのはそう怖くはない。その前のことが億劫なのだ。

入院をして退院をする。つかの間の喜び。そして二年後ぐらいに再発がある。そこで数々の愁嘆場があるだろう。

妻は
「私たちのために、必ず生き抜いて」

などと言い、娘も涙ぐむ、こんなことはまっぴらだと思う。

モンテーニュの時代の、黒死病患者のようだったら、どれほど安易に死を迎えられたか。兆候が見えたら、三日後ぐらいにはあの世に行くのだから……。

いや、もうあれこれ考えるのはやめよう。自分はとても落ち着いていた。それがパスカルやモンテーニュを読んでいくうち、不満な気持ちから最期をいかに迎えるべきかを思うようになった。

それにしても、自分がいなくなった後……。ついそちらのほうに行ってしまうが、仕方ない。これらの蔵書はどうなるのであろうか。家族は後始末に困惑することであろう。今どきこれほど大量の、しかも偏った嗜好の本は、図書館でも引き取ってくれないに違いない。

古本屋で高値がつく本もかなりある。けれども久坂は、自分がアンダーラインを引いたり、書き込みをした本が、見知らぬ誰かの手に渡るのも嫌であった。その昔、自分も買ってきた古書から、前の持ち主を推理したりしたものだ。

やはり身元のわかっている友人に譲りたいものだと思う。

誰が貰ってくれるかというと、やはり田口しか思いうかばなかった。田口は自分のように、歴史や美術に耽溺することはなかった。ごくふつうに学んだ優等生である。が、彼には学問や本に対する憧れと尊敬があった。

今はそれで充分である。久坂のまわりの人間ときたら、本をろくに読まない連中ばかりで、手にするのはせいぜいがビジネス書だ。やはり本は田口に引き取ってもらおう。たとえ名を知っているだけでも、彼は原書のパンセに喜々として触れるだろう。

親友というには気恥ずかしいが、一時期はしょっちゅう連絡をし合っていた仲である。それが女のことで、こちらが勝手に嫉妬して遠ざかっていたのだ。かなりみっともない話である。

「日本にいる。久しぶりに会わないか」

LINEの返事はすぐに来た。

「本当に久しぶりだ。君といろいろ話したいこともある」

その後、行が変わり、

「近いうちに結婚する。小さなパーティーをするつもりだ。その時に来てくれたら嬉しいのだが」

先ほどまで死の箴言を探し求めていた久坂であったが、「結婚」という俗な単語にまたたく間に反応した。

田口が結婚をする。これはいったいどういうことだろうか。ファリンにうまく去られたと、広瀬洋子は教えてくれたではないか。もしかすると、広瀬も自分も知らないうちに、二人はよりを戻したのか。そして急速に結婚ということになったのか。

「電話をかけてもいいだろうか」

「今、まわりに社員がいる。自分の部屋に戻るから、十分後にしてくれ」

「わかった」

時計を目を凝らして見ている自分を、つくづく愚かだと思う。

やがてスマホの呼び出しを押す。すぐに田口の声がした。

「やあ、久しぶりだなあ」

「本当だ。もう八カ月くらいになるか」

「そこまでいかないだろう」

「いや、そのくらいだ」

久坂がシラノ・ド・ベルジュラック役を熱心にしていた頃だ。

「それで君の結婚相手っていうのは、僕が上海でお世話になった、あの中国美人かい」

わざとのんびりした声で問うた。

「いや、彼女にはフラれた」

思わぬ田口の素直さであった。

「最後の土壇場で、亭主の方に行ってしまった。手ひどいフラれ方だったんで、正直こたえたよ。我ながらみっともないほど取り乱して全くイヤになるよ。そんなわけで君にも連絡も出来なかった」

どうやら夫の病気を本当に信じているようだ。もちろんそんなことを伝えはしない。

田口がファリンと別れたことで充分なのだ。

「君は相変わらず純情だなあ。亭主持ちの女を別れさせて、本当に結婚しようなんていう男、僕は君以外に見たことはない。たいていの男は、亭主がいれば、なんて好都合って思うものだけれどね」

「僕は君と違うから。僕は女を君みたいには見られないんだよ。君みたいにドライにすべて割り切れたらどんなにいいだろう」

「おい、おい、それは嫌味かい」

相手がファリンでなければ、もう誰でもいい。久坂は機嫌よくなっていく。

「ああ、女房がいる者と、そうでない者との差だろう。女房がいる男は仕方ない。どうしたってずる賢くなっていくさ」

「そうかもしれない。けど、君の場合は特別だ」

「やめてくれよ。そんなことより、君が結婚する女性はどんな人なんだ」

「高校で国語を教えている。三十五歳で初婚だ」

「ほう。高校の先生、いいねえ。それで美人かい」

「かなり美人じゃないかと思う。今すぐに名前が出てこないけれど、このあいだ映画で海外の賞をもらった女優にそっくりだ」

「すごいじゃないか。そんな美人とどうやって知り合ったんだ」

「結婚相談所だよ」

「なんだって！」

久坂は思わず大きな声をあげた。そういうものがあることを知っていたが、自分たちの階層とはまるで無縁のものだと思っていたからだ。

「結婚相談所だなんて……。おい……」

「それは今どきの相談所を知らないからだよ。僕も人に勧められるまではとんでもないと思っていたけれど、ためしに行ってみて驚いた。経歴も容貌も申し分のない女性がいっぱいいた。それよりもびっくりなのは僕にオファーが殺到したことだ。五十男なんて洟もひっかけてもらえないと思っていたのだが、すべての条件にかなう女性から、いっぱい申し込みが来たんだ」

「君は自分の価値に気づいた方がいいと思うよ。君は年齢以外は、全てパーフェクトなんだから。そして田口の名を背負っている」

「僕はね、実は焦っていたんだよ。母親からは自分が死ぬ前に、絶対に結婚してくれって、やいのやいの言われていた。母親の友人の娘さんだ。だけど僕は、どうしても彼女を愛せなかったんだ。しかしまわりに誰もいない。だから相談所を頼った。今はとても満足している。彼女に恋をしているといってもいい」

「君はやっぱり純情だなあ……」

久坂はため息をついた。

そしてとても重要なことを尋ねた。

「君のお母さんが、よく許してくれたねえ」

「ああ……」

薄いため息が聞こえた。

「大変な騒ぎだったよ。結婚相談所なんてとんでもない。よくも私に黙ってそんなところへ行った、私は裏切られた、とか言って、泣いたり、わめいたり……。ボケが本格化したかと思ったくらいだ」

「そうだろうね。君は末っ子で、特に可愛がられていたからね」

「だから僕は言ったんだ。どうしても子どもが欲しい。だから三十代の女と結婚したいんだ」

「ほう……。君がそんなことを考えるとは思ってもみなかったよ」

「僕も方便のつもりだった。母親を黙らせるためのね。だけど言いつのっているうちに、だんだんそんな気になってきたんだ」

「まあ、世間にはよくある話だ。前の女房と別れて、次の若い女と子どもをつくるっていうのはね。五十過ぎて父親になった男を何人も知っているよ」

「母は心臓が悪い。もう何年も生きられないだろう。マザコンって嗤われるのは承知の上だが、僕は母の死が耐えられそうもない。考えただけでもぞっとするんだ」

「だけど……」

「まあ、聞いてくれよ。母が死んだら、本当にどうしていいのかわからないんだ。こういう時、人は子どもによって慰められるんだろう。だったら子どもをつくろうって思ったんだ。それと同時にね、母が亡くなった後、母の呪縛に縛られるのもまっぴらなんだ。母の勧める女と結婚するということは、ずうっと先も母に見つめられているようなもんさ。僕は生まれて初めて母を裏切って、母を悲しませた。だけどこうしなきゃ、僕はもう自由にはなれないし、母の死にも耐えられない。この矛盾する気持ち、君ならわかってくれるだろう」

よくわからなかったが、久坂はああと答えた。

「だけど子どもが欲しいなんて、自分がこんなにありきたりの人間とは思ってみなかったよ」

「人間はみんなありきたりだ。自分だけ特別な上等な人間だと思ったら大間違いさ」

自分も今、死というものにおびえ出している。そのことを告げようと思ったがやめた。結婚を前にした男に言うことではなかった。

「うーん」

画像に見入っていた医師は、少しのけぞった。そのためにキャスター付きの椅子は、じりじりと音をたてて後ずさりする。

日本一の名医と紹介された教授は、銀髪を綺麗に整えた痩せぎすの男だ。六十過ぎかと思ったが、肌の色艶から見て五十代はじめかもしれない。

「これ、癌と違うんじゃないですかね」

あまりの意外さに、久坂は口を半分開ける。

「ここが白く光っているところです」

棒で示した。

「だけど見てください。他にも白いものがいっぱい飛んでいるでしょう。これがみんな癌かっていうとそうじゃない。すると、この白く光るものも、この浮遊物のひとつと考えられます」

「えっ、そうなんですか」

喜びがわいてくると思ったがそうではなかった。ぎりぎりの土壇場に来て、こんな予想外のことを言われるとは考えてもみなかった。混乱している。

するとこちらの気持ちを察したように、医師は首をかしげた。

「しかしね、癌じゃないとも断定出来ないですね」

そしてまた体を元に戻し、デスクに近寄っていった。そしてこちらに向き直る。

「僕の長年の勘だとね、半々というところです」

久坂は絶句した。自分の運命が「半々」と表現されるとは思ってみなかったのだ。医師の口調はなめらかになる。

「どうしますか。手術をして調べますか。それともあと二、三カ月、様子をみてみましようか」

選択を迫られているのだとわかった。

「先生、手術以外の検査方法はないんですか」

「針で刺すっていう方法もあるんですけどね、肺のこの位置ではむずかしいでしょう。たえず動いている部分です」

「二、三カ月置くとなると……」

おそらく二センチの腫瘍（しゅよう）は大きくなっているに違いない。

「えーとね、手術はね、背中のここんとこ、六センチから八センチぐらい」

医師は自分の指で示した。

「だいたい一週間で退院します」

お願いしますと言い、即答した自分の〝太っ腹〟に久坂はやっと安堵（あんど）した。会社には検査入院と伝えた。確かにそうだと自分にも言いきかせる。これは癌の手術ではない。あくまでも癌かどうかを調べる手術なのだ。

医師は説明する。

「切り取った部分はすぐに細胞検査にまわします。癌でなかったらすぐに閉じるし、癌だったらまわりを切除するかもしれません。結果が出るまでは四十分。その間、僕らは待ってるんですけど、だいたい雑談をしますね」

上から腕を吊り、固定しても構わないという承諾書に久坂はサインしている。拷問ととられかねない姿勢だからという。その格好で、背中を切開したままの患者の前でする雑談とは、いったいどんなものだろうか。うまいものの話だろうか。それとも女の話だろうか……。

久坂は不思議な気分になる。不思議といえば、入院してからずっと自分の心は、とりとめもなくぼんやりとしている。諦念でなければ恐怖でもない。ただ、ものごとを深く考えないようにと、何かが遮断されているような気がした。

手術は三日後であった。入院に備えて久坂は大量の本を持ってきたが、ページをめくる気にならない。朝から晩までテレビばかり見ていた。バラエティ番組に笑う久坂に、妻の美紀が目を見張る。

当日、担当の看護師たちがみなよそよそしくなった。青い手術衣に着替えさせられた久坂は、特別室のある入院棟から手術棟まで歩かされる。

長い廊下を歩き、幾つもの自動ドアを通った。あたりは静寂に包まれている。誰もいない。久坂はふと霊安室を連想した。

いつのまにか久坂の前には、一人の大柄な男が歩いている。半袖の手術衣から極彩色の入れ墨をした腕が見えた。一流の病院で、こんな人間の手術もするのかと久坂は憮然としながらも、その腕から目を離すことが出来ない。じっと見つめる。

牡丹の花びらがある。紫紅色と青が激しく目を射る。声を漏らしていた。まだ久坂が一度も経験したことのない死が、甘美な姿でそこに見えた。ドアが開く。

「お名前をフルネームでお願いします」

女の声に男が答える。太い美しい声であった。

解　説

井川意高

そういえば、真理子先生は眉目秀麗（びもくしゅうれい）な御曹司がお好きだった。

それも、知的で教養のある御曹司が。

初めて先生にお遭いしたのも、そんなメンバーを集めた会だった。

たしか先生の話題作『花探し』が上梓（じょうし）された年だったから、二十年ほど前だろうか。

先生と親しくしているフラワーデザイナーの女性から、誘われたのだった。

現役の頃は新橋でも名の知られた芸妓（げいこ）だった彼女の言うには、

「真理子先生を囲んでワイン会をしたいの」

「でね、先生はイケメンの御曹司がお好きだから、井川さんも参加して」

とのこと。

ベストセラー作家とお近づきになれるのだ。

まだ若かった私は、そもそも自分がイケメン御曹司にカテゴライズされるのかということさえ考えずに、赤ワイン一本携えて、会場となった新橋の料亭に出かけた。

そこにいたのは、錚々たる顔ぶれだった。

誰もがその名を知る明治以来の精密機器メーカーグループの四世。

避暑地にファミリーの名を残す大手建設会社の御曹司。

米国や英国にもビルを何棟も所有する東海地方の化学品メーカーの三男坊。

キー局の社長室長を務めるエリート社員。

幼稚舎から慶應で、子息ももちろん幼稚舎に入学させている大手出版社の三代目。

英国のパブリックスクールを卒業した、専門学校の二世校長。彼はイケメンで有名だ。

そんな彼らの間で交わされる会話は、

「いやあ、このあいだロスチャイルド男爵が日本に来た時、手土産でもらったワインがさすが美味かった」

「先月シンガポールに移住した友人に出国直前、秘蔵の牧谿の掛軸を見せてもらったんだけど、素晴らしかった。モッケの幸いとはこのことだね」

などと、普通ならば自慢話でしかない会話が嫌みにならない出自の人たちばかりだった。

駄洒落にさえ、教養素養がないとついていけないメンバーとの会食に、宴会といえば異性に関する下世話な話題と一気飲みくらいしか思いつかない私は、大いに戸惑ったものだ。

それ以来二十年、メンバーは少しずつ入れ替ったり戻ったり。

場所も料亭だけでなく、話題のフレンチやイタリアンレストラン。

ときには京都や四国あたりにも足を延ばしながら、真理子先生を囲む会は続いている。


それにしても、真理子先生は登場人物のキャラクター設定がお上手だ。

幅広い人脈で知り合った人物の興味深い部分を、こころ秘かにメモして貯めこんでいるのだろう。


登場人物それぞれには、一人だけモデルがいるのではなく、巧みに複数の人物のキャラクターを組み合わせているのだ。

まるで、キメラか鵺のように。

だから先生の周囲の人間は、

「きっとこいつのモデルは、俺だ」

「この男は、あいつがモデルじゃないか」

と、想像をたくましくする。

『愉楽にて』も、連載中から様々な人間が先生に、

「これ、私でしょ」

と言ってきたそうだ。

なかには、シンガポール在住という以外、出自にも教養にも共通点がない人物が、

「久坂のモデルは、私ですよね」

と、先生に問い質したのはご愛嬌か。

かくいう私も、もしかして自分をモデルにしてくれていないかと、連載中は新人物が登場する都度、かすかな期待を抱きながら文字を追ったものだ。

「やった。ついに俺をモデルにしてくれたぞ」と手を打ったのは、物語も佳境にさしかかってからだが、どの人物をそれと思ったかは、伏せておくとしよう。

ヒントは、連れている女性のタイプである。

決して、逮捕歴や社長辞任の部分ではないので、悪しからず。

人物造形のみならず、舞台になる場所や店、ホテルなども、識る者には、

「きっとあそこだな」

と想像させる絶妙な描写がたまらない。

「物語の冒頭、久坂が唐沢夏子と逢瀬を楽しむセントーサ島のホテルは、カペラだろう」

「花見で舟を出す京都の料亭は、嵐山吉兆だな」

などと、本編とは別に小さな謎解きを楽しませてくれるのが、真理子先生のサービス

精神だ。

そういったこれまでの作品の特徴に加えて『愉楽にて』では、「教養」がひとつのテーマになっているようだ。

インテリな久坂の人物造形の中だけでなく、作品の様々な場面で先生は、読む者の教養を問うてくる。

「誰も寝てはならぬ」の作曲家は？

「永楽善五郎」が、千家十職なのは知っているか？

「江馬細香」とは？

「姨捨」を観たことはあるか？

ちょっと浚ってみても、わりと容易な問題から、きわめて難問まで、真理子先生の課す教養試験は分野も多岐にわたり、合格点をもらえる者はなかなか少ないのではないか。

私は、落第留年だ。

さて、連載中から、

「真理子先生の『愉楽にて』の世界、社長たちのあんな遊び方は本当にあるのか」

ということが話題になっていた。

多くの読者も同じ思いを持ったことだろう。

私が解説を書くよう仰せつかった際も、

「なんで私なんぞが」

と恐縮すると、担当編集者が、

「井川さんなら、そういう遊びをご存じで、読者の疑問に答えられるでしょう」

と。

なるほど。そういうことか。

作品の文学性の解説を求められているのでは決してなかったのだ。

ならば、期待に応えて書かせてもらおう。

本作品で登場人物たちが繰りひろげる「遊び」は、痴態も含めて、ほぼ真実である。

99％存在する。

こういうと、さすがに「お風呂入り」はフィクションですよねと聞いてくる人もいるが、「お風呂入り」はある。

あるいは、「あった」というべきか。

ほんの少し前までは、贔屓の旦那衆と芸妓舞妓が温泉地などに繰り出して、一緒に風呂に入ることは、京都では旦那衆がたまに愉しむ遊びだった。

もちろん、キャッキャッと騒ぎながら一緒に湯船に浸るだけで、それ以上のことはない。
温泉地まで出掛けなくとも、祇園や先斗町のお茶屋の内風呂で、ということも。

そんなことを初めて聞いたら驚くかも知れないが、もともと日本は江戸時代以来、混浴の習慣があったので、その名残りなのだろう。

泥酔した田口が目覚めると、下半身に悪戯を施されているシーン。
「いくらなんでも、京都の一流のお茶屋で、それはないでしょう」
と聞かれる。

答えは「ある」だ。
似た類のことは。

私自身、若いころ祇園の宴会で盛り上がった芸妓衆に、真っ裸に剝かれたこともあるし、同じく裸にされた先輩が、意趣返しに自身の一物を舞妓の髷の上に乗せて、泣かせてしまったのを目にしたこともある。

その時先輩が「チョンマゲ！」と叫んでいたのを今も憶えている。

誤解して、お茶屋から「出入り禁止」を食らう読者がいると申し訳ないので、付け加えておくと、これは本当に長い贔屓筋の旦那の座敷だから許されることである。

それも平素一緒に飲んで遊んで楽しい客だと、芸妓舞妓衆に慕われていてはじめて出来ることだ。

友達感覚の親しみがあってこそ彼女たちも気を許し、少しばかりのルール違反には目を瞑(つぶ)ってくれるのだ。

その域に達していない者がそんなことをすると、ただちにお茶屋から叩(たた)き出されるので、ご注意を。

久坂たちの銀座などでの遊びは、そんなものだろうなと大概の読者は思うことだろうが、終盤登場する勝村や真鍋のような若い資産家の遊び方について、年輩の読者はどう思われるだろうか。

私も最近、三十代から四十代の経営者と同席することが多いのだが、彼らは基本、銀座のクラブや、六本木のラウンジといったような女性が接客する店には通わない。せいぜい年長経営者との付き合いだとか、あるいはよほどやることが思いつかない時の暇つぶしで行くぐらいだ。

では、彼らはどこで女性たちと知り合うのか。

真理子先生が書いているとおり、洒落たレストランやバーの個室での、食事会とか飲み会である。

男性同士が、自身の知っている、もしくは知り合った女性を紹介し合ったり。

あるいは、顔の広い女性が幹事役を務めて、女性を集めたり。

彼らは、人目につかない空間で、男女ともに人脈を拡(ひろ)げているのだ。

女性の中には、モデルやアナウンサーといった者たちもちらほらと交ざる。

若い経営者たちは、俗な言い方だが「玄人(くろうと)」と遊ぶよりも「素人(しろうと)」を口説き落とす方を、好むのだ。

そういえば、久坂もそういうタイプではあるが。


思えば二十年前、真理子先生と知り合った時のベストセラー『花探し』は、美しく野心に富んだ女性が、金と力を持つ男たちを品定めし、手に入れていく話だった。

二十年後、先生の筆によるベストセラーは、男たちが多くの女性と遊んだつもりが、実は弄(もてあそ)ばれているという話だ。

源氏物語の昔から、いつの時代も男と女は惹(ひ)かれあい、遊び遊ばれて、そしていつも女性の方が一枚上手ということか。


（二〇二〇年十一月、大王製紙元会長）

この作品は二〇一八年十一月日本経済新聞出版社より刊行された。

愉楽（ゆらく）にて

新潮文庫　は-18-14

令和三年一月一日発行
令和六年三月十日三刷

著者　林真理子（はやしまりこ）

発行者　佐藤隆信

発行所　株式会社 新潮社

郵便番号　一六二―八七一一
東京都新宿区矢来町七一
電話　編集部(〇三)三二六六―五四四〇
　　　読者係(〇三)三二六六―五一一一
https://www.shinchosha.co.jp

価格はカバーに表示してあります。

乱丁・落丁本は、ご面倒ですが小社読者係宛ご送付ください。送料小社負担にてお取替えいたします。

印刷・株式会社光邦　製本・株式会社大進堂

ISBN978-4-10-119124-9 C0193